COLLECTION « BEST-SELLERS »

DU MÊME AUTEUR

Les Dames de Hollywood, Presses de la Cité, 1985.
Le Grand Boss, Presses de la Cité, 1986.
Lucky, Presses de la Cité, 1987.
Rock Star, Presses de la Cité, 1989.
Les Amants de Beverly Hills, Presses de la Cité, 1990.
Lady Boss, Fixot, 1991.
Ne dis jamais jamais, Robert Laffont, 1994.
Les Enfants oubliés, Fixot, 1996.

JACKIE COLLINS

VENDETTA

La revanche de Lucky

roman

traduit de l'américain par Jérôme Harraps

ROBERT LAFFONT

Titre original : VENDETTA LUCKY'S REVENGE
© Jackie Collins, 1996
Traduction française : Éditions Robert Laffont, S.A., Paris, 1998

ISBN 2-221-08526-4
(édition originale : ISBN O 333 67025 6 Macmillan, Londres)

*Pour mon héros italien,
ti amo,
Jake.*

Los Angeles

1987

PROLOGUE

Le regard glacé de Donna Landsman parcourut la longue table d'acajou, se fixant tour à tour sur ses trois avocats et sur son mari, George.

— Dans combien de temps aurons-nous acheté assez d'actions pour prendre le contrôle des studios Panther ? demanda-t-elle avec impatience. Ça traîne.

Un des avocats prit la parole :

— C'est vrai, Donna, ça prend plus longtemps que nous ne l'avions prévu. Mais, comme vous le savez, je n'ai jamais été partisan de...

— Vous m'écoutez, Finley ? lança-t-elle en le foudroyant du regard. Parce que, si ça n'est pas le cas, disparaissez. Quand j'ai envie d'une chose, personne ne me la refuse. Et... je... veux... Panther.

Finley acquiesça : il regrettait d'avoir parlé. Donna Landsman n'écoutait jamais personne. Elle était la reine des OPA ; elle avait bâti sa fortune là-dessus. Finley n'arrivait donc pas à comprendre pourquoi elle tenait tant à s'assurer le contrôle de Panther. Ce studio avait d'énormes dettes et une trésorerie incertaine.

— Oui, Donna, fit-il. Nous savons tous ce que vous voulez et, croyez-moi, nous travaillons là-dessus.

— J'espère bien, répondit Donna, tout en pensant qu'il faudrait songer bientôt à remplacer au moins deux de leurs avocats et que Finley serait le premier à partir.

Elle se leva pour indiquer que la réunion était terminée.

George l'imita. C'était un quinquagénaire banal, avec un visage sans caractère, de grosses lunettes et des cheveux bruns coupés trop court. Tout le monde savait qu'il était le cerveau financier de l'empire de Donna. À elle les coups de génie, à lui les coups de Bourse : redoutable combinaison.

— Je te verrai plus tard, fit Donna à son mari, en le congédiant d'un geste.

— Oui, chérie, répondit-il, nullement déconcerté par sa brusquerie.

Donna regagna ses bureaux à grands pas : une somptueuse suite de pièces communicantes avec une vue à couper le souffle sur Century City. Un instant, elle s'arrêta sur le seuil.

Ah, les avocats ! leur seul vrai talent consistait à envoyer de colossales notes d'honoraires. Heureusement, elle avait quelqu'un dans la place qui pouvait faire exactement ce qu'elle demandait. Son équipe de juristes ne se doutait absolument pas de l'astuce avec laquelle elle avait monté ce coup-là : pas même George. Donna sourit toute seule. *Chacun a son point faible. Cherche et tu trouveras*. Elle avait trouvé.

Elle entra dans la salle de bains et se regarda dans la glace : elle vit une femme de quarante-trois ans aux cheveux blonds coiffés en chignon. Une femme au visage sculptural : l'orgueil de son chirurgien esthétique. Une femme mince et toujours élégante. Elle était séduisante dans le style pleine aux as. Elle était séduisante parce qu'elle s'était forcée à le devenir. Donna Landsman. Donatella Bonnatti. Ah, oui... elle en avait fait du chemin depuis ses humbles débuts dans un petit village poussiéreux, au fin fond de la Sicile. Et quand elle aurait mis à genoux Lucky Santangelo, elle veillerait à ce que la garce sache exactement à qui elle avait affaire.

LIVRE UN

1

Au volant de sa Ferrari, Lucky Santangelo Golden franchit les grilles des studios Panther, salua de la main le gardien, puis alla se garer à la place qui lui était réservée juste devant ses bureaux. Lucky était une femme d'une bonne trentaine d'années, à la beauté sauvage, avec une masse de cheveux noirs et bouclés, une peau olivâtre, une bouche aux lèvres sensuelles, des yeux noirs aux reflets bleutés, un corps svelte et musclé.

Elle avait acheté les studios Panther en 1985 et les dirigeait depuis. Après deux années de travail acharné, ce défi l'excitait toujours autant. Car être à la tête d'un studio à Hollywood, c'était véritablement un défi. Plus absorbant que de construire un hôtel-casino à Vegas, ce qu'elle avait fait à deux reprises. Plus accaparant que de gérer l'empire de son défunt second mari l'armateur, tâche qu'elle avait aujourd'hui confiée à un conseil d'administration. Et Lucky aimait les défis.

Elle adorait aussi faire des films. Oh, ça n'était pas facile. Que d'obstacles s'étaient dressés devant une femme qui prenait le contrôle d'un grand studio ! *Surtout* une femme comme Lucky. *Surtout* une femme qui semblait tout avoir, y compris trois enfants et un mari star de cinéma.

Abe Panther, le légendaire magnat de l'industrie cinématographique, ne lui avait vendu le studio que lorsqu'elle lui eut prouvé qu'elle était capable de le diriger. Il lui avait proposé de travailler sous un faux nom comme secrétaire de Mickey Stolli, son petit-fils, un jeune homme sournois alors à la tête de Panther : si elle parvenait à mettre au jour ce que trafiquait Mickey, Abe lui vendrait Panther. Elle en avait découvert plus qu'il n'en fallait : Mickey prenait des commissions chaque fois qu'il le pouvait ; son chef de production sniffait de la coke et procurait des call-girls à 2 000 dollars la nuit aux vedettes de cinéma ; le directeur de la distribution vendait à l'étranger des films porno en même temps que les productions de Panther, ramassant au passage un joli dessous-de-table ; les producteurs s'en mettaient plein les poches et les femmes étaient traitées comme des citoyennes de seconde classe : actrices ou simples secrétaires, c'était pareil.

Lucky offrit à Abe beaucoup d'argent et le salut pour un studio dont la réputation s'effritait lentement. Abe Panther aimait bien son style : il vendit. Abe l'avait prévenue : ce serait une rude bataille que de rendre sa gloire à Panther. Il avait bien raison. Depuis des années le studio perdait de l'argent et vivait de prêts bancaires astronomiques. Lucky et son conseiller financier, Morton Sharkey, avaient dû obtenir des banques encore un énorme prêt simplement pour faire tourner le studio. La première année, Lucky avait perdu presque 70 millions de dollars. Alors elle avait décidé qu'il fallait prendre des mesures. Elle avait flanqué dehors la plupart des collaborateurs de Mickey et changé l'orientation de la production. De son côté, Morton avait suggéré de vendre des blocs d'actions à divers groupes et à quelques investisseurs privés : cela lui avait semblé une bonne idée. Morton s'était occupé de tout : trouver les investisseurs qui la laisseraient diriger seule le studio ; former un conseil d'administration qui ne se mêlerait pas de la production ; s'assurer qu'elle conservait quarante pour cent des actions.

Heureusement, Panther avait actuellement deux gros films qui marchaient bien : *Finder*, une grosse machine pour Venus Maria, la superstar controversée, qui se trouvait être aussi une des meilleures amies de Lucky ; et *River Storm*, un thriller avec en vedette Charlie Dollar, le héros entre deux âges de l'Amérique un peu camée. Lucky en était d'autant plus fière qu'elle avait monté ces deux productions depuis son arrivée.

Elle se hâta de gagner son bureau, où Kyoko, son fidèle assistant japonais, l'accueillit avec une longue liste de messages téléphoniques et un air morose. C'était un homme frêle d'une trentaine d'années aux cheveux d'un noir de jais ramenés en queue de cheval et au visage impénétrable. Kyoko connaissait les moindres aspects de l'industrie cinématographique. Depuis sa sortie de l'Université, il avait été secrétaire particulier de plusieurs grands patrons.

— Qu'est-ce que vous avez pour moi ? demanda Lucky en se laissant tomber dans un confortable fauteuil de cuir derrière son immense bureau.

Kyoko récita sa litanie :

— Quinze personnes à rappeler, un rendez-vous à 10 h 30 avec les banquiers japonais, suivi d'une réunion de production à propos de *Gangsters*, un autre à midi avec Alex Woods et Freddie Leon, un déjeuner avec Venus Maria, encore une réunion de production à 15 heures, votre interview avec un journaliste de *News Time*, à 18 heures un rendez-vous avec Morton Sharkey et...

— Dîner à la maison, j'espère, l'interrompit-elle.

Kyoko secoua la tête.

— Votre avion décolle pour l'Europe à 20 heures. La limo passera vous prendre chez vous à 19 heures au plus tard.

Elle eut un sourire narquois.

— Hmmm... vingt minutes pour dîner ! Vous vous laissez aller.

— Votre emploi du temps aurait de quoi tuer quelqu'un de moins solide, observa Kyoko.

— Ky, fit Lucky en haussant les épaules, il y a longtemps que nous sommes morts. Je ne crois pas aux pertes de temps.

Cette réponse ne surprit pas Kyoko. Il était l'assistant de Lucky depuis qu'elle avait repris le studio. Il la connaissait bien : un bourreau de travail doublé de la femme la plus intelligente qu'il eût jamais rencontrée. Intelligente et belle. Kyoko était ravi de travailler pour elle.

— Voyez si vous pouvez joindre Lennie sur son portable, fit Lucky. Il a essayé de m'appeler dans la voiture ce matin, mais la communication était si mauvaise... je n'ai pas pu comprendre un mot.

Lennie Golden, l'amour de sa vie. Mariés depuis quatre ans : une éternelle lune de miel. Lennie était son troisième mari. Pour l'instant, il tournait des extérieurs en Corse, dans un film d'aventures. Trois semaines de séparation, c'était dur, et elle avait hâte de le rejoindre pour un long week-end à traîner et à faire lentement l'amour.

Kyoko obtint le bureau de production en Corse.

— Lennie est en extérieurs sur la plage, lui annonça-t-on. Vous voulez que je laisse un message ?

— Oui. Qu'il rappelle sa femme *pronto*. Mrs. Golden sera toujours disponible pour lui.

Elle sourit tout en songeant : être la femme de Lennie, c'est ce qui m'amuse le plus.

Malheureusement, le film de Lennie n'était pas une production Panther. Ils avaient très tôt décidé qu'il ne serait pas bon pour lui de travailler pour sa femme : il était une assez grande star pour s'en dispenser.

— Appelez Abe Panther, lança-t-elle à Kyoko.

De temps en temps, elle demandait son avis à Abe. Âgé de quatre-vingt-dix ans, il était à Hollywood un personnage de légende. Il lui prodiguait toujours des paroles d'encouragement et de sages conseils. De temps en temps, elle prenait sa voiture pour lui rendre visite dans sa somptueuse demeure sur les collines surplombant la ville. Assis sur la terrasse, ils regardaient le soleil se coucher pendant qu'Abe la régalait d'histoires scandaleuses sur l'âge d'or de Hollywood. Abe avait connu tout le monde, de Chaplin à Marilyn, et il regorgeait d'histoires fascinantes. Elle serait bien allée le voir aujourd'hui, si seulement elle avait eu le temps ! C'était déjà tout juste si elle arrivait à voir ses enfants : Maria, sa petite fille de deux ans, et Gino, son petit bonhomme de six mois. Bobby, le fils de neuf ans qu'elle avait eu de son mariage avec feu l'armateur milliardaire Dimitri Stanislospoulos, passait l'été avec des parents en Grèce.

— Mr. Panther n'est pas joignable, annonça Kyoko.

— Bon, nous réessaierons plus tard.

Elle jeta un coup d'œil aux photos de ses enfants fièrement disposées dans des cadres en argent sur son bureau. Bobby, si mignon et si beau ; le petit Gino, ainsi prénommé en hommage à son grand-père ; et Maria, avec ses immenses yeux verts, à qui Lucky avait donné ce prénom en souvenir de sa mère. Elle s'attarda un moment à songer à celle-ci. Pourrait-elle jamais oublier le jour où elle l'avait retrouvée flottant dans la piscine familiale, assassinée par le vieil ennemi de son père, Enzio Bonnatti ? Elle avait cinq ans alors et il lui avait paru ce jour-là que son univers s'écroulait. Vingt ans plus tard, elle s'était vengée : elle avait tué l'ordure qui avait ordonné le meurtre de sa mère. Elle avait vengé la famille Santangelo, car c'était aussi Bonnatti qui avait lancé un contrat sur son frère, Dario, et sur le premier grand amour de sa vie, Marco. Elle avait abattu Enzio Bonnatti avec son arme à lui, en invoquant la légitime défense. Il essayait de me violer, avait-elle raconté, imperturbable, à la police. Et on l'avait crue parce que son père était Gino Santangelo, qu'il avait de l'argent et des relations bien placées. L'affaire s'était soldée par un non-lieu. Oui, elle les avait tous vengés. Elle ne l'avait jamais regretté.

— Est-ce qu'on commence les coups de fil ? demanda Kyoko, interrompant sa rêverie.

Elle jeta un coup d'œil à sa montre. Déjà plus de 10 heures ! Elle était debout depuis 6 heures et n'avait pas vu passer la matinée. Elle prit la liste sur laquelle Kyoko avait noté les noms par ordre d'importance : un ordre qu'elle n'approuvait pas.

— Vous savez que je préfère parler à un comédien plutôt qu'à un agent, lui reprocha-t-elle. Passez-moi Charlie Dollar.

— Il veut un rendez-vous.

— À propos de quoi ?

— Il n'aime pas le projet de l'affiche européenne de *River Storm*.

— Pourquoi ?

— Il dit que le dessin le grossit.

Lucky soupira. Ah, les acteurs !

— C'est trop tard pour changer ?

— J'ai parlé au service artistique. C'est faisable. Mais ça va coûter cher.

— Est-ce que ça ne vaut pas la peine de faire plaisir à une superstar ? demanda-t-elle.

— Si vous le dites.

— Ky, vous connaissez ma philosophie. Faites-leur plaisir et ils n'en travailleront que plus dur pour la promotion du film.

Kyoko acquiesça. Il connaissait assez Lucky pour ne pas discuter avec elle.

Lennie Golden n'aimait pas les balivernes. Or le pire, quand on est une vedette de cinéma, c'est qu'on patauge dedans la moitié du temps. La réaction des gens devant sa célébrité était assez bizarre : ou bien ils s'aplatissaient devant lui, ou bien ils l'insultaient. Les femmes étaient les plus redoutables : dès l'instant où elles le rencontraient, elles ne pensaient plus qu'à se faire sauter. À trente-neuf ans, Lennie était un homme extrêmement séduisant. Grand, bronzé et athlétique, sa beauté n'était pas conventionnelle. Il avait des cheveux d'un blond délavé plutôt longs et des yeux verts comme la mer, qui vous regardaient bien en face ; et puis il faisait tous les jours de la gymnastique, ce qui maintenait son corps en excellente forme. Vedette de cinéma depuis plusieurs années, il en était le premier étonné. Voilà six ans, il n'était qu'un comédien comme les autres courant le cacheton. Et aujourd'hui, il possédait tout ce dont il avait rêvé.

Lennie Golden. Fils du vieux Jack Golden, un comique de troisième zone de Vegas, et de l'incroyable Alice, une strip-teaseuse qui avait connu son heure de gloire à l'époque où on ne dévoilait pas grand-chose. À dix-sept ans, il avait filé à New York et s'était débrouillé tout seul sans aucune aide de ses parents. Son père était mort depuis longtemps, mais Alice continuait à lui causer des ennuis partout où elle allait. À soixante-sept ans, frétillante comme une starlette décolorée, elle n'avait jamais accepté l'idée de vieillir et n'avouait que Lennie était son fils que parce qu'il était connu. « Je me suis mariée au berceau, disait-elle en minaudant à quiconque voulait bien l'écouter. J'ai mis Lennie au monde quand j'avais douze ans ! » Tout cela parfois lui semblait un rêve : son mariage avec Lucky, sa brillante carrière, tout.

Se renversant dans le fauteuil de son metteur en scène, il plissa les yeux et inspecta la plage où ils tournaient. Une blonde en bikini s'occupait à exhiber des avantages qui n'avaient rien de négligeable. À plusieurs reprises déjà elle s'était pavanée devant lui, bien décidée à se faire remarquer. Oh, il l'avait remarquée. Il était marié mais pas mort et il avait jadis eu un faible pour les blondes spectaculaires avec des corps à se damner. Dans la matinée, elle lui avait demandé de se faire photographier avec lui. Il avait poliment refusé : les photos avec des fans, surtout quand elles étaient jolies, avaient la détestable habitude de se retrouver dans les magazines à sensation. Elle avait compris et elle était revenue quelques minutes plus tard avec un costaud du genre monsieur Muscle qui ne parlait pas anglais. Mon fiancé, avait-elle expliqué avec un sourire éblouissant. *Je vous en prie* ! Il avait cédé et s'était laissé photographier avec eux deux. La blonde se trémoussait. Jambes interminables. Un petit cul bien rond barré d'un vestige de cordelette. Des nichons fermes dont les boutons tendaient le tissu léger. Regarder, pas de problème. Aller plus loin : pas question. Le mariage était un engagement qui marchait dans les deux sens. Si un jour Lucky était infidèle, il ne lui pardonnerait jamais. Il était persuadé qu'elle pensait comme lui.

La blonde finit par piquer sur lui.

— Mr. Golden, roucoula-t-elle d'une voix à la Marilyn, avec une trace d'accent français. J'adooore vos films. C'est un tel honneur pour moi de figurer dans celui-ci avec vous.

— Merci, murmura-t-il en se demandant où était passé le fiancé.

Un petit rire pâmé.

— C'est moi qui devrais vous remercier.

Un petit bout de langue rose vint humecter des lèvres roses et boudeuses.

Les secours ne tardèrent pas à arriver : Jennifer, la ravissante assistante américaine du metteur en scène. En short, T-shirt moulant, casquette de base-ball. On n'échappait pas à la tentation.

— Lennie, dit-elle, toujours protectrice, Mac est prêt à répéter.

Il s'extirpa de son fauteuil en s'étirant.

Jennifer lança à la blonde en bikini un regard condescendant.

— Tâche de rester avec les autres figurantes, ma chérie, dit-elle sèchement. On ne sait pas quand on aura besoin de toi.

La blonde battit en retraite, vexée.

— Encore une adepte de la silicone ! marmonna Jennifer.

— Comment le sais-tu ? questionna Lennie.

Il se demandait pourquoi les femmes reconnaissaient toujours plus vite que les hommes les seins trafiqués.

— Ça saute aux yeux, répliqua Jennifer avec mépris. Vous, les hommes, vous êtes toujours prêts à marcher.

— Qui ça ? fit-il, amusé.

— Pas toi, dit Jennifer avec un sourire amical. C'est un plaisir de travailler avec une vedette qui ne s'attend pas à une gâterie avec son café du matin.

Jennifer, décida Lennie, était du même genre que Lucky.

Il ne put s'empêcher de sourire en pensant à sa femme. Lennie avait été marié une fois déjà. Un mariage à la va-vite à Las Vegas avec Olympia Stanislospoulos, la capricieuse fille de Dimitri Stanislospoulos, lequel, à cette époque, était marié à Lucky. Olympia était morte tragiquement d'une overdose dans une chambre d'hôtel avec Flash, un rocker célèbre complètement camé. Dimitri avait succombé à une attaque. Lucky et Lennie n'avaient pas tardé à se retrouver ensemble, et c'était très bien ainsi. Olympia laissait une fille, Brigette, âgée maintenant de dix-neuf ans, l'une des plus riches héritières de la planète. Lennie l'aimait beaucoup, même s'il n'arrivait pas à la voir aussi souvent qu'il l'aurait souhaité.

— Je veux te faire rencontrer Lucky quand elle me rejoindra, dit-il à Jennifer. Elle te plaira, tu lui plairas.

— Ça ne l'intéressera pas de me rencontrer, moi, fit Jennifer. Elle dirige un studio, Lennie. Je ne suis que seconde assistante.

— Lucky s'en fiche. Elle aime les gens pour ce qu'ils sont, pas pour ce qu'ils font.

Jennifer hocha la tête.

— J'ai réservé une voiture pour accueillir ta femme à l'aéroport de Poretta demain, dit-elle, revenant à son travail.

— Je serai dedans, annonça Lennie.

— Tu pourrais être en train de tourner.

— Arrange-toi pour qu'ils tournent sans moi.

— Tu es dans tous les plans.

— Raconte un bobard.

— Je ne raconte *jamais* de bobard.

Oui. Lucky aimerait certainement cette fille-là.

2

Alex Woods avait un sourire de crocodile : large, fascinant et redoutable. Cela le servait beaucoup auprès des magnats du cinéma avec lesquels il devait traiter quotidiennement. Son sourire les prenait au dépourvu en rompant le délicat équilibre de pouvoir existant entre auteur, producteur, metteur en scène et patrons de studios qui pouvaient d'ordinaire faire ou défaire la réputation de n'importe quel cinéaste, si célèbre et talentueux fût-il. Alex Woods et son terrible sourire avaient écrit, dirigé et produit six films à gros budget sur une période de dix ans. Six chefs-d'œuvre de sexe et de violence qui avaient soulevé bien des controverses. Alex les appelait des chefs-d'œuvre, mais tout le monde n'était pas d'accord : chacun d'eux avait bien été nominé pour un Oscar mais il n'en avait jamais remporté un. Ça l'agaçait. Alex aimait voir son talent reconnu.

À quarante-sept ans, Alex n'était pas marié, pourtant il était grand et bel homme, dans le genre beau ténébreux aux yeux irrésistibles et à la mâchoire énergique. Aucune femme n'était jamais parvenue à le coincer. Il n'aimait pas les Américaines : il préférait les compagnes orientales et de préférence soumises, si bien que quand il leur faisait l'amour, il avait l'impression de jouer les héros conquérants. En vérité, Alex avait une peur secrète des femmes susceptibles d'être des égales. Cette crainte lui venait de sa mère, Dominique, une redoutable Française. Elle avait prématurément expédié dans l'autre monde son père, Gordon Woods, un obscur acteur de cinéma, alors qu'Alex n'avait que onze ans. On avait dit qu'il avait succombé à une crise cardiaque : mais Alex savait — pour avoir été le témoin silencieux de nombreuses scènes violentes — qu'elle avait fini par tuer le pauvre homme à force de lui hurler dessus. Sa mère était une femme méchante et calculatrice qui avait poussé son mari à chercher le réconfort dans l'alcool : la mort pour lui avait été une habile évasion. Peu après l'enterrement de son père, Mrs. Woods avait envoyé son fils unique dans une sévère académie militaire. Tu es stupide, exactement comme ton père, lui avait-elle déclaré d'un ton sans réplique. Peut-être que ça te rendra intelligent.

L'académie militaire avait été un vrai cauchemar. Il avait été forcé de rester là cinq ans, passant ses vacances avec ses grands-parents à Pacific Palisades, pendant que sa mère, ignorant pratiquement son existence, sortait avec une succession de types sans intérêt. Il l'avait un jour surprise au lit avec un homme qu'elle le faisait appeler « oncle Willy » : c'était une scène qu'Alex n'avait jamais oubliée. Lorsqu'il sortit de l'académie pour goûter à la liberté, sa colère était irrépressible. Pendant que ses contemporains s'étaient adonnés aux joies du rock and roll, avaient sauté des majorettes, avaient bu et fumé de l'herbe, lui était resté enfermé dans une pièce sans fenêtre, collé pour une peccadille ou même corrigé parce qu'on n'aimait pas son attitude.

Alex pensait souvent aux années perdues de sa jeunesse. Il avait dû attendre le collège pour perdre son pucelage, et ça n'avait pas été une expérience mémorable : une grosse putain de Tijuana qui sentait la friture et le tabac froid. La deuxième expérience avait été plus réussie, mais sans plus. Il avait fini par s'engager dans l'armée. On l'avait envoyé au Viêt-nam où il avait passé deux terribles années qui le hanteraient à jamais. Quand il était rentré à LA, il était un homme différent, prêt à exploser. Au bout de deux semaines, il était reparti, laissant un bref message à sa mère pour lui dire qu'il lui donnerait de ses nouvelles et il avait gagné New York en stop. Il ne l'avait pas appelée pendant cinq ans et, à sa connaissance, elle n'avait jamais envoyé personne à sa recherche. Quand il avait fini par lui téléphoner, on aurait dit qu'elle lui avait parlé la semaine précédente. Mrs. Woods n'était pas une sentimentale. J'espère que tu travailles, avait-elle dit d'un ton glacial. Parce que ne compte pas sur moi pour te faire la charité. Quelle surprise...

Il avait fait tous les métiers pour survivre, jusqu'à son coup de chance : ce film porno qu'il avait écrit et réalisé pour un vieux mafioso lubrique. Là-dessus, Hollywood lui avait fait signe. Là-bas, on savait reconnaître la bonne pornographie.

— Je pars pour la côte ouest, avait-il rétorqué. Universal m'a signé un contrat : je vais écrire et diriger un film pour eux. Ça n'impressionna pas sa mère. Évidemment. Appelle-moi quand tu seras ici. Fin de la conversation.

C'était quelqu'un, sa mère. Pas étonnant qu'il ne fasse pas confiance aux femmes.

Il y avait dix-huit ans de cela. Aujourd'hui, les choses avaient changé. Mrs. Woods était plus âgée, plus sage. Lui aussi. Ils avaient des relations où la haine se mêlait à l'amour. Il l'aimait parce que c'était sa mère. Il la détestait parce qu'elle était quand même une garce. Au cours de ces dix-huit ans, sa carrière avait connu une ascension météorique. Des films minables à petit budget, il s'était élevé jusqu'au sommet en se faisant peu à peu une réputation de cinéaste original, novateur et prêt à prendre des risques. Ça n'avait pas été facile, mais il y était arrivé et il était fier de sa réussite.

Il avait maintenant rendez-vous avec Lucky Santangelo, qui dirigeait les studios Panther et il n'était pas ravi à l'idée de devoir s'adresser à une femme pour donner corps à son dernier projet : un film intitulé *Gangsters*. Bon sang, il était Alex Woods : il n'avait à lécher les bottes de personne, surtout pas celles d'une nana qui avait la réputation d'imposer sa façon de voir. Personne n'imposait rien sur un film d'Alex Woods.

Tout ce qu'il lui fallait, c'était son studio pour avancer l'argent parce qu'à la dernière minute Paramount s'était défilé, sous prétexte que *Gangsters* était trop violent. Mais il faisait un film sur Vegas dans les années cinquante : à cette époque-là, la violence était un mode de vie. Quand Paramount s'était dégonflé, son agent, Freddie Leon, lui avait conseillé de proposer *Gangsters* à Panther. Lucky Santangelo le fera, lui avait assuré Freddie. Je connais Lucky : c'est le genre d'histoires qu'elle aime. Et puis elle a besoin d'un succès. Il espérait que Freddie avait raison car, s'il y avait une chose qu'Alex avait en horreur, c'était attendre. Il n'était heureux que quand il était plongé dans la réalisation d'un de ses films. Freddie avait proposé de le retrouver avant leur rendez-vous avec Lucky et il avait demandé à Alex de venir prendre avec lui un petit déjeuner tardif au Four Seasons.

Alex, vêtu de noir de ses baskets à son T-shirt, se rendit à l'hôtel au volant de sa Porsche, noire elle aussi. Quand il arriva, Freddie était déjà attablé : feuilletant un exemplaire du *Wall Street Journal*, il avait plus l'air d'un banquier que d'un agent. Freddie Leon était quadragénaire. Il n'était pas simplement un agent parmi les autres, il était l'*agent*. Il faisait les carrières et pouvait les briser tout aussi facilement. On le surnommait « le Serpent » : parce qu'il était capable de se glisser dans n'importe quelle négociation, tout comme il avait l'art de s'en dégager. Alex se coula sur la banquette. Une serveuse apparut et lui versa une tasse de café bien noir. Il en but rapidement une gorgée et se brûla la langue.

— Merde ! s'exclama-t-il.

— Bonjour, dit Freddie, en abaissant son journal.

— Qu'est-ce qui te fait croire que Panther va faire *Gangsters* ? demanda Alex avec impatience.

— Je te l'ai dit, Panther a besoin d'un succès, répondit Freddie calmement. Et c'est le genre de script qui plaira à Lucky.

— Pourquoi donc ?

— À cause de ses antécédents, expliqua Freddie en marquant une pause pour boire une gorgée de tisane. Son père a bâti un des premiers hôtel de Vegas. Gino Santangelo : il paraît que c'était quelqu'un.

Alex se pencha en avant, surpris.

— Elle est la fille de Gino Santangelo ?

— Exact. Il faisait partie de la bande. Il a fait fortune là-bas. Lucky a construit des hôtels à Vegas : elle comprendra ton script.

Alex avait entendu parler de Gino Santangelo : il n'était pas aussi connu que Bugsy Siegal ni que les autres gangsters célèbres, mais en son temps il avait assurément fait parler de lui.

— On dit que Gino a appelé sa fille Lucky à cause de Lucky Luciano, ajouta Freddie. À en croire tout ce qu'on raconte, elle a eu une vie plutôt mouvementée.

Alex était intrigué. Ainsi, Lucky Santangelo n'était pas une nana sans intérêt sortie de nulle part. Elle avait une histoire : c'était une Santangelo. Pourquoi n'avait-il pas fait le rapprochement ? Il vida sa tasse en trois grandes gorgées et se dit que cette affaire allait peut-être se révéler plus intéressante qu'il ne l'avait cru.

Trois banquiers japonais, très corrects, très conventionnels. La réunion se passait bien, même si Lucky sentait qu'ils n'étaient pas enchantés d'avoir à traiter avec une femme. Ah... c'était l'histoire de sa vie. Quand les hommes apprendraient-ils à se détendre et à se rendre compte qu'il ne s'agissait pas seulement de savoir qui pouvait pisser le plus loin ? Elle avait besoin des banquiers japonais pour financer une chaîne de magasins Panther à travers le monde. Les franchises, ça rapportait gros, et Lucky savait que la chose à faire, c'était de se lancer dès le début.

Les banquiers s'inclinèrent devant son directeur commercial — un homme — et semblaient sur le point de dire oui quand ils partirent, en promettant une décision d'ici à quelques jours. Dès qu'ils furent sortis, elle appela son père dans sa propriété de Palm Springs. Gino semblait en forme, et il devait l'être : à quatre-vingt-un ans — comme Abe Panther — il était marié à une femme presque deux fois plus jeune que lui, Paige Whooler, une séduisante décoratrice d'intérieur qui s'occupait admirablement de lui. Non pas d'ailleurs que Gino en eût besoin : il était aussi actif qu'un homme beaucoup plus jeune, plein d'allant et de vigueur, utilisant ses formidables ressources d'énergie à jouer à la Bourse, un passe-temps qui le faisait se lever à 6 heures du matin et le maintenait alerte. Lucky conclut sa conversation en promettant de venir le voir bientôt.

— Arrange-toi, fit Gino d'un ton bourru. Et amène les bambinos : il faut que je commence à leur apprendre des choses.

— Quoi, par exemple ? demanda-t-elle, curieuse.

— Des choses qui ne te regardent pas.

Lucky sourit. Son père, c'était quelqu'un. Durant la mauvaise période, quand ils ne s'adressaient même pas la parole, elle l'avait haï avec une passion dévorante. Aujourd'hui elle l'aimait avec la même passion. Ils avaient survécu à tant de drames ensemble. Ça les avait rendus tous les deux plus forts.

Elle se rappelait l'époque où il l'avait exilée, à seize ans, dans un sévère pensionnat suisse. Quand elle s'en était enfuie, pour la punir, il lui avait imposé un mariage arrangé avec Craven Richmond, l'assommant fils du sénateur Peter Richmond. Quel cauchemar ! Mais elle n'avait jamais eu l'intention de se laisser coincer. Quand Gino avait fui l'Amérique afin d'éviter la prison pour fraude fiscale, elle avait sauté sur l'occasion de diriger les affaires familiales. Gino avait pensé que ce serait Dario, le frère de Lucky, qui le remplacerait. Mais Dario n'était pas un homme d'affaires. Lucky avait donc terminé la construction du nouvel hôtel de Gino à Vegas, se montrant parfaitement à la hauteur de sa tâche. Lorsque Gino avait fini par rentrer, il y avait eu entre eux une âpre lutte de pouvoir. Aucun ne l'avait emporté. Ils s'étaient résolus à conclure une trêve. Tout ça, c'était du passé. Ils se ressemblaient trop pour être ennemis.

Lucky passa en coup de vent à la réunion de production avant de rejoindre Freddie Leon et Alex Woods. Elle avait déjà décidé de donner son accord pour produire *Gangsters*. Elle avait lu le script, qu'elle trouvait brillant. Alex Woods était un excellent scénariste.

Elle s'apprêtait à appeler son demi-frère, Steven, en Angleterre, quand Kyoko passa la tête par l'entrebâillement de la porte.
— Alex Woods et Freddie Leon sont là, annonça-t-il. Faut-il que je les fasse attendre ?

Elle jeta un coup d'œil à la pendulette Cartier sur son bureau — un cadeau de Lennie. Il était midi pile. Elle reposa le combiné en se disant qu'elle appellerait Steven plus tard. Faites-les entrer, dit-elle. Elle savait pertinemment que les gens les plus importants et les plus sûrs d'eux ne faisaient jamais attendre personne. Freddie entra le premier, avec son sourire affable et ses yeux gris inexpressifs. Lucky se leva pour l'accueillir. Ce qu'elle aimait chez Freddie, c'était qu'avec lui on ne tournait jamais autour du pot. Il savait où il allait et il y allait directement. Alex Woods entra sur ses talons. Elle ne l'avait jamais rencontré, mais elle avait lu de nombreuses interviews de lui et avait souvent vu sa photo dans la presse. Les photos ne l'avaient pas préparée à ce qu'elle avait devant les yeux : un homme grand, bien bâti, avec un beau visage énergique et un sourire ravageur — qu'il braqua aussitôt dans sa direction. Un instant, elle fut prise de court. Il arrivait rarement à Lucky de se sentir vulnérable — presque comme une adolescente. Freddie fit les présentations. Elle serra la main d'Alex. Une poignée de main ferme et vigoureuse. Elle se mit à parler un rien trop précipitamment en repoussant une longue mèche brune : Euh... Mr. Woods, c'est un plaisir de vous rencontrer enfin. J'admire beaucoup votre travail.

Allons bon... voilà qu'elle parlait comme une stupide admiratrice. Qu'est-ce qu'elle avait donc ? Pourquoi réagissait-elle de cette façon ?

Alex la gratifia de nouveau de son sourire, pour se donner le temps d'apprécier son extraordinaire beauté. Tout chez elle était d'une incroyable sensualité, depuis ses boucles emmêlées couleur de jais jusqu'à ses yeux noirs aux aguets et sa bouche aux lèvres pleines. Il se surprit à baisser les yeux vers sa poitrine bien ronde dissimulée sous un corsage de soie blanche. Elle ne portait pas de soutien-gorge et il distinguait ses aréoles. Seigneur ! qu'est-ce qui lui prenait ? Pourquoi Freddie ne l'avait-il pas prévenu ?

Lucky avait suivi son regard. Je vous en prie, asseyez-vous, dit-elle, s'obligeant à ramener ses pensées aux affaires.

Freddie restait insensible à la tension sexuelle qui montait dans la pièce. Il avait un ordre du jour et il s'y tenait. Les suaves propos d'agent coulèrent de ses lèvres comme du nectar.

— Panther a besoin d'un cinéaste comme Alex Woods, déclara-t-il. Inutile de vous rappeler combien de fois ses films ont été nominés.

— Je connais fort bien la prestigieuse carrière de Mr. Woods, répliqua Lucky. Et nous serions ravis de faire affaire avec lui. Toutefois, je crois comprendre que le budget provisionnel de *Gangsters* est presque de 22 millions. C'est un engagement considérable.

Freddie avait la réponse toute prête :

— Pas pour un film d'Alex Woods, dit-il sans se démonter. Ils rapportent toujours de l'argent.

— Avec la bonne distribution, fit observer Lucky.

— Alex n'a pas besoin de vedette. C'est pour lui que le public se déplace.

— Avez-vous lu le script ? demanda Alex en se penchant en avant.

Elle soutint son regard. Elle savait qu'il attendait des compliments. Elle savait aussi que mieux valait le désarçonner un peu... pour le moment.

— Oui, je l'ai lu, dit-elle sans sourciller. C'est violent mais authentique.

Un silence.

— Mon père, Gino, était à Vegas à cette époque. C'est lui qui a bâti le Mirage Hotel. Vous aimeriez peut-être le rencontrer.

Il garda les yeux fixés sur les siens.

— J'en serais enchanté.

Elle refusa d'être la première à détourner le regard.

— J'arrangerai ça, dit-elle avec calme, comme s'il n'y avait pas entre eux un véritable affrontement. Il habite Palm Spings.

— Je peux descendre là-bas en voiture quand vous voudrez.

— Alors, reprit Freddie, qui sentait qu'on touchait au but. Nous sommes d'accord ?

— Presque, répondit Lucky.

Elle se tourna vers Freddie, furieuse d'être la première à rompre le contact visuel avec Alex.

Freddie ne releva pas ce que sa réponse avait d'ambigu.

— Voilà une combinaison gagnante, annonça-t-il avec enthousiasme. Panther Studio présente *Gangsters* d'Alex Woods. Je sens déjà l'Oscar !

— Juste un détail, fit Lucky.

Elle prit son stylo en argent — encore un cadeau de Lennie — et le tapota avec impatience sur son bureau.

— Je sais que Paramount a renoncé à ce projet à cause de la violence du sujet : je ne vous demande pas de l'édulcorer. Toutefois... pour ce qui est du sexe...

— Qu'est-ce qui ne va pas ? lança Alex, comme pour la mettre au défi de protester.

— Le script montre bien que plusieurs des comédiennes sont nues dans certaines scènes... mais il semble que notre héros et ses amis masculins restent modestement couverts.

— Où est le problème ? interrogea Alex, qui sincèrement ne le voyait pas.

— Eh bien..., fit lentement Lucky. Ici, c'est un studio où on est pour l'égalité des sexes. Si les femmes doivent se déshabiller, les hommes aussi.

— Ah ? s'étonna Alex.

Lucky avait repris la situation en main.

— Laissez-moi vous expliquer, Mr. Woods. Il ne faut pas que les femmes soient seules à montrer leurs fesses. Si nous arrivons à régler ça, alors, messieurs, nous pourrons faire affaire.

3

Brigette arriva dans la rue, encore folle de rage. Le vieux lubrique qui venait de la recevoir était le troisième agent de mannequins qu'elle rencontrait. *Ah, les hommes ! Tous les mêmes ! Quels porcs ! Perdre quatre ou cinq kilos, je vous demande un peu !* Elle n'était pas grosse : à vrai dire, elle n'avait jamais été aussi maigre. Et s'imaginait-il sincèrement qu'elle allait accepter de dîner avec un vieux crétin comme lui ? Pas question. Brigette mesurait un mètre soixante-dix et pesait à peine cinquante kilos. Elle avait des cheveux d'une blondeur de miel qu'elle portait raides jusqu'aux épaules. Des lèvres pleines, avec une expression un peu boudeuse, des yeux bleus au regard intelligent et une peau lumineuse. Elle rayonnait de santé et d'énergie. La plupart des hommes trouvaient sa fraîcheur irrésistible.

Brigette adorait cette ville. À New York, elle n'était pas Brigette Stanislospoulos, une des filles les plus riches du monde. Ici, elle n'était qu'un joli visage de plus, essayant désespérément de faire carrière sous le nom de Brigette Brown. Dieu merci, Lucky et Lennie avaient compris quand elle leur avait annoncé qu'au lieu d'aller à l'Université elle voulait tenter sa chance comme mannequin à New York. Ils n'avaient pas protesté : ils avaient même persuadé Charlotte, sa grand-mère maternelle, de la laisser essayer, à la seule condition que, si au bout de six mois ça ne marchait pas, elle reprendrait ses études. Pas question. Parce que ça allait marcher. Brigette en était convaincue. Jusqu'à maintenant, la chance n'avait guère été de son côté. D'accord, elle était riche, mais qu'est-ce que ça voulait dire ? Ce n'était pas de l'argent qu'elle avait gagné elle-même. Sa fortune attendait là, héritée de son grand-père milliardaire, Dimitri, et de sa mère, Olympia. Tous deux morts et enterrés.

Son vrai père, Claudio Cadducci, était mort aussi, ce qui ne l'attristait guère car elle ne l'avait jamais connu. Sa mère avait divorcé tout de suite après la naissance de Brigette parce qu'il n'arrêtait pas de la tromper. Quand ils s'étaient mariés, Olympia avait dix-neuf ans, et Claudio quarante-cinq. À ce qu'on racontait, Claudio était un bel homme d'affaires italien, avec beaucoup de charme et une somptueuse garde-robe. En divorçant, il s'était notamment retrouvé avec deux Ferrari et 3 millions de dollars. Claudio malheureusement n'avait jamais eu le temps d'en profiter car, quelques mois plus tard, en descendant d'un taxi à Paris, il avait été accidentellement réduit en miettes par la bombe d'un terroriste. Olympia s'était aussitôt remariée, cette fois à un comte polonais qui avait tenu exactement seize semaines. Brigette n'avait aucun souvenir du comte. Le seul beau-père qu'elle eût connu, c'était Lennie, qu'elle adorait. Parfois, sa mère lui manquait terriblement. Elle avait douze ans quand Olympia était morte et personne n'avait jamais pris sa place, sauf sa grand-mère Charlotte, une New-Yorkaise de la haute société qui menait une vie mondaine trépidante, et aussi Lucky et Lennie, mais qui étaient tous deux si pris par leur travail et leurs enfants que, même quand ils lui accordaient tout le temps qu'ils pouvaient, ce n'était pas assez. Brigette savait qu'elle devait trouver quelque chose pour combler ce vide. Sûrement pas un homme. On ne pouvait pas se fier aux hommes. Ils ne s'intéressaient qu'à une chose : le sexe. Elle en avait tâté et elle n'en voulait plus. En tout cas pas avant d'être devenue le plus célèbre top-model du monde. L'année précédente, elle avait été fiancée une dizaine de minutes au petit-fils d'un des concurrents de son grand-père. Ils avaient passé ensemble des moments merveilleux, jusqu'au jour où elle avait découvert qu'il était complètement camé. Brigette avait horreur de la drogue. Elle avait rompu aussitôt leurs fiançailles et était partie pour la Grèce passer quelque temps dans la famille de son grand-père. Elle était maintenant à New York depuis sept semaines et elle ramait. Ce n'était pas facile d'avoir des rendez-vous et, comme elle n'avait aucune intention d'utiliser ses relations, elle devait simplement continuer à se débrouiller comme elle pouvait. Agaçante perspective, car Brigette était impatiente.

Elle prit un taxi pour regagner l'appartement qu'elle partageait avec une autre fille, à SoHo. Charlotte comme Lucky avaient insisté pour cet arrangement, même si Brigette était certaine qu'elle aurait été très bien toute seule.

C'était Lucky qui avait trouvé Anna. Brigette la soupçonnait d'être une espionne à la solde de sa belle-mère pour la surveiller, mais ça ne la gênait pas : après tout, elle n'avait pas de secret. Anna était une fille mince dans les vingt-cinq ans, avec de longs cheveux bruns et un regard rêveur. Elle écrivait de la poésie, passait le plus clair de son temps à la maison et était toujours disponible pour faire tout ce que sa colocataire voulait. Elle faisait cuire des œufs quand Brigette arriva.

— Comment ça a marché aujourd'hui ? demanda-t-elle, en versant trop de poivre.

— Pas mal, dit Brigette, convaincue que ça n'avait pas marché du tout.

C'était toujours comme ça. Oh, mon Dieu ! Peut-être était-elle vouée à l'échec.

— Ils veulent de toi ?

— Ah ! répliqua Brigette. Ils veulent que je perde quatre ou cinq kilos.

— Mais tu n'es pas grosse.

— Je le sais bien. Il m'a dit que j'étais potelée.

— Alors ? fit Anna, battant toujours les œufs.

— Je vais continuer à chercher, fit Brigette en haussant les épaules.

Un peu plus tard, elle commanda une pizza et s'assit dehors sur l'escalier de secours pour la manger parce qu'il faisait horriblement chaud à l'intérieur. Elle aurait pu vivre dans le luxe d'un appartement climatisé avec terrasse sur Park Avenue, mais elle préférait lutter. Tout en mâchonnant sa pizza, elle pensait à sa vie et à tout ce qu'elle avait déjà vécu. Parfois, elle avait du mal à le croire. Parfois, elle éclatait en sanglots sans raison. Parfois aussi, le souvenir de Tim Wealth revenait la hanter et elle n'arrivait pas à le chasser de son esprit. Tim Wealth. Jeune et brillant acteur de cinéma. Il l'avait déflorée à quinze ans. Et pour la peine il s'était fait tuer. Comme elle se souvenait bien de lui ! Le pauvre Tim s'était trouvé sur le chemin de Santino Bonnatti — un ennemi juré des Santangelo — juste au moment où Santino s'apprêtait à kidnapper Brigette et son jeune demi-frère, Bobby. Les hommes de Santino avaient sans hésiter assassiné Tim, qu'ils avaient laissé pour mort dans son appartement tandis qu'ils les emmenaient, Bobby et elle, chez Santino. Elle se rappelait encore les horribles détails : elle, nue et terrifiée au milieu du lit de Santino qui avait abusé d'elle, puis qui s'apprêtait à arracher les vêtements de son petit frère pour le violer à son tour. C'était alors qu'elle avait repéré le pistolet qui traînait sur une table de chevet : en entendant les hurlements d'angoisse de Bobby, elle avait compris qu'elle devait faire quelque chose. Étouffant ses sanglots, elle avait rampé à travers le lit et tendu la main pour saisir l'arme. Santino était trop occupé pour s'en apercevoir. Les mains tremblantes de Brigette avaient saisi l'arme. Elle l'avait braquée sur cette ordure et avait pressé la détente. Une fois. Deux fois. Trois fois. Adieu, Santino.

Elle secoua la tête, essayant désespérément de ne plus se rappeler tout cela.

Efface ces souvenirs, Brigette. Oublie le passé. Concentre-toi sur aujourd'hui...

— C'est une dingue, fit Alex d'un ton agacé.
— Elle met l'argent pour ton film, répondit doucement Freddie.
— Mais quel est donc son problème ? s'exclama Alex, furieux.
— Je ne savais pas qu'elle en avait un.
— Enfin, bon sang ! Tu l'as entendue. Elle est malade, marmonna-t-il.

Freddie éclata de rire.

— Eh bien, on peut dire qu'elle t'a fait de l'effet ! Je ne t'ai jamais vu dans cet état.
— Parce qu'elle est stupide.
— Ça, non, répliqua aussitôt Freddie. Voilà une chose que Lucky n'est pas. Elle a repris Panther il y a deux ans et elle fait de l'excellent travail.
— D'accord, d'accord, c'est un vrai petit génie... Mais je ne demande à aucun de mes comédiens de se balader les fesses à l'air.
— Joliment dit, Alex. Je t'appellerai plus tard.

Freddie s'engouffra dans sa Bentley et démarra.

Alex resta planté auprès de sa Porsche noire, encore exaspéré par les exigences de Lucky. Elle ne comprenait donc pas que la nudité masculine n'excitait pas les femmes ?

Il remonta dans sa voiture et regagna ses bureaux sur Pico. Il avait appelé sa société Woodsan Production : cela avait une sonorité apaisante et cela incorporait son nom. Il était propriétaire de l'immeuble : un de ses meilleurs investissements. Il avait deux assistantes : Lili, une douce et jolie Chinoise d'une quarantaine d'années sans laquelle il prétendait être incapable de fonctionner ; et France, une ravissante Vietnamienne de vingt-cinq ans, autrefois barmaid à Saigon, avant qu'il ne l'ait chevaleresquement tirée de là pour l'emmener en Amérique. Il avait couché avec les deux, mais c'était du passé et elles n'étaient plus maintenant que de fidèles assistantes.

— Comment s'est passé ton rendez-vous ? demanda Lili.

Il s'affala dans un fauteuil au cuir usagé derrière son énorme bureau couvert de papiers. Bien, dit-il. *Gangsters* a maintenant un nouveau foyer.

Lili battit des mains. Je le savais !

France lui apporta une tasse de thé noir brûlant. Elle resta debout derrière lui et se mit à lui masser les épaules et la nuque.

— Très tendu, fit-elle d'un ton de reproche. Pas bon.

Il sentait la pression de ses petits seins fermes contre ses omoplates pendant que ses mains le pétrissaient avec une étonnante énergie. Les Orientales, on ne faisait vraiment pas mieux.

— Laissez-moi vous poser une question, dit-il.

— Oui ? répondirent les deux filles en chœur.

— Ça vous excite de regarder des hommes nus ?

Lili resta impassible, essayant de deviner la réponse que souhaitait Alex. France se mit à pouffer.

— Alors ? insista Alex, agacé de leur hésitation.

— Mais quels hommes nus ? demanda Lili, cherchant à gagner du temps.

— Sur l'écran, précisa Alex. Des acteurs.

— Mel Gibson ? Johnny Romano ? fit France, pleine d'espoir.

— Seigneur ! s'exclama Alex. Peu importe qui.

— Oh, mais oui, ça m'excite ! répondit France, interrompant soudain son massage. Anthony Hopkins... *non* ! Richard Gere... *oui* !

— Ou Liam Neeson, ajouta Lili, le regard dans le lointain.

— Je ne parle pas simplement de leur torse, précisa Alex. Je parle de tout... le grand jeu.

Lili chercha la réponse qu'il voulait — même si elle ne le pensait pas, elle avait l'art de faire plaisir à son patron.

— Oh, non, s'empressa-t-elle de dire. Nous ne voulons pas voir ça.

— Exactement, s'écria Alex, triomphant. Les femmes *ne veulent pas* voir ça.

— Moi, si, murmura France assez bas pour qu'il ne l'entende pas.

— Pourquoi poses-tu la question ? demanda Lili.

— Parce que Lucky Santangelo est une petite garce qui s'imagine bien à tort que les femmes veulent se conduire comme des hommes.

— Une petite garce, répéta France.

Elle pensa que Lucky Santangelo devait être une femme vraiment intéressante qu'elle avait hâte de rencontrer.

— Je ne comprends pas, marmonna Alex.

Il se dit que la prochaine fois qu'il verrait Lucky Santangelo, il mettrait définitivement les points sur les *i*. Elle avait quelques petites choses à apprendre : et qui était mieux placé pour cela que le maître en personne ?

4

Venus Maria était dans une forme spectaculaire. Elle s'y employait avec assiduité : chaque matin elle se levait à 6 heures pour courir dans les collines de Hollywood avec Sven, son entraîneur personnel, avant de rentrer chez elle pour une heure épuisante d'aérobic et d'haltères. Seigneur ! il fallait se donner du mal, mais elle tenait bon car le moindre relâchement signifierait qu'elle cesserait d'avoir le plus beau corps de Hollywood.

Virginia Venus Maria Sierra était arrivée à Hollywood à vingt ans avec son meilleur ami, Ron Machio, un homosexuel qui rêvait d'être chorégraphe. Ils étaient venus en stop de New York et ils avaient survécu à LA en acceptant tous les petits boulots qu'ils pouvaient trouver. Venus avait été caissière dans un supermarché, modèle nu dans une académie de peinture, figurante, et avait fait pour un soir des numéros de chanteuse et de danseuse. Ron avait été successivement serveur, coursier et chauffeur de maître. Ils s'en étaient tirés tant bien que mal jusqu'au jour où un producteur de disques à la petite semaine qui traînait dans les boîtes qu'elle fréquentait avec Ron l'avait repérée. Elle avait réussi à le persuader de lui faire enregistrer un disque, et un clip vidéo un peu sexy dans lequel elle avait fait tourner Ron. Ils avaient fait mouche du jour au lendemain : en six semaines leur disque était numéro un des ventes et Venus Maria était lancée.

Aujourd'hui, cinq ans plus tard, à vingt-sept ans, elle était une superstar au fan-club conséquent et Ron un metteur en scène comptant deux films à succès à son actif. Ça l'avait aidé d'être le petit ami de Harris von Stepp, un riche magnat du spectacle qui avait financé son premier film. Mais, comme le faisait souvent remarquer Venus, ça ne serait jamais arrivé si Ron n'avait pas eu de talent. Elle n'aimait pas Harris, qui avait vingt-cinq ans de plus que Ron et qui le faisait marcher à la baguette. Hors de sa présence, Venus l'appelait « Herr Major ».

La critique était très dure pour Venus, même si chacun de ses films rapportait une fortune. De toute évidence, les critiques masculins étaient exaspérés qu'une femme puisse avoir son franc-parler et réussir quand même une carrière fantastique. Les journalistes disaient toujours qu'elle était finie, dépassée. Dépassée ! ah ! son dernier CD était resté sept semaines en tête des charts. Dépassée ! Allons donc...

Deux ans auparavant, elle avait épousé Cooper Turner, un acteur à la beauté classique et à la réputation d'un Casanova. Il avait beau avoir près de quarante-sept ans — soit vingt ans de plus qu'elle —, elle avait récemment découvert que son cher époux la trompait comme dans un bois. Lorsqu'ils s'étaient rencontrés, elle avait une liaison avec un des meilleurs amis de Cooper, Martin Swanson, un des pontes de l'immobilier. Martin était à l'époque très amoureux d'elle et très marié. Leur liaison s'était terminée tragiquement : la femme de Martin s'était suicidée devant eux. Cooper n'avait cessé de soutenir Venus. La tragédie les avait rapprochés, ils étaient tombés amoureux et s'étaient mariés. À un moment, Cooper avait dit qu'il voulait fonder une famille. Elle lui avait répondu qu'elle n'était pas prête. Elle savait trop bien ce qui se passerait : *elle* aurait les bébés pendant que *lui* irait courir le jupon. *Elle* perdrait sa silhouette pendant que *lui* se pavanerait dans ses costumes sur mesure. Non. Fonder une famille avec Cooper, très peu pour elle. Ce mariage avait sans doute été une erreur et, depuis quelque temps, elle songeait à divorcer. Voilà qui déchaînerait les magazines à sensation. Elle était leur chérie, leur préférée. Depuis que son cher frère, Emilio, le salopard, leur avait vendu l'histoire de sa vie, plus moyen de se débarrasser d'eux. Chaque semaine, il y avait sur elle un nouvel écho fracassant. À en croire ces journaux, elle avait couché avec la terre entière, de John Kennedy Junior à Madonna ! Si seulement ils savaient la vérité ! Elle avait toujours été une épouse fidèle, tandis que Cooper se déchaînait. Eh bien, le moment était venu d'avoir une explication avec lui.

Après sa gymnastique, Venus prit une douche, puis descendit retrouver son masseur, Rodriguez, un torride Argentin de vingt-deux ans aux mains aussi expérimentées que s'il avait deux fois son âge. Musclé, de longs cheveux bruns et des yeux de braise : juste comme Venus les aimait. Récemment, elle avait songé à avoir une aventure avec lui, mais est-ce que ce ne serait pas du détournement de mineur ? Absolument pas. À vingt-deux ans, ce n'était plus un bébé et il semblait plein d'expérience : il se plaisait à lui raconter ses aventures amoureuses avec des femmes plus âgées que leurs riches maris n'arrivaient plus à satisfaire. Voilà au moins un problème qu'elle n'avait pas. Cooper était un merveilleux amant : il aimait vraiment les femmes. Malheureusement, il les aimait toutes.

Venus était en retard. Cela ne gênait pas Lucky, qui en avait profité pour rappeler sur son téléphone portable un certain nombre de gens. Quand Venus entra dans la cantine du studio, toutes les conversations s'arrêtèrent au passage de la blonde platinée qui traversait avec un déhanchement nonchalant la salle encombrée jusqu'à la partie privée, tout au fond. Il y avait à Hollywood des actrices plus grandes, plus minces, plus jeunes, plus belles, mais Venus réussissait à avoir l'air vulnérable, élégante et en même temps incroyablement pute. C'était une combinaison irrésistible. Se coulant à sa place, elle commanda aussitôt un verre de vin blanc.
— Un quart d'heure de retard : j'aimerais une excuse, fit Lucky en tapotant le cadran de sa montre.
— J'envisageais de coucher avec mon masseur, murmura Venus, provocante.
Lucky hocha la tête. Rien de ce que disait Venus ne la surprenait.
— Ça me semble une excuse valable. Et qu'est-ce que tu as décidé ?
Venus leva les yeux au ciel.
— Hmmm... je suis sûre qu'il est très doué.
— Et toi, tu es *très* mariée.
— Cooper aussi, répliqua Venus. Ça ne semble pas l'arrêter.
Lucky attendait ce moment. Tout le monde connaissait la libido déchaînée de Cooper. Venus avait choisi de ne jamais en discuter et, même si les deux femmes étaient très intimes, Lucky n'avait pas voulu ébranler leur amitié. Elle s'était simplement imaginé que Venus ignorait les frasques de son mari.
— J'en ai assez, reprit la jeune femme en secouant ses boucles platinées. Au début, je croyais que ça l'amusait de flirter : je n'avais rien contre parce que, dans ce domaine-là, je n'ai pas

non plus les deux pieds dans le même sabot. Mais je m'aperçois aujourd'hui qu'il saute sur tout ce qui respire. Elle marqua un temps. Je ne comprends pas, reprit-elle avec un petit sourire. Il m'a, *moi* : le rêve de tout homme. Qu'est-ce qu'il peut vouloir de plus ?

— Est-ce que tu l'as pris en flagrant délit ? demanda Lucky.

— Fichtre non ! s'exclama Venus. D'après mon coiffeur, qui sait tout, mon cher coureur de mari couche actuellement avec Leslie Kane. Il peut très bien continuer : je ne suis pas en colère contre lui, je veux simplement divorcer.

— Eh bien..., fit Lucky après un bref silence. S'il y a quoi que ce soit que je puisse faire...

— Oh oui, dit Venus d'un ton résolu. Ne crois pas un mot de ce que tu vas lire parce que les torchons vont s'en donner à cœur joie. C'est *lui* qui s'envoie en l'air dans tous les coins de cette ville et c'est *moi* qui me fais traiter de traînée dans les journaux.

Lucky acquiesça. On savait bien que les femmes étaient toujours responsables de tout. Si Meryl Streep était la tête d'affiche d'un film qui se révélait un bide, on l'accusait aussitôt de cet échec. Si Jack Nicholson tournait trois navets l'un après l'autre, les studios se battaient pour lui offrir des millions de dollars pour le suivant. Mais pas à Panther. Lucky veillait à ce qu'on traitât les femmes équitablement, y compris sur le plan des cachets.

— Pourquoi est-ce que je n'ai pas pu dénicher Lennie avant que tu lui mettes le grappin dessus ? déplora Venus. Il est formidable, Lennie. Ce n'est pas lui que tu trouveras en train de sauter la vedette de son film.

Et si c'était le cas, je le tuerais sans doute, songea tranquillement Lucky.

— Leslie Kane ! ricana Venus. Cooper est donc le seul à ne pas savoir qu'elle était une des filles qui travaillaient pour madame Loretta ?

— Tu lui as annoncé que c'était terminé ?

— Leslie donne un dîner chez elle ce soir. Je me propose d'annoncer ça au dessert : ainsi tout le monde profitera de la bonne nouvelle.

Lucky secoua la tête sans répondre.

Elles passèrent le reste du déjeuner à discuter affaires. Et puis Venus voulait demander conseil à son amie : Freddie Leon la poursuivait et elle avait envie de changer d'agent.

— Freddie est le meilleur, fit Lucky en buvant une gorgée

de Perrier. Tiens, j'avais justement rendez-vous ce matin avec lui et Alex Woods. Tu connais Alex ?

— Beau talent. Bel homme. Une préférence marquée pour les Orientales. Elles lui font des gâteries et il adore ça.

— Comment se fait-il que tu saches tout ?

— Je me suis beurrée à une soirée avec une de ses ex : une piquante petite Chinoise. Elle m'a donné plein de détails.

— Nous allons tourner son prochain projet. Un film qui s'appelle *Gangsters*.

Venus ne put dissimuler son étonnement :

— Tu vas produire un film d'Alex Woods ? Toi ? Tu dois bien savoir qu'il est terriblement macho...

— Son scénario est formidable.

— Eh bien, je te souhaite bonne chance.

Lucky sourit.

— Je te remercie, mais je ne crois pas que ce soit nécessaire.

La seconde réunion de production de la journée se passa sans heurt : on discuta de la distribution éventuelle de *Gangsters*. On cita quelques noms mais Lucky savait qu'Alex Woods aurait ses idées à lui. Habituellement, il ne tournait pas avec des comédiens connus, mais Freddie l'avait appelée après le déjeuner pour lui dire qu'il souhaiterait donner un des principaux rôles à Johnny Romano, une star latino. Lucky aimait bien l'idée : avec le public qu'il attirait, Johnny pouvait assurer pas mal d'entrées la première semaine.

— Pour ma part, avait-elle dit, je n'ai rien contre.

— Bon. Je vais en parler à Johnny.

La réunion terminée, la dernière chose dont elle avait envie, c'était de donner une interview pour un magazine. Elle comprenait toutefois la nécessité de soigner les relations publiques, et l'importance de ramener les studios Panther au premier rang, à la place qu'ils méritaient. Avec *Finder* et *River Storm* qui marchaient si fort, c'était le moment de donner un petit coup de pouce de ce côté-là, même si elle se méfiait de la presse et faisait d'ordinaire tout son possible pour qu'on ne parle pas d'elle dans les journaux.

Mickey Stolli, l'ancien patron de Panther — à la tête aujourd'hui des studios Orpheus — répétait partout que Panther était fini, que ses films ne rapportaient rien. Même s'il n'y avait pas un mot de vrai dans tout ça, cela n'arrangeait pas l'image des studios. L'heure était venue de riposter.

Lucky s'installa avec un journaliste noir d'une trentaine d'années et parla avec éloquence de ses projets : Panther produit le genre de films que moi, j'ai envie de voir, déclara-t-elle en passant une main dans ses boucles rebelles. Dans ces films-là, les femmes sont astucieuses. Elles ne sont pas cantonnées à la cuisine, dans la chambre à coucher ou les maisons de passe. Ce sont des femmes fortes qui mènent toutes seules leur carrière et leur existence sans vivre leur vie à travers un homme. Voilà ce que les femmes intelligentes veulent voir.

Alex Woods téléphona au milieu de l'interview.

— J'aimerais vous prendre au mot à propos de cette visite à votre père, dit-il. Qu'est-ce que vous diriez de ce week-end ?

— Oh, je ne sais pas, fit-elle d'un ton hésitant. Il va falloir que je voie ça avec Gino.

Alex insista : Vous viendrez avec moi. C'est important.

Elle n'avait pas prévu de l'accompagner.

— Ce week-end-ci, je serai absente, dit-elle, en se demandant pourquoi elle éprouvait le besoin de donner des explications.

— Où serez-vous ? interrogea-t-il, comme s'il avait un droit quelconque de le savoir.

Ça ne vous regarde pas.

— Oh... je vais passer deux jours avec mon mari.

— Je ne savais pas que vous étiez mariée.

Oh, vraiment ? D'où sortez-vous ?

— À Lennie Golden.

— Le comédien ?

— Bravo.

Il ne releva pas son ton ironique.

— Quand pouvons-nous y aller ? demanda-t-il avec impatience.

— Si vous y tenez tant, je vais arranger ça pour la semaine prochaine.

Il insistait beaucoup.

— Et vous viendrez, n'est-ce pas ?

— Si je peux.

Alex Woods était le genre d'homme avec qui elle aurait pu avoir une histoire. Avant Lennie... Avant d'avoir une vie si structurée, avec des enfants, un studio à diriger et un emploi du temps si chargé.

Lucky s'efforça de ramener son attention sur le journaliste, mais deux pensées tournaient dans sa tête.

Alex Woods était une dangereuse tentation.

Elle refusait de se laisser tenter.

5

Donna Landsman, *ex* Donatella Bonnatti, habitait un faux manoir espagnol juché au sommet d'une colline dominant Benedict Canyon. Elle vivait là avec son mari, George, l'ancien comptable de son défunt époux Santino, et avec son fils, Santino Junior, un garçon de seize ans, trop gros pour son âge et au caractère difficile. Ses trois autres enfants avaient quitté la maison, prêts à tout affronter plutôt que la vie avec leur dominatrice de mère.

Santino Junior — ou Santo, comme on l'appelait — avait choisi de rester car il était le seul qui savait la manipuler. Et puis il était assez malin pour se rendre compte qu'il fallait bien que quelqu'un hérite de la fortune familiale et que ce quelqu'un, ce serait lui. Santo était le benjamin et le seul fils de Donna. Elle l'adorait. À ses yeux, il ne pouvait jamais mal faire.

Pour son seizième anniversaire, contre l'avis de George, elle lui avait acheté une Corvette verte et une Rolex en or massif. Et puis, comme si cela ne suffisait pas, elle lui avait remis une carte American Express avec un crédit illimité, 5 000 dollars en espèces. Enfin, elle avait donné une énorme fête au Beverly Hills Hotel. Elle voulait que son fils possède le monde. Santo était tout à fait d'accord. Mais pas George.

— Tu le pourris, avait-il répété à Donna en maintes occasions. Si tu lui donnes tout si jeune, que veux-tu qu'il désire ?

— Allons donc, répondait Donna. Il a perdu son vrai père, il mérite bien tout ce que je peux lui donner.

George avait renoncé à discuter. Ça n'en valait pas la peine.

Donna était une femme difficile et compliquée. Il avait parfois le sentiment de ne pas la comprendre du tout.

Donatella Cocolioni était née dans un petit village de Sicile au sein d'une famille pauvre et travailleuse. Elle avait passé les seize premières années de sa vie à s'occuper de ses nombreux frères et sœurs cadets, jusqu'au jour où un cousin plus âgé qui vivait en Amérique était venu au village et l'avait choisie comme fiancée pour le gros homme d'affaires américain Santino Bonnatti. Son père avait reconnu que c'était un excellent parti et, même s'il n'avait jamais rencontré Santino, il avait accepté 1000 dollars en liquide et avait expédié sa fille aux États-Unis sans penser une seconde à ce qu'elle pouvait ressentir. En vérité, il l'avait vendue à un étranger habitant un pays lointain, l'obligeant à quitter l'amour de sa vie — Furio —, un garçon de son village. Donatella en avait eu le cœur brisé.

En Amérique, on l'avait emmenée directement chez Santino Bonnatti, à Los Angeles. Celui-ci l'avait toisée de ses petits yeux porcins et avait hoché la tête. « Bon, ce n'est pas une beauté, mais elle fera l'affaire. Achète-lui des vêtements, fais-lui apprendre l'anglais et veille à ce qu'elle sache qui je suis parce que je n'ai pas envie qu'elle me fasse chier. » Elle avait passé plusieurs semaines chez la petite amie de son cousin, une bécasse blonde importée du Bronx qui s'efforçait de lui apprendre l'anglais. Un désastre. Le peu d'anglais que Donatella avait réussi à maîtriser, elle le parlait avec un accent sicilien à couper au couteau. La deuxième fois où elle avait vu Santino, c'était à leur mariage. Elle avait une longue robe blanche et un air affolé. Après la cérémonie, Santino s'était pavané en fumant un gros cigare et en échangeant des plaisanteries salées avec ses copains sans pratiquement s'occuper d'elle. Son cousin avait dit à Donatella de ne pas s'inquiéter, que tout se passerait bien. Elle découvrit par la suite que Santino lui avait versé 10 000 dollars pour l'avoir amenée de Sicile.

Après la réception, ils étaient rentrés à la maison de Santino. Celui-ci n'était pas du tout comme l'amoureux qu'elle avait abandonné en Sicile : il était courtaud, plus âgé — presque trente ans —, il avait des lèvres minces, un début de calvitie et un corps exceptionnellement poilu. Elle le constata quand il se débarrassa de ses vêtements en les laissant tomber sur le plancher. « À poil, mon chou, dit-il d'un air paillard. Fais-moi voir un peu la marchandise. »

Elle s'engouffra dans la salle de bains, frissonnant dans sa robe de mariée, les larmes ruisselant sur son visage. Santino entra à grands pas et, sans cérémonie, fit coulisser la fermeture de sa robe, lui arracha son soutien-gorge et sa culotte et, la poussant contre le lavabo, la prit par-derrière en ahanant comme un porc. La douleur la fit hurler, mais Santino s'en moquait bien. Il continua jusqu'à ce qu'il fût satisfait, puis s'éloigna sans un mot en la plantant là. Tel fut le début de leur mariage.

Elle lui donna rapidement deux filles, en espérant que cela lui ferait plaisir. Mais pas du tout. Il était furieux qu'elle n'eût pas mis au monde un fils pour porter le grand nom des Bonnatti. Comme elle n'arrivait plus à être enceinte, il l'envoya consulter une kyrielle de médecins qui l'examinèrent sous toutes les coutures sans rien trouver d'anormal. Un jour, elle lui suggéra de consulter à son tour. Santino était fou de rage. Il la gifla avec une telle violence qu'elle en perdit deux dents. C'était la première fois qu'il la frappait : ce ne devait pas être la dernière. Avec le temps, elle découvrit qu'il avait de nombreuses maîtresses. Peu lui importait : moins il l'approchait, mieux elle se portait. Elle se consolait en se préparant d'énormes platées de pasta qu'elle engloutissait au petit déjeuner, au déjeuner et au dîner. Elle préparait des tartes. Elle se bourrait de gâteaux, de chocolat et de glaces. Elle ne tarda pas à devenir énorme. Santino était écœuré. Il passait de plus en plus de temps avec ses sveltes maîtresses même s'il lui arrivait de s'affaler sur Donatella au milieu de la nuit quand il était assez ivre, en la prenant de force. Elle finit donc par se retrouver une nouvelle fois enceinte et il était aux anges. Mais, quand leur troisième enfant se révéla être encore une fille, il se montra si furieux qu'il quitta la maison pour six mois. Ce que Donatella considéra comme les six mois les plus heureux de son mariage.

Quand Santino revint, elle avait pris du recul, acquis de la sagesse et en avait assez des manières de son mari. Santino accepta cette nouvelle attitude. La stupide petite paysanne était devenue une mégère. *Enfin*, il avait une femme qu'il pouvait respecter. Il lui faisait l'amour une fois par mois et elle se retrouva enceinte. Cette fois, elle mit au monde un garçon. On le baptisa Santino Junior et son père se sentit désormais comblé. Donatella déversa sur son fils tout l'amour qu'elle ne trouvait pas auprès de son mari. Santino adorait l'enfant, lui aussi. Ils rivalisaient d'ingéniosité pour combler le petit Santo. Dès que l'enfant fut en âge de comprendre, il se mit à se servir de l'un contre l'autre bien qu'il éprouvât une petite préférence pour son père. Donatella en vint à estimer que sa vie n'était pas si atroce. Elle habitait une somptueuse demeure de Bel Air, qui avait été la résidence d'une vedette du muet. Elle était la femme d'un important homme d'affaires. Elle avait quatre beaux enfants et elle pouvait envoyer régulièrement de l'argent à sa famille en Sicile.

De temps en temps, Santino lui conseillait d'apprendre à parler convenablement l'anglais, en affirmant que son accent le gênait. Il insistait aussi pour qu'elle suive une cure d'amaigrissement. Elle se contentait de lui rire au nez.

Un jour de l'été 1983, Steven Berkeley, un avocat noir, vint lui rendre visite. Il jeta sur la table basse un exemplaire d'un magazine pornographique et lui annonça d'un ton furieux que la femme nue sur la couverture était sa fiancée. On a mis son visage sur le corps de quelqu'un d'autre, déclara-t-il. Ce sont des photos truquées. Ma fiancée a tenté de se suicider à cause de ça, poursuivit Steven. Et c'est votre ordure de mari qui publie cette saloperie.

Elle savait que Santino possédait une société d'édition. Il lui avait toujours raconté qu'il publiait des livres techniques. Et voilà qu'elle se retrouvait avec des magazines porno dans sa propre maison face à un avocat furieux qui accusait son époux.

La sonnerie du téléphone retentit. Trop heureuse de cette diversion, elle se précipita pour répondre. Il y a une maison de Bluejay Way où votre mari loge sa maîtresse préférée, murmura une voix de femme. Venez donc voir vous-même. Sa voiture est garée devant.

Furieuse, Donatella sauta dans son auto. Elle se rangea derrière celle de Santino et vint sonner à l'entrée. Au bout de quelques instants, on entrouvrit la porte et elle aperçut le visage de Zeko, un des gardes du corps de Santino. Donatella donna un grand coup de pied dans le battant.

— Où avez-vous fourré mon mari ? demanda-t-elle.

— Mrs. Bonnatti..., fit Zeko, abasourdi.

Il entrebâilla un peu plus la porte, sans remarquer deux hommes qui remontaient l'allée derrière elle.

— FBI, dit un des hommes en brandissant sa carte.

Sans s'occuper d'eux, Donatella entra en trombe et se trouva nez à nez avec une blonde svelte comme une liane.

— Mrs. Bonnatti, dit la blonde, comme si elle s'attendait à sa visite.

Donatella la foudroya du regard.

— C'est vous qui avez mon Santino ?

— Il est ici, répondit calmement la blonde. Mais avant de le voir, il faudrait qu'on parle, toutes les deux.

— Il couche avec vous ? cria Donatella.

Les deux agents du FBI bousculèrent Zeko et firent irruption dans la maison, pistolet au poing. Zeko se précipita derrière eux.

— C'est qui, ces gens ? hurla Donatella.

— Les mains au mur et bouclez-la, ordonna un des hommes.

Puis un grand fracas éclata au fond de la maison, suivi de plusieurs coups de feu. Donatella se signa. Sans se soucier des hommes du FBI, elle fonça dans la direction d'où venait le bruit.

Un homme poussait dans le vestibule un enfant et une fillette. Donatella l'écarta et se précipita dans la pièce d'où ils sortaient. Le corps de Santino était affalé sur le sol auprès du lit. Il était couvert de sang et tout ce qu'il y a de plus mort.

— Mon Dieu ! Oh, mon Dieu ! s'écria Donatella.

Une femme brune était encore dans la pièce. Donatella reconnut Lucky Santangelo, l'ennemie héréditaire de la famille Bonnatti.

— Putain ! s'exclama Donatella. Tu as buté mon mari ! Tu l'as tué. Je t'ai vue !

Le reste ne fut que confusion. La police arriva et arrêta Lucky Santangelo pour le meurtre de Santino. Des mois plus tard, quand l'affaire passa en jugement, il s'avéra que la véritable coupable n'était pas Lucky mais Brigette Stanislospoulos, une jeune héritière que Santino retenait captive : pendant qu'il s'attaquait au demi-frère de la jeune fille, un garçon de six ans, Bobby, le fils de Lucky, elle l'avait abattu. Tout cela avait été enregistré sur une cassette vidéo, que l'on projeta devant le tribunal. Brigette fut acquittée, tout comme Lucky. Donatella se retrouva veuve avec quatre enfants à élever. Elle bouillait d'une rage implacable. Santino avait peut-être été un porc infidèle, mais il était *son* porc infidèle et le père de ses enfants. Il fallait venger son assassinat. Après tout, elle était sicilienne : c'était une question d'honneur.

Carlos, le frère aîné de son mari, vint lui proposer de reprendre l'ensemble des affaires de Santino en lui versant une malheureuse part de cinq pour cent. Donatella lui dit qu'elle allait y réfléchir, mais elle n'avait aucune intention d'accepter. Elle préféra rencontrer le comptable de Santino, George, pour se faire expliquer la situation. Les principales activités du défunt étaient dans l'import-export : elle découvrit bientôt que cela rapportait des millions de dollars par an, le plus clair en espèces. Il avait aussi des propriétés, des intérêts dans deux casinos du New Jersey et une société d'édition très lucrative qui publiait en effet des ouvrages techniques, ainsi qu'un choix de revues pornographiques.

Donatella apprit par George qu'elle était l'associée légale de Santino. Il avait souvent posé des documents devant elle pour la faire signer. Jamais elle n'avait osé le questionner. Le résultat, c'était que maintenant tout lui appartenait. George Landsman était un homme modeste qui se fondait dans le paysage avec ses manières douces et sa voix étouffée. Il avait été le fidèle lieutenant de Santino : il connaissait tout de ses diverses entreprises. Il était peut-être effacé, mais c'était un génie de la finance. Après l'avoir observé quelque temps, Donatella sut qu'il était parfaitement capable de continuer à faire tourner l'affaire. Aidée et encouragée par George, elle se familiarisa peu à peu avec cet univers. Elle comprit vite que, si elle comptait reprendre la direction de l'affaire, il faudrait qu'elle se débarrasse de son accent ridicule, qu'elle perde du poids et qu'elle cesse de porter les cheveux longs à la sicilienne.

Une fois lancée, plus question de l'arrêter. D'abord, elle perdit son accent. Puis son embonpoint. La chirurgie esthétique la dota d'un nez plus petit, d'un menton plus ferme et de pommettes plus saillantes. Elle se fit réduire les seins, couper et teindre les cheveux. Elle renouvela entièrement sa garde-robe et s'offrit quelques bijoux de valeur. En chemin, elle épousa George, qui, découvrit-elle, l'avait toujours désirée — même quand elle était grosse et qu'elle parlait à peine l'anglais. Elle connut le plaisir pour la première fois et devint bien plus heureuse qu'elle l'avait jamais été, surtout à partir du moment où elle s'aperçut qu'elle avait des dons de femme d'affaires. Sous la tutelle de George, elle absorba en très peu de temps toute une vie de connaissances. Et quand elle eut enfin l'impression d'être prête, elle se lança, soutenue par les sages conseils de son nouveau mari. Elle commença par vendre la maison d'édition. Elle utilisa l'argent pour racheter une société de produits de beauté en déconfiture. Quelques mois plus tard, elle la revendit et, avec les bénéfices, reprit une chaîne de petits hôtels. Six mois plus tard, elle revendait l'affaire deux fois plus cher qu'elle ne l'avait payée. Dès lors elle fut accro. Les OPA devinrent son jeu préféré.

Carlos, le frère de Santino, était impressionné. Il revint la voir, proposant cette fois une association. Elle l'éconduisit, ce que prit très mal Carlos, qui estimait qu'elle aurait dû se montrer éperdue de reconnaissance.

— Qu'est-ce que tu fais de Lucky Santangelo ? lui demanda-t-elle. Nous savons que sa famille est responsable du meurtre de Santino et tu les laisses s'en tirer comme ça. Si toi, tu ne fais rien, moi, je le ferai.

Carlos considéra l'épouse de son défunt frère. Elle avait vraiment changé. De femme d'intérieur boulotte et stupide, elle était devenue une sorte de machine à faire des affaires. Mais pensait-elle vraiment être capable d'affronter Lucky Santangelo ? Pas question.

— Ah bon. Et qu'est-ce que tu comptes faire ? répliqua Carlos, dissimulant à peine un ricanement méprisant.

— D'où je viens, on a le respect des traditions, riposta Donatella d'un ton menaçant.

— Ne t'en fais pas, répondit Carlos, furieux d'entendre une femme lui parler de cette façon. Ce qu'il lui fallait, c'était un homme pour gifler ce visage refait. J'ai mes idées pour m'occuper de cette connasse de Santangelo.

Donatella haussa les sourcils.

— Ah oui ? fit-elle.

— Parfaitement.

Les *idées* ne donnèrent rien. En décembre 1985, il eut le malheur de tomber de son appartement avec terrasse au dernier étage d'un immeuble de Century City. Personne ne savait comment c'était arrivé.

Donatella, elle, savait.

La responsable, c'était Lucky Santangelo.

Donatella décida que c'était à elle d'assurer définitivement la ruine de Lucky. Et, avec cet objectif en tête, elle conçut un plan redoutable pour la détruire.

Tous les jours à 16 heures, Santo rentrait de l'école. Il tirait le maximum des quelques heures de paix avant que son idiote de mère ne commence à venir lui casser les pieds. Il haïssait sa mère. Chaque jour il songeait à quel point il la détestait et comme c'était injuste qu'elle fût toujours en vie alors que son père était mort. Elle n'avait qu'un bon côté : elle était facile à manœuvrer. En général, il arrivait à obtenir d'elle tout ce qu'il voulait. Quant à George, il l'avait en horreur aussi. Ce n'était qu'une mauviette que Donna menait par le bout du nez. Santo considérait cette période entre quatre et sept comme un moment bien à lui. Il commença par fumer deux ou trois joints. Puis il se bourra de glace et de bonbons. Après cela, il feuilleta la pile de magazines porno qu'il cachait dans un placard fermé à clé. Si les filles l'excitaient, il se masturbait — mais le plus souvent il réservait ça pour ELLE. ELLE, c'était une fille spécialement créée pour son plaisir. ELLE était tout ce qu'un homme pouvait jamais désirer. Seulement il n'était pas encore un homme. Il n'avait que seize ans. Chaque matin, quand il se levait et qu'il se voyait dans la glace de la salle de bains, Santo aurait voulu être plus vieux et plus mince. S'il était plus âgé, il aurait peut-être plus de chances de se faire remarquer d'ELLE. S'il était plus mince, il pourrait s'envoyer quelques-unes des plus belles filles de l'école : celles qui étaient jolies, avec le nez refait, une peau satinée et de longs cheveux blonds. Mais ces petites garces se fichaient pas mal qu'il soit plein aux as et qu'il ait une belle bagnole. Elles préféraient les connards qui jouaient au football et faisaient de la gymnastique. Il les exécrait toutes. D'ailleurs, ce n'était pas elles qu'il désirait. Pas quand il y avait ELLE. ELLE était une blonde extraordinairement sexy qui avait tout ce qu'il fallait là où il fallait. Et qui ne se gênait pas pour le montrer. Il avait vu ses seins, ses fesses, tout. Il connaissait ses pensées et savait ce qu'elle voulait d'un homme. Lire ses interviews, c'était formidable. Elle parlait de sexe comme un garçon.

Ah oui ! c'était un drôle de numéro. Et lui était assez riche pour se la payer. Un jour, il savait qu'il aurait l'occasion de se l'envoyer. Un jour, Venus Maria le découvrirait — dans tous les sens du terme. Ça valait la peine d'attendre.

6

— Je n'arrive pas à croire que j'ai une heure de libre avant mon prochain rendez-vous, dit Lucky en s'effondrant dans le fauteuil de cuir derrière son bureau.

— Pas exactement, fit Kyoko sur un ton d'excuse. Charlie Dollar est sur le plateau. Je lui ai dit qu'il pouvait passer à 17 heures et que, si vous aviez terminé votre interview, vous le verriez.

— Oh, parfait, gémit-elle. Pourquoi avez-vous fait ça ?

— C'est une des plus grandes stars de Panther, lui rappela Kyoko. Et je crois savoir que Mickey Stolli lui a envoyé un script qui l'intéresse. Alors...

— Je sais, je sais... vous avez raison, Ky. Il faut que je le voie... qu'il soit content.

— Ce serait prudent.

Elle adorait la façon de parler de Kyoko : il était toujours si convenable.

— Bon, commandez deux margaritas et un plat de guacamole au petit mexicain d'en face. Et puis mettez-moi mon CD de Billie Holiday. J'ai besoin de me détendre et je pense que Charlie est exactement la personne qu'il me faut pour ça.

Kyoko hocha la tête, content qu'elle soit d'accord avec lui.

Cinq minutes plus tard, Charlie, le fringant quinquagénaire, entra dans son bureau avec un large sourire et un bouquet de roses écarlates — ses préférées. Comme la plupart des comédiens, Charlie pouvait être un épouvantable casse-pieds, mais elle l'aimait bien parce qu'il ne se prenait pas trop au sérieux et qu'il avait un extraordinaire sens de l'humour. En fait, s'il n'y avait pas eu Lennie, il aurait pu y avoir Charlie : il était plutôt séduisant dans un style à la Jack Nicholson. Charlie s'installa sur le canapé et alluma un joint.

— Vous avez eu mon message ? demanda-t-il en tirant une bouffée.

— Bien sûr, répondit-elle.

D'un regard, elle vit les cheveux dépeignés, les baskets éraillées, le T-shirt froissé et le pantalon qui tombait mal. Mais, au fond, ce côté grunge allait bien à Charlie.

Il tapota sa brioche.

— Il va falloir perdre ça. Vous ne trouvez pas ?

— Vos fans y sont habitués : il ne faudrait pas les décevoir, répliqua-t-elle d'un ton caustique.

— Et futé avec ça...

— Ah, Charlie, fit-elle avec un sourire affectueux, vous êtes tellement pute.

Il haussa un sourcil indigné.

— Pourquoi ? Parce que je veux donner l'image de la vedette que tout le monde aime et connaît ?

— Vous êtes une vraie pute, point. C'est peut-être pour ça que je vous aime.

Ils se mirent à rire tous les deux, comme de vieux copains.

— Il paraît que vous vous préparez à un week-end de débauche, fit observer Charlie en se carrant sur le canapé.

— Est-ce que ça compte comme un week-end de débauche si je le passe avec mon mari ? répliqua-t-elle.

— Je l'espère bien.

Elle sourit : elle avait hâte de voir Lennie.

— Je ne serai absente que trois jours. Soyez gentil, Charlie, tâchez de garder vos autres doléances jusqu'à mon retour.

Il acquiesça :

— Je ferai de mon mieux, Princesse Mafia.

— Ne m'appelez pas comme ça ! protesta-t-elle.

— Allons, mon chou, fit-il en agitant un doigt vers elle. Vous savez bien que vous adorez ça.

— Absolument pas, fit-elle avec indignation. Mon père n'a jamais trempé là-dedans. Gino a toujours été un homme d'affaires très avisé, qui se trouvait simplement avoir des amis bien placés.

— Bien sûr, et moi, je fais chauffeur de maître à mes moments perdus. Il eut un sourire narquois. Comment va-t-il, Gino ? Je dois dire qu'il m'étonne...

— Il a des couilles d'acier, fit sèchement Lucky. C'est de famille.

Charlie souffla un rond de fumée vers le plafond.

— Je n'ai jamais eu l'occasion de le vérifier, dit-il d'un ton nonchalant.

— Je ne savais pas que vous étiez intéressé.

— Mais bien sûr que si. Un silence parfaitement calculé. Changez mon affiche et je serai encore plus intéressé.

Ah, les comédiens ! Quand ils avaient une idée en tête...

— D'accord, Charlie, fit-elle avec un petit soupir, c'est entendu. Maintenant, est-ce qu'on peut se détendre cinq minutes ?

Le grand sourire à la Charlie Dollar.

— Comme vous voudrez, mon chou.

— Brigette ?

— Nona ? Ça alors... Comment ça va ? Quand es-tu rentrée ? Et comment m'as-tu trouvée ?

— J'ai appelé ta grand-mère. Après un bref interrogatoire, elle m'a donné ton numéro.

Nona Webster, sa meilleure amie, qu'elle n'avait pas vue depuis deux ans car les riches parents de Nona, Effie et Yul, avaient envoyé leur fille unique faire le tour du monde. Elles avaient été en pension ensemble et avaient partagé là plus d'une escapade.

— C'est formidable de t'entendre ! s'exclama Brigette. Où t'es-tu installée ?

— C'est le hic. Je suis coincée à la maison parce que je n'ai pas eu le temps de me chercher un appart. Mais j'ai du travail : documentaliste à *Mondo*.

Brigette était impressionnée.

— Fichtre ! un super magazine.

— Oui... C'est Effie qui m'a trouvé ça. Alors... qu'est-ce que tu fais à New York ? Tu ne me disais pas qu'il n'y avait que LA ?

— Si, pour quelque temps. Et puis j'ai changé d'avis.

— Je vois... tu as rencontré quelqu'un.

— Je voudrais bien, fit Brigette, d'un ton mélancolique.

— Écoute, il faut absolument qu'on se voie.

— On déjeune ? proposa Brigette.

Elles se retrouvèrent au restaurant à dévorer des hot-dogs gros comme le bras, tout en échangeant des nouvelles l'une de l'autre. Nona avait un physique plus intéressant que joli : les cheveux d'un roux naturel extraordinaire, des yeux en amande et un visage criblé de taches de rousseur. Elle était d'une franchise désarmante. À peine s'étaient-elles assises qu'elle expliqua à Brigette qu'elle avait actuellement trois petits amis, chacun dans un pays différent.

— Comme je n'arrive pas à décider lequel me convient le mieux, j'ai décampé, dit-elle avec un sourire espiègle. Ils n'ont tous que le mariage en tête. Je me fais l'effet d'une vraie salope !

— Mais tu es une salope, répliqua Brigette. Rien de nouveau.

— Je te remercie ! s'exclama Nona.

— T'as toujours été une allumeuse, fit observer Brigette. À côté de toi, je boxe dans la catégorie amateurs.

— C'est vrai, reconnut Nona. Mais assez parlé de moi. Qu'est-ce que tu deviens, toi ?

— J'essaie d'être mannequin, avoua Brigette.

— Mannequin ! Quelle idée ! C'est une profession de merde.

— Je peux y arriver, Nona. Tout ce qu'il me faut, c'est une occasion de commencer.

— Bon, si tu y tiens tellement, pourquoi pas ? Après tout, c'est vrai que tu es superbe : tu as toujours ces nichons formidables et je dois dire que tu as maigri là où il fallait.

— Parle-moi un peu de tes trois candidats maris, dit Brigette qui mourait d'envie de connaître tous les détails.

Nona se frotta le nez.

— Tous très mignons. Dans le tas, il y a un Noir. Mes parents vont tomber dans les pommes... ou peut-être que non, tu sais combien ils sont libéraux. Oh, au fait, ils donnent une fête ce soir, tu es invitée.

— Comment va Paul ? demanda nonchalamment Brigette.

Paul Webster, le frère de Nona, artiste et beau garçon. Brigette avait été très amoureuse de lui : un amour longtemps non payé de retour, jusqu'au jour où elle s'était fiancée. Paul était venu alors lui déclarer son amour. Trop tard.

— Marié ! s'exclama Nona, et avec un bébé. C'est étonnant, ce qui arrive aux gens.

— Il peint toujours ? demanda Brigette.

— Oh, non. Il est agent de change à Wall Street. Très bourge. C'est drôle, non ?

— Je n'arrive pas à imaginer Paul avec une vraie situation et une famille. Il a dû vraiment changer.

— Oui... mais j'ai la vague impression qu'au fond il est resté un garnement.

— Fais-moi plaisir, déclara Brigette. Explique bien à tes parents que je veux que *personne* ne sache qui je suis. Pour l'instant, je suis Brigette Brown. Après le scandale d'autrefois, c'est mieux comme ça.

— D'accord, fit Nona. Elle jeta un coup d'œil à sa montre et poussa un cri. Il faut que je retourne travailler, dit-elle en s'emparant de l'addition. À ce soir. 21 heures. Mets quelque chose d'insensé !

Brigette acquiesça : J'y serai.

Cooper Turner était un connaisseur en matière de femmes et Leslie Kane était réellement superbe. Pas étonnant que le public soit si vite tombé amoureux de cette beauté aux longs cheveux roux, aux lèvres pleines et sensuelles et au corps magnifique. Elle avait joué dans deux films et était devenue aussitôt une vedette. Elle tournait actuellement un film avec Cooper et, même s'il avait quarante-sept ans et Leslie seulement vingt-trois, ils formaient un couple de rêve.

À la ville comme à la scène, Leslie couchait avec Cooper. Il n'avait eu qu'à la regarder avec ses yeux d'un bleu glacier : elle ne savait plus où elle était. À quatorze ans, elle avait sa photo collée au mur au-dessus de son lit. Chaque fois que son beau-père entrait en trébuchant dans sa chambre au milieu de la nuit avec son haleine empestée de bière, elle se cramponnait toujours à l'image de Cooper veillant sur elle, tandis que son poussah de beau-père grognait et ahanait sur elle. Elle aurait bien voulu lui cracher à la figure et filer. Mais elle ne pouvait pas partir, pas tant que sa mère restait clouée au lit avec ce cancer qui la rongeait. Le jour où sa mère était morte, elle avait décampé avec 1 000 dollars volés à son beau-père et une ambition dévorante. Adieu, Floride. Bonjour, LA. À dix-huit ans, elle était belle à tomber : il ne lui avait donc pas fallu longtemps pour être découverte par madame Loretta, une femme qui savait reconnaître une gagneuse quand elle en rencontrait une. Pendant des années, madame Loretta approvisionnait le Tout-Hollywood en succulentes jeunes femmes. Elle les voulait fraîches et avec un faible kilométrage : dès qu'elle avait repéré Leslie, elle lui avait fait quitter la boutique de mode où elle travaillait pour l'installer dans un somptueux appartement. Leslie n'avait pas tardé à ensorceler tous ses clients, qui, pour la plus grande joie de madame Loretta, étaient aussitôt devenus des habitués.

Leslie n'avait jamais eu l'intention de rester une call-girl.

Elle voulait davantage. Elle voulait le véritable amour et, un jour, elle l'avait trouvé avec Eddie Kane, un ancien enfant vedette devenu directeur de la distribution aux studios Panther. Eddie Kane était un vrai personnage de Hollywood et il s'y connaissait en femmes. Un coup d'œil sur Leslie et il avait mentalement brûlé son petit carnet noir avec le téléphone de toutes ses petites amies. Il ne se doutait pas au début qu'elle avait été une des plus brillantes recrues de madame Loretta : elle s'était donné beaucoup de mal pour s'assurer qu'il ne l'apprendrait jamais, mais il avait fini par découvrir la vérité, ce qui avait provoqué une rupture immédiate.

Ç'avait été une dure période pour Leslie, mais elle était décidée à ne pas reprendre sa vie d'autrefois. Elle avait préféré entrer comme réceptionniste dans un institut de beauté à la mode où, quelques semaines plus tard, elle avait été découverte par Abigaile, la femme de Mickey Stolli. Abigaile avait insisté pour que Mickey lui fasse faire un bout d'essai. Pendant ce temps, Eddie, camé jusqu'aux trous de nez, avait embouti sa précieuse Maserati dans un mur de béton et fait de Leslie une très jeune veuve. Le bout d'essai de la très jeune veuve avait été un grand succès. Un an plus tard, elle était une star.

Leslie se disait souvent que c'était vrai : à Hollywood, si on souhaitait quelque chose assez fort, n'importe quoi pouvait arriver.

Elle était maintenant au lit avec Cooper Turner et il était tout ce qu'elle avait jamais imaginé, un rêve devenu réalité. Penchée sur lui, elle laissait ses ongles griffer doucement le dos nu de Cooper. C'était la pause déjeuner et ils étaient dans un motel proche du studio. Amant incroyable, Cooper avait une conception très particulière de ce moment-là. C'était lui qui avait eu l'idée du motel. Ils avaient filé à l'anglaise et Leslie savait que le coiffeur et la maquilleuse seraient fous de rage quand elle reviendrait sur le plateau : il faudrait au moins une heure pour la remettre en état avant qu'elle puisse s'avancer devant la caméra et lui offrir une image parfaite.

— Réveille-toi, mon trésor, ronronna-t-elle. Allons, il faut qu'on parte.

Cooper ouvrit un œil, tendant nonchalamment une main vers les seins de la jeune femme.

Elle soupira de plaisir.

7

— Comment est votre mère ? demanda Tin Lee.

Folle, avait envie de répondre Alex. *Égoïste. Méchante. Ne pensant qu'à elle. Un tyran. Une harpie. Elle a poussé mon père à l'alcoolisme et à une mort prématurée. Même aujourd'hui, malgré mon succès et ma célébrité, elle n'arrête pas de me rabaisser.*

— Elle te plaira, dit brièvement Alex. C'est une femme remarquable.

— J'en suis sûre, fit Tin Lee avec un doux sourire. Après tout, c'est elle qui vous a élevé, Alex, et vous êtes un homme merveilleux. Je suis tout excitée à l'idée de la rencontrer, reprit Tin Lee en joignant ses petites mains. C'est un honneur pour moi de vous accompagner à son anniversaire.

Oh, bébé, si tu savais. Je ne supporte pas d'être seul avec ma chère vieille maman. Quand nous sommes seuls tous les deux, nous nous étripons.

Ils étaient dans le hall de l'immeuble d'Alex sur Wilshire. Jamais il n'emmenait ses petites amies dans sa résidence principale, la maison moderne sur la plage. C'était une propriété privée qui n'avait pas à être envahie par des femmes de passage. Tin Lee était depuis six semaines dans la vie d'Alex Woods. Originaire de Thaïlande, menue et très jolie, âgée d'une vingtaine d'années, elle souhaitait devenir comédienne. Elle était venue passer une audition et il l'avait invitée à dîner. Il ne lui avait fait l'amour qu'une fois et n'avait pas vraiment envie de recommencer. Avec elle, il ne se sentait pas jeune : il se sentait vieux et décrépit. Mais ce soir, il avait désespérément besoin d'elle pour faire tampon entre sa mère et lui.

— J'espère que je lui plairai, fit Tin Lee avec angoisse.

— Elle va t'adorer, lui assura Alex.

— Merci, fit Tin Lee, éperdue de reconnaissance.

Seigneur, Dominique allait la croquer à pleines dents, cette pauvre fille. Encore une putain asiatique, mon cher fils ? demanderait-elle pendant que Tin Lee serait allée se repoudrer. Tu ne peux donc pas te trouver une Américaine convenable ? Tu ne rajeunis pas, Alex. Tu as quarante-sept ans et tu les parais. Bientôt, tu commenceras à perdre tes cheveux et qui voudra de toi ?

Oh oui, il savait exactement ce que sa mère allait dire, avant même que ses paroles ne franchissent ses lèvres peintes en rouge vif. Elle allait sur ses soixante et onze ans et le temps ne l'avait pas adoucie.

Que pouvait-il faire ? C'était sa mère et il était censé l'aimer.

Grand et mince, le nez aquilin, Morton Sharkey frisait la soixantaine. C'était un brillant avocat, dont on respectait les conseils. Il avait aidé Lucky à acheter Panther et même s'il était d'un tempérament pessimiste, son instinct en général ne le trompait pas. Ils se disputaient de temps en temps : depuis qu'elle avait acquis les studios Panther, il ne cessait de répéter qu'elle avait fait un mauvais placement.

— Arrêtez de vous faire du souci, Morton, lui avait-elle dit maintes et maintes fois. J'ai construit des hôtels à Vegas, j'ai dirigé les affaires d'armateur de Dimitri, je sais quand même faire marcher un studio.

— Le cinéma, c'est différent, lui avait déclaré Morton d'un ton sévère. C'est l'activité créatrice la plus malhonnête qui existe.

Elle connaissait parfaitement l'industrie cinématographique. Morton devait bien se rendre compte qu'il fallait du temps pour rétablir la situation. D'ailleurs, quand, sur son insistance, elle avait vendu soixante pour cent de ses parts, elle avait pratiquement récupéré son investissement de base. Alors, pourquoi s'inquiéter ?

Morton l'écouta lui raconter son entrevue avec les banquiers japonais.

— Si ce contrat de *merchandising* se fait, dit-elle, ça va rapporter beaucoup. Et c'est exactement ce qu'il nous faut pour faire plaisir aux banques. Ça et nos deux films à succès.

— Bon, admit Morton.

— Je croyais que vous assisteriez à la réunion, ajouta Lucky, en remarquant que Morton avait l'air un peu préoccupé.

— J'ai été retenu.

— Je vais aller voir Lennie pour le week-end. À mon retour, nous discuterons de tout cela.

Il s'éclaircit la voix. Oui, Lucky.

Il y avait quelque chose qui clochait chez Morton aujourd'hui. On aurait dit qu'il avait hâte de repartir.

— Ça va ? demanda-t-elle.

— Pourquoi ça n'irait pas ? riposta-t-il, sur la défensive.

— Je vous demandais, simplement.

Morton se leva d'un bond.

— J'ai l'impression que je couve une grippe.

— Mettez-vous au lit et buvez beaucoup, lui conseilla Lucky.

— Passez un bon week-end, Lucky.

— J'en ai bien l'intention !

Morton Sharkey quitta les studios Panther au volant de son cabriolet Jaguar beige. Il fit quelques centaines de mètres avant de se garer le long du trottoir pour parler d'un ton furtif dans son téléphone de voiture.

— Donna ? interrogea-t-il d'une voix rauque quand une voix de femme lui répondit.

— Oui.

— Nous y sommes presque. Bientôt, vous aurez ce que vous voulez.

— Tâchez que ce soit le plus tôt possible.

Elle raccrocha sans ajouter un mot.

Des femmes comme ça, il en avait déjà rencontré, mais celle-là remportait le pompon. À croire qu'elle régnait sur le monde entier. Il avait horreur de son attitude. Surtout, il avait horreur de l'idée qu'elle le tenait.

Comment avait-il pu être si stupide ? Comment lui, Morton Sharkey, avait-il pu se laisser prendre au plus vieux piège du monde ? Morton Sharkey, marié, deux enfants adultes, avocat et agent respecté, qui siégeait au conseil de plusieurs œuvres de charité prestigieuses. Toute sa vie, il avait trimé et il en avait aidé d'autres moins chanceux que lui. Sa femme, Candice, était encore séduisante. Plus, c'était une épouse attentive et fidèle et, en vingt-six ans de mariage, il n'avait commis que deux faux pas. Jusqu'à Sarah. Sarah, avec ses dix-sept ans, ses longs cheveux roux, ses cuisses blanches et maigres, ses lèvres qui exprimaient tant de choses, ses petits seins et... Oh, mon Dieu... il pourrait continuer comme ça longtemps à propos de Sarah. Elle était le dessert doux-amer de sa vie. Et même aujourd'hui, malgré ce qui s'était passé, il la désirait encore. Sarah était plus jeune que sa fille. Elle voulait être comédienne. Sarah avait accepté 12 000 dollars pour lui tendre un piège.

Et pourtant, il l'aimait encore. Ou bien elle l'obsédait. Peu importait parce que, de toute façon, il n'était pas disposé à renoncer à elle. Quand il était avec Sarah, plus rien ne comptait. Pas même le chantage. Il n'avait pas voulu trahir Lucky. Mais on ne lui avait pas laissé le choix. Donna Landsman avait promis de le détruire s'il ne le faisait pas.

La maison de Lucky à Malibu était construite en retrait de l'océan, avec vue sur une grande partie de la côte. C'était une villa confortable, de style méditerranéen, pleine de meubles en rotin, de livres, de tableaux et d'objets que Lennie et elle avaient collectionnés ensemble. Ils avaient tous les deux décidé que c'était l'endroit parfait pour élever des enfants. Elle rentra juste à temps pour surprendre la petite Maria qui trottinait d'un pas incertain dans le salon.

— Elle n'a pas voulu se coucher avant de vous voir, expliqua Ci-Ci, la charmante nurse noire de Maria.

— Elle n'a pas voulu se coucher, hein ? fit Lucky en chatouillant sa fille.

Elle l'embrassa sur le front et dit :

— Maman va partir quelques jours, alors tu vas être une gentille petite fille et laisser Ci-Ci s'occuper de toi.

— Maman partir, dit Maria en échappant aux bras de sa mère pour parcourir la pièce en chancelant.

— Maman s'en va, mais je reviendrai bientôt, lui assura Lucky.

— Gentille maman, roucoula Maria. Gentille maman.

Quelle joie d'avoir des enfants si merveilleux, songea Lucky. Après avoir bordé Maria dans son lit, elle se glissa à pas de loup pour contempler le bébé Gino, qui dormait dans son berceau en suçant son pouce. En le regardant, elle comprit que c'étaient des moments pareils qui rendaient la vie digne d'être vécue.

Elle passa dans sa chambre, inspecta son sac de voyage, puis grignota quelque chose dans la cuisine avant d'appeler son père pour lui parler d'Alex Woods.

— Il a écrit un script fantastique, dit-elle avec enthousiasme. J'ai hâte que tu le lises.

— Eh oui, fit Gino d'un ton bourru. Je le lirai, je rencontrerai ce type, peut-être que je pourrai lui donner quelques conseils, non ?

— Si nous descendions à Palm Springs à la fin de la semaine prochaine ? proposa Lucky en mordant dans un biscuit au chocolat.

— Tu viens avec lui ?

— Oh, oui. Je ne vais pas laisser Alex seul avec toi... Tu le terrifierais. Après cela, il ne voudrait plus faire son film dans mon studio.

Gino gloussa à l'autre bout du fil.

— Tu veux dire que c'est un trouillard ?

— Je ne le connais pas assez bien.

— Écoute, mon petit, je vérifierai s'il a des couilles et je te le dirai.

— Merci beaucoup !

Elle avait à peine raccroché que le téléphone se mit à sonner.

— Chérie ! fit Lennie, qui appelait de Corse.

Quatre ans de mariage, et elle avait encore le cœur battant en entendant sa voix.

— Lennie ! fit-elle avec un grand sourire. Toute la journée j'ai essayé de te joindre.

— Je suis là, mon trésor. Je m'ennuie et j'ai envie de toi.

Elle rit doucement.

— N'essaie pas de me baratiner avec ton blabla romantique.

— Pourquoi pas ? Avec toi, ça marche toujours.

— Ah oui ?

— Oui.

— Comment ça se passe là-bas ?

— Les problèmes habituels, rien que je ne puisse régler. Il marqua un temps. J'ai besoin de toi, Lucky. À côté de moi.

— Je pars pour l'aéroport d'une minute à l'autre, lui rappela-t-elle.

— Tu me manques tant, chérie.

— Tu me manques aussi, Lennie, murmura-t-elle.

— Je viendrai te chercher à l'aéroport. Bon vol.

La limousine était à l'heure, avec au volant Boogie, qui depuis des années combinait les fonctions de garde du corps, d'enquêteur privé et de chauffeur. Ancien du Viêt-nam, Boogie était malin et protecteur : Lucky lui faisait toute confiance.

Ils roulèrent en silence jusqu'à l'aéroport. Boogie ne parlait que quand c'était absolument nécessaire.

La voiture la déposa au pied du Lear Jet de Panther. Elle n'avait pas envie de faire la conversation, mais le pilote insista pour lui donner un bulletin météo complet. Le steward, une charmante pédale, voulut absolument lui raconter les derniers potins qu'il avait récemment entendus à propos de Leslie Kane et de Cooper Turner. Comme si elle n'en n'avait pas déjà eu les oreilles rebattues lors du déjeuner avec Venus.

L'avion décolla, elle ferma les yeux.

Un week-end avec Lennie... elle avait hâte d'y être.

8

— Salut, beauté, fit Cooper Turner en pénétrant dans la somptueuse salle de bains toute blanche de Venus Maria.

Elle était assise à sa coiffeuse, en train de se brosser les cheveux. Il s'approcha d'elle par-derrière, glissa les mains sur ses seins et lui mordilla la nuque. Elle ne broncha pas. C'était sa soirée et elle la mènerait à sa guise.

— Comment s'est passé le tournage aujourd'hui ? demanda-t-elle nonchalamment.

— Pas mal, répondit Cooper en s'approchant pour se regarder dans la glace. J'ai l'air fatigué ? demanda-t-il en se tournant vers elle.

— Hmmm... un peu, répliqua-t-elle, sachant que ça le rendrait fou.

— Tu trouves ? dit-il, l'air soucieux.

— C'est normal, mon chou, reprit-elle, feignant la compassion. Tu travailles dur. Enfin, réfléchis : tu es au studio matin, midi et soir. C'est à peine si tu prends le temps de manger. Qu'est-ce que tu as fait aujourd'hui pour déjeuner ?

L'amour, fut-il tenté de répondre. Mais il se maîtrisa. Pas question que Venus sache qu'il couchait avec Leslie Kane. Sa femme avait un caractère emporté et Leslie n'était qu'une distraction provisoire.

— Oh... j'ai grignoté une salade, dit-il d'un ton vague. Et toi ?

— J'ai déjeuné avec Lucky.
— Comment va-t-elle ?

— Très bien. Panther finance le nouveau film d'Alex Woods.

— Seigneur ! s'exclama Cooper. Alex en face de Lucky : ils vont s'entre-tuer !

Venus continua à se brosser les cheveux.

— Tu le connais ?

— Nous avons passé quelques soirées mémorables ensemble. Alex peut être déchaîné parfois.

— Hmmm..., fit Venus avec un sourire en coin. Puis elle lança : Un des meilleurs coups de Hollywood.

Elle eut aussitôt toute l'attention de Cooper.

— Comment le sais-tu ? demanda-t-il, surpris.

— Parce que moi, je sais tout.

— Meilleur que moi ? interrogea Cooper, sûr de sa réponse.

— Ce que tu peux être vaniteux !

— Non, fit-il en souriant, non, mon chou : simplement réaliste.

Mais oui, se dit Venus, *voyons comme tu te sentiras réaliste après notre petite confrontation au dîner chez Leslie ce soir. Voyons un peu comment tu vas t'en tirer.*

Brigette fit son entrée à la soirée des Webster comme si elle était déjà le plus célèbre top-model du monde. Elle avait observé assez souvent l'élite des mannequins arpenter l'estrade des défilés pour connaître la démarche et maîtriser le regard, ce regard qui disait : *Je suis l'impératrice du monde et vous êtes tous à mes pieds*. Elle avait pris son temps pour choisir sa tenue, écartant plusieurs toilettes avant de se décider pour un fourreau noir à tomber et des escarpins à talon aiguille. Elle savait qu'elle faisait de l'effet sans soutien-gorge et avec ses cheveux blond miel flottant nonchalamment sur ses épaules. Elle était bien décidée à ce que ce soir quelqu'un la découvre. Elle voulait que ce soit le début de sa carrière de mannequin.

Les parents de Nona l'accueillirent sur le seuil, stupéfaits de la voir ainsi transformée. Ils gardaient de Brigette le souvenir d'une blonde mignonne et un peu potelée. Et ils retrouvaient cette beauté sculpturale à l'attitude insolente. Elle s'arrêta à l'entrée du salon.

— Ma chère enfant, tu es magnifique, lui dit la mère de Nona d'un ton admiratif.

— Vous aussi, Effie, répondit Brigette.

Ses yeux bleus scrutaient l'assemblée, cherchant les gens qu'il fallait impressionner.

— Nona m'apprend que te voilà mannequin, dit Yul, un homme à la taille imposante.

— Heu... oui.

— Ce doit être passionnant.

— Mais oui, répondit-elle sans vergogne.

— Eh bien, dit Yul en l'entraînant dans l'énorme pièce bourrée d'invités, je suis certain que tu vas retrouver des douzaines de gens que tu connais.

— Merci, j'en suis sûre, répondit-elle en regardant autour d'elle.

En vérité, elle ne connaissait personne. Elle ne voyait même pas Nona. *Bravo.* Elle avait fait cette entrée spectaculaire et elle était maintenant plantée là comme l'idiote du village.

Un moment, elle s'affola, puis elle pensa à la façon dont Lucky se tirerait d'une pareille situation : Lucky, toujours maîtresse d'elle-même. La tête haute, elle mit le cap sur le bar.

— Brigette ?

Bien sûr, la première personne sur laquelle elle tombait, c'était Paul, le frère de Nona, son ancienne passion. Cela faisait au moins deux ans qu'elle ne l'avait pas vu. Il avait changé. Disparus les cheveux longs, le menton mal rasé et l'anneau d'or à une oreille. Il arborait maintenant un blazer bleu marine respectable, un pantalon de flanelle grise, une chemise blanche et une cravate sobre. Pour couronner le tout, il avait les cheveux presque coupés en brosse.

— Paul ! s'écria-t-elle.

— Tu es superbe, dit-il, en reculant avec un sourire approbateur.

— Hmmm... toi, tu n'es plus le même, répondit-elle.

— Tiens, je te présente ma femme, Fenella, dit-il. Il entoura d'un bras possessif une petite brune anorexique. Chérie, dit-il, voici Brigette Stanislospoulos. Je t'ai souvent parlé d'elle, tu te souviens ? La meilleure amie de Nona.

— Ravie de vous rencontrer, dit Fenella avec un accent bostonien un peu coincé. Alors, vous êtes une amie de Nona ?

— Eh oui, répliqua Brigette en se retournant vers Paul. Au fait, maintenant je m'appelle Brigette Brown. Je t'en prie, ne mentionne pas cet autre nom.

— Désolé.

— Ça ne fait rien.

Un silence un peu gêné. Elle le rompit en lançant :
— Il paraît que tu as un bébé.
— Un garçon, dit Paul, tout fier.
Fenella se cramponnait à son bras.
— Oui, le petit Military est le portrait de son papa.
Brigette se retint pour ne pas éclater de rire.
— Military ? répéta-t-elle en lançant à Paul un regard incrédule.
— Nous voulions un prénom qui sorte de l'ordinaire, expliqua Fenella.

C'est insensé, songea Brigette. *Autrefois, j'aurais fait n'importe quoi pour ce garçon. Voilà maintenant que je suis là à parler à un total étranger. Un étranger qui a appelé son gosse Military ! Quel genre de connard est-ce que Paul est devenu ?*

— Eh bien, c'est merveilleux de vous avoir vus, dit-elle en battant précipitamment en retraite. Je suis sûre que nous nous retrouverons tout à l'heure.

Elle traversa la pièce, sentant les yeux de Paul dans son dos. Plusieurs hommes essayèrent d'engager la conversation. Sans se soucier d'eux, elle poursuivit son avance.

Elle finit par repérer Nona, qui tenait sa cour auprès de la fenêtre. Elle s'approcha, s'efforçant de garder sa démarche et son expression hautaines. À en juger par l'attention qu'elle provoquait, ç'avait l'air de marcher.

Nona la serra dans ses bras.
— Je suis si contente que tu sois là, dit-elle avec un sourire mystérieux. Il s'est passé plein de choses depuis le déjeuner.
— Lesquelles ? demanda Brigette avec curiosité.

Nona tira par la main un superbe Noir vêtu d'une robe africaine flottante. Je te présente mon fiancé ! Zandino, annonça-t-elle triomphalement.

Zandino s'inclina et lui adressa un sourire rayonnant : il avait des dents éblouissantes.

— Zandino, répéta Brigette, un peu abasourdie.
— Eh oui. Zan est arrivé aujourd'hui par avion pour me faire une surprise, fit Nona, aux anges. Nous nous sommes rencontrés quand je visitais l'Afrique. Le père de Zan est chef de tribu, mais Zan a fait ses études ici : il connaît donc bien l'Amérique.

— Fichtre ! s'exclama Brigette. En voilà, une surprise.
— Je sais, fit Nona avec un petit sourire embarrassé.
Brigette se tourna vers Zandino.
— Vous allez vous installer ici ? demanda-t-elle.

Le grand sourire de Zandino était irrésistible.

— C'est dans mes intentions, déclara-t-il dans un anglais très précis. J'espère étudier le droit.

Nona lança un clin d'œil à son amie.

— Tu ne trouves pas qu'il est formidable ? chuchota-t-elle à l'oreille de Brigette. Et au lit, je ne t'en parle pas.

— Nona ! c'est de ton futur mari que tu parles !

— C'est vrai, fit Nona en riant. Bien sûr, ce n'est pas l'unique raison pour laquelle je l'ai choisi. Zan est vraiment le garçon le plus délicieux que j'aie jamais rencontré.

— Magnifique, s'écria Brigette en parcourant du regard le salon. Tu sais, Nona, il faut que je prenne des contacts ce soir. À ton avis, qui est-ce que je devrais rencontrer ?

— Eh bien... je pense que je pourrais te présenter à ma patronne de *Mondo*. Et puis il y a deux ou trois photographes très lancés qui sont là. Et... voyons... Michel Legay... C'est ce Français un peu mûr qui dirige l'agence de mannequins Starbright.

— Je veux rencontrer tout le monde, dit Brigette, l'air décidé.

— D'accord, d'accord, on va t'arranger ça. Je vais te faire faire la tournée. On foncera sur tous ceux qui peuvent t'être utiles.

Brigette hocha la tête. Qu'est-ce qu'on attend ?

Leslie Kane habitait une maison petite mais charmante, sur Stone Canyon Road, à Bel Air. Dès qu'elle avait commencé à gagner de l'argent, elle l'avait achetée, elle avait engagé un décorateur et elle était enchantée du résultat. Pour la première fois de sa vie, elle avait un foyer, un endroit vraiment à elle. Tout ce qu'il lui fallait maintenant, c'était un homme pour l'occuper, et Cooper Turner était le candidat idéal. Il y avait un petit détail : il était marié. Un très petit détail : quand il s'agissait des hommes, Leslie était tout à fait sûre d'elle. Après tout, elle avait été l'élève de la grande madame Loretta, qui s'était occupée des filles les plus brillantes de la profession : elles avaient toutes fini par épouser des vedettes de cinéma et des patrons de studios. Avec Cooper, Leslie savait qu'elle était sur la bonne voie. Il était plein d'enthousiasme, toujours prêt à sauter avec elle entre deux draps.

En s'habillant pour son dîner, Leslie se rappelait les trois règles cardinales de madame Loretta pour faire le bonheur d'un homme :

— *règle numéro un :* trouver chez lui quelque chose que

vous considérez comme la plus merveilleuse qualité du monde et lui en faire constamment compliment ;

— *règle numéro deux :* ne jamais manquer de lui dire qu'il est l'amant le plus extraordinaire que vous ayez jamais eu ;

— *règle numéro trois :* quoi qu'il dise, vous montrer stupéfaite de ses connaissances, le considérer avec adoration et lui déclarer qu'il dit les choses les plus intelligentes que vous ayez jamais entendues.

Leslie avait appliqué ces trois règles et constaté qu'à chaque fois ça marchait. Bien sûr, maintenant qu'elle était célèbre, elle n'avait plus besoin d'impressionner personne : les hommes se précipitaient rien que pour pouvoir dire qu'ils s'étaient trouvés auprès d'elle. Ils n'avaient d'ailleurs rien d'autre à faire car elle était difficile : cela ne lui disait rien de coucher à droite et à gauche. Ce qu'elle voulait, c'était une relation durable. La bague au doigt. Cooper Turner.

Elle passa une robe de dentelle moulante : le décolleté était très sage mais la dentelle révélait son corps en suivant ses courbes de façon provocante. En s'admirant dans le miroir, elle se demanda ce que porterait Venus Maria. Sans doute quelque chose de vulgaire. Leslie n'arrivait pas à comprendre pourquoi Cooper avait épousé Venus. Cette femme n'avait aucune classe, avec ses cheveux blonds teints et ses airs de traînée. Leslie avait peut-être été une putain autrefois, mais elle avait toujours réussi à avoir l'air d'une dame. Enfin... il n'aurait pas à supporter Venus encore bien longtemps : quand Leslie avait envie de quelque chose, en général elle l'obtenait. Et elle avait envie de Cooper.

Ce soir, elle avait invité Jeff Stoner, un jeune acteur, très beau garçon, qui avait un petit rôle dans le film. Cooper un jour l'avait taquinée à propos de Jeff, disant qu'il était fou d'elle : elle savait donc que voir Jeff chez elle agacerait Cooper et, avec un peu de chance, le rendrait jaloux. Tant mieux. Elle l'espérait bien. Satisfaite de son apparence, elle passa dans le salon, prête à accueillir ses invités.

9

— Arrêtons-nous pour prendre un verre, proposa Alex, déjà énervé.

— Ça ne va pas nous mettre en retard pour aller chez votre mère ? répliqua Tin Lee.

— Elle attendra, dit Alex.

Il avait la gorge desséchée. Avant de partir, il avait avalé un tranquillisant et fumé la moitié d'un joint, mais ce n'était pas suffisant pour lui faire tenir le coup toute la soirée.

Tin Lee acquiesça : Comme vous voudrez. Elle aimait bien Alex et espérait que c'était réciproque. Faire la connaissance de sa mère lui semblait un signe encourageant.

Alex appréciait sa compagnie. Ils étaient sortis ensemble plusieurs fois et jamais elle ne l'avait embêté. Il aimait cela chez une femme : la voir reconnaître que l'homme a toujours raison. Pas question de tout le blabla féministe.

Il confia sa Mercedes au gardien du parking du Beverly Regent et entra dans le bar, Tin Lee sur ses talons. Ce soir-là, il avait laissé sa Porsche chez lui pour pouvoir emmener sa mère. Ils s'assirent sur la banquette de cuir le long du mur. Tin Lee commanda un jus d'airelle, en expliquant qu'elle n'aimait pas l'alcool. Alex prit un double scotch sans eau et alluma une cigarette. Il avait tous les vices et il le savait : il fumait trop, buvait trop, avalait des tas de comprimés et consommait de l'herbe. Il avait quand même renoncé à la coke et au crack. Alex savait s'arrêter : son psy lui avait expliqué que s'il continuait à prendre des drogues dures, il n'atteindrait pas la cinquantaine. Tin Lee toussota délicatement. Il continua à fumer en silence.

— Alex, fit-elle, en posant la main sur sa cuisse. Il y a quelque chose qui vous tracasse ?

Oh, trois fois rien : si ma mère tombait raide morte, tout s'arrangerait.

— Qu'est-ce qui me tracasserait ? demanda-t-il, agacé.

— Je ne sais pas. C'est pour ça que je vous pose la question. Un silence mélancolique. C'est à cause de moi ?

Oh, merde, il n'était pas d'humeur à s'engager dans une discussion sur leur relation.

— Mais non, tu n'y es pour rien, lui assura-t-il en espérant paraître assez sincère pour qu'elle se calme.

— Alors pourquoi, reprit Tin Lee d'un ton timide, n'avons-nous pas fait l'amour depuis la première fois ? Je ne vous plais pas, Alex ? ajouta-t-elle en faisant tourner un fin bracelet en or autour de son poignet menu.

Il prit son verre et avala deux gorgées de scotch tout en réfléchissant à ce qu'il allait dire. Il fallait être prudent : il avait besoin d'elle ce soir.

— Non, mon chou, ce n'est pas toi, finit-il par répondre. C'est moi. Je suis toujours tendu quand je m'apprête à commencer un nouveau film. J'ai un tas de choses en tête.

— Peut-être que plus tard ce soir je pourrais vous détendre avec un massage. Un massage très... personnel.

Elle avait envie de tourner dans son film, c'était sûr. Pourquoi pas ? Tout le monde voulait quelque chose.

— Encore un verre et on y va, dit Alex en faisant signe au garçon.

— Qu'est-ce qu'il fiche ici, celui-là ?

Le chuchotement furieux de Cooper avait de quoi satisfaire Leslie.

— Pourquoi ne devrait-il pas être ici ? dit-elle d'un air candide.

— Tu sais bien qu'il a envie de te sauter, marmonna Cooper.

— C'est le cas de beaucoup d'hommes, répondit calmement Leslie. Ça ne veut pas dire que moi, j'en aie envie.

— Tu en es sûre ?

— Absolument, dit-elle en saluant un chanteur de rock connu et sa banale épouse qui entraient. Excuse-moi, Cooper, ajouta-t-elle, secrètement ravie de le voir mordre à l'hameçon. Il faut que j'aille accueillir mes invités.

Il la regarda s'éloigner dans sa robe qui lui dénudait la moitié du corps et ne put réprimer un petit frisson de jalousie, même s'il savait qu'elle faisait exprès de chercher à l'agacer parce qu'il était avec sa femme.

Venus, cependant, était installée au bar, en train de siroter un verre en compagnie du charmant Felix Zimmer, un producteur vieillissant connu pour son étrange manie d'expliquer à chaque femme qu'il rencontrait qu'il avait la langue la plus douée de Hollywood.

— Salut, mon chou, lança-t-elle en faisant signe à Cooper d'approcher. Tu connais Felix ?

— Si je le connais ? fit Cooper avec un petit sourire. C'est moi qui lui ai appris tout ce dont il se vante !

Venus se mit à rire. Cooper la trouvait exceptionnellement jolie ce soir dans son pyjama d'intérieur doré avec les cheveux nonchalamment relevés. Il se dit qu'il devrait vraiment passer davantage de temps à la maison.

Leslie avait rassemblé un groupe très disparate : Felix et Muriel, sa femme, dont on disait qu'elle était lesbienne ; le chanteur de rock et sa femme, Cooper et Venus ; un metteur en scène très lancé avec sa petite amie mannequin ; une femme au visage maussade qui dessinait les costumes d'une célèbre émission de télé ; et Jeff Stoner.

Cooper soupçonnait Leslie d'avoir organisé la soirée uniquement pour lui. Pour on ne sait quelle raison perverse, elle voulait avoir Venus chez elle. Un moment, il se sentit coupable. Qu'est-ce qu'il éprouverait si Venus lui faisait la même chose ? Mais non. Venus pouvait apparaître comme un vrai sex symbol dans ses clips et dans ses films, dans la vie elle restait l'épouse parfaite et fidèle. Il pouvait lui faire confiance.

— Mon fils, annonça Dominique Woods en agitant ses doigts constellés de diamants, était le plus bel homme du monde, tout comme son père. Maintenant, regardez-le : vieilli, délabré. L'âge n'a guère arrangé mon Alex.

— Je vous demande pardon ? fit poliment Tin Lee, choquée par les paroles brutales de la vieille dame.

— C'est vrai, ma chère, poursuivit Dominique d'un ton détaché. Il avait assez de talent pour devenir un grand acteur comme son père. La tragédie, c'est qu'il a gâché tout ça.

— Je n'ai jamais souhaité être acteur, déclara Alex. J'ai toujours voulu devenir metteur en scène.

— C'est fichtrement dommage, lança Dominique. Comme acteur, tu aurais pu arriver à quelque chose. Enfin, maintenant c'est trop tard. Voilà des années que tu as perdu tout charme. Bientôt, tu perdras tes cheveux.

À chaque fois, c'était la même chose. Sa mère était insensée : elle semblait prendre plaisir à le rabaisser.

— Alex a des cheveux superbes, fit Tin Lee, volant à son secours.

— Pour l'instant, fit Dominique d'un ton lourd de menaces. Mais la calvitie, c'est héréditaire dans notre famille. Son grand-père était chauve comme le cul d'un singe.

— À quatre-vingt-cinq ans, marmonna Alex en commandant un nouveau scotch.

— Tu ne peux pas éviter la marche du temps, dit sa mère. Moi, je la combats chaque jour. Et je sors victorieuse de cet affrontement, minauda-t-elle en se tournant vers Tin Lee. N'est-ce pas, ma chère ?

Tin Lee acquiesça, trop abasourdie pour trouver quoi que ce soit à dire. Alex examina froidement sa mère. Elle était mince et avait beaucoup de chic. Vêtue avec élégance, elle portait sur ses cheveux clairsemés une perruque noire. Le problème, c'est qu'elle se maquillait trop pour une femme de son âge. De loin, on pouvait lui donner la cinquantaine, mais, de près, ce n'était plus pareil. À sa connaissance, elle en était au moins à son deuxième lifting. Même à soixante et onze ans, l'apparence physique, c'était tout pour Dominique.

Alex s'était souvent demandé ce qui la rendait si amère et pourquoi elle s'en prenait à lui. Était-ce parce que son père était mort en la laissant seule avec un enfant à élever ? Était-ce parce qu'elle ne s'était jamais remariée ? D'après elle, aucun homme n'était prêt à assumer la responsabilité d'une femme avec un fils. Au long des années, elle n'avait pas manqué de le lui rappeler. Par chance, elle avait toujours eu un peu d'argent. Bien sûr, elle ne lui en avait jamais fait profiter. Bien sûr, il ne lui en avait jamais demandé.

Tin Lee se leva. Si vous voulez bien m'excuser, il faut que j'aille me repoudrer, annonça-t-elle.

Sa mère eut la grâce d'attendre que Tin Lee eût disparu pour se lancer dans sa diatribe habituelle :

— Tu ne connais donc pas d'Américaine, Alex ? Il doit bien

y avoir dans tes films des actrices que tu pourrais sortir ? Pourquoi es-tu toujours avec ces femmes asiatiques ? Elles arrivent ici pour trouver la bonne vie, mais tu dois bien te rendre compte que dans leur pays la plupart d'entre elles n'étaient que des prostituées de bas étage.

— Tu ne sais pas ce que tu dis, fit-il, en essayant de ne pas s'énerver.

— Bien sûr que si, riposta Dominique. Je suis la honte de mon club de bridge à cause de toi.

— De moi ?

— Mais oui, Alex, de toi. Mes amies lisent des articles sur toi. On me raconte des choses horribles.

— Quoi donc ?

— Pourquoi ne peux-tu pas t'installer avec une Américaine convenable ?

Combien de fois avaient-ils eu cette conversation ? Combien de fois avait-il éclaté en l'accablant d'injures ?

Après des années de thérapie, il avait appris que ça n'en valait simplement pas la peine.

À la fin du dîner, il était ivre. Quand ils sortirent du restaurant, Tin Lee se glissa machinalement derrière le volant de la Mercedes.

— Je peux conduire, protesta-t-il en titubant sur le trottoir.

— Non, vous ne pouvez pas, dit-elle d'un ton ferme mais doux. Mettez-vous derrière, Alex.

— Elle n'est pas bête, cette petite, murmura sa mère en s'installant devant.

Comme si elle savait... C'était une méchante femme, sectaire et détestable. C'était sa mère, il devait donc l'aimer, n'est-ce pas ?

Il s'affala sur la banquette arrière, gardant un silence maussade jusqu'au moment où ils eurent déposé Dominique devant son immeuble.

— J'ai été ravie de vous rencontrer, Mrs. Woods, dit Tin Lee.

Cette fille avait vraiment des manières irréprochables.

Dominique eut un hochement de tête impérieux.

— Moi aussi, ma chère. Un silence. Toutefois, acceptez le conseil d'une femme plus âgée et plus sage. Alex n'est pas pour vous. Il est trop vieux. Soyez raisonnable et trouvez-vous un garçon de votre âge.

Ah, merci, maman !

Dominique s'engouffra dans son immeuble sans se retourner.

— Elle est... charmante, fit Tin Lee, en cherchant ses mots. Alex éclata de rire.

— Charmante, mon cul. C'est une sale garce, et tu le sais bien.

— Alex, je vous en prie, ne parlez pas comme ça de votre mère. Ce n'est pas un bon karma.

— Je me fous du karma, dit-il en pelotant d'une main incertaine ses seins menus. Ramène-moi à la maison, mon petit, et je vais te montrer comment un vieux chauve sait se conduire au lit !

Jeff Stoner fit le tour de la pièce, examinant la situation. Cooper l'observait. Il avait été comme ça autrefois : ambitieux, avide de réussir. Jeff avait cet air que Cooper connaissait si bien, et il n'aimait pas ça : il se rendait compte que, s'il ne faisait rien pour l'empêcher, ce soir Jeff Stoner allait certainement s'envoyer Leslie. Elle était trop délicieuse pour qu'on la laisse toute seule quand chacun serait rentré chez soi. Cooper savait exactement comment Jeff allait s'y prendre : il resterait pour prendre un dernier verre, la bombarderait de compliments, la ferait parler d'elle et puis, vlan... il tenterait sa chance. Après tout, en plus d'être superbe, Leslie tenait la vedette du film, elle avait l'oreille du metteur en scène et pouvait donc — sans beaucoup d'efforts — convaincre celui-ci de développer un peu le petit rôle de Jeff.

— Il y a quelque chose qui ne va pas ?

Venus vint interrompre ses méditations en lui posant une main sur le bras.

— Rien du tout, répondit Cooper d'un ton vague.

Salaud se dit Venus. *Espèce de salaud de menteur.*

— Où sont les toilettes ? demanda-t-elle.

Question piège. Il était assez malin pour ne pas s'y laisser prendre.

— Comment veux-tu que je le sache ? fit-il d'un ton nonchalant. C'est la première fois que je viens ici.

Mensonge. Il avait passé quelques après-midi torrides chez Leslie quand le tournage s'était arrêté de bonne heure.

— Cherchons ensemble, dit-elle, en l'entraînant dans le vestibule. Ensemble, ils découvrirent les toilettes près de la porte d'entrée. Viens donc avec moi, dit-elle d'un ton persuasif.

Il la suivit dans la pièce aux murs ornés de miroirs. Elle se retourna et tira le verrou derrière eux. Venus n'hésita pas un instant. Se pendant au cou de Cooper, elle lui coinça le dos contre le marbre du lavabo et se mit à lui prodiguer des coups de langue sur les lèvres. Il essaya mollement de la repousser...

Il ne fallut pas à Venus plus de trois minutes. Elle prit un kleenex sur une coiffeuse et rajusta son maquillage.

— J'ai trouvé que tu avais l'air un peu tendu, Coop. J'ai pensé que ça te détendrait.

— Tu es incroyable ! lança-t-il en riant.

— Je fais de mon mieux, dit-elle en se regardant dans la glace.

— Eh bien, c'est réussi, répondit-il.

— Je te manquerais si nous n'étions pas mariés, n'est-ce pas, Coop ? fit-elle en le regardant dans la glace.

Il la tourna vers lui la serrant dans ses bras.

— Tu me manques à chaque minute où nous ne sommes pas ensemble, dit-il, jouant à fond le charme Cooper Turner.

Espèce de salaud de menteur.

Elle le repoussa doucement.

— On ferait mieux de retourner là-bas. Je suis sûre que Felix a encore plein de choses à me raconter sur ce qu'il sait faire avec sa langue.

— À propos, dit Cooper, quand on sera rentrés ce soir...

— Oui ?

— Tu verras, dit-il avec assurance. Partons de bonne heure, mon chou. J'ai hâte d'être seul avec toi.

— Comme tu voudras, répondit Venus, toujours accommodante. Tout ce que tu voudras.

10

— Comment se fait-il que vous ne soyez pas venue me voir ?
— Vous n'avez sans doute pas eu de chance, répliqua Brigette avec juste ce qu'il fallait d'insolence.

Les yeux globuleux de Michel Legay la parcoururent, s'attardant sur ses seins que sa robe montante soulignait de façon provocante.

— Passez à mon bureau demain, dit-il. Apportez votre pressbook.
— Ce serait avec plaisir, répondit Brigette d'un ton suave. Seulement je suis un peu coincée.
— Par quoi ?
— Un catalogue étranger.
— Lequel ?
— Oh... c'est un service que je rends à un ami, fit-elle d'un ton vague.
— Qui est le photographe ?
— Euh... le photographe...

Michel se mit à glousser.

— Vous êtes une très jolie fille, dit-il. *Très*. Toutefois, ma chérie, New York est plein de jolies filles qui cherchent à devenir mannequins. Alors, un conseil... pas de blabla, dites la vérité.
— Je dis toujours la vérité, fit-elle, quand ça marche.

Il se gratta le menton.

— Vous avez fait la tournée habituelle ?
— Je ne suis à New York que depuis peu de temps.
— Alors, vous n'avez pas encore vu les autres agents ?

Au diable la sincérité !

— Pas encore, lança-t-elle sans vergogne.

— Voici ma carte, dit-il. Soyez à mon bureau demain matin à 10 heures. Il pourrait y avoir quelque chose pour vous.

Brigette avait hâte de retrouver Nona pour la remercier de l'avoir présentée.

— C'est formidable ! s'exclama-t-elle, les yeux brillants d'excitation. Ça fait une éternité que j'essaie d'avoir un rendez-vous avec Michel Legay.

— Michel a une solide réputation de peloteur, l'avertit Nona. Il vit avec ce mannequin anglais, Robertson — tu sais, celle qui est si maigre qu'on pourrait la glisser dans une boîte aux lettres.

— S'il est avec Robertson, rétorqua Brigette, ça m'étonnerait qu'il me fasse des avances : elle est incroyable.

— Quand est-ce que ça a arrêté un homme ? fit Nona en rejetant en arrière sa crinière rousse. Alors, dis-moi... que penses-tu de Zandino ?

— Il est mignon comme tout. Je croyais que tu voulais quelqu'un qui soit déjà... tu sais, un peu installé.

— Je les veux de moins de trente ans. Pas question de quelqu'un de plus âgé. Tu n'es pas de mon avis ?

Brigette n'y avait pas réellement pensé. Jusque-là elle n'avait eu affaire qu'à des garçons plus jeunes. Elle regarda Michel Legay à l'autre bout de la pièce : il avait des cheveux blonds grisonnants, le teint hâlé et des yeux bleus un peu délavés.

— Quel âge crois-tu qu'a Michel ? demanda-t-elle.

— Quarante et quelques. Un vioque.

— Quarante et quelques, ça n'est pas si vieux.

— Tiens, voilà ma patronne, lança soudain Nona. Fais-lui du charme. Peut-être qu'elle te mettra en couverture de *Mondo*.

— Tu crois ?

— Je plaisante, mais autant que tu la rencontres.

Elles foncèrent à travers le salon.

— Mets-toi dessus, ordonna Alex.

— Je n'en peux plus, cria Tin Lee, son corps nu ruisselant de sueur.

Tin Lee n'éprouvait aucun plaisir : cet homme était grand, brutal et ne se comportait pas au lit comme un gentleman. Elle en avait assez.

Alex l'empoigna sans ménagements par la taille. Il ne la traitait vraiment pas gentiment. Pourtant... la vérité, c'était qu'elle voulait vraiment un rôle dans son prochain film. C'était quand même Alex Woods, un metteur en scène célèbre et important. Et peut-être... s'il la laissait faire... qu'elle pourrait lui apprendre des choses... comment donner du plaisir à une femme, pour ne plus avoir à subir ce qu'il était en train de lui infliger. Alex ferma les yeux en essayant de se concentrer. L'ennui, c'était que, quand il fermait les yeux, le monde disparaissait et qu'il se retrouvait étourdi, l'esprit confus. Mon Dieu, il avait horreur de boire. Il avait horreur de se réveiller le lendemain matin avec la gueule de bois. Mais à chaque fois, sa mère l'y poussait à boire. Sa foutue mère avec son besoin perpétuel de le rabaisser. Elle ne pouvait donc pas lui ficher la paix ? Tin Lee gémit. Ou bien n'était-ce qu'un cri d'épuisement ? Il n'en savait rien et il s'en moquait. Dominique avait raison. Tin Lee devrait se trouver un gentil garçon de son âge.

Brusquement, il roula sur le côté, sans plus se soucier de Tin Lee. Furieuse, celle-ci sauta au bas du lit pour se précipiter dans la salle de bains. Quand elle en sortit quelques minutes plus tard, elle était habillée.

— Alex, annonça-t-elle d'une petite voix éteinte, je rentre chez moi.

Il acquiesça, trop fatigué, trop écœuré pour dire quoi que ce soit. Elle sortit et il entendit le silence, un silence étrange, à vous rendre fou. Il s'enfouit la tête sous l'oreiller et sombra dans un sommeil agité.

Leslie Kane était nerveuse. Il s'était passé quelque chose et elle ne savait pas quoi. Cooper lui battait froid et elle n'arrivait pas à comprendre pourquoi. À la table du dîner, il était assis à sa droite et Jeff à sa gauche. Elle avait cru que cela rendrait Cooper fou de jalousie — pas du tout. L'air parfaitement désintéressé, il bavardait aimablement avec Muriel, l'épouse lesbienne de Felix.

— J'ai fait quelque chose qui t'a contrarié ? lui chuchota-t-elle, en lui serrant la cuisse sous la nappe.

— Hum ?

Il la regarda d'un œil vague, comme s'ils n'étaient que de simples relations.

— Cooper, murmura-t-elle en se rappelant comment il était tout à l'heure, l'affolant de ses caresses.

— Pas maintenant, Leslie, marmonna-t-il en repoussant sa main et en se tournant de nouveau vers Muriel Zimmer.

Leslie sentit sa gorge se serrer. Elle... elle était en train de le perdre.

Comment cela avait-il pu se dérégler si vite ? Quand il était arrivé deux heures plus tôt, il avait l'air si amoureux.

Jeff Stoner se pencha vers elle. On aurait dit Harrison Ford jeune. Peu lui importait, il ne l'intéressait absolument pas.

— Leslie, fit-il d'un ton vibrant, c'était si gentil de m'inviter ici ce soir ! À Hollywood, je ne suis rien du tout. Mais vous, ça ne vous gêne pas parce que vous me voyez comme un type que vous aimez bien, un ami. Vous n'êtes pas comme les autres.

Oh, mon Dieu, qu'il était naïf ! Elle s'était contentée de se servir de lui et voilà que son plan, qu'elle croyait si habile, pour rendre Cooper jaloux se retournait contre elle.

Venus Maria, qui trônait entre le chanteur rock et le couturier, se leva tout d'un coup en frappant sa coupe de champagne avec sa fourchette.

— Je peux dire quelque chose ? fit-elle, une fois qu'elle eut obtenu le silence. Je trouve qu'il faut que quelqu'un dise quelque chose ; c'est un dîner si spécial. Elle adressa à Leslie un chaleureux sourire. Leslie, ma chérie, quelle belle soirée, si réussie ! Des invités intéressants, une cuisine délicieuse... Enfin, que peut-on demander de plus ? D'ailleurs, je me sens si bien ici ce soir que je vais partager un grand secret avec vous tous.

Cooper se demandait ce que son imprévisible épouse allait partager maintenant.

— Chacun lève son verre, poursuivit Venus. D'abord, portons un toast à notre charmante hôtesse, Leslie Kane. Oh, et je sais que ça va peut-être surprendre quelques-uns d'entre vous, peut-être pas, mais je porte aussi un toast à Cooper... mon extraordinaire mari. Voyez-vous, la vérité c'est que... Une longue pause provocante. Leslie et Cooper ont une liaison.

Les visages se fermèrent et un lourd silence s'abattit autour de la table.

— J'ai beau être une épouse très compréhensive, continua Venus avec entrain, et avoir l'esprit *extrêmement* large, on en arrive à un point dans tout rapport humain où il faut mettre le holà. Alors... mon cher Cooper, fit-elle en levant sa coupe vers lui, je profite de cette occasion pour t'annoncer, ainsi qu'à Leslie (elle leva son verre en direction de Leslie qui gardait un silence stupéfait), que tu pourras poursuivre ta liaison aussi longtemps que tu voudras. Parce que, mon cher Cooper, je vais demander le divorce.

Muriel Zimmer fit : Oh, mon Dieu ! Les autres restèrent silencieux.

— Alors même que nous sommes ici, Coop, reprit Venus, on est en train de transporter tes affaires de notre maison au Beverly Hills Hotel, où je suis sûre que tu seras très heureux. À moins, évidemment, que tu ne t'installes chez Leslie. Je ne sais pas du tout à quel point elle est accueillante. Peut-être qu'elle couche avec le jeune Jeff ici présent... Qui sait ? En tout cas, Coop, je ne veux pas que tu sois surpris quand tu essaieras d'entrer chez nous et que tu constateras que ta clé n'ouvre pas.

Cooper se leva, rouge de colère.

— C'est une plaisanterie ? demanda-t-il, la voix crispée.

— C'est exactement ce que je pensais au début, répondit Venus d'un ton suave. Je me disais que le fait que tu sautes Leslie devait être une plaisanterie parce que notre petite Leslie, la chère et innocente enfant, la chérie de l'Amérique, était autrefois une putain.

Leslie sentit son estomac se serrer.

— Vraiment, Coop, fit Venus d'un ton de reproche, tu dois être le seul homme en ville à ne pas savoir que Leslie était une des filles de madame Loretta.

Un nerf se crispa sur la joue gauche de Cooper tandis qu'il écoutait sa femme. Inutile d'essayer de l'arrêter. Elle était lancée.

Venus se tourna vers Leslie.

— Ce n'est pas que je vous le reproche, ma chère : chacun fait ce qu'il peut pour survivre. Ça a assurément été mon cas. Mais vous savez quoi ? Il faut apprendre aussi avec qui on peut coucher et avec qui on ne peut pas. Et, avant de sauter dans les bras de mon mari, vous auriez mieux fait de vous assurer que j'étais d'accord, parce que, si ce n'était pas le cas, vous preniez le risque que je me montre *très* mauvaise. Ce n'est pourtant pas ce que vous vouliez, n'est-ce pas ?

Leslie, pétrifiée, regardait son univers s'écrouler autour d'elle.

— Bref, enchaîna Venus, toujours aussi enjouée, permettez-moi de terminer mon toast. Ça a été une merveilleuse soirée, mais maintenant il faut que je parte. J'ai un ami délicieux qui m'attend à la maison et, quand ils sont vraiment délicieux, je n'aime pas les faire attendre. Alors... Coop, je pense qu'on se reverra, mon chéri.

Là-dessus, elle lui envoya un baiser et fit une sortie spectaculaire. Si spectaculaire que personne ne remarqua qu'elle avait les yeux pleins de larmes.

11

La patronne de Nona, Aurora Mondo Carpenter, était une petite femme fragile aux yeux larmoyants et aux pommettes saillantes. On ne connaissait pas son âge, mais Nona confia à Brigette qu'elle devait avoir dans les soixante-dix ans. — Fichtre ! avait dit celle-ci. Je n'ai jamais vu une grand-mère comme ça !

Aurora avait imprimé sa marque à *Mondo*, le magazine qu'elle avait créé et qu'elle dirigeait depuis plus de vingt-cinq ans. Elle avait épousé un grand architecte new-yorkais et écrivait souvent sur lui de charmants petits articles, en affirmant que personne à New York n'avait une vie sexuelle plus satisfaisante qu'eux. Aurora était vraiment un numéro. Elle n'impressionnait pas Nona, qui la connaissait depuis qu'elle était enfant. Aurora était une amie intime de sa mère. Elle se sentait donc très à l'aise en lui présentant Brigette.

— Voici mon amie Brigette, annonça-t-elle. Le mannequin le plus en vue de LA.

— Vraiment ? fit Aurora en haussant un sourcil soigneusement dessiné. Combien de couvertures avez-vous faites, ma chère enfant ?

— À vrai dire, s'empressa de répondre Brigette, je viens tout juste de rentrer d'Europe.

— Et là-bas, vous avez posé pour combien de couvertures ?

— Oh, mon Dieu ! intervint précipitamment Nona. On ne peut même pas les compter tant il y en a eu !

— Pourquoi ne m'as-tu jamais parlé de Brigette ? demanda Aurora.

— Elle était à l'étranger. En fait... Aurora, je me suis dit que *Mondo* devrait être le premier magazine à l'utiliser. Vous savez, elle va avoir un succès fou. Michel Legay veut la prendre sous contrat.

Aurora se tourna vers Brigette.

— Passez à mon bureau demain, ma chère enfant. Nous prendrons le thé.

— Avec plaisir, dit Brigette, ses yeux bleus brillant d'enthousiasme.

— Apportez votre dossier, dit Aurora, pour que je puisse jeter un coup d'œil à vos couvertures. Et n'oubliez pas vos planches-contacts.

— Je n'y manquerai pas, lui affirma Brigette.

Dès qu'elles se furent éloignées, Nona l'interrogea :

— Tu as des photos ?

— Je ne pensais pas en avoir besoin pour décrocher un contrat.

— Tu es impossible, fit Nona en secouant la tête d'un air incrédule. Tu savais quand même que tu devais te préparer ?

— Tu sais, dit Brigette, un peu vexée, je n'ai pas fait ça toute ma vie.

— Bon, bon, tout va s'arranger parce que je viens d'avoir une brillante idée.

— Ah oui ?

— C'est *moi* qui vais être ton directeur artistique.

— Toi ? s'exclama Brigette. Mais tu n'y connais rien.

— Qui t'a présentée à Aurora Mondo Carpenter ? fit Nona. Qui t'a fait rencontrer Michel Legay ? Qui va te trouver des planches-contacts ?

— Oh, si tu le prends comme ça...

— Dix pour cent pour moi, fit Nona d'un ton ferme. Ce qui, pour l'instant, fait dix pour cent de rien du tout. D'accord ?

— On peut toujours essayer, fit Brigette d'un ton hésitant.

Après tout, elle n'avait rien à perdre et tout à gagner. À vrai dire, elle ne connaissait personne de plus accrocheur que Nona.

Celle-ci hocha la tête, satisfaite de sa réponse.

— Tiens, voilà Luke Kasway. C'est moi qui vais parler. Ce qu'il y a de bien, c'est qu'il est homo. Ce qui est moins bien, c'est qu'il est assez nerveux. S'il t'insulte, ne fais pas attention.

— Pourquoi m'insulterait-il ?

— C'est son style. Il appelle ça de la critique constructive.

Luke est un si formidable photographe que tout le monde lui pardonne.

Nona fit les présentations, chantant les louanges de Brigette. Luke ne tomba pas dans le panneau :

— Pas de baratin avec moi, Nona. Ton amie n'a jamais été mannequin de sa vie.

— Elle est très connue en Europe et à LA, insista Nona.

Luke eut un rire incrédule. Je suis tout le temps à LA : je ne l'ai jamais vue. Il lança à Brigette un regard pénétrant. Soyez franche, avez-vous déjà fait des photos ?

D'une main nerveuse Brigette écarta une mèche en se demandant quelle attitude prendre.

— En fait, avoua-t-elle, jamais.

— J'aime bien une fille qui dit la vérité, dit Luke. Quand j'aurai le temps, on fera quelques planches-contacts, parce que je dois reconnaître que vous avez une certaine qualité.

— Je te l'avais bien dit ! fit Nona, triomphante.

— Savoir si cette qualité passera dans l'objectif, c'est autre chose, continua Luke. Certaines filles peuvent être follement sexy dans la vie. L'ennui, c'est que si ça ne passe pas dans l'objectif, elles ne sont plus que de la viande froide.

— Quand peut-on faire ça ? demanda Nona en sautant sur l'occasion. Elle a rendez-vous avez Michel Legay demain et Aurora envisage de la prendre pour une couverture.

— Je suis bouclé pour les trois semaines à venir, annonça Luke. Ensuite, je pars pour les Caraïbes où je ne ferai rien d'autre que rester allongé sur le sable à mater les beaux plagistes.

— Oh, allons, Luke ! fit Nona, câline. Tu peux bien faire ça pour moi.

— Impossible, ma chérie, répondit-il en secouant la tête. Je suis totalement bouclé.

— Pourquoi pas tout de suite ? supplia Nona. Allons à ton studio faire quelques photos ce soir. S'il te plaît, Luke, c'est si important pour moi.

— Tu es vraiment aussi collante que ta mère, fit Luke d'un ton maussade.

— Ça n'est pas possible, répliqua Nona.

Il se mit à rire. D'accord, d'accord, dit-il en se tournant vers Brigette. Ça vous va ? Elle acquiesça. C'était vraiment l'occasion qu'elle attendait.

— Alors, allons-y.

— Je peux amener mon fiancé ? demanda Nona.

— Je ne savais pas que tu étais fiancée.
— Il est mignon comme tout : tu vas tomber amoureux. Mais bas les pattes !
— Amène-le, dès l'instant qu'il ne l'ouvre pas.

Luke Kasway avait son studio à SoHo. Brigette, Nona et Zandino arrivèrent en taxi ; le photographe les précédait dans sa voiture.
— Super ! fit Nona, tout excitée. Luke est vraiment un type formidable !
Zandino sonna. Au bout de quelques instants, Luke répondit. Ils s'entassèrent tous les trois dans un monte-charge qui les emmena jusqu'au dernier étage d'un grand immeuble d'ateliers.
— Bienvenue, les enfants ! fit Luke en leur ouvrant la lourde porte en acier inoxydable pour les faire entrer dans son gigantesque studio.
— C'est incroyable, cet espace ! s'exclama Brigette en embrassant d'un coup d'œil les photographies de tous les top-models qui ornaient les murs passés à la chaux.
— Qui veut un verre ? proposa Luke.
— Je ne bois pas, répondit Brigette.
— Je veux bien un bourbon à l'eau, fit Nona.
— Voilà une boisson bien adulte pour une petite que je connais depuis l'âge de douze ans, observa Luke.
— Je suis une grande fille maintenant, répliqua Nona.
— Je vois ça.
— Oh, Luke, je te présente Zandino, mon fiancé, dit-elle en faisant signe à celui-ci d'approcher.
Luke le toisa d'un œil admiratif.
— Un verre ?
— Un Coca, volontiers, fit Zandino en souriant de toutes ses dents.
Luke le détailla longuement.
— Belle robe, dit-il.
— Traditionnelle, répondit Zandino, toujours souriant.
— On s'est dit, fit Nona en riant, que ça rendrait mes parents dingues s'il la portait à leur fête ce soir.
— Effie et Yul sont le couple le plus libéral de New York, répliqua Luke. Et le plus intéressant.
Il leur tendit leurs verres, puis recula et observa Brigette d'un œil critique.
— Bon, dit-il. Qu'est-ce qu'on fait ?

— C'est toi le photographe, observa Nona.

Luke ne releva pas.

— Bon, mon petit, dit-il à Brigette. Enlève tes chaussures et plante-toi devant l'appareil là-bas.

Elle se déchaussa et vint se poster devant une toile au fond bleu toute simple. Luke mit en marche la chaîne stéréo et la voix rauque d'Annie Lennox envahit le studio.

— Avant tout... détends-toi, dit-il en chargeant deux appareils. Je vais faire un ou deux rouleaux de noir et blanc, un peu de couleur et on verra ce que ça donne.

Maintenant qu'elle se retrouvait devant un objectif, Brigette sentait son assurance s'évanouir. Tout d'un coup, elle était empruntée, elle ne savait plus quoi faire.

— Imagine que l'appareil, c'est ton amant, dit Luke en s'installant derrière. Tu as eu des amants, n'est-ce pas ?

— Bien sûr, répliqua-t-elle, indignée.

— Bon. Alors, fais la cour à l'objectif, fais-moi marcher ces jolis yeux. Laisse tes cheveux retomber sur ton visage... C'est ça... Maintenant, baisse un peu la tête...

Elle se mit à prendre la pose, se prêtant peu à peu au jeu tandis que les flots de musique se déversaient sur elle. Dès qu'elle avait une attitude qui ne plaisait pas à Luke, il se mettait à hurler. Sois naturelle ! criait-il. Naturelle ! Naturelle ! Tu comprends ? Il prit plusieurs rouleaux, puis sortit son Polaroïd.

Au bout d'une heure d'activité frénétique, Luke bâilla et s'étira.

— Je crois que ça y est, fit-il. Réussi ou pas.

— Quand pourrons-nous voir les photos ? demanda Nona.

— Appelle mon assistant dans la matinée.

Brigette arpentait le studio, fascinée par tous ces clichés aux murs. Parmi les mannequins, une pléiade de célébrités.

— Vous les connaissez tous ? demanda-t-elle à Luke.

— Bien sûr, répondit Nona, prenant un agrandissement de Robertson et de Nature — un autre célèbre mannequin, avec pour tout vêtement des jeans moulants et leurs séduisants sourires, leurs mains couvrant leurs seins.

— Sacrées photos, s'exclama Nona.

— Oui, reconnut Luke. C'est la campagne de pub que je fais pour les jeans Rock'n Roll... Tu en as entendu parler ?

— Pas du tout.

— Ça viendra. Ça va devenir la marque à la mode.

— Vraiment ? fit Nona, intéressée. La seule chose, reprit-elle en examinant la photo, c'est qu'il n'y a rien d'extraordinaire dans cette pub. Deux filles... tous les hommes ont ce fantasme-là, seulement ça s'est fait un million de fois. On a vu Robertson et Nature sur la couverture de tous les magazines. Les utiliser pour une campagne de pub qui se veut fracassante, ça fait vieux jeu. Elle s'interrompit en le regardant d'un air innocent. Ça ne t'ennuie pas, que je dise ça, hein ?

— Mais si, ça m'ennuie, répondit-il, agacé par sa critique.

— Je te dis simplement ce que je pense.

Il repoussa ses lunettes qui glissaient sur son nez.

— Tu veux me rendre service, Nona ? Va penser ailleurs.

— Ne te vexe pas. C'est moi, la fille, qui vais acheter le produit.

Il la regarda, perplexe.

— Tu veux me dire que tu n'achèterais pas ces jeans simplement parce que tu as déjà vu les mannequins dans des pubs pour d'autres produits ?

Elle haussa les épaules. J'ai déjà vu ça cent fois.

Agacé, il ricana.

— Tu es une vraie casse-pieds, Nona... Tu l'as toujours été.

— Je suis une casse-pieds *sincère* rétorqua-t-elle. Elle marqua un long temps avant d'ajouter : Évidemment, si c'était Brigette qui portait les jeans...

— J'imagine que tu veux que je la photographie en train de les porter... C'est ça ?

— Qu'est-ce que tu as à perdre ? fit Nona en ouvrant de grands yeux.

Luke poussa un soupir.

— Bon, Brigette, passe dans le vestiaire. Tu verras toute une série de jeans, choisis ta taille et passe-les, et puis reviens. Et pas de haut.

— Je ne fais pas de photo de nu, protesta Brigette.

Luke Kasway était peut-être un grand photographe mais elle ne se déshabillerait pour personne.

— Couvre tes nichons avec tes mains, répondit Luke. Fais comme les filles sur la photo. Nona acquiesça : Vas-y !

Oh, Nona peut toujours me dire d'y aller : ça n'est pas elle qui se déshabille.

Elle entra dans le vestiaire, trouva des jeans à sa taille et s'y glissa. Elle ressortit et attendit les instructions de Luke.

— Bon, par là, dit-il en désignant un décor différent, cette fois une toile de fond qui imitait un mur de briques. Regarde le mur, jambes écartées, et tourne-toi quand je te le dirai.

Elle fit ce qu'il demandait.

Luke regarda dans l'objectif en émettant de petits grognements.

— Très bien, Brigette. Baisse la tête, lève les yeux, humecte-toi les lèvres. Voilà.

Zandino, qui était sur le côté, dit : Ça fait très bien.

Luke lui jeta un coup d'œil. On ne t'a jamais photographié ?

Zandino eut un large sourire.

— Quand j'ai passé mon diplôme.

— Tiens, une idée, fit Luke. Nona, est-ce qu'il a un corps ?

Elle leva les yeux au ciel. Est-ce qu'il a un corps !

Luke eut un grand sourire. J'aurais dû m'en douter. Nous avons toujours eu les mêmes goûts même quand tu avais douze ans ! Il se retourna vers Zandino. Va dans le vestiaire et trouve-toi des jeans à ta taille.

Nona entrevit tout de suite les possibilités.

— Oui, Zan, fais-le, dit-elle en le poussant. C'est juste pour rire.

— Vraiment ? demanda Zandino, hésitant.

— Je t'assure, lui assura Nona.

Quelques minutes plus tard, Zandino réapparaissait. Il avait effectivement un corps magnifique, harmonieux, musclé et d'une superbe couleur chocolat. Les jeans lui allaient comme une deuxième peau.

— Fichtre ! fit Nona, les yeux fixés sur son entrejambe.

— Bon, nous y sommes, déclara Luke en passant sa main dans ses cheveux ébouriffés. Mets-toi là-bas avec Brigette. Voyons un peu si ça marche entre vous. Fais-lui des choses devant l'appareil.

— Quoi ? demanda Brigette, un peu nerveuse.

— Je ne sais pas, moi... Dos à dos, face à face. Zan, pose tes mains sur ses seins, par exemple. Il nous faut quelque chose de différent.

— Hé là, minute ! protesta Nona. *Ses* mains sur *ses* seins à elle ? Pas question !

— Écoute, tu ne m'as pas dit que tu étais son directeur artistique ? Ça pourrait être formidable.

Nona hocha la tête.

— Je commence à comprendre, dit-elle. Noir et blanc... les jeans Rock'n Roll.

— Exactement ! fit Luke avec enthousiasme. Allez, cria-t-il. Détendez-vous, bon sang !

Il peut toujours dire ça, songea Brigette. *Ce n'est pas lui qui est planté là avec un inconnu qui lui tient les nichons.*

La musique jaillissait des haut-parleurs : peu à peu ils commencèrent à se détendre. Ça marchait. Luke se démenait, passant d'un appareil à l'autre, rechargeant rouleau sur rouleau.

Au fur et à mesure, Brigette s'apercevait qu'elle aimait ça. C'était dur de poser, mais grisant.

À la fin de la séance, ils étaient tous épuisés.

— Whooou ! s'exclama Brigette en attrapant une serviette. Je suis crevée, mais quelle expérience. Formidable !

— Ne t'excite pas comme ça, l'avertit Luke. On va peut-être s'apercevoir que nous avons tous perdu notre temps.

— Non, déclara Nona, très sûre d'elle. Ça va être ça, ta nouvelle campagne de pub. Tu verras, Luke. Je ne me trompe jamais.

12

Lucky dormit pendant presque toute la durée du vol ; elle ne s'éveilla même pas quand ils s'arrêtèrent pour refaire le plein. Avant de sombrer dans le sommeil, sa dernière pensée fut que, pendant ce week-end, elle allait oublier les affaires et ne se soucier que de passer de merveilleux moments avec Lennie. Ils le méritaient bien tous les deux.

Après une journée entière à tourner en extérieurs sur la plage, Lennie n'était pas fatigué : au lieu de remonter dans sa chambre, il se joignit à quelques-uns des comédiens et des techniciens au bar de l'hôtel pour boire deux ou trois bières. Il ne cessait de penser à l'arrivée de Lucky. Mon Dieu, comme il l'aimait ! Pour lui, il n'y avait personne d'autre au monde : et dire que jadis il avait été un coureur de jupons impénitent ! Il avait vraiment changé.
— Il faut que j'y aille, lança-t-il à Al, le premier assistant réalisateur. Je veux avoir une bonne nuit de sommeil.
— Regarde-moi cette petite beauté ! lança Al, en lui montrant une blonde qui venait d'entrer.
Lennie jeta un coup d'œil. C'était la même blonde qui, un peu plus tôt, avait paradé devant lui sur le plateau. Au lieu d'un bikini, elle portait maintenant une jupe qui ne dépassait pas le ras des fesses et un corsage qui lui découvrait le nombril. Tous les hommes n'eurent aussitôt d'yeux que pour elle.
Elle se dirigea droit sur lui. Salut, Lennie, roucoula-t-elle. Je peux me joindre à vous ?

Qu'est-ce que c'était que ce « salut, Lennie » ? Voilà qu'elle se conduisait comme s'ils étaient de vieux amis.

— Je vais me coucher, dit Lennie en se levant précipitamment. Vous autres, faites ce que vous voulez.

— Merci, mon vieux, persifla Al avec un rire paillard. Je ne savais pas qu'on avait besoin de ta permission !

Lennie s'éclipsa rapidement et regagna sa chambre. Là, il se déshabilla, s'allongea sur son lit et se mit à étudier son texte pour le tournage du lendemain.

Le téléphone sonna. Il décrocha, espérant que c'était Lucky qui appelait de l'avion.

Un murmure provocant :

— Lennie ? Vous êtes seul ?

— Qui est à l'appareil ? demanda-t-il, tout en sachant immédiatement que c'était la blonde.

— Si vous m'offriez un verre ? Une brève pause, puis : Disons... dans votre chambre.

— Ma mère m'a dit de ne jamais boire avec des étrangers, déclara-t-il.

— Nous ne serions pas longtemps des étrangers, répondit-elle d'une voix pleine de promesses.

— Tenez, vous savez quoi ? reprit-il. Peut-être demain, quand ma femme sera là, nous prendrons tous les deux un verre avec vous.

La blonde eut un petit gloussement.

— Oh, oh, oh... vous aimez faire ça à trois ? Pas mal !

— Mon chou, adressez-vous à quelqu'un d'autre, dit-il, se rendant compte que ce n'était pas facile de s'en débarrasser. Je ne suis pas intéressé.

— Vous le seriez si vous voyiez ce que j'ai à offrir.

— Je l'ai vu, fit-il sèchement. Comme tout le monde.

Elle ne s'avouait toujours pas battue.

— Alors... vous êtes le mari fidèle idéal.

— Foutez-moi la paix, dit-il en raccrochant.

Quelques minutes plus tard, nouvelle sonnerie. Il faillit ne pas répondre, croyant que c'était encore ce pot de colle.

— Ouais ? aboya-t-il.

— Ha ! tu as l'air de bonne humeur.

— Oh, Jennifer. Qu'est-ce qui se passe ?

— Je me suis arrangée pour ton tournage. Tu es libre pour aller à l'aéroport demain. Une voiture passera te prendre à midi. Il suffira que tu sois sur le plateau à 14 heures. N'oublie pas.

— Tu es formidable.
— Merci.
— Au fait, tu te rappelles la blonde ? Celle qui me harcelait sur le plateau aujourd'hui ? Elle vient de m'appeler dans ma chambre. Tu peux croire ça ?
— Oui, Lennie. Jenny poussa un soupir. Je crois n'importe quoi quand il s'agit d'une armée de blondes aux seins pleins de silicone qui te suivent jour et nuit.
— N'exagérons rien.
— Voudrais-tu que je t'accompagne à l'aéroport ?
— Non, répliqua-t-il. Je peux très bien me débrouiller tout seul pour retrouver ma femme.
— N'oublie pas, Lennie : sur le plateau à 14 heures.
— D'accord, d'accord.
— Je te connais. Note-le.
— Compris.

Il raccrocha, reprit son script et se mit à lire. Quelques minutes plus tard, on frappa à la porte. Il savait que c'était Jennifer. Elle ne lui faisait pas confiance et venait personnellement lui apporter sa nouvelle feuille de service pour plus de sûreté. Il se leva en souriant et alla ouvrir la porte. C'était Ms. Grosnibards en personne, n'ayant pour tout vêtement que des escarpins à talon haut, un peignoir à la ceinture vaguement nouée et un sourire séduisant.

— Je suis certaine que vous vous sentez seul, roucoula-t-elle.
Cette fille ne renonçait jamais.
— Écoutez, énonça-t-il avec patience, je ne sais pas comment vous le dire, mais je suis très content comme ça, alors rentrez chez vous.
— Vous êtes sûr, Lennie ? fit-elle.
Le regardant droit dans les yeux, elle dénoua la ceinture de sa robe pour en laisser les pans s'entrebâiller. Naturellement, elle ne portait rien dessous.
— Oh, merde ! marmonna-t-il.
— Je ne vous fais pas changer d'avis, Lennie ? fit-elle d'une voix vibrante de sensualité.
— Écoutez, rétorqua-t-il d'un ton ferme. Soyez gentille et foutez-moi la paix.
— Vous ne parlez pas sérieusement, dit-elle avec l'assurance d'une femme habituée à ce qu'on ne lui résiste pas.
— Mais si. Je n'ai pas envie de voir, je n'ai pas envie de toucher. Alors, vous décampez, d'accord ?

Elle se caressait un sein d'un air provocant.

— Ça ne vous plaît pas, ce que vous voyez ?

— Si vous ne filez pas tout de suite, j'appelle la sécurité de l'hôtel.

D'un coup d'épaule, elle se débarrassa de son peignoir qui vint tomber à ses pieds, la laissant totalement nue.

— Allez-y, Lennie. Je leur dirai que vous m'avez attirée dans votre chambre et que vous m'avez sauté dessus.

Maintenant, il était en colère. Foutez-moi la paix ! lança-t-il en essayant de lui claquer la porte au nez.

Elle ne lui en laissa pas le temps : elle se jeta à son cou, le serrant contre elle. Du bout du couloir, un photographe surgit, son flash lançant des éclairs. Lennie se débattait pour la repousser, comprenant trop tard que c'était un coup monté. Il réussit à se dépêtrer de la blonde nue et se précipita sur le photographe : l'homme aussitôt détala. Lennie allait le poursuivre quand il se rendit compte qu'il était en slip. Quelle photo ça ferait ! Mieux valait régler ça avec la blonde et voir ce qu'elle voulait. Il tourna les talons et regagna sa chambre au pas de course. La fille avait disparu. Ils avaient pris leurs photos et maintenant ils s'étaient tous les deux volatilisés.

Empoignant le téléphone, il appela la sécurité. Quelques minutes plus tard, le directeur de l'hôtel était à sa porte.

— Oui, Mr. Golden ? fit l'homme en essayant de prendre un ton cérémonieux même si, de toute évidence, on l'avait tiré d'un profond sommeil.

Lennie se demanda ce qu'il allait dire. Une femme nue avait fait irruption dans sa chambre avec un photographe ? Il avait l'impression que personne ne le croirait. La solution, c'était d'oublier tout ça en espérant que les photos ne paraîtraient nulle part, même s'il avait la déplaisante impression qu'il ne devait pas compter là-dessus.

— Euh... j'ai cru entendre quelqu'un essayer de forcer ma porte, finit-il par répondre lamentablement.

— Je vais vérifier personnellement, Mr. Golden, l'assura le directeur.

— Je vous en prie.

Bonne leçon. Demain, il joindrait ses avocats, il leur raconterait exactement ce qui s'était passé pour qu'ils soient prêts à empêcher la publication si jamais les photos refaisaient surface.

Il décrocha son téléphone et appela la chambre de Jennifer.

— Oui, Lennie ? fit-elle d'un ton patient.

— Comment se nommait cette blonde ?

— Lennie ! fit Jennifer, horrifiée. Ta femme arrive demain. Je croyais que tu étais un type bien.

— Trouve-moi son nom et son téléphone.

— Mais comment donc ! fit Jennifer, sarcastique. Et son tour de poitrine aussi ?

— Ça n'est pas ce que tu crois.

Jennifer eut un long soupir du style *les hommes, tous les mêmes*.

Il savait qu'elle ne le croyait pas mais Lucky, elle, le croirait, et c'était tout ce qui comptait.

Le lendemain matin, il était debout bien avant l'heure de partir pour l'aéroport. Ce week-end, il allait rendre sa femme très, très heureuse.

Lucky faisait un rêve. Allongée sur un radeau en pleine mer, elle se laissait bercer par la houle. Et puis Lennie était auprès d'elle, lui massant les épaules et lui disant qu'il l'aimait.

— Ms. Santangelo... Ms. Santangelo. Nous atterrissons dans une heure. J'ai pensé que vous voudriez peut-être vous rafraîchir. Elle ouvrit les yeux en sursautant. Tommy, le steward, était penché sur elle. Café et jus d'orange, Ms. Santangelo ? demanda-t-il. Elle bâilla, encore à demi endormie. Parfait, Tommy. Je prends une douche et j'arrive.

Le Jet des studios Panther avait les installations d'un hôtel de luxe. Une bonne douche froide acheva de la réveiller. Elle se maquilla, se recoiffa et passa un corsage de soie flottant et un pantalon large.

C'était vraiment fou. Lennie et elle avaient beau être mariés depuis quatre ans, elle était aussi excitée à l'idée de le voir que si elle allait à leur premier rendez-vous.

Qui donc avait dit que la passion ne durait pas ?

— La voiture est là ? demanda Lennie au portier.

L'homme claqua dans ses doigts et une vieille Mercedes conduite par un chauffeur vint se garer. Une autre voiture, un autre chauffeur.

— Où est Paulo aujourd'hui ? questionna Lennie en s'installant à l'arrière.

— Il est malade.

— Nous allons à l'aéroport.

— Je sais, dit le chauffeur.
Et il démarra rapidement.

L'avion de Panther atterrit en douceur sur la piste de l'aéroport de Poretta. Lucky avait hâte de débarquer, de sentir autour d'elle les bras de Lennie, de voir son visage. Elle fut déçue de constater qu'il n'était pas là. Un employé de l'aéroport lui demanda si elle voulait attendre dans un salon privé. Elle accepta, même si elle était folle d'impatience. Son premier geste fut d'appeler l'hôtel de Lennie. On lui passa sa chambre. Une voix de femme un peu haletante dit :

— Allô ?

— Lennie ? fit Lucky, fronçant les sourcils.

— Oh... Lennie... il est parti de bonne heure ce matin, répondit la voix.

Lucky crut déceler un léger accent français. Peut-être était-ce la femme de chambre ?

— Qui est à l'appareil ? s'enquit-elle, méfiante.

— Une amie. Qui le demande ?

— Sa femme.

À l'autre bout du fil, on raccrocha précipitamment.

Lucky commençait à s'énerver. Est-ce que par hasard Lennie la tromperait ? Pas question. Ce n'était pas son genre. ALORS, BON SANG, QUI DONC ÉTAIT DANS SA CHAMBRE ? Elle sortit en trombe à la recherche de l'employé qui l'avait accueillie.

— Trouvez-moi une voiture et un chauffeur, dit-elle. J'ai décidé de ne pas attendre.

13

Personne n'attendait Venus à la maison : elle avait inventé ça pour exaspérer Cooper. Quand elle arriva, elle regretta de ne pas avoir en effet demandé à Rodriguez d'être là. Elle avait besoin d'un corps chaud et sensuel. Elle avait besoin de savoir que quelqu'un l'aimait. Était-ce trop tard pour l'appeler ? Oui. Elle ne voulait pas avoir l'air désespéré. Elle se retrouvait donc seule dans sa vaste demeure. Les vêtements et les affaires personnelles de Cooper avaient été mis dans des cartons et expédiés : toute trace de lui avait disparu comme s'il n'avait jamais habité là.

Le lendemain matin, elle était debout à 6 heures pour faire un jogging avec Sven, son entraîneur. Ils arpentèrent les collines de Hollywood, haletant et transpirant. Une fois rentrés, ils se rendirent directement à la salle de gymnastique où Sven lui fit faire une heure de course sur le tapis roulant et trois quarts d'heure de poids et haltères. Ah ! et les gens s'imaginaient que c'était facile d'avoir un corps comme ça.

À 9 heures, elle lui demanda d'allumer la télé pour qu'elle puisse suivre son débat favori. Les invités commençaient à s'empoigner quand la discussion fut interrompue par un bulletin spécial. Venus regarda et écouta l'annonce, bouleversée.

« On apprend que la vedette de cinéma Lennie Golden a trouvé la mort de bonne heure aujourd'hui dans un accident de voiture sur une route de Corse où il tournait son dernier film. Un porte-parole des productions Wolfe a donné lecture d'un communiqué... »

Lennie Golden tué. Lennie, le mari de Lucky.

— Il faut que je trouve Lucky, murmura-t-elle et elle sortit en courant.

Cooper n'avait pas pris la peine de revenir chez lui. Si Venus disait qu'elle avait emballé ses affaires et changé les serrures, il était sûr et certain qu'elle l'avait fait. Après être parti de chez Leslie, il était allé directement au Beverly Hills Hotel, où il s'était trouvé déjà inscrit pour occuper un bungalow. Venus avait pensé à tout. Leslie l'avait supplié de rester, mais il n'avait pas voulu en entendre parler.

— Comment Venus l'a-t-elle appris ? avait-il demandé. À qui en as-tu parlé ?

— À personne. Mais les gens ne sont pas idiots. Ils nous ont vus ensemble.

Il avait arpenté la pièce en essayant de comprendre comment il s'était fait avoir.

— C'est toi qui voulais qu'elle le sache, n'est-ce pas ? avait-il lancé.

— Pas du tout, avait-elle répondu, furieuse. C'est la dernière chose que je voulais.

— En tout cas, Leslie, il vaut mieux que je ne reste pas.

Les yeux de Leslie s'étaient emplis de larmes.

— Mais, Cooper, j'ai besoin de toi.

— Tu aurais dû y penser plus tôt.

Il était parti en se maudissant d'avoir été aussi imprudent. Il n'avait maintenant qu'une idée en tête : arranger les choses avec Venus car, à la vérité, il l'aimait sincèrement.

Après une nuit d'un sommeil agité, il s'éveilla tard et commanda aussitôt son petit déjeuner. Des œufs au bacon, du jus d'orange, des petits pains et du café : le genre de breakfast que Venus ne tolérait pas car elle suivait un régime en permanence. Quand le serveur arriva, Cooper l'accueillit sèchement. L'homme avait l'air bavard et lui n'était pas d'humeur à faire la conversation.

— C'est terrible, pour Lennie Golden, observa le serveur. Il venait souvent déjeuner ici. Tout le monde va le regretter.

— Comment ça ? demanda Cooper.

— Il a eu un très grave accident de voiture.

— Mais il s'en est tiré, non ?

— Sa voiture est tombée d'une falaise.

— Il s'en est tiré ?

— Non, Mr. Turner. Il... il est... mort.

Cooper secoua la tête, incrédule. Pas Lennie. Pas son ami Lennie. Ce n'était pas possible.

— Où avez-vous entendu ça ? interrogea-t-il.

— C'est dans tous les journaux télévisés. Je suis désolé, Mr. Turner, je croyais que vous étiez au courant.

— Non, fit Cooper d'une voix éteinte. Non, je n'étais pas au courant.

Alex arriva à son bureau tard et avec la gueule de bois. Midi passé et il était d'une humeur de chien. De la soirée de la veille il ne se rappelait que les insultes de sa mère. Maintenant, elle lui avait gâché la journée : il avait manqué un important rendez-vous avec le producteur délégué et avec le responsable des extérieurs qui étaient tous les deux furieux.

Il avait envie de boire un verre. Jusque-là, il avait résisté à la tentation : la soirée l'avait laissé dans un état assez triste comme ça.

— Bonjour, Alex ! Lili l'accueillit avec une nuance de désapprobation dans la voix. Ou bien devrais-je dire « bon après-midi » ?

— Je sais, je sais, j'aurais du être ici à 9 heures, marmonna-t-il. J'ai eu un empêchement.

— J'ai appelé chez toi, dit-elle d'un ton pincé.

— J'avais décroché le téléphone.

— Hmmm...

France, son autre assistante, lui apporta une tasse de thé fumant. Buvez ça, ordonna-t-elle d'un ton sévère. Plus tard, vous me remercierez.

Il réprima une violente envie de vomir sur son bureau.

— Faites envoyer des fleurs à Tin Lee, marmonna-t-il.

— Combien voulez-vous dépenser ? demanda France.

— Beaucoup, dit-il d'un ton sombre.

Dieu sait qu'il en avait fait voir à la jeune femme.

— Alex, reprit Lili, tu as entendu la nouvelle à propos de Lennie Golden, le mari de Lucky Santangelo ?

— Quelle nouvelle ?

— Il tournait en extérieurs. Il a eu un accident de voiture.

— Où ça ?

— En Corse. La voiture dans laquelle il se trouvait est tombée dans un précipice.

— Seigneur ! Quand est-ce arrivé ?

— On l'a annoncé à la radio ce matin.

Alex s'en souvenait : Lucky lui avait dit qu'elle allait rendre visite à Lennie.

— Lucky était avec lui ? interrogea-t-il.

— Je ne sais pas, répondit Lili avec un geste vague. On ne l'a pas dit.

Alex se leva d'un bond. Appelle-moi Freddie.

Lili se précipita vers le téléphone. Oui, Alex.

Brigette et Nona descendaient Madison, riant et discutant de la soirée de la veille et de l'incroyable séance de photos avec Luke. Brigette se rendait compte à quel point sa meilleure amie lui avait manqué et comme ç'allait être formidable d'avoir Nona pour s'occuper d'elle. En passant devant un kiosque de la 65ᵉ Rue, son regard fut attiré par la manchette du *New York Post* :

LENNIE GOLDEN VICTIME
D'UN ACCIDENT DE VOITURE EN CORSE
LA STAR A TROUVÉ LA MORT DANS L'INCENDIE DE SON VÉHICULE

— Oh, mon Dieu ! fit-elle, le souffle coupé, en se cramponnant à Nona. Oh, mon Dieu ! Non ! non ! nooon !

Donna Landsman, elle, n'était pas étonnée. Elle lut les journaux et sourit toute seule. Tout se passait admirablement.

Lucky Santangelo... Quelle impression ça fait, petite garce ? Quelle impression ça fait, de perdre ton mari, comme j'ai perdu le mien ? Quelle impression ça fait, de se retrouver seule avec trois jeunes enfants à élever ? Eh bien, petite garce, maintenant tu vas savoir exactement ce que c'est. Et, je peux te l'assurer, ça n'est que le début.

14

Lucky était assise parfaitement immobile, le regard fixé droit devant elle. Elle savait qu'elle devrait pleurer, hurler, tout plutôt que ce calme glacé qui semblait l'avoir envahie. Lennie était mort. *Son* Lennie n'était plus. Et pourtant... elle restait lucide comme si la vie autour d'elle évoluait dans une sorte de ralenti. Elle était écrasée de chagrin, anéantie. Et pourtant... les larmes ne coulaient pas. La petite Lucky Santangelo. Elle avait cinq ans quand elle avait découvert le corps mutilé de sa mère flottant dans la piscine de la propriété ; vingt-cinq quand on avait abattu Marco, elle était plus jeune encore quand Dario avait été tué et jeté d'une voiture. La mort n'était pas une étrangère pour les Santangelo. Lucky ne la connaissait que trop bien. Et maintenant Lennie n'était plus... Son Lennie, l'amour de sa vie... Mais était-il bien cela ? Elle songea de nouveau aux circonstances. PUTAINS DE CIRCONSTANCES...

Elle était arrivée à l'hôtel. Elle avait arraché la clé de sa chambre à un employé de la réception abasourdi. Elle avait remarqué sur la porte de la chambre le panneau « Prière de ne pas déranger ». Le lit était défait, la chambre en désordre. Bah... Lennie n'avait jamais été très ordonné. Mais quand même... les cendriers débordant sur les deux tables de chevet, une bouteille de champagne presque vide... deux coupes, dont l'une maculée de rouge à lèvres. Une chemisette de soie roulée en boule au pied du lit. *J'ai dû me tromper de chambre*. Mais non. Il y avait une photo d'elle avec les enfants posée à l'envers sur une table. Les vêtements de Lennie étaient partout, son script, son carnet d'adresses, son stylo... celui qu'elle lui avait offert. Elle avait appelé le bureau de la production pour essayer de le trouver. À ce moment-là arrivait la nouvelle d'un horrible accident sur cette dangereuse route de montagne.

Ils vinrent la chercher, le producteur délégué et un assistant. Ils l'emmenèrent avec eux en voiture par l'étroite route en lacet où ils regardèrent tous, horrifiés, des équipes de secours s'efforçant de remonter l'épave du véhicule à des dizaines de mètres plus bas, là où il s'était écrasé sur les rochers, avant de brûler et de finir dans les vagues furieuses qui tourbillonnaient au pied de la falaise. Lucky avait compris, avec un accablant sentiment d'épouvante, qu'elle ne reverrait jamais Lennie.

Maintenant, elle était assise toute seule dans sa chambre d'hôtel. Le téléphone n'arrêtait pas de sonner. Elle n'avait envie de parler à personne. On avait retrouvé le corps du chauffeur qu'on avait pu identifier. On n'avait pas encore repêché celui de Lennie. « Ils n'avaient pas une chance », lui expliqua un des inspecteurs par le truchement d'un interprète compatissant.

Au bout d'un moment, Lucky se leva et machinalement se mit à ranger les affaires de Lennie. Quand elle en eut fini avec les vêtements, elle rassembla son script et différents papiers. Puis elle ouvrit le tiroir de la table de nuit pour y découvrir plusieurs Polaroïd d'une blonde nue. Elle les contempla un long moment sans rien dire. La blonde était exceptionnellement jolie, avec un sourire séducteur sur son visage de connasse. *Merde, Lennie. Merde. Je croyais que tu n'étais pas comme les autres.* Pas de larmes. Elle était déçue. Blessée. Furieuse. Elle éprouvait le terrible sentiment d'avoir été trahie.

Il y avait d'autres photos. Lennie debout avec la blonde nue dans ses bras.

Et maintenant, espèce de salaud, tu es mort. Et tu ne pourras jamais m'expliquer. Ce n'était pas qu'elle voulait des explications. Elle s'en fichait bien. Lennie Golden n'était qu'un type de plus qui naviguait à la braguette.

Eh bien, va te faire voir, Lennie Golden ! Va te faire voir ! Elle termina de fourrer les affaires de Lennie dans deux valises qu'elle ferma brusquement. Les photos, elle les glissa dans une poche de son sac à main.

Au bout d'un moment, elle décrocha le téléphone et appela son père à Palm Springs. Elle lui avait déjà parlé quand elle avait demandé à Gino de prendre les enfants chez lui. Ils étaient là-bas, en sûreté.

— Rentre, insista Gino.

— C'est que je vais faire, répondit-elle, d'une voix éteinte. J'attends qu'on ait repêché le corps de Lennie... Je veux le ramener avec moi.

— Tu sais... Lucky... ça pourra prendre un moment. Tu devrais être avec tes gosses.

— Je vais attendre encore vingt-quatre heures.

— Non ! fit Gino brutalement. Tu devrais être avec ta famille.

Elle n'était pas d'humeur à entendre des leçons. Elle n'était d'humeur à rien. Je te rappellerai, papa, dit-elle d'une voix sourde. Elle raccrocha sans lui laisser le temps de discuter et se mit à marcher de long en large dans la chambre. Lennie. Lennie. Son Lennie. Lennie. Tricheur. *Va te faire voir, Lennie ! Tu m'as trahie et jamais je ne pourrai te pardonner ça.*

LIVRE DEUX

Deux mois plus tard

15

— Bonjour, fit Lucky. Elle était assise derrière son grand bureau et faisait tourner entre ses doigts le stylo de Lennie quand Alex Woods arriva pour leur rendez-vous de 18 heures.

— Bonjour, répondit Alex en s'arrêtant sur le seuil.

Il ne l'avait pas revue depuis la tragédie, et pourtant ce n'était pas faute d'avoir essayé. Elle était difficile à joindre, toujours en mouvement. Même Freddie n'avait pas réussi à arranger une réunion.

— Les gens ont différentes façons de réagir au chagrin, avait expliqué Freddie. Il y a toujours des problèmes au studio. Lucky s'est jetée dans le travail.

— Mais je fais partie du travail, avait fait remarquer Alex. Et il faut que je la voie.

À vrai dire, un rendez-vous n'était pas nécessaire. Tout était réglé. L'approbation du budget, la distribution, le choix des extérieurs : le chef de production de Lucky s'occupait de tout cela, Alex n'avait pas à se plaindre.

— Entrez, asseyez-vous, dit Lucky.

Il s'avança, remarquant comme elle avait l'air fatigué : elle avait des cernes sous les yeux et manifestait une nervosité qu'il n'avait pas remarquée auparavant.

Elle était quand même la plus belle femme qu'il eût jamais vue.

— Écoutez, dit-il, je tiens tout d'abord à ce que vous sachiez combien j'ai été désolé d'apprendre pour Lennie...

— Oubliez ça, fit-elle brusquement. C'est le passé.

Elle se rendait compte qu'il devait la trouver dure et insensible, mais elle se fichait éperdument de ce que pensait d'elle Alex Woods. Ça n'avait pas d'importance. Rien n'avait vraiment d'importance. Elle se renversa en arrière, cherchant machinalement une cigarette. Elle avait retrouvé ses mauvaises habitudes.

Au début de la journée, elle avait eu une rencontre avec Morton Sharkey, qui l'avait troublée. Son instinct lui disait que Morton mijotait quelque chose, mais elle n'arrivait pas à découvrir quoi. Pour une fois, les choses tournaient rond au studio, les banques les laissaient tranquilles, les Japonais avaient donné leur accord au contrat de *merchandising*. En vérité, sur le plan des affaires, ça marchait on ne pouvait mieux. Après le départ de Morton, elle avait bu deux scotchs en se demandant ce qui chez lui la mettait mal à l'aise. Leur réunion s'était bien passée, à une exception près : Morton avait été incapable de la regarder dans les yeux et son expérience passée soufflait à Lucky que c'était mauvais signe.

Mais elle avait d'autres soucis. Elle se rendait bien compte que, personnellement, elle avait de gros problèmes. Quelque chose en elle était prêt à exploser. Quelque chose qui était profondément enfoui depuis ces deux derniers mois.

Lennie était mort et elle se comportait comme si de rien n'était. Les affaires continuaient. Eh bien, merde aux affaires ! Merde à tout ! Elle était épuisée, déprimée et très, très en colère.

Alex Woods la dévisageait : elle sentait la chaleur de son regard.

— Tout va bien ? demanda-t-elle, revenant au présent. Ou bien êtes-vous ici pour vous plaindre ?

— En fait, je n'ai aucune doléance à vous présenter, dit-il, remarquant qu'elle était sur la défensive.

— Voilà un agréable changement, rétorqua-t-elle froidement. Félicitations pour avoir signé avec Johnny Romano, ajouta-t-elle. C'est un excellent choix.

— Content que vous approuviez.

— Je n'aurais pas donné mon accord si ça n'avait pas été le cas.

Elle prit sa liste de messages téléphoniques, la fixa un moment d'un regard vide, puis la reposa. Qu'est-ce que vous diriez d'un verre ? proposa-t-elle.

Alex consulta sa montre : 18 heures passées, une heure très convenable pour un martini.

— Vous me semblez avoir eu une dure journée, dit-il. Si nous allions au bar du Bel Air Hotel ?

— Excellente idée, lança-t-elle en sonnant Kyoko. Je sors. Annulez mes autres rendez-vous.

— Mais, Lucky..., commença Kyoko.

— N'en faites pas tout un plat, Ky, dit-elle sèchement. À demain. Elle se leva, attrapa sa veste et rejoignit Alex sur le seuil. Bon sang ! si je ne peux pas faire de temps en temps ce que je veux, alors à quoi ça sert, tout ça ?

— Ce n'est pas moi qui vous contredirai, renchérit-il.

— Tant mieux. Parce que j'en ai par-dessus la tête de jouer la pauvre petite veuve.

Il était trop surpris pour trouver quelque chose à répondre.

— On prend ma voiture ou la vôtre ? dit-elle dehors.

— Où est la vôtre ? demanda-t-il, en essayant de détourner son regard des jambes interminables de Lucky.

— Garée là-bas : la Ferrari rouge.

Naturellement.

— Moi, dit-il, c'est la Porsche noire.

— Alors, mon cher Alex, va pour la Porsche noire... parce que j'ai l'impression que plus tard je ne serai pas d'humeur à conduire.

Tout ce qu'il avait voulu, c'était la rencontrer, et voilà que les choses semblaient aller plus loin. Mais il était lancé, même s'il avait rendez-vous à 19 heures avec Tin Lee, un rendez-vous auquel il avait bien peu de chances d'être.

Lucky monta dans la voiture d'Alex, se renversa en arrière sur la banquette et ferma les yeux. Que c'était bon, cette escapade ! Elle en avait assez, des rendez-vous, des budgets, des décisions. Elle en avait assez, de ce foutu studio. Elle en avait assez, d'être une mère, une veuve modèle. Elle devenait folle. Elle n'avait pas d'exutoire pour la violente colère qui commençait à la ronger.

Lennie avait disparu. Lennie était un salopard infidèle et ça, elle ne pouvait pas le lui pardonner.

Ils roulèrent en silence quelques minutes.

— Vous avez l'air en forme, fit Alex.

Elle n'était pas d'humeur à plaisanter.

— Vous avez de la famille ? interrogea-t-elle.

— Une mère, répondit-il prudemment, en se demandant où elle voulait en venir.

— Vous êtes proches ?

— Comme un serpent et un rat.

— Les serpents dévorent les rats.

— Vous avez tout compris.

Lucky eut un rire sans gaieté. Elle se dit qu'elle avait choisi le parfait compagnon de beuverie et que c'était exactement ce qu'il lui fallait ce soir.

— Il me faut un joint, dit-elle nerveusement.

— Pas de problème.

Il fouilla dans sa poche et lui tendit un mégot à demi fumé qu'il se trouvait avoir sur lui. Elle pressa l'allume-cigare et tira une longue et délicieuse bouffée.

— Vous êtes très complaisant, Alex.

— Pas toujours.

Elle lui lança un regard interrogateur.

— Vous faites une exception pour moi parce que mon studio met de l'argent dans votre film ?

Il ne voulait pas la contrarier : Oui, bien sûr, c'est ça.

Elle le fixa.

— Ou peut-être est-ce que vous me plaignez parce que j'ai perdu mon mari ?

Il gardait les yeux rivés sur la route.

— Vous êtes assez grande pour vous débrouiller toute seule.

Elle soupira. C'est ce que tout le monde croit.

Il lui jeta un bref coup d'œil.

— Et les gens se trompent ?

— Tiens, fit-elle. Si on allait voir Gino ? Vous vouliez faire sa connaissance. Je suis d'humeur à vous accompagner : profitez-en.

— Pourquoi pas ?

— Oh, mon Dieu, que vous êtes facile à vivre !

Si seulement elle savait ! Personne n'avait jamais dit qu'Alex Woods était facile à vivre. Pas commode... oui. Sexiste... oui. Capricieux, exigeant, perfectionniste... il était tout ça. Mais facile à vivre ? Vraiment pas.

— Il se pourrait que vous ayez de moi une impression fausse, dit-il. Vous savez, le gentil garçon prêt à aider une jolie femme qui semble avoir des ennuis. Quelque part au fond de moi est enfoui ce sentiment chevaleresque.

— Ravie de l'entendre, rétorqua-t-elle. Prenons donc un verre avant de nous lancer sur l'autoroute.

Ils s'arrêtèrent à un restaurant mexicain de Melrose. Lucky siffla une tequila tandis qu'Alex choisissait une margarita. Puis il commanda une bouteille pour la route pendant que Lucky allait aux toilettes : elle appela la maison pour prévenir Ci-Ci qu'elle ne rentrerait pas ce soir et qu'on pouvait la joindre chez Gino à Palm Springs. Lucky se rendait bien compte qu'elle n'avait aucune raison de se plaindre : tout le monde autour d'elle l'avait soutenue de façon incroyable, depuis Gino jusqu'à Brigette, qui était rentrée de New York passer quelques semaines avec elle. Même Steven et sa femme étaient venus de Londres pour assister au service à la mémoire de Lennie. Elle avait supporté la cérémonie sans broncher, puis elle avait donné une soirée chez Morton avec tous les amis et collègues de Lennie, parce que c'était ce qu'il aurait voulu. Mais aujourd'hui, deux mois plus tard, elle était sur le point de craquer.

Alex ne se donna pas la peine d'appeler Tin Lee. D'abord, il n'arrivait pas à se souvenir de son numéro. Et puis, quelle importance ? De toute façon, cette fille était en train de sortir rapidement de sa vie.

— Vous savez, Alex... Lucky lui posa une main sur le bras tandis qu'ils sortaient du restaurant. Tout ce que je dirai ce soir, promettez-moi de ne pas m'en vouloir. Je suis dans un état bizarre.

Il la regarda, un peu intrigué.

— Qu'est-ce que vous pourriez dire, Lucky ?

— Tout ce dont j'aurai envie, répondit-elle hardiment.

Alex avait bien l'impression qu'il s'embarquait pour un voyage intéressant.

16

Venus avait de nombreuses préoccupations. Depuis qu'elle avait mis Cooper dehors, ç'avait été presque un nouveau départ. Elle avait donné à Rodriguez une chance de montrer ses talents mais elle avait été très déçue de voir que, sur le plan sexuel, il ne valait vraiment pas Cooper : trop jeune et trop sûr de lui. La vérité, c'est que Cooper lui manquait ; mais pas encore assez pour qu'elle le reprenne, même s'il avait multiplié les tentatives.

Elle aurait voulu en parler à Lucky. Impossible car, depuis son retour de Corse, celle-ci s'était remise au travail comme si rien ne s'était passé. Venus en était abasourdie. Elle se considérait comme une des meilleures amies de Lucky, mais même elle n'arrivait pas à la faire parler de la perte qu'elle venait de subir. Pas moyen de l'accrocher là-dessus.

La bonne nouvelle, c'était qu'elle avait signé avec Freddie Leon. C'était le genre d'agent qu'elle avait toujours rêvé d'avoir. Récemment, il avait essayé de la persuader d'envisager un rôle petit mais essentiel dans *Gangsters* d'Alex Woods. Il l'avait prévenue : « Ce n'est pas la tête d'affiche. Mais c'est un rôle qui peut vous valoir une nomination aux Oscars et vous devriez accepter. »

Elle avait lu le scénario et elle était excitée. Situé dans les années cinquante, *Gangsters* était un film sur Las Vegas, torride et d'une franchise brutale, l'histoire de deux hommes puissants — le premier, un chef de bande sadique ; l'autre, un célèbre chanteur latino-américain sous la coupe de la Mafia. Johnny Romano jouait le chanteur. On n'avait pas encore distribué le rôle du gangster. Freddie pensait pour elle à Lola, une brave fille facile qui avait une aventure avec les deux hommes. Ce n'était pas un grand rôle, mais on pouvait en tirer beaucoup.

— Alex veut bien vous rencontrer, annonça Freddie.

— Comme c'est généreux de sa part ! ricana Venus.

Elle se demandait si Freddie se rendait vraiment compte de qui elle était et de ce à quoi elle était parvenue.

Freddie ne releva pas.

— Vous allez passer une audition pour lui.

— Pas moi, Freddie, dit Venus avec un petit rire. Pas d'audition, j'ai dépassé ce stade.

— Écoutez, lança Freddie, sans se laisser démonter. Marlon Brando a auditionné pour *Le Parrain* et regardez l'effet que ç'a produit sur sa carrière. Frank Sinatra l'a fait pour *Tant qu'il y aura des hommes*. Si vous voulez jouer Lola, il va falloir convaincre Alex : c'est la seule façon.

Le rendez-vous fut pris pour le lendemain à midi au bureau d'Alex.

Tout comme elle s'y attendait, les magazines à sensation s'en étaient donnés à cœur joie à la nouvelle de sa séparation d'avec Cooper. Leur photo à tous les deux s'étalait à la une de toute la presse des supermarchés. Toute comme Leslie Kane, qui, on ne sait comment, avait réussi à se faire passer pour une petite sainte tandis qu'on décrivait Venus comme la superstar assoiffée de sexe qui avait poussé son mari dans les bras d'une autre femme. Mon Dieu ! Ces journaux disaient n'importe quoi : si seulement ils savaient la vérité sur Leslie ! Autre mauvaise nouvelle : elle avait appris que son vaurien de frère, Emilio, était rentré d'Europe où il traînait avec une *contessa* vieillissante. Il gagnait sa vie en étant le frère de Venus et sans doute essayait-il maintenant de vendre à la presse de nouveaux récits sur ses débuts. Un de ses espions lui avait rapporté que Cooper avait quitté le Beverly Hills Hotel pour regagner son ancien appartement avec terrasse de Wilshire. C'était triste de le voir reprendre sa vie d'autrefois mais, s'il choisissait à cinquante ans de jouer les play-boys en mettant chaque soir une fille différente dans son lit, c'était son problème. On racontait aussi qu'il avait rompu avec Leslie. C'était sans importance : leur vrai problème n'avait jamais été Leslie. Rodriguez essayait de rentrer en grâce. Elle avait décidé de lui donner une nouvelle chance. À vrai dire, elle n'aimait pas se retrouver seule à la maison. Rodriguez au moins, c'était une compagnie. Ah... la vie d'une vedette. Ça n'était pas aussi brillant que tout le monde avait l'air de le croire.

De retour à New York, Brigette était plus décidée que jamais à faire bouger les choses. Elle aimait vraiment Lennie et il avait disparu. Sa mort avait été pour elle un choc douloureux. À LA, elle avait passé le plus de temps possible avec les enfants. Lucky était toujours au studio et semblait si complètement absorbée par son travail que c'était à peine si Brigette arrivait à la voir bien qu'elle habitât la même maison. Quelques semaines après la cérémonie à la mémoire de Lennie, elle avait annoncé à Lucky qu'elle retournait à New York. Maintenant elle était là et il n'était plus question de rester les deux pieds dans le même sabot. Elle allait devenir quelqu'un. Et vite !

Anna était ravie de la revoir. Nona a appelé trois fois aujourd'hui, dit-elle, tandis que Brigette déposait ses valises. Elle a demandé que tu la rappelles immédiatement.

Elle avait peu parlé à Nona pendant son séjour à LA. Nona avait promis de lui avoir un nouveau rendez-vous avec Aurora Mondo Carpenter et Michel Legay, et l'avait assurée que Luke aurait les photos prêtes à son retour. Cela lui faisait au moins quelque chose à attendre.

Elle passa dans la cuisine, ouvrit une bouteille de tonique, examina le courrier qui s'était accumulé, puis appela Nona.

— Ah ! s'exclama son amie. Enfin ! Où étais-tu ?

— Dans l'avion. Je suis partie tard de LA. Je viens d'arriver.

— Eh bien, apprête-toi à ressortir. Luke Kasway veut nous voir à son studio. Et il veut nous voir maintenant !

Rodriguez arriva à l'heure, braquant sur Venus son regard ardent. Ma beauté ! s'exclama-t-il en portant à ses lèvres la main de la jeune femme.

N'ayant pour tout vêtement qu'un court kimono japonais, Venus sourit. Elle trouvait quelque chose de délicieusement décadent dans le fait qu'elle payait Rodriguez.

— Je suis fatiguée, gémit-elle de sa voix de petite fille. J'ai les os en compote.

— Ahhh ! fit-il d'un ton apaisant. Rodriguez va faire chanter vos os, vibrer vos muscles. Sous mes doigts, votre corps tout entier va s'animer.

On pouvait dire qu'il avait maîtrisé l'art des clichés. Ils passèrent dans la salle de massage. Rodriguez ôta sa veste. Il portait un T-shirt noir sans manches et des jeans noirs moulants. Il avait la peau hâlée et l'haleine fraîche. Il lui sourit, ses yeux sombres pleins de promesses. Sur la table, ma beauté ! ordonna-t-il.

Elle se dépouilla de son kimono, révélant une fine ceinture de dentelle noire. Rodriguez promena sur elle un regard admiratif, s'attardant sur ses seins superbes. Parfait ! s'exclama-t-il. Vous êtes la perfection même, ma Venus.

Je ne suis pas ta Venus, avait-elle envie de dire. *Je suis ta cliente. Tu vas me masser et on va tous les deux s'envoyer en l'air, mais ça ne veut pas dire que je t'appartiens.*

Sans un mot, elle grimpa sur la table et s'allongea à plat ventre, les bras tendus devant elle. Rodriguez prit un flacon d'huile parfumée, en versa quelques gouttes dans la paume de ses mains et se mit amoureusement à lui masser les épaules et le dos. Lentement, elle sentit la tension se dissiper. Oh, mon Dieu, il avait des doigts extrêmement doués. Ses mains descendirent, poursuivant leur massage, la débarrassant très lentement de sa ceinture de dentelle.

— Je pensais... murmura Venus Maria. Ça vous plairait d'être dans mon nouveau clip ?

— Pour faire quoi ?

— Jouer votre propre rôle. C'est pour la chanson que j'ai écrite, *Péché*. Je vois le clip très surréaliste et sensuel.

— Ce serait un honneur.

— Mon agent vous appellera.

Les mains de Rodriguez lui pétrissaient maintenant l'intérieur des cuisses. Elle ne fit rien pour l'arrêter : elle avait besoin de se détendre.

Brigette prit un taxi pour se rendre au studio de Luke Kasway. Elle savait qu'elle n'était pas à son avantage avec ses jeans trop larges, sa chemise à carreaux sans forme et ses cheveux blonds tirés en arrière. Heureusement, elle venait d'acheter une paire de lunettes de soleil Porsche dernier cri : elle s'en servit donc pour cacher ses yeux bien qu'il fît nuit dehors. Elle ne voulait pas que Luke fût déçu en la voyant. Après tout, la dernière fois qu'ils s'étaient rencontrés, elle était sur son trente et un. Nona arpentait le trottoir en l'attendant.

— Qu'est-ce qui se passe ? demanda Brigette en réglant la course.

— Je n'en sais rien. Luke était dans tous ses états quand il a appelé. Il a insisté pour nous voir tout de suite.

— Tu crois qu'il a un contrat de mannequin pour moi ?

— J'espère bien, fit Nona. Et même si ce n'est pas le cas, il faut qu'on voie les photos. Demain, on va les montrer à Aurora. Maintenant que tu es rentrée, je vais appeler Michel : nous irons le voir aussi.

Luke était en pleine séance de prises de vue quand elles arrivèrent au studio. Son assistant les conduisit jusqu'au bar où elle les fit patienter.

Luke était occupé à photographier Cybil Wilde, le somptueux mannequin blond. Cybil arborait de la lingerie transparente et un sourire de publicité pour dentifrice. Ça ne semblait pas la gêner le moins du monde, d'avoir tous ces gens dans le studio.

— Qu'est-ce que c'est que cette foule ? chuchota Brigette.

— Des chefs de publicité, des coiffeurs, des maquilleuses, des stylistes, répondit Nona. Quand on a photographié maman pour *Vogue*, il y avait plus de monde que ça.

Plusieurs haut-parleurs déversaient une musique rock assourdissante. Dans un coin, on avait dressé un buffet froid. L'atmosphère était tendue, même si Cybil avait l'air de rire beaucoup. Chaque fois que Luke prenait une pause, les gens se précipitaient sur la jeune femme, s'affairant sur ses cheveux, rectifiant son maquillage, ajustant les minuscules dessous de dentelle rouge qui couvraient à peine ses courbes succulentes. Brigette essayait de s'imaginer à la place de Cybil. Est-ce que ce serait drôle ? Est-ce que ça lui plairait ?

Quand Cybil partit enfin se changer, Luke vint les rejoindre au bar.

— Bonjour, les enfants, fit-il en se passant une main dans les cheveux.

— Pourquoi cet affolement ? demanda Nona. Tu m'as dit d'amener Brigette immédiatement.

— Laisse-moi terminer ça, répliqua Luke. Ensuite, je vous emmène dîner toutes les deux.

— Je dois voir Zan plus tard, protesta Nona. Et Brigette est fatiguée. Elle débarque à peine de l'avion.

— Que Zan vienne nous rejoindre. D'ailleurs, j'ai besoin de lui aussi.

— Est-ce qu'on peut au moins passer à la maison se changer ? grommela Nona.

— Mais oui, mais oui. Je ne me rendais pas compte que cette séance allait s'éterniser. Tenez... retrouvons-nous chez Mario à 20 heures. On verra tout ça là-bas.

Nona fronça les sourcils.

— Qu'est-ce qu'on va voir au juste ?
— Oh, je ne t'ai pas dit ? répliqua Luke d'un ton détaché. Les jeans Rock'n Roll veulent Brigette et Zandino pour leur campagne de pub. Tu avais raison, Nona, ils vont devenir des superstars !

17

Lucky termina presque tout le pichet de margarita avant de sombrer dans le sommeil. Lorsqu'elle s'éveilla, elle éprouva un bref instant de confusion : où diable était-elle ? Puis elle se souvint. Elle était dans une voiture avec Alex Woods et ils étaient en route vers Gino. Elle jeta un coup d'œil à Alex. Il avait l'air d'un homme qui avait toujours obtenu ce qu'il voulait : profil énergique, forte mâchoire, sans doute un monstre d'égoïsme. Elle ne put s'empêcher de se demander s'il était un bon amant. Non... trop imbu de sa personne.

— Hé, fit-elle en s'étirant avec langueur. Où sommes-nous ?

— Sur la route. Vous avez bu tout ce qui vous est tombé sous la main et vous vous êtes endormie.

Elle eut un petit rire.

— J'ai cette habitude.

— Ça ne me gêne pas.

— Oh... merci, murmura-t-elle en tendant la main vers le pichet de margarita coincé de façon précaire contre le dossier de son siège.

Elle but deux grandes lampées.

— Je devrais peut-être appeler Gino, pour le prévenir que nous arrivons.

— Vous ne l'avez pas appelé du restaurant ?

— Ne vous en faites pas, il sera ravi de nous voir.

— C'est votre père.

— Oui, et il est formidable, même si... je dois le reconnaître... nous ne nous sommes pas toujours entendus.

Il avait le sentiment qu'elle avait envie de parler.

— Comment ça se fait ? demanda-t-il.

— Gino voulait un garçon. Au lieu de ça, c'est moi qu'il a eue. Je me suis révélée une enfant impossible. Incontrôlable.

— Et aujourd'hui ?

— Oh, je ne suis plus que l'ombre de ce que j'étais.

— Qu'est-ce qu'il y avait de si impossible chez vous, Lucky ? interrogea-t-il, sincèrement intéressé.

— Oh, le train-train, dit-elle d'un ton détaché. Je me suis enfuie du pensionnat, j'ai eu des tas de mecs, j'ai essayé de prendre le contrôle des affaires de mon père, j'ai menacé un de ses investisseurs de lui couper le sexe s'il ne versait pas l'argent qu'il devait.

— Une grande fille toute simple, dit Alex, sarcastique. Maintenant, vous dirigez un studio. Parfait.

— Vous savez, reprit-elle d'un ton songeur, Gino m'a toujours prévenue de surveiller tous les gens qui m'entourent. Autrement dit, de ne me fier à personne.

— Il m'a l'air d'un type malin.

— Oh oui, fit-elle d'un ton mélancolique. Ça, on peut le dire !

— Vous voulez m'en parler ?

— Il n'y a rien à dire. J'ai simplement l'impression qu'il va arriver un sale coup. Ne me demandez pas pourquoi.

Il roula un moment en silence, s'efforçant de la comprendre.

— Si on prenait la prochaine sortie ? proposa-t-elle. Il ne reste plus de margarita.

Alex devait en convenir : il était intrigué. Il ne s'attendait pas à trouver Lucky si imprévisible. Il émanait d'elle une force étonnante, comme si elle pouvait affronter n'importe quelle situation. C'était agaçant. Jusqu'à maintenant, elle n'avait fait aucune allusion à Lennie et il estimait que ce n'était pas à lui d'aborder ce sujet. Il changea de file et quitta l'autoroute. L'endroit était désolé. Il n'y avait pas grand-chose à part une station-service, une baraque à hamburgers et une boîte minable dont l'enseigne au néon annonçait : « Danseuses. Nu intégral. »

Alex ralentit.

— Nous sommes en plein désert, dit-il. Ça n'est pas votre genre d'établissement, hein ?

— On dirait que notre choix est limité.

Ils garèrent la voiture et entrèrent dans le bar bondé. Une serveuse manifestement mineure et harassée, avec bottes, chapeau de cowboy et microjupe, s'affairait, un plateau à la main. Elle avait de petits seins nus qui pendaient un peu et un sourire terne. À une extrémité du bar, une grande blonde faisait onduler son corps sur une plate-forme circulaire autour d'un poteau étincelant, vêtue d'un simple cache-sexe rose élimé et de menottes en toc. Chaque fois que la stripteaseuse s'accroupissait, des boudins de graisses apparaissaient sur son ventre et ses hanches.

« Charmant », murmura Lucky en s'asseyant. Alex se glissa sur le tabouret à côté d'elle. Il avait un pistolet dans sa voiture : après avoir jeté un coup d'œil à la ronde, il regretta de ne pas l'avoir pris.

— Tequila, dit Lucky au barman.

Il l'ignora, attendant qu'Alex commande.

— Une tequila pour madame, dit Alex qui avait tout de suite compris. Et pour moi, un bourbon à l'eau.

La stripteaseuse terminait son numéro : elle arracha son cache-sexe, tourna le dos à la foule et se pencha en avant en secouant des fesses gélatineuses. Tout cela au milieu d'un déchaînement de grognements et de sifflets.

— Quel ramassis de pauvres types ! fit Lucky en regardant autour d'elle. Regardez-moi un peu tous ces connards !

— Je ne vous ai pas promis le Ritz, place Vendôme, fit Alex. Et parlez moins fort.

— Vous ne m'avez rien promis du tout, répondit Lucky, à qui l'alcool commençait à faire son effet. Puisqu'on est là, tirons-en le maximum.

Le barman revint avec leurs consommations. Lucky avala sa tequila d'un trait. Un clone de John Travolta, juché sur un tabouret de l'autre côté, eut un sifflement admiratif.

— Une autre, exigea Lucky.

— Vous croyez qu'on finira par arriver chez votre père ? soupira Alex en faisant signe au barman.

— Dites-moi la vérité, fit Lucky en oscillant légèrement sur son tabouret. C'est la seule raison pour laquelle vous êtes avec moi ce soir ? Pour faire la connaissance de Gino ?

— Qu'est-ce que vous croyez ?

— Je crois que nous sommes ensemble parce que nous avons tous les deux besoin de quelque chose de différent. Elle lui lança un long regard entendu. Je n'ai pas raison ?

— Perspicace.

— Oh, ça oui ! À tel point que je croyais vraiment que Lennie était fidèle.

— Et il ne l'était pas ?

— Je n'ai pas envie d'en parler, lança-t-elle, regrettant d'avoir abordé un sujet aussi personnel.

Un petit homme boudiné dans une jaquette bleu ciel bondit sur la scène. Les gars, rugit-il, voici le moment que nous attendons tous : la vedette de notre spectacle ! La voici... notre reine de la nuit... Ms. Daisy !

Une Noire extrêmement laide mais au corps incroyable jaillit sur l'estrade. Elle avait un slip minuscule, un soutien-gorge blanc à franges et était coiffée d'une casquette de chauffeur. Le juke-box débitait un air des Rolling Stones. Le public se déchaîna.

Alex examina ce corps d'ébène presque complètement dénudé.

— Je devrais lui trouver une figuration dans *Gangsters*, dit-il d'un ton songeur. Elle a vraiment quelque chose.

— Pourquoi pas ? répondit calmement Lucky. Qu'est-ce que serait votre film sans la séquence obligatoire de strip-tease ?

— Il y en a justement une, dit-il, sachant qu'il allait avoir droit à une scène.

— Comment se fait-il que vous autres, cinéastes, soyez si prévisibles ? Il y a toujours deux comédiens assis dans une boîte de strip-tease pendant que la caméra passe toute la scène à faire des gros plans sur les seins et les fesses de la danseuse. Quand comprendrez-vous qu'on a vu ça cent fois ?

— Qu'est-ce qui vous prend ? La première fois que nous nous sommes rencontrés, vous ne m'avez parlé que d'égalité des sexes et du fait que les comédiens doivent eux aussi se déshabiller.

— Ça vous a offusqué ?

— Les femmes n'ont pas envie de voir ça. C'est une affaire d'hommes.

— Vous aimeriez bien ! s'exclama-t-elle. Vous aimeriez que ça reste une affaire d'hommes ! Les femmes aujourd'hui font ce qu'elles veulent et ça ne les gêne pas de se rincer l'œil devant des types à poil.

— Je me demande comment elle a échoué ici, dit Lucky d'un ton songeur en regardant la Noire poursuivre son strip-tease. Dans cette boîte minable au milieu de nulle part...

— C'est ça qui m'intéresse, fit Alex. Découvrir l'histoire des gens.

— Et puis en faire un film.

— Il paraît que vous avez eu une vie rudement intéressante, lança Alex, curieux d'entendre ce qu'elle avait à raconter.

— Je vous l'ai dit, j'étais une enfant impossible, poursuivit-elle d'un ton léger. Je ne vous ai pas parlé du type que j'ai descendu. Légitime défense, bien entendu.

Seigneur ! C'est vrai qu'elle était impossible !

— Mais non, vous ne m'avez pas raconté ça, énonça-t-il calmement.

— Enzio Bonnatti, c'était l'homme responsable du meurtre de ma mère et de mon frère et... Oh... il y a eu quelques autres petits incidents de parcours qui ont fait de moi ce que je suis aujourd'hui.

Elle était assise là, à lui expliquer calmement qu'elle avait tué quelqu'un. Peut-être avaient-ils plus de points communs qu'il ne l'avait cru tout d'abord. Lui aussi avait tué au Viêt-nam, mais il avait une excuse : on appelait ça la guerre. Il se demanda si elle souffrait des mêmes cauchemars qui souvent venaient le hanter au milieu de la nuit.

— Vous êtes une femme extraordinaire, Lucky, dit-il en s'éclaircissant la voix.

Elle l'observa attentivement un moment. Il n'en savait même pas la moitié. Peut-être qu'elle parlait trop, que mieux vaudrait changer de sujet avant qu'il ne soit trop intrigué.

— Et vous, Alex, vous n'avez jamais été marié ?

— Non, répondit-il, sur ses gardes.

— Jamais ? fit-elle en secouant la tête d'un air incrédule. Quel âge avez-vous ?

— Quarante-sept.

— Hmmm... Ça veut dire ou bien que vous êtes très malin, ou bien que vous avez un sacré point faible.

Il prit son verre.

— Qu'est-ce que vous êtes ?... Une psy ?

— Les types qui ne sont pas mariés à votre âge ont en général un handicap majeur. Sinon, il y a longtemps qu'une femme vous aurait mis le grappin dessus.

— La réponse est simple : je n'ai jamais rencontré personne avec qui j'aurais été prêt à passer le restant de ma vie.

— Ça m'est arrivé trois fois, dit-elle d'un ton détaché. Après la première fois, ça n'est pas si terrible.

— Et la première fois, c'était ?...

— Craven Richmond. Le fils du sénateur Peter Richmond. Mon Dieu, qu'il était bête ! J'étais folle de lui. Elle rit à ce souvenir. Gino m'a mariée parce qu'il le pouvait. Peter lui devait un service.

— Ça devait être quelque chose !
— Ça l'était.
— Vous allez me raconter ?
— Pas avant de mieux vous connaître.
— Et après Craven ?
— Dimitri Stanislospoulos, un homme qui aurait pu être mon père. Elle marqua une pause. D'ailleurs, il était le père de ma meilleure amie, Olympia. Elle eut un rire étouffé en se rappelant son passé de délinquante juvénile. Nous étions deux vilaines petites filles qui s'étaient enfuies du pensionnat ensemble. Bref, alors que j'étais mariée à Dimitri, je l'ai surpris au lit avec Francesca Fern, la chanteuse d'opéra. C'était une rivale de la Callas, et très exigeante. Il ne voulait pas me quitter, mais il avait vraiment envie de la sauter.
— Ce type était fou.
— Après Dimitri, il y a eu Lennie.
Elle s'interrompit, son regard s'embua. Un long silence.
— Lennie, pour moi, c'était l'âme sœur, dit-elle enfin. Nous étions tout l'un pour l'autre. Je l'aimais tant. Elle regarda Alex au fond des yeux. Avez-vous jamais eu ce genre de rapports avec quelqu'un ?
— Non, admit-il avec du regret dans la voix.
— C'est un sentiment formidable, dit-elle avec nostalgie.
— Ç'a dû être dur pour vous, Lucky, fit-il. Cet accident... Perdre Lennie comme ça...
— Il y a des choses qui doivent arriver, lança-t-elle, tendant brusquement la main vers son verre. Je n'ai jamais dit ça à personne, Alex, mais j'ai découvert que Lennie couchait à droite et à gauche. Il y avait dans sa chambre d'hôtel des photos de lui avec une blonde. Des photos d'elle nue planquées dans le tiroir de la table de nuit. Il était manifestement avec elle la nuit précédant mon arrivée. Je ne sais pas pourquoi il n'a pas cherché à dissimuler les traces : il a dû croire que la femme de chambre rangerait tout pendant qu'il était à l'aéroport. Elle prit une profonde inspiration. En tout cas, ç'a été dur, parce que... eh bien... je crois à la fidélité. Vous savez, on peut coucher autant qu'on veut quand on est célibataire, mais quand on épouse quelqu'un... vous voyez, pour moi c'est l'ultime engagement.
— Ah..., soupira Alex. Voilà des préjugés démodés.
— Quel mal y a-t-il à cela ? répliqua-t-elle avec véhémence, regrettant d'en avoir tant révélé sur elle-même. Je trouve insensé que nous vivions dans un pays où tout le monde estime normal

qu'un homme s'envoie en l'air à droite et à gauche parce qu'il est un homme. Moi, je ne trouve pas ça normal. J'aimais Lennie et il m'a laissée tomber. Ça n'est pas juste.

Elle s'interrompit pour allumer une cigarette, furieuse d'étaler ainsi ses émotions.

— Je deviens sentimentale, dit-elle en se ressaisissant. Prenons encore un verre.

— Lucky, vous êtes déjà à moitié ivre.

— Vous savez, Alex, par moments vous êtes vraiment casse-pieds.

Elle claqua des doigts pour appeler le barman. Le vieil homme s'approcha en traînant les pieds. Elle lui brandit sous le nez un billet de 5 dollars.

— Donnez ça à Ms. Daisy. Dites-lui que nous aimerions qu'elle vienne à notre table et apportez-moi une autre double tequila.

— Qu'est-ce que vous faites ? fit Alex en fronçant les sourcils.

— Je suis curieuse de savoir comment cette femme si laide au corps stupéfiant a échoué ici. Pas vous ?

— Ça m'intéresse davantage de rencontrer Gino.

— Nous y arriverons. Ne vous inquiétez pas.

Le clone de John Travolta se pencha pour se mêler à leur conversation. Il avait les cheveux longs et graisseux.

— Vous êtes de LA ? demanda-t-il en se frottant le bout du nez d'un doigt à l'ongle douteux.

— Qu'est-ce qui vous fait croire ça ? fit Lucky en renversant la tête en arrière.

Il posa sa bière sur le bar en caressant lentement le goulot humide.

— Parce que vous n'avez vraiment pas l'air d'être du coin.

— Flûte alors, dit Lucky d'une voix traînante. Moi qui espérais me fondre dans le tableau.

Le jeune homme se mit à rire.

— Mon nom, c'est Jed. Ici, c'est la boîte la plus branchée, proclama-t-il. Vous avez bien choisi.

— Vraiment ? fit Lucky en fixant sur lui son regard sombre.

Jed se pencha plus près, l'air égrillard.

— Vous êtes actrice à Hollywood ?

— Elle est avec moi, le coupa Alex. Et nous ne cherchons pas de troisième partenaire.

— Il n'y a pas de mal, fit Jed en reculant. Ce que j'en disais...

— Lucky, jeta Alex d'une voix sourde. Je n'ai pas envie de me trouver mêlé à une bagarre, alors soyez gentille, cessez d'encourager les talents locaux.

Elle lui lança un regard moqueur.

— Je pensais que ça vous amuserait de vous encanailler un peu, Alex.

— Au cas où vous ne l'auriez pas remarqué, je n'ai pas vraiment l'avantage du nombre.

— Oh... désolée.

Elle tendit son verre vide au barman.

— Remettez-moi ça.

— Seigneur ! murmura Alex. Comment pouvez-vous ingurgiter tout ça ? Je vais aux toilettes, annonça-t-il sèchement. Tâchez d'éviter les ennuis. Quand je reviendrai, on s'en va.

Elle esquissa un salut militaire. « À vos ordres ! »

À peine Alex avait-il disparu que le voisin de Lucky revint à la charge :

— Il n'y avait pas d'offense, dit-il en s'approchant.

— Mais non, répondit Lucky.

Elle remarqua qu'il lui manquait une dent sur le côté. Ça n'ajoutait pas à son sex-appeal.

— Ce ne serait pas votre mari ? dit Jed, en désignant le tabouret d'Alex.

— Non. Ce ne serait pas mon mari, dit-elle, amusée.

— Alors, peut-être que je peux vous payer une bière.

— Je bois de la tequila.

— Je peux vous offrir ça.

Il fit un signe au barman.

— Mets la consommation de la petite dame sur ma note.

Le barman était un homme qui sentait les ennuis venir bien avant qu'ils arrivent.

— Ça n'est pas une bonne idée, Jed, dit-il.

— Le type avec qui elle est n'est pas son mari, expliqua Jed, comme si ça arrangeait tout.

— Ça n'est quand même pas une bonne idée.

Jed se leva, le visage tout rouge.

— Putain, j'ai dit que je lui payais un verre, dit-il en frappant violemment le comptoir du poing.

— Seigneur ! grommela le barman, écœuré.

— N'en faisons pas tout un plat, fit Lucky en le regardant.

— Vous autres, vous devriez rester à votre place, grommela le barman en lui lançant un regard mauvais. Vous arrivez ici comme si vous étiez chez vous. Vous sifflez de la tequila comme si vous étiez un homme.

— Allez vous faire voir ! jura Lucky, qui commençait à perdre patience.

— Allons, fit Jed en lui prenant le bras. Je vais vous emmener ailleurs.

D'une secousse, elle dégagea son bras. Alex avait raison : ce n'était pas une bonne idée d'encourager les talents locaux.

Jed voulut lui reprendre le bras. Elle assena une claque sur sa main osseuse.

— Ça ne va pas, ma poulette ? explosa Jed.

— Ne me touche pas, trou-du-cul.

Il devint cramoisi. Comment tu m'as appelé, petite garce ?

Ce fut cet instant précis qu'Alex choisit pour revenir des toilettes.

18

— Vos fans, ils doivent vous rendre folle, observa Rodriguez en caressant nonchalamment les cheveux blond platine de Venus. Ils étaient assis nus dans le jacuzzi sur la terrasse, les lumières de la ville s'étendant à leurs pieds comme une scintillante couverture de joyaux.

— Quelquefois, fit-elle d'un ton songeur. Quand je suis au milieu du public, et que les gens essaient de me toucher : on ne sait jamais s'ils n'ont pas un couteau ou un pistolet.

— C'est pour ça que vous avez un garde à la maison ?

— Aujourd'hui, il faut se protéger tout le temps. Pour sortir. Pour faire l'amour. C'est triste.

Il lui caressa le bout des seins et elle frémit. Ce soir, il avait été mieux que les deux fois précédentes. Pour le récompenser, elle lui permettait de rester un moment. Il tendit la main vers la bouteille de champagne posée sur le rebord du jacuzzi et la porta aux lèvres de Venus. Celle-ci laissa le liquide doré lui descendre dans la gorge.

— Tu n'en prends pas ? demanda-t-elle en se léchant lentement les lèvres.

— Je vais vous montrer comment Rodriguez boit le champagne, dit-il.

Il la prit par la taille et, la soulevant, la déposa au bord du jacuzzi.

— Qu'est-ce que tu fais ? protesta-t-elle, mais sans trop d'énergie.

— Silence, ma belle, murmura-t-il en lui caressant l'intérieur des cuisses.

Il prit la bouteille de champagne et lui en versa un peu sur le bas-ventre. C'est comme ça que Rodriguez boit le champagne, lança-t-il en lapant le liquide.

Au bout d'un moment, Venus se dit qu'après tout elle allait peut-être le garder.

Chez Mario était un restaurant italien, bruyant et pittoresque, plein de mannequins, d'agents, de marchands de tableaux et d'écrivains. « C'est *le* restaurant », annonça Nona à Brigette tandis qu'elles se frayaient un chemin jusqu'à la niche où était installé Luke, entraînant Zandino dans leur sillage. Elles étaient toutes les deux précipitamment rentrées se changer. Nona portait un corsage de satin vert et un pantalon noir moulant. Brigette s'était décidée pour une petite robe blanche et des sandales à lanières. Luke n'était pas seul. Cybil Wilde et son coiffeur étaient assis à sa table.

— Installez-vous, tout le monde ! fit Luke en les accueillant avec chaleur. Je suis sûr que vous connaissez tous Cybil, et voici le grand Harvey, grâce à qui mes cheveux à moi ont l'air presque passables.

Harvey tendit la main et toucha une mèche des cheveux blond miel de Brigette.

— Superbes, dit-il avec un fort accent cockney. Pas de coloration, pas de ces stupides mèches que toutes les filles se font. Surtout, ne changez rien.

— Merci, répondit Brigette en se glissant auprès de lui.

— Quant à vous, madame, ajouta Harvey en inspectant les cheveux d'un roux flamboyant de Nona, très *dans le vent*. Naturel aussi, je parie.

Nona sourit sans répondre. Elle avait hâte de passer aux affaires.

— On peut parler ici ? demanda-t-elle à Luke.

— Absolument, répondit-il tout en saluant plusieurs amis.

— Alors ? demanda Nona avec impatience. Quoi ?

Luke sourit, sans rien dire.

— Quoi ? répéta-t-elle en lui prenant le bras.

— J'ai montré à l'agence les photos de Brigette et de Zan. Elle les a présentées au client et, bang, dans le mille !

— Oh, mon Dieu ! s'exclama Nona, donnant un coup de coude à Brigette. Tu as entendu ?

— Formidable !

— Comment ça, cria Nona, formidable ? C'est absolument stupéfiant !

— Quand les photos paraîtront-elles ? demanda Brigette à Luke. Et où ?

— Nous ne les avons pas encore prises, fit Luke en riant de sa naïveté. D'abord, il faut que ton agent négocie un contrat. Ensuite, nous faisons une vraie séance de prises de vue. Et après ça, ma jolie, on te verra dans tous les magazines ! Les jeans Rock'n Roll savent dépenser de l'argent.

— Comment se fait-il qu'on ne m'ait pas parlé de cette campagne ? demanda Cybil, en faisant la moue.

— Parce que, ma chérie — comme Nona le dit si élégamment —, tu n'apportes rien de nouveau.

— Oh, ne t'inquiète pas, s'empressa d'ajouter Luke. Tu es en excellente compagnie : Robertson, Nature, aucune ne trouve grâce aux yeux de Nona.

— Il va lui falloir un agent, dit Nona d'un ton songeur. Et ça urge.

Brigette pensa à toutes les agences qui avaient refusé de la voir. Le seul à avoir manifesté quelque intérêt, c'était Michel Legay.

— Élite, dit Cybil, en essayant de se montrer serviable. C'est la meilleure.

— Non. L'agence Ford, répliqua Luke. Ils la protégeront. Elle est toute neuve dans ce métier. Il lui faudra des gorilles en armure pour empêcher les play-boys vieillissants de lui sauter dessus.

— Tous ces hommes sont abominables, dit Cybil en relevant son petit nez retroussé. Tous des pervers ! Le prince ceci et le comte cela, mais tout ce qu'ils veulent, c'est sniffer de la coke, s'envoyer des jolies filles et vous exhiber devant leurs vieux copains tout aussi décrépits. Fais attention ! dit Cybil à Brigette. Je te donnerai une liste des plus dangereux.

— Merci, répondit Brigette.

Cybil se montrait si ouverte, si amicale qu'il était impossible de ne pas la trouver sympathique.

— Comment ça va, côté rock star ? demanda Luke à Cybil avec un sourire narquois.

Cybil se mit à rire : elle venait de commencer une aventure avec Kris Phœnix, la rock star anglaise.

— Je suis amoureuse ! roucoula-t-elle. Kris est sensationnel !

Brigette se souvint d'une autre rock star britannique, l'abominable Flash. Sa mère était morte d'une overdose en sa compagnie : on les avait retrouvés tous les deux camés à mort dans une petite chambre d'hôtel minable de Times Square. Oh, mon Dieu ! personne ne devait découvrir sa véritable identité. Il fallait à tout prix protéger son anonymat. Peut-être, pour plus de sûreté, devrait-elle changer de prénom.

— Je peux t'avoir un rendez-vous avec n'importe quel agent de New York, claironna Luke. Dis-moi qui.

— Michel Legay, fit doucement Brigette, qui avait du mal à croire à tout ça.

— Pas de problème, fit Luke. Il est assis deux tables plus loin avec Robertson : seulement, quand elle va apprendre que ce n'est pas elle qui fait la campagne des jeans Rock'n Roll, tu ne vas peut-être pas être accueillie à bras ouverts dans la famille de Michel.

— On verra bien, rétorqua Brigette avec un petit sourire plein d'assurance.

Après le départ de Rodriguez, Venus n'arrivait pas à trouver le sommeil : sexuellement, il l'avait satisfaite mais, intellectuellement, il laissait à désirer. Elle devait vieillir, se dit-elle, car maintenant elle avait envie d'un compagnon, de quelqu'un avec qui elle puisse discuter après l'amour. Elle chercha qui elle pouvait réveiller à cette heure de la nuit. Peut-être Lucky, qui ne voulait plus discuter de rien à moins qu'il ne s'agisse d'affaires. Bah, tant pis : ce serait sans doute l'heure idéale pour la joindre.

— Ms. Santangelo est à Palm Springs, où elle est allée voir son père, lui annonça Ci-Ci au téléphone.

— Comment va-t-elle ? demanda Venus.

— Elle travaille trop.

— Ce n'est pas à moi qu'il faut dire ça. Je ne la vois plus, elle est toujours trop occupée.

Après avoir raccroché, elle essaya de lire un magazine, mais elle n'arrivait pas à se concentrer. Voyons... qui d'autre ne serait pas encore couché ?

Ron, bien sûr. Son meilleur ami Ron, qui, depuis qu'il était avec Harris von Stepp, figurait également sur la liste des disparus. Il lui manquait, Ron. Ne plus le voir aussi souvent qu'autrefois, c'était comme rompre avec un amant préféré.

Elle décida de l'appeler.

— Tu ne devineras jamais qui est à l'appareil, annonça-t-elle quand elle l'eut au bout du fil.
— Oh, mais quelle surprise ! fit Ron, nullement surpris. Est-ce que nous traversons une crise ?
— À vrai dire, oui. Je me demandais si tu pourrais passer pour bavarder un peu, tu sais... comme nous le faisions autrefois.
— Mais bien entendu, mon chou, fit-il un peu sèchement. Je suis sûr que Harris sera ravi. Il meurt d'envie de me voir entrer en courant dans la chambre, disant : « Je vais voir Venus. » Cet homme est d'une jalousie... surtout quand il s'agit de toi.
— Pourquoi moi ? Je suis une femme.
— Oh, oh... tu viens de répondre à ta question.
— Quand est-ce que je peux te voir ?
— Sérieusement, mon trésor, si c'est urgent, je braverai la colère de Harris et je viens tout de suite.
— Non, non, ça peut attendre, mais c'est vrai que tu me manques.
— Toi aussi, tu me manques. On déjeune demain ?
— Parfait.
— Je suis à la salle de montage toute la matinée. Voyons... disons 13 h 30 ?
— Je pourrai tout te raconter sur Rodriguez.
— Ah, ah... tu as fini par t'envoyer ton masseur.
— Évidemment !
— Alors, je ne veux pas manquer ça. Les détails, c'est ma vie !

Quand elle eut raccroché, elle fut prise d'une folle envie d'appeler Cooper. « Reviens, tout est pardonné », dirait-elle. Mais non. Elle avait appris très tôt que c'était suicidaire de renouveler les erreurs passées. Cooper ne changerait jamais. Et, à moins d'être prête à accepter ses infidélités, elle était mieux sans lui.

19

— Oh, Seigneur ! gémit Alex en observant la scène.
— Ça va, je vous assure, ça va, s'empressa de dire Lucky en sautant au bas de son tabouret.
Jed roulait des mécaniques.
— Qu'est-ce que t'as, petite garce ? demanda-t-il d'un ton hargneux. T'es trop belle pour nous ?
— Bas les pattes, dit Alex en toisant Jed de la tête aux pieds.
Jed pivota sur place.
— Tu ne vas pas me donner de conseils, pépé !
— Va te faire voir ! marmonna Alex, en se demandant comment il s'était laissé embarquer là-dedans. Et ce plouc qui le traitait de pépé ! Il devrait lui casser la figure.
Au lieu de cela, il plongea une main dans sa poche, en tira une liasse de billets, les lança au barman et saisit Lucky par le bras. On s'en va, dit-il en l'entraînant vers la porte sans se retourner. C'était un truc qu'il avait appris au Viêt-nam : si on veut se battre, on regarde l'ennemi droit dans les yeux. Sinon, on décampe. Et vite.
— Hé ! protesta Lucky. Et les 20 dollars que j'ai donnés au barman ?
Alex resserra son étreinte.
— Et si on montait dans la voiture et qu'on fiche le camp sans traîner ?
— Vous n'êtes vraiment pas drôle, gémit-elle.
— Si vous voulez rigoler, vous n'avez pas misé sur le bon cheval, dit-il d'un ton sec.

— Laissez-moi vous rafraîchir la mémoire, Alex : c'est vous qui avez déboulé dans mon bureau en me proposant un verre.

— Je suis venu pour un rendez-vous d'affaires, lui rappela-t-il. Est-ce que je savais que j'allais vous trouver à moitié beurrée ?

— À moitié beurrée ? fit-elle, scandalisée. Je suis parfaitement à jeun.

Même en disant cela, elle n'y croyait pas vraiment.

— Mais oui, mais oui, marmonna-t-il en la tirant vers la Porsche.

Du coin de l'œil, il vit Jed sortir du bar avec quelques copains prêts à la bagarre. Il poussa Lucky à la place du passager, se pencha et prit son pistolet dans la boîte à gants.

— Qu'est-ce que vous faites ? fit Lucky.

— J'assure notre protection. Ça vous gêne ?

— Vous êtes fou ? Vous ne pouvez pas descendre ce connard simplement parce qu'il m'a fait du plat.

— Je n'ai l'intention de descendre personne. Je nous fais gagner du temps pour filer.

— Gino m'a appris qu'on n'exhibait jamais un flingue à moins d'être prêt à s'en servir.

— Il a bien raison, parce que si ces voyous s'approchent de moi, je leur tire droit dans le pantalon.

— Je vois d'ici les titres, fit Lucky. Elle ne le prenait pas au sérieux même si son pistolet n'avait pas l'air d'un jouet. Une directrice de studios et un cinéaste spécialisé dans les films de mauvais garçons attaqués ! Elle se mit à rire.

Jed et ses amis hésitaient sur le seuil. Peut-être avaient-ils aperçu un reflet métallique, ou peut-être avaient-ils changé d'avis. Quoi qu'il en soit, au grand soulagement d'Alex, ils n'allèrent pas plus loin.

Lucky ne me connaît pas, songea-t-il. *Elle ne se doute pas qu'au Viêt-nam j'ai été obligé plus d'une fois de tuer.* Il n'aimait pas s'en souvenir, seulement dans ses cauchemars.

Il s'installa au volant de sa Porsche, emballa le moteur et démarra sur les chapeaux de roues.

— Dommage, soupira Lucky. Ça m'aurait tant intéressée de parler à Ms. Daisy.

Cette femme est folle, se dit Alex en regagnant l'autoroute. *Qu'est-ce que je vais faire d'elle ? Elle est encore plus folle que moi.*

Ils roulaient depuis cinq minutes quand Lucky s'aperçut

qu'elle avait oublié son sac au bar. Elle se redressa brusquement pour l'annoncer.

— Nous n'allons pas retourner là-bas, dit Alex d'un ton catégorique. Pas question.

— Oh, mais si, répliqua Lucky. Il y a dedans mes cartes de crédit, mon Filofax, mon permis de conduire... tout. Il faut y retourner.

— Vous êtes une femme difficile à vivre, commenta-t-il avec amertume.

— C'est ce qu'on m'a dit.

Sans arriver à croire qu'il faisait ça, il quitta l'autoroute et prit brutalement le virage.

— Écoutez-moi, dit-il d'un ton sévère, les yeux fixés sur la route devant lui. Vous restez dans la voiture avec le moteur qui tourne pendant que j'entre chercher votre sac. C'est compris ?

— Vous n'allez pas prendre votre pistolet.

— Ne me dites pas ce que je dois faire.

— Eh bien, vous non plus.

— Oh, je vois que nous allons avoir des moments merveilleux à tourner ce film ensemble.

— Autant vous y faire.

Bon sang, est-ce qu'elle avait toujours le dernier mot ?

Il gara sa Porsche devant le bar et descendit. Malgré l'avertissement de Lucky, il fourra son pistolet dans sa ceinture sous sa veste. Mieux valait être préparé : ces têtes brûlées de petits patelins, c'étaient les pires. Quand il entra, une autre stripteaseuse se démenait sur l'estrade : chinoise cette fois. Ces gens-là aimaient la variété. Alex se dirigea rapidement vers le bar. La dame qui était avec moi a oublié son sac, dit-il.

Le vieux barman passa la main sous le comptoir et tendit silencieusement le sac de Lucky.

— On ne veut pas d'ennuis par ici, dit-il d'un ton revêche. Vous autres, gens de LA, avec votre fric et vos belles bagnoles, restez donc chez vous.

— Écoutez, mon vieux, nous vivons dans un pays libre, fit observer Alex en fourrant le sac de Lucky sous son bras.

Il sortit. Sa Porsche était exactement là où il l'avait laissée. Il n'y avait qu'un petit problème : Lucky n'était pas dedans. Il se planta auprès de sa voiture, absolument furieux. Il lui avait pourtant bien dit de rester dans cette foutue bagnole : qu'est-ce que ça avait de si difficile ? Elle était trop indépendante : c'était ça, le problème avec Lucky Santangelo. Il n'avait jamais rencontré une femme comme elle. Il songea un instant à lui donner une leçon en la plantant là. Puis il se dit qu'il ne pouvait pas faire ça : personne ne méritait d'être abandonné dans ce trou et, d'ailleurs, c'était le studio de Lucky qui finançait son film.

Il entra une nouvelle fois pour la chercher. Le barman transportait des caisses de bière : en voyant Alex, il agita le doigt comme pour dire : *Encore vous !*

— Vous avez vu la dame avec qui j'étais ? demanda Alex.

— Je vous l'ai dit, répéta le barman. Les gens comme vous, on ne tient pas à les avoir ici.

Alex commençait à perdre patience.

— Où sont les toilettes pour dames ? demanda-t-il.

— Sur le parking, répondit l'homme. Et ne revenez pas.

Comme s'il en avait envie !

Lucky sortit des toilettes, Ms. Daisy sur ses talons. Elles tombèrent droit sur Alex, furieux.

— Je vous avais dit de rester dans la voiture, éructa-t-il en lui lançant un regard mauvais.

— Je ne supporte pas bien qu'on me donne des ordres.

— Ça se voit.

— Alex, voici Ms. Daisy... ou bien... (elle se tourna vers la stripteaseuse) j'imagine que vous avez un nom, n'est-ce pas ?

— Pourquoi vous voulez savoir mon nom ? demanda la fille, méfiante.

— Parce que je me sens un peu ridicule d'avoir à vous appeler Ms. Daisy.

— Lucky, fit Alex, impatient, on peut s'en aller ?

— Attendez un peu... Quel est votre vrai nom ?

— Daisy, murmura la femme.

— Parfait. Nous allons regarder... euh... Daisy danser à l'Académie de billard, et ensuite elle prendra un verre avec nous.

— Je ne vais pas m'arrêter encore dans une de ces boîtes de merde, fit Alex.

— Je vous promets, énonça Lucky d'un ton suave, il n'y aura pas d'histoires. Elle se tourna vers la stripteaseuse. Daisy, nous allons vous suivre. Où est votre voiture ?

— Vous êtes vraiment un drôle de numéro, lança Daisy en levant les yeux au ciel.

— Ça, murmura Alex, c'est vrai.

— Moi, c'est la Chevrolet jaune là-bas, dit Daisy en désignant une véritable épave.

— Nous vous suivons, fit Lucky.

— Vous êtes folle ? demanda Alex quand ils furent installés dans sa Porsche. Pourquoi faisons-nous ça ?

— Si ça ne vous dit rien, déposez-moi au bar le plus proche et j'appellerai un taxi, rétorqua-t-elle.

— Je ne peux pas vous laisser ici, déclara-t-il, en ajoutant entre ses dents : Ça n'est pourtant pas l'envie qui m'en manque.

— Allons, ne faites pas la tête, reprit Lucky, déployant tout son charme. Ça va être marrant. Encore une tequila. Une partie de billard. Ça n'est pas si terrible, non ? Elle lui donna un coup de coude. 20 dollars que je vous bats au billard.

Il l'examina un moment.

Vous croyez que vous pouvez me battre à n'importe quoi, n'est-ce pas ?

— Ça se pourrait, dit-elle sur un ton convaincu.

Il ne put s'empêcher de rire.

Il paraît que vous avez l'habitude de n'en faire qu'à votre tête.

— Pas vous, peut-être ? répondit-elle en se demandant pourquoi elle éprouvait cette envie constante de l'asticoter.

Il la dévisagea longuement.

— Je me suis cassé le cul pour pouvoir n'en faire qu'à ma tête.

— Et moi, qu'est-ce que vous croyez que j'ai fait ? répliqua-t-elle.

— Alors, nous sommes sans doute plus semblables que nous ne le pensons.

La Chevrolet jaune sortit du parking.

— Allons-y, fit Lucky. À nous l'aventure !

20

Morton Sharkey retrouva Donna Landsman dans le château de style pseudo-espagnol où elle résidait. Tout en montant la longue allée en lacet, il essayait de ne pas penser qu'il était en train de trahir Lucky. Il savait que ce qu'il faisait était mal mais il était pris dans un tourbillon. D'ailleurs, on le faisait chanter : il était donc aussi une victime.

Un maître d'hôtel oriental ouvrit la porte et lui fit traverser un vestibule imposant avant de l'introduire dans un immense salon haut de plafond. Morton remarqua un tas de faux portraits d'ancêtres accrochés aux murs.

Plantée au milieu de la pièce, Donna, impeccablement maquillée, l'attendait, un verre à la main.

— Morton, dit-elle d'un ton glacé, sans lui proposer à boire.

— Donna, répondit-il.

Elle ne lui offrit pas de s'asseoir.

— Il paraît que vous avez de bonnes nouvelles pour moi, lança-t-elle.

— Les nouvelles que vous attendiez, répliqua-t-il d'un ton uni. Tous les investisseurs sont en place. À compter de demain, vous aurez le contrôle des studios Panther.

Elle esquissa un petit sourire teinté de malveillance. Je suis ravie que vous ayez décidé de coopérer avec moi.

Comme s'il avait eu le choix ! Un nerf commençait à se crisper sans son œil gauche : il essaya de ne pas la regarder.

— Quand est-ce que j'aurai les cassettes, Donna ?

— Dès l'instant où je serai assise à ma table, dans le bureau de Lucky Santangelo.

— Quel jour exactement prenez-vous la direction ?

— Demain, fit Donna, le visage impassible. J'espère que vous serez là pour me féliciter.

— Je ne l'avais pas prévu.

— Ça n'est pas très amical de votre part, Morton, lui reprocha-t-elle. Vous voulez sûrement assister à mon triomphe ?

— Pas vraiment.

— Dommage. Son ton se durcit. Parce que vous y serez. Je suis certaine qu'au point où nous en sommes, vous ne voudriez pas voir diffusée la cassette vidéo vous montrant en compagnie de cette inventive jeune personne.

La sorcière ! Pourquoi faisait-elle ça ? Pourquoi les studios Panther avaient-ils une telle importance pour elle ? C'était un mystère qu'il n'avait pas élucidé.

— Très bien, Donna, je serai là. Nouveau sourire pervers. « Bon. »

Elle attendit que Morton fût parti pour s'approcher du bar et se prépara un second martini afin de fêter sa victoire. Elle le but à petites gorgées, savourant d'avance le plaisir que demain lui apporterait.

C'était doux, la vengeance. Si doux.

À peine sorti de là, Morton se rendit tout droit à l'appartement de Sarah, un appartement qu'il avait payé. Lorsqu'il l'avait rencontrée, elle vivait dans un endroit abominable : il s'imaginait toujours qu'il allait se faire attaquer en chemin. Il l'avait installée maintenant dans un quartier respectable, et il se sentait parfaitement en sécurité quand il prenait l'ascenseur depuis le garage en sous-sol de l'immeuble. Il ouvrit avec sa clé. Au début, elle n'était pas d'accord pour qu'il en ait une mais, comme il l'avait fait remarquer, puisqu'il payait le loyer, pourquoi n'en aurait-il pas ?

Sarah n'était pas seule, ce qui l'exaspéra. Il lui avait expliqué maintes fois que, quand il venait la voir, il ne voulait pas que ses amies traînent dans les parages. Il avait beau lui avoir annoncé sa visite, sa copine Ruby était là : une fille à l'air maussade avec des cheveux noirs filandreux et des manières désagréables. Elles étaient toutes les deux assises sur le tapis du studio, entourées de magazines débiles, de paquets de bonbons et d'un assortiment de vernis à ongles. Pieds nus toutes les deux, elles se peignaient mutuellement les orteils.

— On fait des essais, fit Sarah en agitant la main.
— Salut, Morton, lança Ruby.

Il restait planté là devant les deux filles ; elles ne bougèrent pas.

— Sarah, dit-il enfin. J'aimerais te parler.
— Vas-y, lui enjoignit-elle, occupée à étaler du vernis noir sur le gros orteil de Ruby.
— En particulier, précisa-t-il, avec agacement.
— Dis ce que tu veux..., lança-t-elle en faisant la grimace. Ruby s'en fout.

Il se demanda ce que savait Ruby. Se rendait-elle compte que Sarah l'avait mis dans la position la plus compromettante de toute son existence ? Savait-elle que son amie allait empocher 12 000 dollars pour ça ? Et elle n'avait même pas paru gênée ni navrée quand il l'avait appris. C'est beaucoup de fric, Morty, avait-elle commenté sans aucun remords. Je n'ai pas pu refuser. Là-dessus, elle lui avait fait l'amour comme jamais on ne le lui avait fait auparavant. Et il avait continué à la voir. Il était malade. Il le savait. Malade de passion. Seulement, maintenant, il vérifiait qu'il n'y avait pas de caméra cachée dans l'appartement.

Ruby finit par comprendre. Elle se leva en bâillant.

— Je vais acheter des disques, dit-elle. Tu veux quelque chose ?
— J'irais bien avec toi, proposa Sarah avec envie.

Puis elle remarqua l'expression furibonde de Morton. Elle fit la grimace. Non, une autre fois.

Ruby enfila une paire d'affreuses sandales et partit.

— Je n'arrive pas à imaginer pourquoi tu es amie avec elle, déclara Morton.
— Parce que tu n'as aucune imagination, dit Sarah.

Elle se leva d'un bond, nouant les bras autour de la taille de Morton.

— Ça ne fait rien, papa, parce que j'en ai assez pour nous deux, n'est-ce pas, mon choupinet ?
— Oui, Sarah, c'est vrai, dit-il.

Il sentait une formidable excitation monter en lui, comme il n'en n'avait pas éprouvé depuis vingt-cinq ans. Sarah fit glisser par-dessus sa tête son minuscule corsage et laissa tomber son short. Elle ne portait pas de dessous. Elle était gracile comme un garçon de dix ans mais cette absence de courbes ne faisait que raviver la frénésie de Morton.

— Qu'est-ce que ça va être aujourd'hui ? demanda Sarah

avec un sourire espiègle. La serveuse ? l'avocate ? La collégienne ? ou peut-être plutôt le numéro du petit garçon... Elle eut un sourire entendu tout en se caressant lentement. Allons, mon choupinet, à toi de choisir.

— Le petit garçon, dit-il d'une voix étranglée.

— Oh, oh, oh... Nous sommes très vilain aujourd'hui. Si je jouais la nounou, je serais forcée de donner la fessée à un vilain petit garçon comme toi.

Les jeux commencèrent. Et Morton Sharkey oublia qu'il avait trahi Lucky Santangelo.

Santo avait remarqué que sa mère était d'excellente humeur. Cela signifiait qu'il pouvait lui demander n'importe quoi avec toutes les chances de l'obtenir. Il entra dans la cuisine où elle était en train de préparer une sauce pour les pastas.

— Salut, maman, dit-il en venant se planter auprès d'elle.

— Santo, fit Donna avec un grand sourire. Viens goûter, ajouta-t-elle en lui fourrant dans la bouche une cuillerée de sauce bolonaise.

Ça lui brûla la langue. *Connasse !* avait-il envie de crier. Au lieu de cela, il dit : « C'est bon. » Il détestait presque autant le parfum d'ail qu'il la détestait, elle. Donna savait que, quand elle faisait la cuisine, ce qui n'arrivait pas souvent, c'était superbe.

— Seulement bon ? interrogea-t-elle.

— Formidable ! répondit Santo.

Il savait ce qu'on attendait de lui.

— J'en congèle toute une boîte, fit Donna. Tu pourras inviter des amis pour que vous en profitiez ensemble.

Elle était si stupide qu'elle ne savait même pas qu'il n'avait pas d'amis. À l'école, on l'appelait « le Riche Petit Con » et « Gros Macaroni ». Ils le haïssaient et il le leur rendait bien. Ça lui était égal. Un jour, il ferait cramer cette putain d'école avec tous ceux qui s'y trouvaient : comme ça, elle pourrait retrouver ses prétendus amis alignés à la morgue.

— Je me disais, maman, fit-il en s'installant sur un tabouret, ça ne serait pas chouette si j'avais une nouvelle voiture ?

— Qu'est-ce que tu racontes ? s'exclama Donna, qui découpait des zucchinis en rondelles d'une main experte. Je t'ai acheté une Corvette pour ton anniversaire.

— Depuis que j'ai eu cet accident idiot, ce n'est plus la même, déplora-t-il.

— On l'a fait réparer.

— Je sais... Mais, maman... Il attendit d'avoir toute son attention. Ce que je voudrais vraiment, c'est une Ferrari.

— Une *Ferrari* ? répéta-t-elle, abasourdie.

— Pourquoi pas ? fit-il d'un ton geignard. Le père de Mohamed lui en a acheté une et Mohamed est un vrai connard.

— Ça n'est pas une voiture pratique pour aller en classe, énonça Donna d'un ton sévère.

— Je m'en servirais pour les week-ends et je prendrais la Corvette pour aller en classe, expliqua-t-il.

— Eh bien...

Elle hésita. C'était si difficile de dire non à son fils.

— Allons, maman, poursuivit-il d'un ton persuasif. Ça n'est pas comme si je me camais ou que j'aille traîner Dieu soit où comme la plupart des garçons de mon école. Je pourrais vraiment faire des trucs que tu n'aimerais pas.

Donna secoua la tête. Était-ce une menace voilée ? Non, pas de son petit garçon chéri. Santo était trop gentil.

— Deux voitures, dit-elle d'un ton songeur. George ne sera jamais d'accord...

— On se fout de ce que pense George, lança Santo. Ce n'est pas mon père. Mon père a été tué et ce n'est pas George qui peut le remplacer, alors n'essaie pas.

— Je ne ferai jamais ça, protesta Donna.

Santo essaya une nouvelle approche :

— Ça me fait vraiment de la peine que tu fasses passer d'abord les sentiments de George.

— C'est toi qui passes d'abord, Santo, répondit Donna, horrifiée à cette seule idée.

Il la regarda d'un air accusateur comme s'il ne la croyait pas.

— Quand j'avais ton âge, nous n'avions rien, fit Donna, en secouant la tête à ce souvenir. Nous étions si pauvres...

— C'était pas la même chose, l'interrompit Santo. Tu vivais dans un petit village paumé.

— Un village où je t'emmènerai un de ces jours, promit Donna. Elle se souvenait de ses humbles origines avec une certaine nostalgie. Ma famille sera si fière de toi. Moi, je suis si fière de toi.

— Si mon père était vivant, lui m'achèterait une Ferrari, déclara Santo.

Donna dévisagea son fils. Elle finit par capituler, parce que c'était trop difficile de dire non : Si c'est vraiment ce que tu veux, fit-elle se soupirant.

Son visage s'éclaira. Elle était si facile à manœuvrer.

— Va chez le concessionnaire et choisis le modèle qui te plaît.

Il sauta au bas du tabouret et la serra dans ses bras. Tu es la mère la plus formidable de LA.

Rien que ça valait la dépense.

— George reste à Chicago pour la nuit, dit-elle. Si tu veux, on pourrait aller au cinéma, et puis dîner chez Spago.

Il se serait bien tapé la délicieuse pizza de chez Spago, mais il n'arrivait pas à envisager la perspective d'une soirée en tête à tête avec sa mère.

— Oh, maman, je ne peux pas, marmonna-t-il. J'ai trop de devoirs à faire.

— Ah, fit-elle, déçue. Ça ne peut pas attendre ?

— Ça ne te plairait pas si j'avais de mauvaises notes, pas vrai, maman ?

— Sans doute. Elle marqua un temps. C'est simplement que cet après-midi, j'ai conclu une affaire très excitante. Je me disais que nous aurions pu fêter cela.

Comme si c'était nouveau, de faire une grosse affaire !

— Quoi donc ? dit-il.

Ça ne l'intéressait pas, mais il était assez malin pour savoir que, puisqu'elle était d'accord pour la Ferrari, il fallait bien lui faire un peu de lèche.

— Je prends le contrôle d'un studio de Hollywood, annonça-t-elle fièrement. Les studios Panther.

Ça, c'était déjà mieux.

— Est-ce que je pourrai devenir acteur ? demanda-t-il, imaginant les possibilités.

Donna eut un sourire indulgent. Tu pourras être tout ce que tu veux.

Merde alors, c'était une bonne nouvelle ! Un studio. Venus Maria était actrice et toutes les actrices étaient prêtes à faire n'importe quoi pour tourner un film, tout le monde savait ça. Si sa mère était propriétaire d'un studio, ce pouvoir rejaillirait sur lui.

C'était un signe. D'abord la Ferrari, maintenant un studio de cinéma. Le moment était venu de contacter Venus.

Bien sûr, il ne révélerait pas encore son identité : non, il lui écrirait une lettre anonyme pour lui annoncer qu'il était de son côté et que, bientôt, quand l'heure serait venue, ils se marieraient, s'uniraient pour la vie.

— Il faut que j'y aille, maman, dit-il se dirigeant vers la porte de la cuisine. À tout à l'heure.

Une fois monté dans sa chambre, il s'installa devant son ordinateur et se mit à composer sa première lettre pour ELLE.

Récemment, il avait acheté un plan avec les résidences des stars et cherché l'adresse de Venus. Puis il avait fait une petite excursion jusqu'à sa maison dans les collines de Hollywood : il était descendu de voiture et avait regardé par la grille. Un gardien était arrivé et lui avait fait signe de s'en aller. Pauvre connard ! Il ne savait donc pas qu'un jour, lui, Santo, habiterait là avec Venus ? Ce n'était qu'une question de temps. Il faillit dire à ce trou-du-cul que ce serait comme ça que ça se passerait. L'autre abruti ne le croirait sans doute pas. Mais Santo pouvait attendre. Un jour, tout le monde le saurait.

Il fit de son mieux pour se concentrer sur la lettre, mais il avait du mal à empêcher son esprit de vagabonder. Il imaginait Venus sans ses vêtements, nue et disponible, humectant ses lèvres succulentes, dansant sur scène rien que pour lui... Et quand elle aurait vu ce qu'il avait à offrir... oh, mon Dieu ! Venus Maria ne connaissait pas encore son bonheur. Il se sentait tout excité. Il avait des choses plus émoustillantes à faire de ses mains que pianoter sur un ordinateur. La lettre attendrait...

21

Il était 22 heures passées quand Lucky et Alex arrivèrent devant le bar de l'académie de billard d'Armando : une grande baraque à la décoration criarde qui, une fois de plus, semblait avoir jailli de nulle part.

— Encore un établissement de classe, remarqua Lucky en voyant les enseignes qui proclamaient « Nu intégral » et aussi « Des nus comme vous n'en avez jamais vu ! ».

— Vous êtes sûre que vous voulez entrer ? demanda Alex en se garant dans le parking encombré derrière la Chevrolet jaune de Daisy.

— Mais oui, fit Lucky, qui se sentait prête à n'importe quoi. Ça m'a l'air d'un endroit où il se passe des choses.

Alex se rendit compte qu'elle n'en démordrait pas.

— Bon, allons-y, dit-il d'un ton résigné.

Daisy les accueillit au moment où ils descendaient de voiture.

— Il faut que je passe par la porte de derrière, murmura-t-elle. C'est cet emmerdeur d'Armando qui veut ça. Où sont mes 100 dollars ?

— Vous ne me faites pas confiance ? demanda Lucky.

— Dans ce métier, on ne fait confiance à personne, répliqua Daisy, les poings sur les hanches.

Lucky fouilla dans son sac, prit un billet dans son portefeuille et le lui tendit.

— Dites au type à l'entrée que vous êtes des amis à moi, lança Daisy. Comme ça, vous serez sûrs d'être mal placés.

Elle s'éloigna sur ses talons aiguilles en riant.

Ils entrèrent chez Armando. C'était quatre fois plus grand que la boîte précédente, et tout aussi bondé. Trois billards étaient alignés sur un côté de la salle. Un orchestre jouait une version bien personnelle d'un air connu de Loretta Lynn. Sur un long bar incurvé, une stripteaseuse aux cheveux roux se dandinait au milieu de cow-boys qui buvaient de la bière et de quelques femmes en minijupe de cuir.

— Hum..., fit Lucky en regardant autour d'elle. Ambiance très western. Quelques pas de fox-trot, compagnon ?

— Vous savez, dit Alex d'un ton sévère, il y a quelque chose qui cloche sérieusement chez vous.

— Comment ça ? répondit-elle.

— Vous n'êtes pas normale.

— Qu'entendez-vous par là ? lança-t-elle, en se disant que malgré tout, Alex était un brave type.

— Eh bien..., fit-il au bout d'un moment, vous n'êtes pas à proprement parler calme.

Elle éclata de rire.

Il n'y avait pas une table libre : ils se retrouvèrent donc une nouvelle fois accoudés au bar entre deux cow-boys à l'air renfrogné. Alex glissa à l'hôtesse un billet de 20 dollars, lui annonçant qu'il comptait sur la première table disponible.

— Seigneur ! murmura-t-il lorsqu'ils s'assirent enfin. Si je ne me trouve pas entraîné dans une bagarre ce soir, je pourrai vraiment dire que j'ai de la chance.

Lucky repoussa une longue mèche qui lui pendait sur le front et se mit à rire. Elle savait qu'elle était ivre, mais ça n'avait pas d'importance. Ce soir, elle était célibataire et libre, et elle pouvait faire ce qui lui passait par la tête. Pour l'instant, elle avait envie de prendre encore un verre. Le seul problème, c'était qu'Alex ne suivait pas le mouvement.

— Une tequila, dit-elle en étouffant un hoquet. On va regarder le numéro de Daisy, faire une partie de billard, et puis on repart. Promesse de Santangelo.

— Vous et vos promesses, grommela-t-il d'un ton sombre.

Il se félicitait d'être resté relativement sobre. Il fallait bien que l'un d'entre eux garde une certaine lucidité.

— Non, vraiment, insista Lucky. Vous rencontrerez Gino plus tard. Vous allez adorer ses histoires.

Alex ne voyait pas comment ils pourraient voir Gino ce soir.

— Mais oui, mais oui, dit-il.

— Vous savez, Alex, fit Lucky en posant sur son épaule une

main compréhensive. Je n'ai pas arrêté de parler. Il serait peut-être temps que vous vous y mettiez.

— Pourquoi ? fit-il sans broncher.

— Je n'arrive toujours pas à comprendre pourquoi vous ne vous êtes jamais marié.

— Écoutez, ça n'est pas parce que vous, vous vous êtes mariée trois fois...

— À mon avis, vous devez avoir une mère très autoritaire que vous détestez en secret.

— Ça n'est pas drôle, maugréa-t-il en fronçant les sourcils.

— J'ai touché juste ?

Il ne répondit pas.

Une serveuse les installa à une table en bordure de piste juste au moment où Daisy arrivait en bondissant. Quand elle se fut entièrement déshabillée, le public était déchaîné. Elle vint les rejoindre à leur table, hors d'haleine et triomphante, sa peau d'ébène luisant de transpiration.

— Qu'est-ce que vous voulez savoir ? demanda-t-elle en s'affalant sur une chaise.

— Alex, c'est à vous de parler, dit Lucky.

Il lui lança un regard noir, mais s'exécuta. Daisy leur fit un résumé succinct de sa vie, après quoi ils prirent ses coordonnées afin de pouvoir la recontacter s'ils avaient un petit rôle à lui proposer dans *Gangsters*. Alex voulait s'en aller.

— On peut y aller, maintenant ? lança-t-il à Lucky.

— Une partie de billard. Vous avez promis.

Il jeta un coup d'œil du côté des tables de billard et fut soulagé de voir qu'elles étaient toutes occupées.

— Aucune n'est libre, dit-il en s'efforçant de ne pas paraître trop content.

— Je vais nous en trouver une, répliqua Lucky en se levant d'un bond.

— Non, fit-il d'un ton énergique. On va sortir d'ici pendant qu'on tient encore debout.

Elle le regarda d'un air de défi : Ça lui plaisait, un homme qui ripostait. On n'a pas envie de prendre une raclée, c'est ça ?

Il était trop sobre et elle trop ivre : ça ne valait pas la discussion. Ils dirent bonsoir à Daisy et se dirigèrent vers le parking. L'air froid de la nuit assomma Lucky : elle trébucha et faillit tomber. Alex la rattrapa dans ses bras.

— On a la jambe molle ? demanda-t-il en humant son parfum sensuel et musqué.

— Je ne me sens pas très bien, murmura-t-elle en s'appuyant lourdement sur lui.

Il n'était pas mécontent de la trouver soudain vulnérable. C'était une nouvelle Lucky, dépendante. À ses yeux, les femmes devaient être ainsi.

Sans réfléchir, il approcha ses lèvres de celles de Lucky et l'embrassa avec passion. Ce fut un baiser électrique, qui les surprit tous les deux.

Lucky savait qu'elle était ivre, elle savait qu'elle ne devait pas faire ça, qu'elle commettait une grave erreur. Mais tout ce qu'elle voyait, c'étaient les photos de Lennie avec la blonde nue. Tout ce qu'elle éprouvait, c'était de la souffrance et de la déception qu'il l'eût laissée tomber. Lennie l'avait abandonnée si cruellement. Elle n'avait qu'une seule façon de se venger : Alex.

Deux amants dans un motel miteux. Follement enlacés sur le lit, leurs vêtements épars sur la moquette usée. Tous deux éprouvaient une violente envie de faire l'amour. Tout de suite. Sans préliminaires.

Elle gémit quand il la pénétra. Un gémissement étranglé de passion et d'abandon charnel.

C'était du pur plaisir, que n'entravait aucune inhibition. Exactement ce qu'il fallait à Lucky. Et, en jouissant, elle se libéra de toute la colère, de toute la souffrance accumulées, de toutes les frustrations qui l'étouffaient. Alex fut secoué d'un long frisson. Elle roula sur le côté, se recroquevilla en boule, les genoux contre sa poitrine. Quelques minutes plus tard, ils dormaient tous les deux.

LIVRE TROIS

22

Non loin de la pointe sud-est de la Sicile, dominant la route poussiéreuse qui va de Noto à Raguse, se trouvait le petit village où était née Donna. Elle avait vu le jour dans une modeste maison qu'occupait encore son père, âgé de quatre-vingt-sept ans, deux de ses plus jeunes sœurs et leurs maris, son frère Bruno et sa femme, ainsi que divers neveux et nièces. Donna faisait vivre tout ce monde, envoyant régulièrement là-bas des colis de nourriture, des vêtements et des articles d'un luxe inouï pour un endroit aussi primitif. Depuis que son père l'avait vendue quand elle était jeune fille, elle ne lui avait rendu visite qu'une fois. Elle était une légende dans le village et on parlait d'elle avec vénération.

À quarante-cinq minutes de marche à travers les collines abruptes s'élevait une falaise au pied de laquelle se trouvait la grève, ainsi qu'un labyrinthe de grottes mystérieuses. On racontait qu'elles étaient hantées et que très peu de gens osaient s'en approcher.

Quand elle était enfant, Donna, avec son frère Bruno et son jeune amoureux, Furio, avait passé une grande partie de ses loisirs à les explorer. Les vieilles légendes ne leur faisaient pas peur, même si les anciens parlaient de fantômes et pis encore. À les en croire, après le terrible tremblement de terre de 1668 qui avait détruit de nombreux bourgs, les grottes étaient devenues le refuge des voleurs et des assassins. Quand l'un d'eux avait violé et tué une fille du pays, les villageois furieux avaient fait une descente dans les grottes et les avaient tous massacrés avant de les enterrer dans une fosse commune. Donna, Furio et Bruno ne croyaient pas à ces histoires : les grottes étaient leur terrain de jeu. Quand on expédia Donna en Amérique pour la marier, Bruno et Furio cessèrent d'y aller. Ce fut seulement quand Donna fit venir Bruno afin de lui expliquer son plan qu'il songea à y retourner. Elle lui expliqua ce qu'il fallait faire pour venger le meurtre de son mari : Bruno était convaincu lui aussi que les grottes offriraient une solution parfaite. Situées au pied de la falaise — humides, abandonnées et difficiles d'accès —, elles constituaient une prison naturelle.

Lennie Golden en savait quelque chose : cela faisait huit longues semaines qu'il y était retenu, sa cheville gauche enchaînée à un rocher lui permettant à peine de claudiquer dans la grotte humide. Chaque matin, il s'éveillait pour retrouver le même spectacle démoralisant : un rai de lumière filtrant d'une fissure quelque part au-dessus de lui ; les parois couvertes de mousse et de moisissure ; et il pouvait entendre et sentir la mer non loin de là. À quelle distance ? L'humidité lui donnait à penser qu'elle était dangereusement proche. Et s'il y avait une tempête ? La grotte risquait-elle d'être inondée ? N'ayant aucun moyen de s'échapper, connaîtrait-il là une mort affreuse ? C'était sa demeure. Sa cellule. Le pire de tout, c'était qu'il ne savait absolument pas pourquoi il était là. Il ne pouvait que supposer qu'on l'avait enlevé pour exiger une rançon. Mais, si c'était le cas, pourquoi Lucky ou le studio n'avaient-ils pas payé la somme exigée ?

Cela faisait huit interminables semaines qu'il était emprisonné là : il savait exactement depuis quand car chaque jour il avait gravé des marques dans la paroi de la grotte. Durant cette période, il n'avait vu que les deux hommes qui lui apportaient sa ration quotidienne de pain et de fromage. Une fois par semaine, ils remplaçaient le fromage par un bout de viande indigeste et, à deux reprises, on lui avait donné des fruits. Maintenant, il avait si faim qu'il aurait mangé n'importe quoi.

Aucun de ses geôliers — tous deux des hommes au visage renfrogné d'une trentaine d'années — ne parlait anglais. L'un ou l'autre paraissait chaque jour à la même heure, déposait la nourriture sur une caisse et repartait aussitôt. Tous les quatre ou cinq jours, on vidait le seau qui lui faisait office de toilettes pour le remplacer par un autre empli d'une eau boueuse : c'était la seule possibilité qu'il avait de se laver. Pas de miroir, de peigne, de brosse ni de rasoir. Il devait ressembler à un homme des bois, avec de longs cheveux emmêlés et une barbe de deux mois. Ses vêtements étaient crasseux. Il avait une fois essayé de les laver mais il s'était aperçu que ça ne valait pas la peine de se geler à mort en attendant qu'ils sèchent.

Il pouvait supporter la nourriture et cette installation sanitaire sommaire. Il pouvait même accepter le froid qui lui glaçait les os, l'humidité, les rats qui toute la nuit couraient dans la grotte, passant parfois sur ses jambes lorsqu'il était allongé sur les planches qui lui servaient de lit. Ce qu'il ne pouvait pas supporter, c'était cet absolu désespoir, cet ennui sans fin de ne rien avoir pour s'occuper l'esprit. Rester là jour après jour, sans pouvoir lire, écrire, écouter de la musique ou regarder la télé. Rien.

Il... était... en train... de... devenir... lentement... fou.

Depuis quelque temps, il s'était mis à parler tout haut. C'était un maigre réconfort que de s'écouter car cela lui renvoyait au moins le son d'une voix humaine. Il s'était mis à répéter le vieux numéro du temps où il jouait les comiques, et des scènes de ses films. Parfois, il s'adressait à Lucky comme si elle était là avec lui.

Il se rappelait avoir quitté l'hôtel, le portier lui désignant sa voiture. Nouveau chauffeur : pas celui dont il avait l'habitude. Peu après leur départ pour l'aéroport, l'homme lui avait proposé du café. Il avait accepté et avalé goulûment le liquide brûlant, en savourant le goût fort, presque amer. Après cela... rien... plus aucun souvenir jusqu'au moment où il s'était réveillé sur le sol de la grotte, enchaîné comme un chien enragé, sans personne pour lui expliquer ce qui se passait. Quand le premier des hommes était apparu, il s'était cru sauvé. Mais non, ce n'était que le début de son cauchemar. Maintenant il ne pouvait rien faire qu'attendre, en essayant désespérément de ne pas perdre la raison. Et en espérant que Lucky le recherchait. Parfois il se posait des questions... Était-il mort ? Était-ce ça, l'enfer ? Il n'en savait rien.

23

Il était 5 h 30 du matin quand Lucky s'éveilla. Elle avait une gueule de bois terrible. Une affreuse migraine lui martelait les tempes. Elle avait mal partout et aurait donné n'importe quoi pour une cigarette. Elle tourna la tête et jeta un coup d'œil à Alex. Il était affalé en travers du lit défait, complètement détendu : tout nu, il ronflait.

Oh, mon Dieu ! Qu'avait-elle fait ?

Sans bruit, elle se leva et se mit à ramasser furtivement ses vêtements épars. Puis elle se glissa dans la minuscule salle de bains, et s'habilla en hâte, sans prendre la peine de se doucher, car elle n'avait qu'une idée en tête : partir vite et en silence. Dehors, il faisait encore nuit. Passant devant la Porsche d'Alex, elle se dirigea d'un pas vif vers la réception déserte où elle actionna une sonnette posée sur le bureau en attendant avec impatience que quelqu'un réagisse. Un chien dépenaillé vint lui flairer les chevilles et s'éloigna. Frissonnante, elle remonta le col de son blouson. Un jeune homme ébouriffé finit par apparaître, poussant dans son pantalon un T-shirt douteux.

— Il est un peu tôt, madame, dit-il, les yeux encore ensommeillés. Qu'est-ce que je peux faire pour vous ?

— Il me faut une limo, dit Lucky.

Ses doigts pianotaient sur le comptoir. Elle espérait de tout son cœur pouvoir être partie avant qu'Alex s'aperçoive de sa disparition.

— Une quoi ? demanda le garçon, stupéfait.

— Une limousine. Une voiture de location. N'importe quoi pour me tirer d'ici.

— Je ne sais pas..., fit le jeune d'un ton vague. La station-service n'ouvrira pas avant 6 heures et je ne pense pas qu'ils aient de limousine. Mon grand-père saura. Seulement il dort encore et je n'ose pas le réveiller.

— Est-ce que vous, vous avez une voiture ?

Il se frotta le menton.

— Moi ?

— Oui. Vous.

— Une Mustang 68, déclara-t-il avec fierté. Avec un moteur gonflé.

— Est-ce qu'elle me conduira jusqu'à LA ?

— Ma petite dame...

— Oui ou non ?

Plissant le front, il marmonna :

— Excusez-moi, madame, ça n'est pas à vous, cette voiture étrangère garée devant le bungalow numéro 4 ?

Elle eut un soupir d'impatience.

— Abrégeons. Il faut que je m'en aille maintenant. Combien ça me coûtera de vous emprunter votre Mustang ?

500 dollars plus tard, elle était en route et elle mettait le plus de kilomètres possible entre elle et Alex. Elle ne regrettait pas ce qui s'était passé. Elle l'avait voulu : en fait, elle y pensait depuis l'instant où Alex avait mis le pied dans son bureau. Avec le recul, pourtant, elle aurait peut-être mieux fait de coucher avec le clone de Travolta croisé au bar. Moins compliqué. Oh, mon Dieu ! Elle espérait qu'Alex n'allait pas lui poser de problèmes. Non. Il se servait des femmes, elle en était certaine. Ça ne devrait pas le tracasser que pour une fois ç'ait été le contraire.

Alex Woods. Elle allait désormais veiller à ce qu'il n'y ait entre eux que des relations d'affaires.

Le garçon ne lui avait pas menti : sa vieille Mustang filait sur l'autoroute comme une voiture de sport. Au lieu de se diriger vers LA, elle roulait vers Palm Springs. Elle avait promis à Alex de lui faire rencontrer Gino, mais ce ne serait pas pour cette fois : elle voulait être seule avec son père. Quand elle arriva à la propriété de Gino, elle le trouva debout et habillé, le visage rose et content comme un garçon de quinze ans qui vient de s'envoyer en l'air. Il était occupé à engueuler son agent de change au téléphone.

— Mon petit ! s'exclama-t-il en mettant la main sur le combiné. Qu'est-ce que tu fous ici si tôt ?

Cher vieux papa. Toujours direct.

Elle le serra dans ses bras, émerveillée de voir qu'il n'avait jamais l'air de vieillir. À quatre-vingt-un ans, Gino en paraissait soixante-cinq, avec ses cheveux drus légèrement grisonnants et son sourire juvénile. Il semblait en pleine forme et, à en juger par le sourire rayonnant de Paige, il avait toujours une vie sexuelle aussi active.

Il raccrocha.

— Ce type est un schnock, déclara-t-il. Toujours à me donner de mauvais conseils. Je ne sais pas pourquoi je l'écoute : tous les jours cet abruti me coûte de l'argent.

— Mais oui, pourquoi l'écoutes-tu ? demanda Lucky.

Elle se laissa tomber dans un fauteuil, fouillant dans son sac à la recherche d'une cigarette.

Gino la dévisagea.

— Qu'est-ce qui se passe, mon petit ? J'ai dans l'idée qu'à cette heure-ci il ne s'agit pas d'une visite mondaine.

— Je me suis saoulée, expliqua-t-elle d'un ton désabusé. J'avais envie de partager ma gueule de bois avec toi.

— Tu continues à vivre comme un garçon, hein ? fit Gino en secouant la tête d'un air désapprobateur. Tu ne sais donc pas que les dames ne se saoulent pas ?

Elle alluma une cigarette.

— Je te l'ai dit un jour, Gino, il y a bien longtemps, fit-elle en prenant une voix dure, je ne suis pas une dame : je suis une Santangelo, comme toi.

Il eut un grand sourire. Ça, c'est vrai. Il ajouta au bout d'un moment : Alors, comment vas-tu ?

Elle haussa les épaules, énervée, épuisée et les idées un peu embrouillées. J'y arrive, dit-elle.

Il la regarda d'un air entendu.

— Ça prend du temps, mon petit.

— Oui, Gino. Je sais.

— On en a vu, tous les deux, dit-il, fixant sur elle ses yeux sombres comme les siens.

— Je le sais aussi, fit-elle doucement.

— Tu es une Santangelo, ne l'oublie jamais.

Elle sourit. Comme si je pouvais !

Il se leva — même à son âge, toujours en mouvement.

— Tu veux du thé ? Du café ?

— Rien, merci. Elle étouffa un bâillement. Je peux prendre une douche ?

— Utilise la chambre d'amis. Je vais prévenir Paige que tu es là.

La chambre d'amis était décorée dans des tons pastel. Ce n'était pas le goût de Lucky, mais, elle devait en convenir, Paige avait fait du bon travail. Elle s'approcha de la grande baie vitrée et contempla une pelouse impeccablement tondue, une profusion de bougainvillées et une piscine azurée. Les piscines la mettaient toujours mal à l'aise... depuis ce jour fatal où elle avait découvert le corps de sa mère. Non ! elle n'allait pas se détruire en évoquant ces souvenirs. Pas aujourd'hui.

Elle se déshabilla et passa dans la salle de bains s'arrêtant un moment devant le miroir en pied pour examiner son reflet. On restait jeune dans la famille : même après trois enfants, son corps était toujours mince et svelte, avec une peau mate, des seins fermes et de longues jambes.

Alex Woods n'avait rien vu de tout ça. Après leur baiser passionné sur le parking, les événements s'étaient précipités. Cela lui rappelait ses folles années où elle couchait sans aucun remords avec tous les hommes dont elle avait envie. Avant qu'elle rencontre Lennie. Son véritable amour. Son âme sœur. Penser à Lennie lui fit monter les larmes aux yeux. Elle s'affala sur le carrelage de la salle de bains, secouée de sanglots silencieux.

C'était comme une purification, une renaissance : elle avait exorcisé l'infidélité de Lennie. Maintenant, elle pouvait le pleurer comme il convenait. Elle se releva d'un bond, prit une douche glacée et s'habilla rapidement. Elle eut la soudaine envie de voir ses enfants, de les serrer contre elle et de les aimer plus que tout au monde. Gino comprendrait si elle repartait tout de suite : elle décida donc de rentrer directement à LA pour passer un moment avec eux avant d'aller au studio.

La famille d'abord. Les affaires ensuite. Ça ne l'empêcherait pas de faire de Panther la plus grande réussite de Hollywood.

Lennie voudrait qu'elle continue. Lennie voudrait qu'elle triomphe.

Alex émergea lentement. La lumière commençait à filtrer dans la chambre. Il essaya de se mettre un bras en travers du visage pour se protéger des rayons du soleil matinal. Rien à faire. Il s'étira en gémissant et ouvrit lentement les yeux. Il était l'heure de se lever. Il resta un moment allongé là, complètement désorienté, puis peu à peu tout lui revint en mémoire.

Lucky Santangelo. La fille qui buvait comme un trou. Lucky

Santangelo. Une femme superbe, excitante. Ils avaient fait l'amour dans cette abominable chambre de motel, avec frénésie, avec passion. Maintenant c'était le matin et... où était-elle donc ?

Il se leva, passa ses chaussures tout en se dirigeant vers la salle de bains. Personne. Il s'approcha de la fenêtre, remonta le store et regarda dehors. Sa Porsche était garée là où il l'avait laissée la veille. Bon signe : cela signifiait qu'elle n'avait pas pu aller bien loin. Il espérait qu'elle était partie chercher du café. Il avait vraiment besoin d'une tasse de café bien noir.

Il ramassa ses vêtements par terre et retourna dans la salle de bains. La douche était cassée, crachotant un mince filet d'eau rouillée. Il renonça. Jetant un coup d'œil à sa montre, il fut horrifié de voir qu'il était près de 9 heures. Lui qui était toujours debout à 6 h 30. Il devait vraiment avoir besoin de sommeil. Il se sentait bien : même pas de gueule de bois. C'était *elle* qui devait en avoir une sacrée.

Lucky Santangelo. En pensant à elle, un sourire s'épanouit sur son visage. Bizarrement, elle était un peu à son image : une rebelle, absolument imprévisible. Si follement belle...

Le plus intelligent serait de rentrer prendre une douche à LA. Il enfila ses vêtements et sortit de la petite chambre déprimante. Il fit les quelques mètres qui le séparaient de la réception, où il rencontra un vieil homme assis dehors à éplucher des cacahuètes tout en mâchonnant du tabac.

— Bonjour, lança Alex d'un ton cordial.

— Bien le bonjour aussi, répondit le vieil homme en levant à peine la tête.

— Où est-ce que je pourrais prendre un café par ici ?

— Il y a un bistrot en face, juste à côté de la station-service. Essayez donc la tarte au cassis de Mabel : elle est rudement bonne.

— Merci, fit Alex. Je n'y manquerai pas.

Il s'éloigna puis s'arrêta et revint sur ses pas.

— Vous n'auriez pas vu la dame du bungalow numéro 4 ?

— Elle est partie il y a trois heures, dit le vieil homme, impassible. Elle a emprunté la voiture de mon petit-fils. Elle lui a donné 500 dollars. Le vieil homme eut un petit gloussement. Il a pensé que vous étiez des trafiquants de drogue, avec tout ce fric à jeter par les fenêtres.

— Elle a donné 500 dollars à votre petit-fils pour lui emprunter sa voiture et puis elle est partie ? répéta Alex, incrédule.

Le vieux cracha par terre.

— C'est ce que j'ai dit.

— Je n'y crois pas.

— Ah ! fit le vieil homme en secouant la tête. Dès l'instant où elles vous ont mis le grappin dessus, c'est des emmerdements à n'en plus finir. J'ai expliqué ça à mon petit-fils. Il ne m'écoute jamais : ce garçon court le jupon comme c'est pas permis.

— Comment va-t-il récupérer sa voiture ?

— Elle a dit qu'elle la renverrait avec un chauffeur. Elle lui a donné sa carte de visite et tout le tremblement. Quand il a vu qu'elle travaillait pour un grand studio de Hollywood, il a dit d'accord. S'il ne récupère pas sa voiture, c'est son problème.

Alex était abasourdi. Comment avait-elle pu le planter là ? Il y avait quelque chose chez Lucky qui aurait dû l'avertir qu'il ne fallait pas lui faire confiance. D'un autre côté, peut-être avait-elle vu qu'il dormait profondément et n'avait-elle pas voulu le déranger ? En tout cas, le moins qu'elle aurait pu faire, c'était de laisser un mot.

Ce café attendrait. Il devait rentrer tout de suite à LA.

24

Chez Venus, les matinées étaient toujours bien remplies. Anthony, son bel assistant, arrivait de bonne heure, Sven était là pour superviser son jogging et sa gymnastique, les femmes de chambre faisaient le ménage et le téléphone n'arrêtait pas de sonner.

À peine réveillée, elle se mit à étudier le script de *Gangsters*. Lola était un personnage si complexe — une sacrée bonne femme, à la fois sexy et triste. Venus sentait avec certitude qu'elle saurait se mettre dans sa peau et rendre vraiment le désespoir de cette femme au cœur brisé.

Elle se demandait quoi porter lors de son rendez-vous avec Alex Woods. Devrait-elle s'habiller comme d'habitude ? Ou bien prendre le risque d'y aller en Lola ?

Perplexe, elle appela Freddie :

— Qu'est-ce que vous en pensez ? Je pourrais être moi, provocante, sensuelle et tout. Elle marqua un temps. Mais il a probablement vu cet aspect-là de moi dans mes clips. Je veux dire : il sait bien qui je suis, n'est-ce pas ?

— Pourquoi crois-tu que j'ai eu tant de mal à te placer sur le coup ? déclara tout net Freddie.

Il y avait des jours où il l'exaspérait.

— Oh, que c'est gentil ! On peut dire que vous avez l'art de mettre les gens en confiance.

— Ça n'a pas été facile, Venus. Il a fallu que je lui fasse oublier l'idée qu'il se faisait de toi.

— Continuez, Freddie, vous me remontez vraiment le moral !

— Vas-y en Lola. Si je connais bien Alex, ça l'impressionnera.

Bon. Elle inspecta sa garde-robe, rejetant tout ce qu'elle voyait, furieuse de ne pas y avoir pensé la veille. Voyons, qu'est-ce qu'une fille qui aime la vie portait dans les années cinquante ? Hmmm... il fallait penser à Marilyn, ou même à Jayne Mansfield. Plongeant dans sa penderie, elle finit par trouver la tenue parfaite : une petite robe en soie, coupée en biais, qui s'arrêtait juste au-dessus du genou, moulante. Un décolleté généreux, des petites manches ballonnées qui mettaient en valeur le haut de ses bras parfaitement galbés. Elle compléta sa tenue avec des escarpins très hauts, de grands anneaux d'or aux oreilles, et se releva les cheveux en un lourd chignon.

Dès qu'elle fut prête, elle parcourut toute la maison pour quémander l'avis des uns et des autres.

— Divin ! s'exclama Anthony, son assistant anglais : Tenez, c'était sur le pas de la porte ce matin, ajouta-t-il en lui tendant une enveloppe barrée de la mention « personnel ».

Elle déchira l'enveloppe : la lettre était brève et directe :

Salut, Venus !

Vous êtes superbe, sexy, terriblement excitante. Je sais tout de vous. Vos seins magnifiques et votre ventre plat me font bander. Ne vous inquiétez pas, jamais je ne laisserai personne vous faire du mal parce que vous êtes à moi. Je vous aimerai toujours, même après que nous serons mariés. Vous feriez mieux de m'attendre : ce ne sera pas long.

XXX, un admirateur.

P.-S. Tous les jours je me branle en pensant à vous ; je ne fais l'amour avec personne d'autre que vous. J'espère que c'est pareil pour vous.

— Oh, Seigneur ! fit-elle en jetant la lettre par terre. Encore un obsédé sexuel. Comment ces demeurés trouvent-ils mon adresse personnelle ?

Anthony haussa les épaules.

— Elle était là quand je suis arrivé ce matin.

— Comment a-t-il fait ? Il a escaladé la grille ? Où était le gardien ?

Nouveau haussement d'épaules d'Anthony.

— Je n'en n'ai aucune idée.

— J'ai horreur de ça ! Soudain, elle se sentait vulnérable. Ça me rend nerveuse. La dernière fois que c'est arrivé, je ne sais quel malade est allé jusque dans ma chambre à coucher. Heureusement que j'étais à New York à l'époque !

— Mais qu'est-ce qu'il a fait ? demanda Anthony en ouvrant de grands yeux.

— Je n'en sais rien parce que je n'ai pas porté plainte. Je ne pouvais pas supporter l'idée d'aller au tribunal.

— C'est peut-être lui, dit Anthony d'un ton dramatique. Il est dangereux ?

— N'en fais pas tout un plat, rétorqua-t-elle sévèrement. Appelle les gens de la sécurité et fais-leur examiner la lettre. Et surveille toujours qui tu laisses entrer.

— Oui, Venus, dit-il docilement.

Juste au moment où elle partait pour son rendez-vous, Rodriguez apparut sur le pas de la porte. Il tenait un bouquet de roses blanches et, pour l'occasion, il avait mis une chemise de soie marron, un pantalon beige d'une coupe impeccable, une fine ceinture en crocodile qui mettait en valeur sa taille svelte et d'élégantes chaussures de cuir à deux tons.

— Ma princesse ! s'exclama-t-il.

Elle était furieuse de le voir débarquer ainsi à l'improviste.

— Qu'est-ce que tu veux ? demanda-t-elle assez brusquement.

Il lui tendit les roses.

— Je suis ici parce que mon cœur n'arrêtait pas de palpiter et qu'à chaque battement je pensais à vous.

— Rodriguez, il faudrait vraiment que tu te trouves un dialoguiste, dit-elle d'un air maussade.

Elle lança les roses à Anthony.

— Je n'aime pas te voir rappliquer ici sans prévenir. Je vais à un rendez-vous important.

— Je pensais que nous pourrions déjeuner.

— Pas aujourd'hui. Je suis très occupée.

— Vous avez appelé la personne du casting ? J'ai tellement hâte d'être dans votre clip.

Voilà donc ce qui expliquait son enthousiasme. Tout le monde rêvait de devenir célèbre, décidément.

— Je demanderai à Anthony de le faire, lança-t-elle. Rentre chez toi et attends qu'on t'appelle.

Il prit un air dépité. Tant pis. S'il s'imaginait qu'il allait pouvoir s'installer chez elle, il se mettait le doigt dans l'œil.

Brigette débordait d'énergie. C'était formidable de s'éveiller le matin pleine de projets. Elle avait hâte d'appeler Lucky à LA, bien qu'il fût encore trop tôt. Elle se précipita dans la cuisine où Anna était en train d'écrire.

— Devine ! fit-elle, tout excitée.
— Quoi ? demanda Anna en reposant son stylo.
— Tout commence à arriver. Je te l'avais dit !
— J'imagine qu'hier soir a été un succès.
— Et comment ! Michel Legay m'a demandé de passer à son bureau aujourd'hui et la séance de photos avec Luke est fixée à la semaine prochaine. Tu ne trouves pas ça fantastique ?
— Tu le mérites, dit Anna.
— Oui, n'est-ce pas ? répondit Brigette en riant : elle n'arrivait pas tout à fait à y croire.

Un peu plus tard, elle retrouva Nona qui avait dressé un plan d'action. Pour commencer, elles iraient voir Michel Legay, puis Aurora pour lui parler des jeans Rock'n Roll et lui demander si elle voulait être la première à mettre Brigette en couverture de *Mondo*.

— Écoute, fit Nona. Zan et moi allons nous installer ensemble. Son père est bourré de fric, alors il n'y a pas de problème de loyer et j'ai hâte de quitter la maison de mes parents. On se demandait si ça t'intéresserait de partager un appartement avec nous.

Brigette éclata de rire.

— Zan, toi et moi créchant sous le même toit ? Non, je ne pense pas.
— C'est une idée formidable, insista Nona. Après tout, on va travailler ensemble...
— Ma foi... C'était quand même une idée intéressante. Je vais peut-être en parler à Charlotte.
— Brigette, tu as dix-neuf ans : tu n'as besoin de la permission de personne.
— C'est d'accord. Je vais prévenir Charlotte. Quand est-ce que j'emménage ?

Alex revint à LA complètement désorienté. Il n'arrivait pas à croire que Lucky l'ait ainsi laissé tomber. Les femmes ne le plaquaient jamais : c'était toujours l'inverse. De sa voiture il essaya d'appeler le studio. Kyoko lui annonça que Ms. Santangelo n'était pas encore arrivée. Il se sentait stupide parce qu'il n'avait pas son numéro personnel. Il se voyait mal le demander à son assistant. Bien sûr, il pourrait probablement l'obtenir de Freddie. *Salut, Freddie, c'est moi, Alex. J'ai sauté Lucky Santangelo la nuit dernière, seulement je n'ai pas son numéro chez elle et maintenant elle m'a plaqué. Tu peux me le donner ?*

Pas question. Il appela son bureau.

— Où es-tu, Alex ? demanda Lili de son habituel ton désapprobateur. Tout le monde s'inquiète. Ta mère a appelé trois fois.

— Ma mère s'inquiète de moi ? demanda-t-il, n'en croyant pas un mot.

— Il semble que Tin Lee se soit affolée quand tu n'es pas allé à ton rendez-vous hier soir. Elle a attendu trois heures à ton appartement, puis elle a appelé Dominique. Maintenant elle s'imagine que tu as été enlevé, assassiné... Dieu sait quoi.

— J'ai été retardé.

— Par une bouteille de scotch ?

— Lili, ce ne sont pas tes oignons.

— Eh bien, Alex, si tu comptes sur moi pour faire tourner ta maison de production et te trouver des excuses... J'aimerais que tu me fasses partager tes petits secrets.

Il ne supportait pas que Lili soit de mauvaise humeur.

— Il a fallu que j'aille à Palm Springs voir Gino Santangelo à propos du script, expliqua-t-il.

— Tu aurais pu me le dire.

— Lili, tu commences à parler comme une épouse et on ne couche même pas ensemble !

Elle ne trouva pas ça drôle.

— Puis-je te rappeler, Alex, que tu as manqué deux rendez-vous ce matin ? Que Venus Maria sera ici à midi ? Et que tu dois aller en repérage à Vegas cet après-midi ? Ton avion part à 15 heures.

— Pour quelle raison Venus vient-elle ?

— Elle passe une audition pour Lola. Tu as promis à Freddie de la voir.

— C'est obligé ?

— Tu as pris rendez-vous. Ce ne serait pas professionnel d'annuler maintenant.

— Bon, Lili, cesse de t'inquiéter, j'y serai.

— Que dois-je dire à ta mère ?

— Absolument rien.

25

Lucky eut tout le temps de réfléchir sur le chemin du retour. Elle avait un peu l'impression d'émerger d'un épais brouillard. Lennie n'était plus là et, si dur que ce fût, il fallait apprendre à accepter cette réalité.

Elle se rendit directement chez elle, où elle passa un moment avec ses enfants. Elle se rendait compte qu'ils avaient besoin d'elle. Elle était certaine d'une chose : elle serait toujours là pour eux. Ci-Ci lui annonça que Venus avait appelé. Lucky avait parfaitement conscience de négliger ses amis : elle décida que ç' allait changer.

Elle arriva aux studios Panther peu après midi et se gara à sa place habituelle.

Kyoko était à sa table, devant le bureau de Lucky.

— Je suis désolée pour hier, Ky, dit-elle. Il fallait que je parte d'ici, sinon je serais devenue complètement folle. Vous avez changé les rendez-vous que j'ai manqués ?

— Tout est réglé, répondit-il en la suivant.

— Parfait, Ky. J'ai fait un voyage intéressant et maintenant je suis de retour.

— Vous aviez probablement besoin de souffler, fit Kyoko d'un ton compatissant.

— Ça, oui ! Seulement, aujourd'hui, je le paie : j'ai la gueule de bois du siècle. Il y a de l'aspirine par ici ?

Il alla lui en chercher avec une tasse de café bien noir et un grand verre de jus d'orange. Puis il déposa devant elle la liste des messages. Elle la parcourut, remarquant qu'Alex Woods avait téléphoné deux fois. Elle n'avait aucune intention de le rappeler.

Mieux valait sans doute lui donner le temps de se calmer. Ensuite, ils se reverraient pour le film.

Un moment, elle laissa ses pensées vagabonder, se souvenant d'Alex au lit... Mais non ! Alex était un coup d'une nuit, une vengeance. *Jamais* ça ne se reproduirait.

— Euh, Ky..., dit-elle en essayant de prendre un ton aussi détaché que possible. Si Alex Woods retéléphone, voyez de quoi il s'agit. Je ne veux pas lui parler, à moins que ça ne concerne *Gangsters*. Je compte sur vous, n'est-ce pas ?

— Oui, Lucky, fit Kyoko.

Ce n'était pas son genre de poser des questions sur des sujet qui manifestement ne le regardaient pas.

— Et trouvez-moi Venus, ajouta Lucky en avalant deux comprimés d'aspirine avec son jus d'orange.

Quelques minutes plus tard, elle avait Venus en ligne, qui semblait ravie.

— C'est de la télépathie, fit celle-ci. Ci-Ci t'a dit que j'avais essayé de te joindre chez toi hier soir ?

— J'aimerais vraiment te voir, dit Lucky. Ça fait trop longtemps. Tu ne serais pas libre pour déjeuner par hasard ?

— Malheureusement non. Si on dînait ce soir ?

— Ça marche pour moi. Je vais demander à Kyoko de nous réserver une table chez Morton.

— Formidable ! On pourra dire du mal de tous les hommes qu'on connaît : j'adore ! Venus marqua un temps, puis reprit : Euh... je n'avais pas l'intention de t'en parler parce que je sais que c'est ton film, mais je vais justement voir Alex Woods. Je passe une audition pour Lola dans *Gangsters*.

— Lola ? fit Lucky, surprise que Venus s'intéresse à un si petit rôle. Mais ça n'est pas la vedette.

— Je sais, mais ton ami Freddie, qui est mon agent, m'a conseillé de le faire : il prétend que ça me montrera sous un jour différent.

— Tu vois Alex aujourd'hui ?

— Dans une dizaine de minutes. Alors... s'il te posait des questions sur moi...

— C'est Alex qui a le dernier mot pour la distribution. Si ça ne dépendait que de moi, tu serais Lola...

— D'après Freddie, il a dû insister pour que le grand Mr. Woods accepte de me voir. Comme tu l'imagines, je ne suis pas ravie. Dis-moi, tu as travaillé avec lui. Comment est-il ?

Lucky chercha une cigarette.

— Je croyais que c'était toi qui savais tout de lui, dit-elle d'un ton détaché.

— Juste les histoires qu'une de ses anciennes petites amies s'est empressée de me raconter.

— Que t'a-t-elle raconté, déjà ?

— Hum... voyons... Oh, oui... il ne baise que des Orientales, il n'aime pas qu'on garde la lumière allumée.

— Charmant garçon, commenta Lucky.

— Tu devrais le savoir.

— Comment ça ?

— Allons, Lucky, insista Venus. Dis-moi franchement : est-il l'emmerdeur que tout le monde prétend qu'il est ?

— Alex me semble un type bien, fit Lucky, en choisissant ses mots avec soin. Les journalistes ne l'aiment pas, mais je suis certaine que tu t'entendras avec lui.

— Si par hasard tu lui parles plus tard, tâche de savoir ce qu'il a pensé de moi.

— Compte sur moi, promit Lucky.

Venus terminait sa conversation avec Lucky quand sa voiture pénétra dans le parking de Woodsan Production. Une exquise Orientale l'accueillit à l'entrée.

— Bonjour, je suis France, dit la jeune femme en lui tendant une main extrêmement soignée. C'est un honneur pour nous de vous recevoir. Si vous voulez bien me suivre...

Charmant accueil. Peut-être après tout qu'Alex Woods avait hâte de la voir. France l'emmena dans un grand salon d'attente décoré avec les affiches de tous les films d'Alex. Une collection impressionnante.

— Alex a quelques minutes de retard, s'excusa France. Je peux vous offrir quelque chose ? Thé ? Café ? Eau minérale ?

Venus choisit un verre d'Évian. C'était une expérience nouvelle : voilà des années qu'on ne l'avait pas fait attendre. Alex la mettait-il à l'épreuve pour voir si elle se conduisait comme une *prima donna* ? Au bout d'une vingtaine de minutes, alors qu'elle commençait à s'impatienter, une autre Orientale apparut. Celle-ci était plus âgée et remarquablement belle.

— Je suis Lili, l'assistante d'Alex Woods, dit la femme en se présentant avec un chaleureux sourire. Alex a dû faire un voyage à l'improviste hier soir. Il vous présente ses plus sincères excuses pour son retard. Il devrait être ici très bientôt.

— C'est-à-dire ? demanda Venus.

Elle n'avait pas envie d'attendre longtemps : ce n'était pas bon pour son image.

— Très bientôt, lui assura Lili, qui ajouta : Il a tellement hâte de vous rencontrer.

Tu parles ! songea Venus. *Freddie l'a obligé à me recevoir. Il n'a jamais entendu parler de moi et, même si c'est le cas, il a horreur de tout ce qu'on lui a raconté sur moi.* Pourquoi se mettait-elle dans cette situation quand rien ne l'y obligeait ? Elle était une star, bon sang : personne n'avait à la faire attendre, surtout pas Alex Woods avec sa réputation de machiste !

— Encore un peu d'Évian ? suggéra Lili.

Venus se leva.

— Vous savez ? fit-elle d'un ton suave. Je ne peux pas attendre d'avantage. Veuillez dire à Mr. Woods que ç'a été... un plaisir de *presque* faire sa connaissance.

Visiblement désemparée, Lili essayait de trouver un moyen d'empêcher la jeune actrice de partir.

— Il va arriver d'un instant à l'autre, affirma-t-elle d'une voix apaisante. Je lui ai parlé sur son téléphone de voiture il y a quelques minutes, il était à deux pas.

— Ça ne fait rien, fit Venus. Nous reprendrons rendez-vous.

Elle crut voir l'image de Freddie Leon : *Pas d'oscar, martelait-il sévèrement. Avale ton orgueil et reste.*

— *Désolée, Freddie, même pas pour vous.*

Elle était sur le seuil, Lili sur ses talons, quand Alex arriva. Pas rasé, harassé, il passa devant Venus sans même la remarquer.

— Merde ! dit-il à Lili. Cette foutue circulation...

— Alex, le coupa Lili d'un ton uni mais un peu tranchant, voici Venus Maria. Elle s'apprêtait à partir. Je suis certaine que tu pourras la persuader de rester.

Il jeta un coup d'œil à la superstar blond platine. Pas mal. Elle s'était costumée en Lola, et ça marchait presque.

— Désolé, mon chou, dit-il en la gratifiant de ce sourire dévastateur qui l'avait tiré de Dieu sait combien de situations embarrassantes. Si vous reveniez pour qu'on discute ?

Le « mon chou » déplut à Venus. Trop protecteur. Le sourire était charmeur, mais calculé. Alex n'avait pas la beauté parfaite de Cooper. Il avait un côté plus masculin, plus brut de décoffrage. En fait, il était assez séduisant mais dans un style terriblement macho.

— Cinq minutes, dit-elle hardiment. Accordez-moi cinq minutes. Je suis certaine que ça suffira à vous convaincre que je suis votre Lola.

26

Donna Landsman recula devant sa psyché pour admirer son reflet. En tailleur Chanel bleu marine simplement rehaussé de diamants discrets, elle tenait parfaitement son rôle : toute trace de Donatella Bonnatti avait disparu. Lucky Santangelo ne saurait jamais. Et Donna ne risquait pas de se dévoiler. Pas encore. Elle se demandait souvent quelle serait la réaction de son défunt mari s'il pouvait la voir maintenant. Si tranquille, si sophistiquée. Mondaine. Dans son nouveau rôle, elle ne regarderait pas deux fois un péquenaud sans manières comme Santino. Mais, malgré ses défauts, elle s'était promis de ne jamais oublier que Santino avait été le père de ses enfants et qu'à ce titre il méritait de voir sa mort dûment vengée.

Jusqu'à présent, beau travail : d'abord Lennie Golden, et aujourd'hui les précieux studios Panther de Lucky. Elle avait même découvert où se trouvait Brigette Stanislospoulos et elle avait un plan pour lui régler son compte à elle aussi.

La veille, elle avait parlé à Bruno en Sicile. Il lui avait assuré que tout se passait bien. Lennie était leur prisonnier et personne ne le savait à part Furio et lui. Tout comme elle l'avait pensé, les grottes constituaient une cachette idéale. Elle était ravie de savoir qu'elle gardait le mari de Lucky Santangelo prisonnier dans un endroit où personne ne pourrait le retrouver. Mieux encore, tout le monde le croyait mort. Bien entendu, Lucky finirait par l'apprendre : Donna y veillerait. Mais pas avant que Lucky ait retrouvé un autre homme — peut-être même pas avant qu'elle envisage de se remarier. Alors Donna s'arrangerait pour faire libérer Lennie et le ramener à sa femme. Ça, ce serait le vrai châtiment de Lucky. En attendant, après avoir pris le contrôle de Panther, Donna donnerait l'ordre qu'on s'occupe du père de Lucky, l'abominable Gino. C'était aujourd'hui un vieillard : ça ne poserait pas de problème.

Elle était fière de penser qu'elle serait responsable de la chute de la famille Santangelo. Depuis des années les deux clans se faisaient la guerre et les Santangelo étaient toujours sortis vainqueurs de tous les affrontements. Eh bien, elle, Donna Landsman, était en mesure de changer cela. En caressant cette pensée, elle partit pour les studios Panther accomplir sa vengeance.

— Voyez si Charlie Dollar est au studio et demandez-lui s'il aimerait déjeuner avec moi, dit Lucky.

Ils se retrouvèrent dans la salle à manger privée de la cantine — Charlie comme d'habitude en pantalon de velours très large, ample chemise hawaïenne et lunettes noires, Lucky impeccable dans un tailleur blanc d'Armani.

— Salut, ma beauté ! lança Charlie.
— C'est bon de vous voir, Charlie.
— Ça me fait plaisir aussi. Alors, qu'est-ce qui se passe ?
— J'ai vu Gino ce matin.
— Le grand homme est en ville ?
— Non, je suis descendue à Palm Springs hier soir.
— Pourquoi ne m'avez-vous pas téléphoné ? Il n'y a pas mieux que moi pour un voyage en voiture. Je chante, j'indique la direction, je mange des biscuits, je m'arrête vingt-cinq fois pour pisser...
— Vous êtes toujours de bonne compagnie, Charlie. Et ce voyage en Europe ? Avez-vous fini par trouver la femme de vos rêves ?
— Ma vie amoureuse est un désastre. Elles ne veulent coucher avec moi que parce que je suis une vedette de cinéma. Et elles veulent expédier ça pour pouvoir s'en vanter auprès de leurs copines.

Ils étaient au milieu de leur déjeuner quand Kyoko arriva en courant, très agité.

— Lucky, vous feriez mieux de remonter tout de suite dans votre bureau.
— Qu'est-ce qui est arrivé ? Les enfants ? demanda-t-elle, imaginant le pire.

— Non, non, ils vont bien. Il s'agit d'affaires, dit Kyoko. Je vous en prie, Lucky, venez tout de suite avec moi.

— Vous avez besoin de mon aide ? proposa Charlie. Parce que, vous savez, je suis votre chevalier servant dans son armure étincelante.

Lucky se leva. Restez ici. Je reviens tout de suite. Elle suivit Kyoko et attendit qu'ils se retrouvent dehors avant de lui demander :

— Mais enfin, qu'est-ce qui se passe ?

— Il y a une femme dans votre bureau. Elle refuse de s'en aller.

— Quelle femme ?

— Je ne sais pas. Morton Sharkey est avec elle. Ils sont passés devant moi pour entrer dans votre bureau. Ils n'ont pas voulu s'arrêter.

Lucky sentit un frisson d'appréhension la parcourir. Elle se doutait que Morton préparait quelque chose : elle l'avait senti l'autre jour. Mais quoi ?

Ils traversèrent la cour sans échanger un mot. Une femme en tailleur Chanel était assise derrière sa table de travail. À côté d'elle, Morton Sharkey, visiblement mal à l'aise.

— J'espère que vous avez une explication pour ça, lança Lucky d'une voix glacée. Une très bonne explication.

Donna pivota dans le fauteuil de Lucky et la regarda droit dans les yeux.

— Je suis Donna Landsman, la nouvelle propriétaire des studios Panther, dit-elle sur un ton encore plus tranchant que celui de Lucky. Et vous, ma chère, vous êtes congédiée.

— Quoi ? fit Lucky, abasourdie.

— C'est moi désormais qui prends le contrôle, poursuivit Donna, constatant avec plaisir que Lucky ne l'avait pas reconnue. Vous avez trente minutes pour prendre vos affaires personnelles et quitter les studios.

— Mais, bon sang, qu'est-ce qui se passe ? interrogea Lucky en se tournant d'un air furieux vers Morton.

Il s'éclaircit la voix.

— C'est vrai, Lucky, balbutia-t-il. Mrs. Landsman contrôle cinquante-cinq pour cent des actions de Panther. Cela lui donne la majorité absolue.

— Ce n'est pas possible, fit Lucky.

— Oh, si, déclara Donna, qui savourait cet instant. C'est très possible. Et, je peux vous l'assurer, c'est chose faite.

Un calme glacé s'empara de Lucky. On l'attaquait : il fallait savoir exactement ce qui s'était passé.

— Vous étiez au courant, Morton ? demanda-t-elle.

Il n'arrivait pas à la regarder. J'ai... j'ai appris qu'il se préparait quelque chose.

Une flamme redoutable brillait dans les yeux noirs de Lucky.

— Assez de foutaises, Morton. Vous étiez au courant. Il le fallait bien. Ça n'aurait pas pu se passer sans vous.

— Lucky, je...

Elle sentait son cœur battre si fort qu'elle croyait qu'il allait éclater.

— Je parie que vous l'avez même aidée. N'est-ce pas ? N'est-ce pas, Morton ?

Il haussa les épaules d'un air désemparé.

— Lucky... je n'avais pas le choix.

— Pas le choix ? Pas le choix ! Elle se rendait compte qu'elle criait, mais elle n'arrivait pas à se maîtriser. Comment pouvez-vous rester là à me dire ça ? Vous n'avez pas honte, espèce d'hypocrite ?

— Ce n'est pas le moment de m'injurier, murmura Morton.

— Oh, vraiment ! fit-elle, furieuse. Morton, vous êtes responsable de ce qui est arrivé. C'est vous qui avez arrangé pour moi la vente des actions. C'est vous qui avez trouvé les investisseurs en me disant que je n'avais pas de soucis à me faire. Et maintenant cette femme arrive pour m'annoncer qu'elle a le contrôle de mon studio !

Elle se tourna vers Donna.

— Mais qui êtes-vous, nom de Dieu ?

— Voilà un langage qui ne convient guère à une femme d'affaires qu'on dit avisée, lança Donna d'un ton mordant.

Lucky était folle de rage.

— Je veux voir des preuves.

— J'ai ici tous les papiers, répondit Morton en les lui tendant.

Elle feuilleta les documents.

— Vous possédez toujours quarante pour cent...

— C'est vous qui avez combiné tout ça, dit-elle en l'interrompant violemment. Personne d'autre que vous n'aurait pu le faire.

— Le conseil d'administration s'est réuni en séance extraordinaire et a décidé qu'on n'avait plus besoin de vos services à la tête du studio, déclara Morton. On vous versera bien entendu les indemnités de licenciement prévues par votre contrat.

— Des indemnités de licenciement ? répéta-t-elle, incrédule. Des indemnités ? Vous ne comprenez donc pas ? C'est *mon* studio. Tout ce qui se passe ici maintenant, c'est parce que *moi*, j'ai rétabli la situation.

— Vous ne devriez pas vous inquiéter pour le studio, ma chère, fit Donna d'un ton protecteur. Je fais revenir Mickey Stolli pour le diriger.

— Non, mais vous plaisantez ! s'écria Lucky. C'est Mickey Stolli qui l'a coulé !

— Il est ravi de revenir, déclara Donna, qui se délectait de la fureur de Lucky.

— Pourquoi faites-vous ça ? interrogea Lucky, tremblant de rage. Pourquoi ?

Donna consulta sa montre.

— Il s'est écoulé dix minutes. Cela vous en laisse exactement vingt pour rassembler vos affaires personnelles et évacuer ce bureau. Je ne voudrais pas avoir à vous faire expulser.

— Allez vous faire voir ! lança Lucky, le regard flamboyant. Qui que vous soyez. Allez vous faire voir ! Parce que je m'en vais récupérer ce studio. N'en doutez pas un instant. Je vous assure, vous pouvez compter là-dessus !

27

— Vous êtes en retard, dit sévèrement Michel Legay. D'environ huit semaines...

— Je vous demande pardon ? répondit Brigette.

Ce n'était pas le genre d'accueil auquel elle s'attendait.

— Vous étiez censée venir me voir voilà deux mois, vous vous rappelez ? Quand je vous ai rencontrée à la soirée chez Effie, je vous ai dit de passer le lendemain. Il se renversa dans son fauteuil en la toisant d'un air intrigué. Vous savez, dans cette ville, une invitation de ma part, on considère que c'est quelque chose.

— La raison pour laquelle je n'ai pas répondu à votre proposition, dit Brigette, c'est que mon beau-père est mort. Je suis allée à LA pour l'enterrement.

— Je suis désolé, fit Michel. Je ne savais pas.

— Bref, maintenant je suis rentrée.

— Oui, fit Nona, intervenant dans la conversation. Elle est de retour et je suis sa directrice artistique.

— Vous ? fit Michel, dissimulant mal sa surprise.

— Oui, moi, lança Nona avec défi. Nous aurions pu aller dans n'importe laquelle des grandes agences, mais Brigette tient à ce que vous soyez son agent. Je pense que c'est votre accent qui l'a séduite.

Une lueur d'amusement s'alluma dans les yeux bleu délavé de Michel Legay.

— Voilà une nouvelle façon de persuader un agent de vous prendre, dit-il. Je croyais que c'était Brigette qui cherchait à être représentée et que c'était moi qui étais censé lui rendre ce grand service.

— Les choses ont changé, riposta Nona. Brigette est sur le point de signer un contrat formidable.

— Voulez-vous être mon agent ? demanda Brigette.

— J'y songerai, répondit lentement Michel. Tout d'abord, il faut que je voie comment vous vous comportez devant l'objectif. Et, Brigette, ajouta-t-il, les mannequins n'ont pas besoin de directeur artistique, à moins d'être des superstars.

— Je compte bien être beaucoup plus qu'un simple mannequin parmi les autres, répliqua-t-elle avec assurance.

— En fait, déclara Nona, nous ne venons pas les mains vides. Elle marqua un temps. Les jeans Rock'n Roll veulent que Brigette soit leur nouveau mannequin vedette.

Michel réfléchit rapidement. Voilà pourquoi ils n'avaient pas signé avec Robertson et Nature — toutes deux ses clientes.

— Ça s'est passé quand ? demanda-t-il en griffonnant sur un bloc.

— Luke Kasway l'a photographiée avant son séjour à LA. Ils ont vu les photos à l'agence de pub : ils en sont fous.

Michel savait que Robertson serait furieuse s'il signait avec Brigette. Et alors ? Avec Michel, l'argent passait toujours en premier. Il dit à Brigette :

— Si c'est vrai, je vous obtiendrai le meilleur contrat qu'on puisse rêver.

— Je n'en attends pas moins de vous, répliqua Brigette d'un ton décidé.

— Nous allons voir Aurora à *Mondo*, précisa Nona. Je me suis dit que si nous lui parlions de la campagne des jeans, elle voudrait peut-être mettre Brigette en couverture.

— Non, non, non ! s'écria Michel. Ce n'est pas vous qui faites ça. C'est *moi*. Voici comment je vais m'y prendre. J'organise un dîner chez moi. Nous invitons Aurora, son mari et quelques autres gens intéressants. Au cours de la soirée, je raconte à Aurora qu'*Allure* et *Glamour* sont en concurrence pour avoir Brigette en couverture à cause de ce nouveau contrat qui va faire d'elle un top-model. Je peux vous assurer que le lendemain Aurora se traînera à nos pieds pour que Brigette soit sur sa couverture à elle.

— Ça me paraît une bonne tactique, fit Brigette avec un grand sourire.

— Ah ! s'exclama Michel en se frappant le front. Le cerveau

doit toujours travailler dans ce métier. Je n'ai pas raison, ma chérie ?

— Oh, si, fit-elle avec enthousiasme, très impressionnée. Absolument.

— Parlez-moi un peu de vous, demanda Alex. D'où venez-vous ?

Venus se rendit compte qu'Alex Woods ne savait de toute évidence pas grand-chose d'elle. Eh bien... elle allait jouer le jeu.

— Je suis originaire de Brooklyn, commença-t-elle. J'ai l'impression que la moitié des gens à Hollywood viennent de là-bas.

— Pas moi, répondit Alex. Je suis un garçon du pays.

— Allons donc ! fit Venus. Ce n'est pas possible que vous soyez de Los Angeles. Il y a dans votre œuvre un côté tellement New York.

— J'ai passé pas mal de temps à New York. Mais ne nous laissons pas égarer. C'est moi qui suis censé vous poser les questions.

— Oh, Alex, je suis venue vous voir parce que vous avez écrit un scénario sensationnel et que je veux jouer Lola. Je sais que je pourrais faire un travail formidable.

— Vous êtes rudement sûre de vous.

— Pourquoi pas ? J'ai fait pas mal de choses. Elle le flatta un peu pour l'adoucir. Comme vous.

Il eut l'air amusé.

— Vous n'avez pas besoin de vous vendre. Je sais qui vous êtes.

— Ouf, je suis soulagée, fit-elle d'un ton moqueur, convaincue qu'il n'en n'avait aucune idée.

Il se leva. « Eh bien, maintenant que nous avons fait connaissance, voulez-vous m'excuser un instant ? »

Oh, mon Dieu ! songea-t-elle. *Il va sniffer sa dose de coke. Il ne peut même pas tenir cinq minutes.*

— Bien sûr. Pourquoi est-ce que je vous en voudrais ? J'ai bien perdu une heure à vous attendre.

— J'en ai pour une seconde, dit-il avec son sourire charmeur.

Il passa dans la salle de bains, ferma la porte et appela aussitôt France sur le téléphone intérieur.

— Oui, Alex ? fit-elle.

— Des fleurs, dit-il. Pour Lucky Santangelo. Assure-toi que

le fleuriste fasse quelque chose de très spécial. Des roses, tiens, des tas de roses.

— Combien voulez-vous mettre ?

— Oh, disons six douzaines de roses rouges. Qu'on les lui livre cet après-midi de sorte qu'elle les trouve en rentrant.

— Qu'est-ce qu'il faut mettre comme message ? demanda France. Comme d'habitude ?

— Non, France, pas comme d'habitude, dit-il, agacé. J'écrirai moi-même la carte.

— Et pour Tin Lee ?

— Quoi donc ?

— Des fleurs parce que vous lui avez posé un lapin ?

— Tu as raison.

Il revint dans son bureau, où Venus s'était allongée sur le canapé dans une attitude très Lola.

— Salut, bébé, dit-elle avec un clin d'œil suggestif. Viens te glisser à côté de moi.

C'était une réplique du scénario et elle la lança avec délectation.

— Vous êtes trop chère pour nous, dit Alex.

— Je sais. Vous avez fait des frais avec Johnny Romano.

— Je n'ai pas l'habitude de travailler avec des stars.

— Je n'ai pas l'habitude de travailler avec des metteurs en scène qui ont à peine entendu parler de moi.

— Faux.

Venus se redressa.

— Avouez-le, Alex, vous ne savez rien de moi.

— Les potins, ça ne m'intéresse pas. Je suis trop occupé à travailler.

— Oh, fit-elle d'un ton fâché. Vous croyez que c'est ça qui m'intéresse ?

— Je n'ai pas dit ça. Allons, Venus, dites-m'en davantage sur vous. Vous êtes de Brooklyn. Quel genre de famille ?

— Qu'est-ce que vous voulez ? Ma biographie ?

— Pourquoi êtes-vous si crispée ?

— Pas du tout.

— Alors, allez-y, racontez-moi.

Elle se lança dans une version abrégée de l'histoire de sa vie :

— Hum... attendez, fit-elle. Eh bien, mon père était un charmant macho italien. Ma mère est morte quand j'étais toute petite. J'avais quatre frères, alors je suis devenue leur nounou. Vous savez, la vaisselle, le ménage, faire cuire les pastas, tout ce boulot de femme d'intérieur. Je peux vous dire qu'ils ont eu un choc quand j'ai décampé avec mon meilleur ami, Ron Machio. Nous cherchions l'aventure, comme deux desperados : alors on est allés en stop jusqu'à LA, où j'ai tout fait, depuis chanter dans des boîtes confidentielles jusqu'à poser nue pour des peintres. Et puis j'ai rencontré un producteur de disques qui a décidé de m'enregistrer. Ron a monté un clip. C'était si insensé que du jour au lendemain ç'a été le succès.

— Vous vous êtes retrouvée là où vous vouliez.

— Tout en haut, Alex, dit-elle très sérieusement. C'est là où je voulais être et c'est exactement où je suis maintenant.

— Alors pourquoi venez-vous me voir pour un petit rôle ?

— Parce que, fit-elle d'un ton décidé, je veux prouver que je *peux* jouer. Que je ne suis pas une sex-machine qui ne passe pas à l'écran. Les critiques me détestent. J'ai tourné dans quatre films et, à chaque fois, ils m'ont mise en pièces.

— Ils me font ça tout le temps, dit Alex. Faites comme moi, ignorez-les.

— Ce n'est pas si facile... mais je me débrouille. J'ai une armée de fans et pour eux je suis toujours la meilleure.

— Voulez-vous lire une scène pour moi ? dit Alex.

Peut-être en effet avait-elle quelque talent, et puis il l'aimait bien.

— Je me sens un peu insultée que vous m'obligiez à lire, répondit-elle, pour bien lui montrer ce qu'elle éprouvait.

— Je ne connais pas votre travail, Venus, expliqua-t-il. Je n'ai vu aucun de vos films. Et, si ce que vous me dites des critiques que vous avez est vrai, je serais fou si je ne vous demandais pas de me lire une scène.

Elle acquiesça, se leva et se dirigea vers la fenêtre.

— Je le ferai si vous vous me donnez la réplique, lança-t-elle en se retournant vers lui.

— Lili va le faire, elle est très bonne.

— Je n'en doute pas, mais ce n'est pas un homme, affirma Venus. J'ai besoin d'interaction, de tension sexuelle.

Il l'examina, attiré par la vulnérabilité qu'il devinait sous ce vernis d'assurance. Si seulement il parvenait à capturer ça sur la pellicule, elle serait une Lola parfaite.

— Quelle scène voulez-vous lire ? demanda-t-il.

— Je vais tenter ma chance avec celle où Lola a sa dépression, où elle est vraiment dans le pétrin et où elle ne sait pas qui va l'aider à s'en sortir.

Alex prit le script sur son bureau.

— Bon choix, fit-il. Alors, Venus, allez-y et convainquez-moi.

28

Émergeant d'un énième cauchemar, Lennie crut entendre un bruit différent de tous les autres sons qu'il connaissait si bien : le rire d'une femme.

Il se redressa, tendant désespérément l'oreille. Plus rien... rien que le martèlement incessant de la mer.

Il n'avait aucune idée de l'heure. À voir la lumière qui filtrait dans la grotte, il supposait que c'était le petit matin. Il se leva, étirant son corps endolori. Depuis quelque temps, il s'était mis à faire de la gymnastique, ce qui n'était pas facile avec sa cheville enchaînée. Il s'efforçait de ne pas perdre davantage de sa force physique. Il avait compris que c'était important aussi de se donner une raison de vivre : il s'astreignait donc maintenant à une sévère routine.

Avec l'ordre, il y avait l'espoir. Sans cela, il y avait le néant.

Aujourd'hui, il n'arrivait à rien. Il se rassit donc sur la planche qui lui servait de lit et se souvint de l'époque où Lucky et lui s'étaient rencontrés pour la première fois à Vegas. Il faisait un numéro de comique dans l'hôtel qui lui appartenait. Elle était venue, l'avait flanqué dehors, puis avait essayé de l'attirer dans son lit. Il sourit à ces souvenirs. Un an plus tard, ils étaient tombés l'un sur l'autre alors qu'il était marié à Olympia et elle à Dimitri. Un seul regard et ils avaient compris tous les deux que cette fois-ci rien ne les séparerait plus. Sa merveilleuse, entêtée, magnifique Lucky. Que ne donnerait-il pour la retrouver ? Il se demanda ce qu'elle faisait. Ses ravisseurs l'avaient-ils contactée ? La rançon exigée était-elle si énorme qu'elle ne pouvait la payer ? Impossible. Il connaissait sa Lucky. Elle trouverait un moyen, même s'il s'agissait d'un milliard de dollars.

Il entendit de nouveau le bruit... le doux rire d'une femme. Il était certain cette fois que ce n'était pas son imagination.

— Il y a quelqu'un ? cria-t-il. Quelqu'un ?

L'écho de sa voix lui revint. À part ça, le silence habituel.

Est-ce que son esprit lui jouait des tours cruels ? Peut-être devenait-il vraiment fou. Il retomba sur ce qui lui servait de lit. Le désespoir l'enveloppa comme un lourd manteau. Il sombra dans un sommeil agité : il s'imaginait qu'il pilotait un canot sur la mer, une vedette rapide qui l'emmenait vers la liberté.

Un cri le tira de son sommeil. Il se redressa brusquement. À l'entrée de la grotte se tenait une jeune femme d'une vingtaine d'années, aux cheveux bruns bouclés et au visage de madone. Il rêvait sûrement. Ce devait être une vision. La femme porta la main à sa bouche, poussa une exclamation en italien, une langue qu'il ne parlait pas. *Mon Dieu, elle est réelle ! C'est un être de chair et de sang. Elle va me sauver.*

— Dieu merci, vous êtes ici ! cria-t-il. Dieu soit loué !

Elle le dévisagea, son regard exprimant la frayeur et la surprise. Puis elle tourna les talons et s'enfuit en courant.

— Revenez ! cria-t-il après elle. Revenez, qui que vous soyez ! Je ne vais pas vous faire de mal. Bon sang... REVENEZ !

Elle avait disparu.

Il espérait qu'elle était allée chercher de l'aide car sans elle il était perdu.

29

Lucky ne prit la peine d'emporter que les photos des enfants et de Lennie. Elle les saisit brusquement sur son bureau et, sans un mot de plus, quitta la pièce. Kyoko la suivit tandis qu'elle se dirigeait vers sa voiture.

— Qu'est-ce qui s'est passé ? demanda-t-il, presque aussi désemparé qu'elle.

— Cet enfant de salaud m'a vendue ! fit Lucky, bouillant de rage. Je vais lui faire payer ça. Vous m'entendez, Kyoko ? Je vais lui faire payer.

— Puis-je vous aider ? interrogea Kyoko.

— Oui. Faites enlever d'ici toutes mes affaires. Je veux qu'on prenne mon bureau, mon fauteuil de cuir, je veux chaque meuble qui m'appartient. Et si cette femme vous pose le moindre problème, appelez mon avocat.

— Ce n'est pas possible qu'il arrive une chose pareille, murmura Kyoko.

— C'est très simple, dit Lucky d'un ton résolu. Je me suis fait avoir par mon confident, mon homme d'affaires, Mr. Morton Sharkey. Mais ne vous inquiétez pas, Kyoko, je découvrirai pourquoi... et j'aurai sa peau.

— Dois-je annoncer à Charlie Dollar que vous êtes partie ?

— Oui, s'il vous plaît, dit-elle, essayant de maîtriser sa colère et de mettre de l'ordre dans ses idées. Je ne veux pas que la nouvelle se répande dans le studio. Dites à Charlie que j'ai eu un problème urgent à régler.

— Certainement, Lucky.

— Ky, vous allez travailler pour moi à la maison en attendant que nous ayons réglé tout ça. Ça vous va ?

— Ce sera un honneur.

Elle s'assit au volant de sa voiture, posant à la place du passager les cadres en argent. L'image de Lennie la contemplait. D'un geste impulsif, elle prit sa photo pour embrasser son visage à travers la plaque de verre. « Tu me manques, mon chéri, murmura-t-elle doucement. Tu me manques tant, tant. » Oh, mon Dieu, qu'est-ce qu'il lui arrivait donc ? D'abord Lennie, maintenant le studio. Tout s'écroulait... tout. Elle refoula ses larmes et rentra chez elle. Elle n'avait nulle part où aller. Recouvrant son calme, elle appela son avocat, Bruce Grey, pour le mettre au courant. Bruce était aussi choqué qu'elle.

— Comment Morton a-t-il pu laisser faire ? dit-il.

— Laisser ? lança-t-elle, furibonde. D'une façon ou d'une autre, c'est lui qui a manigancé tout ça.

— Pourquoi ? demanda Bruce, étonné.

— Je n'en sais rien, dit-elle d'un ton amer. Mais j'ai bien l'intention de le découvrir. En attendant, je vous fais porter tous les documents. Je veux une étude détaillée sur les gros actionnaires. Voyons s'ils ont vendu ou s'ils ont simplement voté pour cette femme.

— Ce devrait être facile.

— Elle s'appelle Donna Landsman. Ça vous dit quelque chose ?

— Jamais entendu parler.

— Rassemblez tout ce que vous pourrez trouver sur elle. Oh oui, et, Bruce, trouvez-moi tous ces renseignements avant la fin de la journée.

Les enfants étaient sortis quand elle arriva à la maison. Tout était calme et paisible. Elle s'approcha de la fenêtre et contempla la vue spectaculaire sur l'océan. Elle se précipita dans sa chambre, passa un short et un T-shirt et descendit sur la plage. Elle adorait la mer : marcher au bord de l'eau était le meilleur moyen pour réfléchir. Qu'est-ce qu'il lui arrivait ? Qu'avait-elle donc fait pour mériter ça ? On aurait dit que tout se liguait contre elle : mais est-ce que ça n'avait pas toujours été ainsi ? Et n'avait-elle pas réussi à s'en tirer malgré tout ? Cette fois encore, elle allait se battre et l'emporter. Quand elle rentra, elle se sentait mieux. Elle regrettait que Boogie ne soit pas là. Il était en vacances mais, heureusement, il serait de retour demain. Dans des moments comme ça, elle avait besoin de visages familiers autour d'elle — et il n'y avait pas plus loyal que Boogie.

Les gosses et Ci-Ci n'étaient toujours pas rentrés. S'installant dans son bureau, elle téléphona à Abe Panther.

— J'espère que vous êtes assis, commença-t-elle, en se demandant s'il avait déjà appris la nouvelle.

— Quel est votre problème, mon petit ? fit-il d'une voix rauque.

— Combien de fois vous ai-je dit, répondit-elle machinalement, de ne pas m'appeler comme ça ! Un temps. Quelqu'un a pris le contrôle de Panther. Et — c'est la grande nouvelle — votre petit-fils par alliance préféré, Mickey Stolli, a été réengagé pour diriger le studio.

À l'autre bout du fil, Abe s'étranglait.

— Je sais que c'est difficile à comprendre, poursuivit Lucky. Je me suis dit que j'allais passer vous voir, pour que vous me donniez un conseil.

— Vous m'avez l'air d'en avoir besoin.

— Le fond de l'histoire, c'est qu'on m'a roulée. Je vous raconterai ça.

Elle remonta s'habiller précipitamment.

Au moment où elle quittait la maison, une camionnette de fleuriste s'arrêtait devant la porte. Le chauffeur descendit et lui remit un petit bouquet de fleurs mélangées. Elle ouvrit l'enveloppe et lut le message griffonné sur la carte :

Désolé pour hier soir.
Je vous appelle bientôt.
Alex.

Qu'est-ce que c'était encore que ça ? Elle jeta la carte sur la table de l'entrée et sortit.

Alex apprit la nouvelle à bord de l'avion qui l'emmenait à Vegas. C'est Lili qui la lui annonça au téléphone : le bruit courait que quelqu'un avait repris les studios Panther et viré Lucky Santangelo.

— Ce n'est pas possible, lança-t-il. Qui ferait ça ?

— On dit que c'est une femme d'affaires. Personne n'a l'air de savoir qui.

— Comment cela a-t-il pu arriver si brusquement ?

— Apparemment, elle a ordonné à Lucky de vider son bureau cet après-midi.

— Elle a fait quoi ?
— Tout le monde en parle.
— Vois ce que tu peux apprendre d'autre, Lili, et appelle-moi à l'hôtel.
— Tin Lee a téléphoné.
— Qu'est-ce qu'elle voulait ?
— Elle a dit qu'elle serait ravie de te voir plus tard, et de te remercier pour les roses fantastiques et pour l'invitation.
— Quelle invitation ?
— Je ne sais pas, Alex. Je ne peux pas à la fois me tenir au courant de ta vie amoureuse et gérer ta société de production.

Alex raccrocha, déconcerté. L'invitation était destinée à Lucky. *Est-ce que je peux vous voir ce soir ? Appelez-moi.* Elle avait reçu les roses aussi. Merde ! de toute évidence, il y avait eu une erreur. Tin Lee avait reçu les fleurs et la carte destinées à Lucky, alors que celle-ci avait dû avoir celles de Tin Lee. Il empoigna le téléphone et essaya de rappeler Lili, mais avec les turbulences, impossible. Russell, le responsable des extérieurs, vint s'asseoir à côté de lui.

— Comment a marché l'audition de Venus Maria aujourd'hui ? demanda Russell.
— Pas mal du tout, répondit Alex, qui n'était vraiment pas d'humeur à faire la conversation.
— Alors, on l'engage ?
— Je ne suis pas sûr.
— Tu devrais lui mettre le grappin dessus, fit Russell. Mes gosses achètent chacun de ses disques. Elle a un public de jeunes.

Russell avait travaillé sur ses trois derniers films et Alex appréciait son opinion.

— Comment crois-tu que ça marchera en face de Johnny Romano ? demanda-t-il.
— Ça va faire des étincelles.
— Tu as peut-être raison, répondit Alex, songeur. J'appellerai Freddie quand nous arriverons à Vegas... Je vais lui proposer qu'on fasse un bout d'essai.
— Elle acceptera ?
— Elle est bien venue passer une audition, non ?

Ron Machio, le meilleur ami de Venus, arriva chez Orso, un restaurant italien plein d'animations de la 3ᵉ Rue, avec quelques minutes de retard. Grand, la démarche nonchalante, il avait un long visage osseux et des cheveux bruns noués en catogan.

— Eh bien, madame, dit-il en inspectant Venus déjà assise dans le patio à siroter du vin blanc. On fait très, très années cinquante.

Elle eut un grand sourire, ravie qu'il eût aussitôt identifié la période.

— Assieds-toi, dit-elle. J'ai commandé pour toi du vin et des pastas. C'est moi qui t'invite.

— Est-ce que nous nous sommes réinventés encore une fois ? demanda-t-il, se laissant tomber dans un fauteuil en allongeant ses jambes interminables.

— Non, Ron, dit-elle. Tu as devant toi celle qui a obtenu un rôle dans le nouveau film d'Alex Woods. Celle qui va gagner un Oscar.

Ron haussa les sourcils.

— Vraiment ?

— Oui, vraiment. Je suis persuadée que si on veut quelque chose assez fort, on peut l'obtenir. Regarde-nous, nous en sommes le parfait exemple. Nous sommes arrivés à LA les mains nues : aujourd'hui, je suis quelque chose comme la madone des clips et toi, tu es un brillant metteur en scène. C'est assez étonnant quand on pense qu'aucun de nous n'est passé par l'Université.

— Les gens qui réussissent ne passent jamais par l'Université, fit Ron d'un air entendu. Tous ces pauvres schnocks qui ont gâché leur jeunesse au collège finissent coursiers.

— C'est une philosophie, Ron. C'est l'influence de Herr Major.

— J'aimerais que tu ne l'appelles pas comme ça, rétorqua Ron avec agacement. Si tu le connaissais, tu le trouverais tout à fait charmant.

— J'ai entendu dire des tas de choses sur Harris von Stepp, mais jamais qu'il était charmant.

— Eh bien, si. Il est simplement...

— Coincé ? suggéra-t-elle. C'est le mot que tu cherchais ?

— Venus, la gronda Ron. Tu peux vraiment être une petite fille insupportable.

— Quoi qu'il en soit, reprit-elle, j'ai fait une lecture pour Alex et il a eu l'air de l'apprécier : il va appeler Freddie.

— Freddie ? fit Ron d'un ton interrogateur.

— Je ne t'ai pas dit ? C'est Freddie Leon qui me représente maintenant.

— Eh bien, eh bien, nous voilà dans la cour des grands.

— Il était temps que je change d'agent, dit-elle en prenant

une bouchée de pastas. Est-ce que je t'ai parlé de mon nouvel assistant, Anthony ?
— Non...
— C'est un superbe blond. Ce n'est pas ta passion, Ron... les superbes blonds ?
— Tu essaies de me tenter ?
— Quel âge a-t-il, au fait, ton Herr Major ? demanda Venus, comme si elle ne le savait pas.
— Quelle importance ?
— Tu devrais cesser de jouer à l'homme plus jeune maqué avec un vieux : c'est complètement démodé. Et tu n'en as pas besoin.
— Ça te va bien, de me faire la leçon, riposta Ron. Madame a-t-elle oublié Mr. Martin Swansan, le grand ponte new-yorkais, qui avait au moins vingt ans de plus qu'elle ?
— Regarde où ça m'a menée.
— À propos, poursuivit Ron, qu'est-ce qui se passe avec ton masseur ?
— Ah... Rodriguez :
Venus soupira en faisant tourner les minces bracelets d'argent qu'elle portait au poignet.
— Ça n'est pas ce à quoi tu t'attendais ?
— Ça n'est jamais ce à quoi on s'attend, fit-elle avec un sourire nostalgique. Oh, il n'est pas mal.
— Juste pas mal ?
— Ce qu'il y a, Ron, c'est qu'après Cooper...
— Oh, tu veux dire que la réputation de Cooper était justifiée ?
Elle eut un petit rire.
— Cooper a été le meilleur de tous mes amants. J'aurai du mal à en trouver un autre aussi beau.
— Ah..., fit Ron. Si seulement il ne dispersait pas ses talents !...
Ils éclatèrent de rire tous les deux.
— Dis-moi, reprit Ron, cet Anthony...
Venus eut un grand sourire.
— Quelle traînée tu fais !
— Madame parle en connaisseuse !
— On avait dit le café chez moi, c'est ça ?
— Oh, si tu insistes...

30

Abe Panther n'avait pas mis les pieds hors de sa vieille demeure croulante depuis plus de dix ans, après qu'une attaque l'avait obligé à renoncer aux machinations journalières de l'industrie cinématographique. Quand il avait vendu ses studios à Lucky, il était persuadé qu'ils lui appartiendraient jusqu'à sa mort et même au-delà. Il était furieux que quelqu'un d'autre ait mis la main sur les studios Panther, surtout s'il était vrai que sa canaille de petit-fils par alliance, Mickey Stolli, se retrouvait à la tête de l'affaire.

Avant l'arrivée de Lucky, il avait appelé sa petite-fille Abigaile, pour savoir ce qui se passait. Celle-ci était une vraie princesse hollywoodienne : arriviste et cupide, elle ne vivait que pour recevoir et être reçue. Quand Abe avait vendu ses studios à Lucky, Abigaile, furieuse, ne lui avait pas adressé la parole pendant plusieurs mois. C'est seulement quand Mickey avait été nommé à la tête d'Orpheus qu'Abigaile avait fini par faire la paix avec son grand-père.

Elle se montra peu coopérative :

— Il y aura un communiqué dans les journaux professionnels, dit-elle brièvement, refusant d'en révéler davantage.

— Je n'en doute pas, répliqua Abe d'un ton sévère. Mais j'aimerais savoir maintenant ce qui se passe.

— Ce sont des renseignements confidentiels, répondit Abigaile.

Elle en voulait encore à son grand-père d'avoir épousé sa compagne de toujours, l'obscure actrice suédoise Inga Irving.

— Mickey me tuera si j'en parle à n'importe qui.
— Je ne suis pas n'importe qui, lui rappela sèchement Abe. Je suis ton grand-père.
— Je vais en parler à Mickey et je te rappellerai.

Abe était assis sur sa terrasse à tirer sur un gros havane quand Lucky arriva. Elle l'embrassa sur les deux joues.

— Asseyez-vous, ma petite, dit-il, et il lui rapporta sa conversation avec Abigaile.

— Ça ne m'étonne pas, commenta Lucky en allumant une cigarette.

— Qui vous a trahie ? demanda Abe en se penchant vers elle.

— Morton Sharkey. J'ai bien l'intention de découvrir pourquoi.

— Ça me paraît inconcevable que ç'ait pu arriver sans que vous soyez au courant.

Il desserra les dents pour tirer une bouffée de son cigare.

— Pas vraiment, fit Lucky. Tout ça s'est fait secrètement. On a convoqué un conseil d'administration sans me prévenir.

— Personne ne vous a alertée ?

— Abe, dit-elle avec force, ils voulaient se débarrasser de moi. La dernière chose à faire, ç'aurait été de me prévenir.

— D'accord, d'accord, marmonna-t-il.

— Pourquoi ai-je laissé Morton me persuader de vendre une si grande partie de mes actions ? fit-elle avec agacement. Qu'est-ce qui m'a pris ? J'aurais dû garder cinquante et un pour cent pour me protéger.

— Pourquoi ne l'avez-vous pas fait ?

— Parce que j'avais besoin de liquidités et que je faisais confiance à Morton.

— Ne faites jamais confiance à un avocat. Vous avez un plan, ma petite ?

Elle se leva et se mit à marcher de long en large sur la terrasse.

— Je vais reprendre Panther, Abe. Vous allez voir. Je vais faire ça pour nous deux.

Abe se mit à glousser.

— Voilà qui est parlé ! Si quelqu'un peut les avoir, c'est bien vous !

Inga Irving sortit de la maison et accueillit Lucky sans chaleur. Inga — jadis une grande beauté — était une longue femme osseuse à la cinquantaine bien sonnée, avec un visage large et un air perpétuellement mécontent. Il y avait longtemps, quand Abe régnait sur Hollywood, il l'avait fait venir de sa Suède natale dans l'espoir d'en faire une vedette de cinéma. Mais ça n'avait pas marché : Inga gardait une éternelle amertume de cet échec. Voilà deux ans, Abe avait fini par l'épouser. Cela n'avait pas amené un sourire sur son visage.

— Abe, annonça Inga d'un ton ferme, c'est l'heure de ta sieste.

— Tu ne vois pas que j'ai de la visite ? rétorqua-t-il, énervé.

— Lucky n'aura qu'à revenir une autre fois, répondit Inga d'un ton sans réplique.

Abe continuait à protester, mais Inga ne voulait rien entendre.

— Ça ne fait rien, Abe, dit Lucky en l'embrassant sur la joue. De toute façon, il faut que je parte.

Une lueur de triomphe passa sur le visage d'Inga. Elle avait fini par trouver un rôle dans lequel elle excellait : gardienne de celui qui avait été le grand Abe Panther.

Lucky remonta dans sa voiture et rentra chez elle. Elle avait du travail.

— Ce que tu peux être conne ! hurla Alex au téléphone.

— Je suis désolée, dit France, en s'excusant pour la troisième fois.

— *Désolée ?* Comment as-tu pu envoyer la carte qu'il ne fallait pas et les fleurs qu'il ne fallait pas à la personne qu'il ne fallait pas ? cria-t-il. Je me suis donné le mal d'écrire ce mot moi-même, France. Tu es donc complètement idiote ?

— Je suis navrée, Alex, répéta-t-elle en écartant le combiné de son oreille.

Il se demanda si elle l'avait fait exprès. Même si tout cela était du passé, Alex le savait : aussi bien elle que Lili se montraient encore très possessives à son égard. Elles avaient manifestement supposé qu'il avait passé la nuit avec Lucky et s'étaient arrangées pour qu'elle reçoive le message qui ne lui était pas destiné.

— Qu'est-ce que je peux faire ? gémit France.

— Rien, aboya Alex d'un ton mauvais. Annule Tin Lee. Dis-lui que j'ai dû rester à Vegas ce soir. J'appellerai Lucky moi-même. Donne-moi son numéro personnel.

Quelques secondes plus tard, Lili décrocha sur son poste. Nous ne l'avons pas, Alex.

Il était certain qu'elle faisait exprès de lui compliquer les choses.

— Appelle la secrétaire de Freddie, lança-t-il.

— Certainement, Alex. On pourra te joindre sur ton portable ?

— Oui, nous quittons l'hôtel maintenant.

— Je te rappelle tout de suite.

— Attends une minute, dit-il exaspéré par ses deux assistantes, je n'ai pas fini.

— Qu'est-ce qu'il y a, Alex ? fit Lili, toujours patiente.

— Demande à Freddie de me téléphoner.

— Faut-il lui laisser un message si nous n'arrivons pas à le joindre ?

— Oui. Arrange-toi pour que Venus Maria fasse un bout d'essai avec Johnny Romano demain après-midi.

— C'est comme si c'était fait, Alex.

Il raccrocha brutalement et traversa le hall où l'attendraient Russell et le reste de son équipe pour les repérages d'extérieurs.

Lucky songea à annuler son dîner avec Venus chez Morton, puis elle changea d'avis. Pourquoi le ferait-elle ? C'était exactement ce que tout le monde s'attendait à la voir faire : se terrer quelque part, disparaître. Est-ce que tout Hollywood n'allait pas être excité d'apprendre que Lucky Santangelo s'était fait virer de son studio ? Elle ne voulait pas leur donner ce plaisir. Elle se montrerait, et la tête haute. Ce n'était qu'un revers de fortune provisoire.

Ci-Ci et les enfants étaient à la maison quand elle rentra. Elle joua un moment avec Maria, puis donna son biberon à Gino. Après cela, elle les remit à la toujours joyeuse Ci-Ci pour qu'elle les couche.

Peu après 18 heures, un coursier apporta une grande enveloppe beige provenant de son avocat. Elle l'emporta dans son bureau, l'ouvrit et se mit à en étudier le contenu. Donna Landsman. Femme d'affaires. Reine des OPA hostiles. Lucky n'arrivait pas à comprendre. Si Donna Landsman était si forte en affaires, que voulait-elle de Panther ? Les studios avaient de lourdes dettes. Il faudrait un moment avant qu'ils commencent à rapporter. Il n'y avait pas d'actif à vendre, à moins, évidemment, qu'elle ne renonce aux studios pour vendre les précieux terrains. Mais oui ! C'était ce qu'elle comptait faire. Certainement. Quant aux autres investisseurs, il semblait sur le papier qu'on leur avait donné le double du montant qui leur avait permis d'acquérir leurs actions. Comme Morton les avait amenés, elle en conclut qu'ils avaient dû vendre sur ses conseils. Donna Landsman, apparemment, possédait trente-neuf pour cent du capital. Les autres actionnaires étaient Conquest Investments, une société implantée aux Bahamas et qui avait conservé dix pour cent. Et Ms. I. Smorg, dont l'adresse était aux bons soins d'un avocat de Pasadena : elle possédait six pour cent. Et puis il y avait Morton Sharkey, avec ses cinq pour cent. C'était assurément lui qui avait poussé les autres actionnaires à voter pour Donna Landsman. Le salaud ! Il devait avoir une raison pour lui faire ça. Il y avait toujours une raison.

Demain, quand Boogie serait rentré de ses vacances, elle le mettrait sur Morton. Boogie s'occupait de sa sécurité depuis des années et, s'il y avait quelque chose à découvrir, il le trouverait. Pas de problème. Jusque-là, tout ce qu'elle pouvait faire, c'était attendre.

31

Robertson avait un regard de chat mauvais. Au dîner de Michel Legay, ses yeux violets ne quittèrent pas Brigette un instant.

— Elle me déteste, chuchota Brigette à Nona.

— Bien sûr qu'elle te déteste, reconnut Nona. C'est toi qui vas être la star maintenant.

— Allons donc ! fit Brigette. Elle est tellement connue... Qu'est-ce que tu veux que ça lui fasse ?

— Les carrières de mannequin sont courtes, fit observer fort justement Nona. Elle en est consciente. Toi, tu es l'étoile montante.

— Vraiment ?

— Ne joue pas les modestes avec moi. Tu le sais. Tout le monde le sait.

Elles venaient de passer quelques journées intéressantes. Fidèle à sa parole, Michel Legay avait obtenu un contrat juteux des jeans Rock'n Roll. Aussitôt l'exclusivité signée, on l'avait expédiée au studio pour une vraie séance avec Luke Kasway. L'agence de publicité voulait faire des essais avec Zandino, mais Nona avait opposé son veto car elle n'aimait pas l'idée de voir son futur mari poser pour des photos de mode : Nona était un peu snob. On avait donc pris Isaac, un jeune mannequin noir que Brigette trouvait très sympa. Ils avaient échangé leurs numéros de téléphone mais pour l'instant il n'avait pas appelé. Elle envisageait de le faire.

Quand elle avait vu les tirages définitifs, Brigette était restée abasourdie. Luke Kasway était un génie : sur ses photos, elle était absolument stupéfiante. Ne te laisse pas griser, avait prévenu Nona : c'est une question d'éclairage. N'oublions pas la tête que tu as le matin ! Mais elles avaient compris toutes les deux — tout comme Michel et Luke — qu'elle était une future star.

Nona avait eu la chance de trouver un spacieux duplex donnant sur Central Park. Il appartenait à une amie de sa mère partie vivre en Europe pour un an. Ils s'y installèrent aussitôt tous les trois. Brigette regrettait un peu de faire ses adieux à Anna : elle avait pris l'habitude d'avoir toujours quelqu'un auprès d'elle. Mais elle se rendait compte que le temps était venu de voler de ses propres ailes et de cesser de ruminer le passé. Brigette Stanislospoulos était morte. Brigette Brown était à l'aube d'une nouvelle carrière.

— Alors, on s'amuse ? demanda Michel en se glissant derrière elle.

— Oh oui ! lança-t-elle, flattée de le voir à ce point s'occuper d'elle. C'est une soirée formidable.

— Mais tu es une jeune personne formidable, murmura-t-il.

— Vraiment, Michel ? fit-elle, grisée.

Il se pencha vers elle pour lui chuchoter à l'oreille :

— Aurora a dit oui pour ta couverture. Elle la veut tout de suite. Il faut que tu ailles voir Antonio demain et il fera les photos après-demain. Je donnerai les détails à Nona.

— Vous êtes si malin ! s'exclama-t-elle.

Il eut un sourire. Pas la peine de me flatter, *ma chérie*.

Elle adorait l'entendre parler français.

— C'est vrai que Robertson et vous vivez ensemble ? demanda-t-elle hardiment. Ses yeux bleus un peu délavés l'examinèrent attentivement. Pourquoi me demandes-tu ça ? Elle espérait qu'il ne la trouvait pas trop curieuse.

— Oh, comme ça... je me demandais, dit-elle vaguement.

— De temps en temps oui, de temps en temps non, répondit-il d'un ton ambigu. Nous avons un... arrangement.

Elle surprit le regard de Robertson toujours posé sur elle. Peut-être l'idée qu'*elle* se faisait d'un arrangement n'était pas la même que celle de Michel. Cela faisait longtemps qu'elle n'avait pas flirté, et c'était tout à fait grisant. Le fait que Michel fût plus âgé qu'elle le lui rendait attirant. Peut-être était-ce ce qu'il lui fallait, un homme mûr : on ne pouvait pas dire qu'elle avait eu beaucoup de chance avec les jeunes. Michel lui prit la main et la pressa doucement.

— Reste quand les autres seront partis, dit-il d'un ton persuasif. Nous avons beaucoup de choses à discuter.
— Et Robertson ?
— Elle a son appartement. Ce soir, elle rentrera chez elle.
Brigette avait hâte d'annoncer la nouvelle à Nona.
— Je vais rester après la soirée, annonça-t-elle. Michel veut me parler.
— Oh, je comprends, dit Nona, nullement impressionnée. Il se décide enfin à te faire la cour, c'est ça ?
— Absolument pas, s'indigna Brigette. C'est pour affaires.
— Attention ! fit Nona. C'est un coureur avec un accent français. Pour lui, tu n'es que de la viande fraîche, voilà tout.
— Merci beaucoup.
— Et Robertson ? Elle va rester assise à vous regarder tous les deux discuter affaires ?
— Ils ont un arrangement.
— Ah ! celle-là aussi, il te l'a faite. La prochaine, ce sera : Désolé, c'était fantastique, mais maintenant il faut que je retourne auprès de ma petite amie parce qu'elle est furieuse.
— Eh bien, merci pour la confiance... lança Brigette, vexée.
— Je me fais du souci pour toi, insista Nona. Tu as une expérience limitée des hommes : Tim Wealth, mon frère et ce riche camé à qui tu étais fiancée. C'est à peu près tout, non ?
— Je n'ai pas mené une vie normale, reconnut Brigette. Ça ne veut pas dire que j'en suis incapable désormais.
— Michel Legay n'est pas normal, commenta Nona d'un ton sévère. Coucher avec lui ne te mènera nulle part.
Brigette n'avait pas l'intention de se laisser faire la leçon par Nona :
— Je te verrai plus tard, la coupa-t-elle sèchement. Ne m'attends pas.

— Freddie Leon a appelé, dit Anthony.
Il dévisageait subrepticement Ron : ce qu'il voyait lui plaisait.
— Que voulait-il ? demanda Venus.
— Tourner un bout d'essai demain après-midi avec vous et Johnny Romano.
— Un *essai* ? reprit Venus en faisant la grimace. Je ne fais plus d'essais.
— Tu ne fais plus de lectures non plus, lança Ron. Mais tu l'as fait pour Alex Woods.

— Pourquoi est-ce qu'il ne se contente pas de passer un de mes films ?

— Je présume que tu as lu ce que les critiques disaient de tes apparitions précédentes à l'écran ? demanda Ron d'un ton pincé. Tu as de la chance qu'il veuille te faire faire un bout d'essai.

Venus lui lança un regard mauvais.

— N'oublie pas qu'un de ces films était le tien.

— Mr. Machio, interrompit Anthony pour éviter une scène, je suis un de vos fans, vous savez. J'aime tellement vos chorégraphies et vos mises en scène !

— Oh, merci, répondit Ron, remarquant Anthony pour la première fois.

— Oh, Ron, fit Venus, pardonne-moi. Je ne t'ai pas présenté mon très convenable assistant britannique, Anthony Redigio.

— Redigio, demanda Ron, ça n'est pas un nom italien ?

— Mon père est italien, répondit Anthony.

— Le mien aussi, fit Ron. Notre Venus aime bien les Italiens.

— Moi aussi, lança hardiment Anthony.

Leurs regards se croisèrent. Venus dissimula un sourire triomphant.

— Anthony, demanda-t-elle, vous avez enquêté pour cette lettre ?

— Je l'ai envoyée à la sécurité.

— Bon. Appelez-moi Freddie et ensuite préparez un café pour Ron. Je serai dans l'autre pièce.

Freddie se montra comme d'habitude d'un calme olympien.

— Il faut absolument que tu fasses cet essai, dit-il.

— Et si ça se sait ? lança-t-elle, nerveuse. J'aurai l'air de courir après les rôles.

— Pas du tout. Pour ma part, je pense que tu le décrocheras. Alex t'a bien aimée.

— Ah oui ? fit-elle, se rassérénant. Qu'est-ce qu'il a dit ?

— Qu'il croit pouvoir sortir de toi des choses que personne n'a encore jamais vues.

— Est-ce qu'il m'a trouvée incroyablement sexy ? plaisanta-t-elle.

— Qu'est-ce que ça change ? Tu ne vas pas coucher avec lui, tu vas travailler avec lui.

— Oh, Freddie ! fit-elle en feignant d'être choquée. Quel langage !

— C'est ta mauvaise influence, Venus.

Dans le bureau, Ron et Anthony avaient l'air de bien s'entendre. J'adore votre travail, disait Anthony avec ce qu'il fallait de respect. J'ai vu tout ce que vous avez fait. Ron buvait chacune de ses paroles.

— Quel âge avez-vous ? demanda-t-il.
— Vingt et un ans.
— Un jeune chiot.
— Mais un chiot qui a une certaine expérience.
— Ravi de l'apprendre, dit Ron en se juchant sur le bord du bureau d'Anthony. Et le jeune chiot a-t-il des liens actuellement ?
— Non, fit Anthony en battant des paupières. Et vous ?
— Oui, reconnut Ron un peu à contrecœur.
— Dommage, commenta Anthony en lui lançant un regard effronté.

Clyde Lomas, l'assistant de Russell, était en train de rendre Alex fou. Il était exaspérant avec sa voix de camelot. Chaque fois qu'ils entraient dans une maison, Clyde se lançait dans une invraisemblable tirade d'agent immobilier.

— Je ne veux pas *acheter* cette foutue baraque, fit Alex, exaspéré. Tout ce que je veux, c'est la visiter pour me faire une idée.

Dès qu'il arrivait sur les lieux d'un extérieur, il savait si l'endroit convenait ou non : il n'avait besoin d'aucun conseil et certainement pas de ceux de Clyde Lomas. La troisième maison qu'ils visitèrent — une grande propriété au bord d'un terrain de golf — était parfaite. Il en discuta avec son opérateur et son décorateur : tous deux furent d'accord avec lui. Il se tourna vers Russell.

— Va pour celle-là.
— Combien de jours ? demanda Russell.
— Qu'est-ce qui est prévu ? Quatre. Pour plus de sûreté, retiens-la pour cinq jours.

Alex se dirigea vers la piscine et appela Lili sur son portable.

— Tu étais censée me donner le numéro personnel de Lucky, dit-il avec agacement.
— Je n'arrive pas à l'avoir, avoua Lili.
— Je te demande pardon ? fit Alex, qui n'avait pas l'habitude que quoi que ce soit lui résiste.
— L'assistant de Freddie n'est autorisé à le donner à personne.
— Qu'il aille se faire voir ! Dis à Freddie que je veux ce numéro.

— Désolée, Alex, j'ai essayé. Il a été catégorique : pas sans son accord à elle.

Alex savait qu'il ne pouvait pas insister sans avoir l'air ridicule.

— Quelles sont les dernières nouvelles à propos de Panther ? demanda-t-il, changeant brusquement de sujet.

— J'ai appris que c'était une femme d'affaires qui avait acheté les studios. Il paraît qu'elle est arrivée dans le bureau de Lucky et qu'elle lui a ordonné de quitter les lieux.

— Est-ce que ça va nuire à *Gangsters* ?

— D'après Freddie, tout se passera comme prévu.

— Il la connaît, cette femme ?

— Apparemment non.

— Merde ! s'exclama Alex. Il faut vraiment que je parle à Lucky. Comment s'appelle le type qui travaille pour elle ?

— Kyoko ?

— Oui. Tâche d'avoir le numéro de Lucky par lui.

— J'ai essayé de le joindre : il n'est plus au studio.

— Un peu de jugeote, Lili. Appelle-le chez lui.

— Oui, Alex. Comment ça se passe là-bas ?

— Bien. Et le bout d'essai ?

— Tout est réglé pour demain après-midi.

— Parfait, Lili. Est-ce que France a dit à Tin Lee que je ne rentrais pas ?

— Je crois que oui. Et ta mère a téléphoné deux fois.

— Qu'est-ce qu'elle veut, celle-là ?

— Il faudrait peut-être l'appeler.

— Fais-le. Dis-lui que je ne suis pas en ville.

— Tu rentres ce soir ?

— Trouve-moi le numéro de Lucky et je te le dirai.

Il raccrocha, fourra son portable dans sa poche et rejoignit son équipe.

— On passe à l'extérieur suivant ? proposa Russell.

— Allons-y, dit Alex. Je veux absolument partir d'ici ce soir.

32

Le tout-cinéma se donnait rendez-vous chez Morton. C'était l'endroit où il fallait être vu. Quand Lucky entra, toutes les têtes se tournèrent vers elle. Elle arriva avant Venus et, plutôt que d'attendre au bar, elle suivit le maître d'hôtel, naviguant entre des tables occupées par une foule de gens qu'elle connaissait.

À peine était-elle assise que Charlie s'approcha.

— Dites donc, fit-il en rentrant un pan de chemise dans son pantalon. Je n'ai pas l'habitude qu'on me pose de lapin.

Elle parvint à esquisser un pâle sourire.

— Désolée, Charlie. Des circonstances imprévues.

— Oui... j'ai appris, dit-il en prenant une chaise et en s'asseyant à sa table.

— Comme tout le monde dans ce restaurant, soupira-t-elle.

— Vous voulez m'expliquer exactement ce qui s'est passé ?

— Je me suis fait avoir, ça ne se reproduira pas.

— En tout cas, Lucky, lui assura-t-il, ayant pour une fois l'air sincère, n'oubliez pas, je suis là si vous avez besoin de moi.

— Merci, Charlie. Merci beaucoup.

Quelques minutes plus tard, Venus fit son entrée, s'arrêtant sur le seuil juste assez longtemps pour attirer tous les regards. Le maître d'hôtel l'escorta jusqu'à la table de Lucky. Celle-ci se leva en la voyant arriver. Elles s'embrassèrent.

— Je suis si contente ! dit Venus. Tu m'as vraiment manqué.

— Toi aussi, répondit Lucky. Il vaut mieux que je te le dise tout de suite : j'ai connu dans ma vie des jours plus réussis.

Un serveur surgit près de leur table. Lucky commanda un Perrier, Venus une margarita.

— Qu'est-ce qui s'est passé ? demanda Venus dès que le garçon se fut éloigné.

— Panther a été racheté aujourd'hui, fit Lucky en pianotant sur la table. J'ai été virée.

— Tu plaisantes ! s'exclama Venus.

— Je voudrais bien. Mais ne t'affole pas, je vais récupérer tout ça — et avec des intérêts.

— Je n'en doute pas. Qui a acheté ?

— C'est ça qui est bizarre. Ce n'est pas un des grands groupes : c'est une femme qui a la réputation de mener des OPA tambour battant. Elle voulait absolument Panther et, je ne sais pas comment, mais elle est arrivée à ses fins.

— Elle va diriger le studio ?

Lucky eut un rire sans gaieté.

— Ça va vraiment te faire rire. Devine qui elle amène ? Ton préféré et le mien... Mickey Stolli.

— Tu me fais marcher.

— Pas du tout, fit Lucky. Cette femme est manifestement dérangée. Quiconque a un peu de bon sens saurait que Mickey va voler tout ce qui n'est pas cloué. Bah, ajouta-t-elle avec un rire un peu forcé, c'est peut-être ce qu'elle mérite.

— Je n'en reviens pas, fit Venus. Mais comment est-ce arrivé ?

— C'est ce que je dois découvrir.

Le serveur leur apporta leurs consommations.

— Avec les compliments de Mr. Dollar, dit-il.

— Remerciez Mr. Dollar et dites-lui que la prochaine fois ce sera une bouteille de Dom Pérignon ou rien, fit Venus en prenant son verre. Le garçon acquiesça et repartit. Tu sais, Lucky, j'ai essayé de t'appeler je ne sais combien de fois. Comment se fait-il que tu ne prennes même pas tes amis au téléphone ?

— La mort de Lennie a été un choc si horrible, commença Lucky, son regard s'embuant. Je crois que j'étais sonnée... Elle marqua une longue pause avant de reprendre : J'ai choisi le travail... pas d'amis. Comme ça, je n'ai pas à affronter mes vrais sentiments.

— Je te comprends, fit doucement Venus.

— Mais, dit Lucky, faisant un effort pour changer de sujet, assez parlé de ça ! Dis-moi comment ça s'est passé avec Alex.

— Je fais un essai demain avec Johnny Romano.

— Alex te fait faire un essai ?
— Freddie dit que je devrais.
— Mr. Woods veut montrer qui est le patron.
— Oh, mon Dieu ! gémit Venus. Maintenant que tu n'es plus là, que va-t-il arriver à *Gangsters* ?
— Je suis sûre que cette femme n'est pas assez idiote pour bouleverser les programmes.
— Oui, mais Mickey me déteste, murmura Venus en buvant une gorgée.
— Tu es une grande star maintenant, rappela Lucky à son amie. Mickey ne te fera pas d'ennuis.

Un agent s'approcha de leur table, chargé de faire lire à Venus le script d'un client. Il salua brièvement Lucky — après tout, à quoi était-elle encore bonne ? — et se concentra sur sa proie. Lucky laissa ses pensées vagabonder vers Alex Woods. Elle avait passé de bons moments avec lui, mais c'était tout. Il avait eu son utilité. Et le mot qu'il lui avait envoyé avec les fleurs prouvait qu'elle ne comptait pas pour lui. Très bien. Une affaire réglée.

Venus finit par se débarrasser de l'agent et elles poursuivirent leur repas. Venus lui raconta des histoires tordantes sur Rodriguez, imitant son accent et décrivant ses techniques amoureuses. Lucky se détendait en écoutant son amie. Venus était une forte femme qui n'avait pas sa langue dans sa poche.

— Il est vraiment très gentil : le problème, c'est qu'il se donne tant de mal que c'en est pénible ! fit Venus pour conclure ses anecdotes sur Rodriguez.
— Et Cooper ? demanda Lucky. Il ne te manque pas ?
— En quoi ? répliqua Venus.

Elle n'avait pas envie d'avouer que si, il lui manquait beaucoup, et que pourtant il n'y avait pas de retour en arrière possible.

Lucky parcourut la salle du regard. Charlie réglait son addition.

— Qu'est-ce que tu penses de Charlie Dollar ? demanda-t-elle en passant.
— Le vieux Charlie ? Il est formidable. L'ennui, c'est qu'il est toujours complètement camé.
— Tu sortirais avec lui ?

Venus secoua vigoureusement la tête. C'est un terrain dangereux. Charlie serait incapable d'avoir des relations normales : ça fait trop longtemps qu'il est une vedette. Les femmes, pour lui, c'est trop facile.

Charlie s'approchait de leur table.

— Voici venir votre vedette de cinéma préférée, dit-il avec son habituel sourire un peu fou, prêt à charmer et à distraire.

— Ne vous donnez pas de mal, fit Lucky d'un ton léger. Nous nous sommes distraites mutuellement.

Il s'attaqua à Venus :

— On fait la tournée des boîtes ? Tu n'as pas envie de passer la soirée avec une vieille icône décrépite ?

— Il faut que je me couche tôt, Charlie, fit-elle d'un ton d'excuse. Je tourne demain. D'ailleurs, ajouta-t-elle avec un sourire narquois, qu'est-ce que tu ferais de moi ? J'ai plus de dix-huit ans !

— Je pourrais te donner des cernes sous les yeux que tu n'oublierais jamais.

— Merci, une autre fois peut-être.

Lucky rentra rapidement. Ç'avaient été vingt-quatre heures épuisantes et elle avait hâte de s'effondrer dans son lit et de passer une bonne nuit de sommeil. Il fallait qu'elle ait les idées claires pour voir comment affronter cette dernière déconvenue. Sitôt qu'elle aurait expliqué à Boogie ce qu'il fallait faire, elle comptait emmener les enfants passer un long week-end chez Gino à Palm Springs.

Elle décrocha le téléphone pour le prévenir.

— Encore toi ! soupira Gino. Tu dois vouloir quelque chose, ma petite. D'abord une visite inattendue, maintenant un coup de fil en fin de soirée.

— Je ne te réveille pas, non ?

— Pas du tout. Paige et moi, on regarde *Le Parrain*. Je le vois une fois par an.

— Histoire de rester en contact avec de vieux amis, hein ? plaisanta Lucky.

— Un de ces jours, je te raconterai la véritable histoire de ma vie. Quel film ça ferait !

— Je n'en doute pas.

— Alors, qu'est-ce qui se passe maintenant ? demanda-t-il. Je peux t'aider en quoi que ce soit ?

Elle décida de ne pas lui dire toute la vérité. Pourquoi l'accabler avec ses problèmes ?

— Je pensais t'amener les enfants pour un long week-end.

— Tu veux dire que je vais vraiment voir mes petits-enfants ?

— Oh ! allons, Gino, tu les vois tout le temps.
— Je te taquine, mon petit. Je demanderai à Paige de tout préparer.

Gino avait l'air content. De toute évidence, il aimait vivre à Palm Springs dans sa grande maison, avec Paige pour lui tenir compagnie. Elle se demanda si ce n'était pas ce qu'elle devrait faire : acheter une maison à Santa Barbara et ne plus penser au cinéma, juste végéter là et rester avec ses enfants. Pas question. Au bout de quelques jours, elle s'ennuierait. Il lui fallait de l'action, et beaucoup.

À peine eut-elle raccroché que le téléphone se remit à sonner.
— Vous savez que c'est quelque chose de vous joindre ? fit Alex Woods, visiblement agacé.

Il avait réussi à se procurer son numéro personnel : elle n'aimait pas ça.
— Je n'étais pas très disponible, dit-elle, ne voulant pas se lancer dans une scène.
— Je vous ai appelée au studio ce matin, insista-t-il d'un ton accusateur. J'ai laissé plusieurs messages.
— Je suis certaine que vous savez ce qui s'est passé aujourd'hui. Je n'étais pas à proprement parler d'humeur à rappeler.
— Oui, j'ai appris ça. Un long silence. Ça va ?
— Ça va bien, je vous remercie.
— Euh... à propos du mot qui accompagnait les fleurs. Vous les avez reçues, n'est-ce pas ?
— Vous n'auriez pas dû vous donner cette peine.
— Ce n'étaient pas les fleurs qu'il fallait. Ce n'était pas le mot qu'il fallait.
— Vraiment ?
— Je me demande d'ailleurs pourquoi je vous ai envoyé quoi que ce soit après la façon dont vous m'avez plaqué ce matin.

Elle prit une profonde inspiration.
— Écoutez, Alex, parlons franc. Ç'a été une histoire d'une nuit. J'avais besoin d'être avec quelqu'un et vous vous êtes trouvé là.
— Charmant, fit-il.
— Ça ne représentait rien ni pour l'un ni pour l'autre. J'ai fait ça pour me venger de Lennie. Je suis désolée.

Un long silence.
— Comme je n'avais pas eu de vos nouvelles, je suis resté à Vegas, dit-il enfin.
— Qu'est-ce que vous faites là-bas ?

— Du repérage d'extérieurs. Je serai rentré demain. Encore un long silence.
— On peut se voir demain soir ?
Elle soupira.
— Vous n'avez pas entendu ce que je viens de dire ?
— Lucky, dit-il d'un ton persuasif, vous avez besoin de moi dans un moment pareil.
— Qu'est-ce que vous pouvez faire, Alex ? répondit-elle avec lassitude. Me tenir la main pendant que d'autres prennent le contrôle de mon studio ?
— Je ne vous ai pas appelée pour discuter.
— Vous m'avez appelée pour quoi ?
— Pour dire qu'hier soir c'était... spécial.
— Non, Alex, fit-elle, catégorique. S'il vous plaît, écoutez-moi. C'était juste une aventure d'un soir pour l'un comme pour l'autre.
— Vous vous trompez, Lucky. J'ai eu assez d'aventures d'un soir pour reconnaître quand c'est différent.
Pourquoi ne pouvait-il pas la laisser tranquille ? Elle n'avait pas besoin de complications.
— Je suis désolée si je vous ai donné une fausse impression.
Il n'arrivait pas à croire qu'elle l'envoyait promener. Que lui, Alex Woods, était en train de se faire rabattre le caquet par une femme.
— Je vois bien que vous n'êtes pas d'humeur à bavarder, dit-il brusquement. Je vous rappellerai demain.
— Vous perdez votre temps.
— C'est mon problème.
Elle coupa la communication. Ça ne serait pas si facile de se débarrasser d'Alex Woods.

La longue limousine noire de Venus franchit les portes de sa propriété. Comme elle passait devant la maison du gardien, l'homme sortit en faisant signe à la voiture de s'arrêter.
Le chauffeur abaissa sa vitre.
— Un problème ?
— Non, non, répondit le gardien. Mais préviens Ms. Venus que son frère est ici.
— Mon *quoi* ? fit Venus, en sursautant sur la banquette arrière.
— Votre frère Emilio, répondit le gardien.

— Et vous l'avez laissé entrer chez moi ! explosa-t-elle, horrifiée.

— Eh bien... oui. Il avait la preuve qu'il était votre frère, dit le gardien en reculant d'un pas.

— *Quelle* preuve ? interrogea-t-elle.

— Des photos de vous ensemble, son passeport. Je sais que votre vrai nom, c'est Sierra, alors j'ai pensé que je pouvais le laisser entrer.

— Eh bien, vous avez eu tort, lança Venus, furieuse. Combien de fois faudra-t-il que je vous dise à tous que *personne* n'entre chez moi si je ne vous ai pas prévenus *moi-même* ?

— Je ne faisais que mon devoir, grommela-t-il.

— Votre devoir, c'est d'empêcher *tout le monde* d'entrer !

Elle était si furieuse qu'elle en avait le souffle coupé. Emilio Sierra. Son vaurien de frère. Il l'avait vendue aux magazines à sensation si souvent que c'en était ridicule. Et puis il était parti vivre en Europe et elle avait prié le ciel qu'il ne revienne jamais. Elle avait appris récemment qu'il était rentré et elle avait compris qu'il n'allait pas tarder à se manifester de nouveau. Seigneur ! Pourquoi fallait-il que ce soit ce soir ? Elle ordonna à son chauffeur d'attendre pendant qu'elle décrochait le combiné de la voiture pour joindre Rodriguez.

— Ma chérie, fit Rodriguez, ravi d'entendre sa voix, j'ai attendu toute la journée auprès du téléphone. Personne ne m'a appelé pour le clip.

— Qu'est-ce que tu fais, Rodriguez ?

— Je vous attends, évidemment.

— J'ai envie d'un long massage bien sensuel, murmura-t-elle d'un ton séducteur. Tu peux venir maintenant ?

— Bien sûr !

— Allons-y, lança-t-elle à son chauffeur.

La voiture remonta doucement jusqu'à la maison, s'arrêta devant le perron. Venus descendit et pénétra à l'intérieur.

Assis dans son salon, les pieds sur la table basse, sirotant une bière tout en regardant un film porno sur le câble, son cher frère.

— Tu n'es pas le bienvenu ici, Emilio, dit-elle en essayant de se maîtriser devant son culot. Je n'arrive pas à croire que tu sois revenu. Tu n'as donc aucune idée de ce que tu m'as fait ?

— Quoi donc ? demanda-t-il, les yeux toujours fixés sur la télévision.

Elle lui arracha la télécommande et éteignit le poste.

— Tu m'as vendue je ne sais combien de fois, dit-elle, furieuse.

Emilio se releva pesamment. Puis il tenta de jouer de son charme, qui était inexistant.

— J'étais dans une sale passe, sœurette, gémit-il. J'avais des dettes à régler. Maintenant, ça va. Je suis passé par les Alcooliques anonymes, on m'a désintoxiqué, le grand jeu. Il faut que tu me donnes une nouvelle chance.

— Je n'ai rien à te donner du tout, dit-elle, scandalisée qu'il ose même lui demander quelque chose.

— Écoute, poursuivit-il, en désignant d'un geste large son somptueux salon. Tu as tout. Moi... rien.

— J'ai trimé dur pour ce que j'ai gagné pendant que tu restais assis sur ton cul.

— Je suis ton frère. Nous sommes de la même chair et du même sang. Je suis une des rares personnes qui s'intéressent à toi.

Cette fois, il allait vraiment trop loin.

— Fous-moi le camp d'ici ! dit-elle d'un ton méprisant.

— Non, marmonna-t-il. Tu veux que je m'en aille ? appelle les flics.

— Tu crois que je ne le ferais pas ? répliqua-t-elle, menaçante. Comment a tourné ta grande histoire d'amour qui t'a fait partir pour l'Europe ?

— Elle était trop vieille, dit Emilio en faisant la grimace. Je n'allais pas attendre vingt ans que la vioque claque.

— Tu es vraiment la délicatesse même, nota Venus en secouant la tête.

Heureusement, Rodriguez choisit cet instant pour arriver. Il entra en trombe, s'arrêtant net en voyant Emilio.

— Ah, Rodriguez, fit Venus. Je te présente mon frère, Emilio. Il allait partir.

— Pas du tout, protesta Emilio.

— Mais si, insista Venus.

Ils se foudroyèrent du regard. Rodriguez les regarda tour à tour et décida qu'il serait imprudent d'intervenir dans cette querelle de famille. Mais Venus ne lui laissa pas le choix. Elle se tourna vers lui.

— Je n'adresse plus la parole à mon frère, dit-elle avec feu. Je ne l'aime même pas. Et voilà maintenant qu'il s'est introduit chez moi. Comment est-ce que je me débarrasse de lui ?

Rodriguez haussa les épaules.

— Et si tu le jetais dehors pour moi ? suggéra Venus. Le gardien te donnera un coup de main.

— Flanque-moi dehors, sœurette, et tu le regretteras, lança Emilio. Si tu crois que ce que j'ai fait jusqu'à maintenant est désagréable, attends un peu. Je donnerai aux magazines de quoi faire voler en éclats ta petite vie bien pépère.

Elle comprenait qu'elle n'arrivait à rien.

— Écoute, je te donne 50 dollars, tu te trouves une chambre d'hôtel pour la nuit. Et puis, demain, tu cherches un travail.

— Disons 1000 dollars, et je m'en vais.

— Il ne s'agit pas de négocier, dit-elle froidement, sur le point de perdre la partie.

Il se gratta le menton.

— Je ne comprends pas. 1000 dollars, ça n'est rien pour toi... Tu achètes des chaussures qui coûtent plus que ça.

Rodriguez la prit à part.

— Donnez-lui l'argent, suggéra-t-il. Alors peut-être qu'il s'en ira.

— Emilio ne s'en ira jamais, gémit-elle.

— En tout cas, ça le fera sortir de la maison.

Il avait raison. L'important, c'était de se débarrasser de son frère.

— Tu n'aurais pas par hasard 1000 dollars sur toi, Rodriguez ? demanda-t-elle.

Il ne répondit même pas.

Laissant là les deux hommes, Venus monta précipitamment jusqu'au coffre de sa chambre à coucher. Elle referma la porte derrière elle : elle se souvenait du jour où Emilio avait découvert la combinaison, volé des photos d'elle avec Martin Swanson et l'avait fait chanter. Elle prit 1000 dollars en billets et redescendit. Emilio tendait pratiquement la main. Elle lui donna la liasse.

— Adieu, fit-elle. Ne reviens pas.

Il fourra l'argent dans sa poche en secouant la tête comme si c'était elle qui avait tort.

— Sœurette, dit-il tristement. Tu n'as pas bonne mémoire, hein ?

— De quoi parles-tu ?

— De notre enfance. Du bon vieux temps.

De qui se moquait-il ? Quatre frères et un père dont il fallait s'occuper : elle avait été leur esclave et ils l'avaient tous traitée comme de la merde.

— Adieu, répéta-t-elle en le poussant vers la porte.

Elle avait besoin d'une bonne nuit de repos : demain, elle faisait son essai avec Johnny Romano et il fallait impressionner Alex Woods. Heureusement que Rodriguez était là. Quand Emilio fut parti, elle prit la main de Rodriguez et l'entraîna jusqu'à sa chambre.

— Demain, il faut que j'aie l'air détendue et belle, dit-elle. Alors... j'aimerais que tu me fasses longuement, calmement l'amour et puis que tu rentres chez toi. Tu peux me rendre ce service ?

— Ma princesse, dit-il, vrillant dans ceux de Venus le regard de ses yeux passionnés de Latin, vous avez devant vous l'homme qu'il vous faut.

33

— Encore un peu de champagne ? proposa Michel.
— Merci, dit Brigette en le laissant remplir sa coupe.
Ils étaient seuls maintenant dans l'appartement de Michel. Tous les invités étaient partis, y compris une Robertson furieuse : après une vive discussion dans le vestibule, Brigette l'avait entendue claquer la porte. Elle savait qu'elle marchait sur les plates-bandes d'une autre femme, mais c'était plus fort qu'elle : elle trouvait Michel irrésistiblement séduisant, même s'il avait l'âge d'être son père. Assise sur le canapé du salon, elle attendait de voir comment procédait un homme d'expérience. Un maître d'hôtel débarrassa quelques verres qui traînaient encore sur la table basse et quitta la pièce, refermant discrètement la porte derrière lui.
— Buvons à votre santé, Brigette, dit Michel en levant sa coupe. À la française, ajouta-t-il. Passez votre bras autour du mien... comme ça.
Elle essaya de faire ce qu'il lui demandait. Elle sentit le bras de Michel glisser, lui frôlant accidentellement les seins. Elle se mit à rire.
— Quelque chose vous amuse ? demanda-t-il.
— Je ne sais pas, articula-t-elle, ressentant l'effet de plusieurs verres de vin auxquels s'ajoutait maintenant le champagne. Vous, moi, ici. Voilà quelques semaines, je ne pouvais même pas obtenir un rendez-vous : maintenant, vous êtes mon agent et je suis là, assise dans votre appartement.
— Je vais vous dire ce que j'aime chez vous, Brigette, fit

Michel en lui effleurant la joue du bout des doigts : votre naïveté. C'est si rafraîchissant.

Elle ne lui dit pas que sa mère avait été une célèbre héritière et que son beau-père était Lennie Golden. Elle ne lui dit pas qu'elle avait grandi dans le luxe et la richesse, ni qu'elle aussi était une héritière qui se retrouverait en possession de millions de dollars quand elle aurait vingt et un ans. Elle ne lui parla assurément pas non plus de Tim Wealth ni de Santino Bonnatti : c'étaient ses secrets à elle, et elle n'allait les révéler à personne.

— Je ne suis pas naïve, protesta-t-elle. J'ai quand même vécu.

— Vous n'avez pas vécu du tout, ma chère enfant. Vous ne connaissez rien de la vie. Vous n'avez aucune idée de ce qui se passera quand votre nom sera célèbre et qu'on verra votre visage partout.

Bingo ! L'homme de ses rêves envoyé pour la protéger.

— Vous êtes vierge, Brigette ? demanda-t-il d'un ton paternel.

Elle sentit qu'il fallait répondre oui. Même si cela ne le regardait pas.

— En quelque sorte..., lança-t-elle sans vergogne. Tim Wealth lui avait pris sa virginité quand elle avait quinze ans. Peut-être un jour, quand elle connaîtrait mieux Michel, lui raconterait-elle l'histoire.

— Comme vous êtes charmante ! reprit ce dernier en se rapprochant. Et totalement indifférente aux côtés sombres de ce métier.

— Quels côtés sombres ? s'enquit-elle avec curiosité.

— Un tas de mannequins se droguent. Elles prennent des excitants, des tranquillisants, de la cocaïne... même de l'héroïne.

La drogue, elle connaissait : son fiancé était complètement camé. Mais elle n'y avait jamais touché : c'était la drogue qui avait tué sa mère.

Elle frissonna en sentant le bras de Michel lui entourer les épaules et de longs doigts sensibles lui caresser doucement la peau. Ses gestes étaient lents, trop lents, car elle sentit monter en elle une brusque vague de désir. Cela faisait dix-huit mois qu'elle avait rompu avec son fiancé. Dix-huit longs mois qu'un homme ne l'avait pas approchée. Elle se renversa contre le dossier du canapé, un peu grisée. Michel se pencha pour lui glisser un baiser dans le cou.

— Oh, c'est bon, murmura-t-elle, encourageante.

Il tendit le bras derrière elle pour éteindre la lampe. Puis, brusquement, il roula sur elle et se mit à tirer sur sa jupe en essayant de la remonter au-dessus de sa taille.

— Non ! fit-elle en se redressant d'un coup. Est-ce que les Français n'étaient pas censés être de merveilleux amants ? Et voilà que Michel se comportait comme n'importe quel mâle. Cinq minutes de mandoline et puis, vlan... droit au but. Elle n'avait pas attendu dix-huit mois pour se faire sauter sur un coin de canapé.

— Quelque chose ne va pas ? interrogea-t-il, son regard durcissant un peu. Je vais trop vite pour vous ?

Son ton était détaché. On aurait dit qu'il y avait une certaine procédure à suivre.

— Oui, dit-elle en détournant les yeux.

— Alors, reprit-il en prenant la bouteille de champagne et lui remplissant sa coupe, je vous présente mes excuses.

— Non, pas plus, merci.

Elle commençait à songer que le moment était peut-être venu de rentrer.

— Je vous fais peur, n'est-ce pas ? fit-il d'une voix soudain étrangement rauque.

— Non... Pourquoi me feriez-vous peur ?

— Le sexe... devenir une femme... l'inconnu... C'est toujours un peu effrayant. Je peux vous enseigner tant de choses...

Une sonnette d'alarme retentit dans la tête de Brigette. Michel n'était pas l'homme qu'elle avait imaginé.

— Je crois que je vais partir maintenant, dit-elle en s'efforçant de prendre un ton distant.

Elle allait se lever. D'un geste rapide et auquel elle ne s'attendait pas, il lui empoigna les deux poignets et les leva au-dessus de sa tête. Puis il s'allongea à moitié sur elle, l'écrasant de son poids.

— Qu'est-ce que vous faites ? cria-t-elle, tout en essayant de le repousser.

D'une main, il attrapa une longue écharpe de soie avec laquelle, en quelques gestes, il lui noua les poignets.

— Arrêtez ! hurla-t-elle, sincèrement inquiète.

— Une initiation peut être parfois un peu rude, dit-il, comme s'il se parlait à lui-même. Plus tard, vous me remercierez.

Oh, mon Dieu ! Encore un obsédé sexuel, comme Santino Bonnatti.

Reste calme. Ne t'affole pas.

— Lâchez...-moi..., fit-elle en cherchant à se dégager. Si vous me laissez partir maintenant, je n'en parlerai à personne.

— Brigette, poursuivit-il sur le ton de la conversation, vous ne devez sûrement demander qu'à apprendre ?

— Arrêtez, Michel ! Je vous préviens...

— Vous me prévenez de quoi, ma chérie ?

D'un autre geste rapide, il fit glisser le haut de sa robe, lui dévoilant les seins.

— Ah..., soupira-t-il. Aussi beaux que je les imaginais.

Là-dessus, il la souleva comme si elle ne pesait rien et la porta dans la chambre, où il la jeta au milieu de l'énorme lit à colonnes. Sans lui laisser le temps de réagir, il lui arracha ses dessous. Elle essaya de lutter, mais il était trop rapide pour elle. Tenant solidement sa cheville gauche, il l'attacha à la colonne du lit. Puis il en fit autant avec la droite. Elle se mit à hurler.

— Nous sommes au dernier étage, ma petite minette. Mes domestiques sont partis. Personne ne peut vous entendre, proféra-t-il calmement.

Elle était complètement nue, à l'exception de ce qui restait de sa robe en bouchon autour de sa taille. Il allait la violer et elle était totalement désemparée. Des larmes ruisselèrent sur ses joues.

— Ne pleurez pas, dit-il d'une voix douce. Vous avez ma parole que je ne vous toucherai pas.

— Pourquoi... faites... vous... ça ? sanglota-t-elle.

— C'est mieux comme ça, dit-il d'un ton apaisant. Tout votre corps attend qu'on s'occupe de lui.

Il se dirigea vers la porte et l'ouvrit toute grande. Robertson entra, vêtue d'une minuscule toge romaine.

— Dieu soit loué ! fit Brigette haletante, croyant qu'elle était sauvée.

— Maintenant, dit Michel en s'installant dans un fauteuil d'où il pouvait confortablement contempler le lit, vous allez apprendre ce qu'est le vrai plaisir.

34

Le matin de bonne heure, Boogie arriva. Lucky l'attendait.
— J'ai à vous parler, dit-elle. Immédiatement.
Sans un mot, Boogie la suivit dans son bureau. Bonnes vacances, Boog ? Il opina.
— Bon, fit-elle. Allons-y ! Voici la grande nouvelle. Pendant que vous n'étiez pas là, il y a eu une OPA sur Panther.
Boogie émit un long sifflement.
— Oui, je sais, ç'a été un choc pour moi aussi. Elle alluma une cigarette, tira une profonde bouffée et poursuivit : Ce qu'il me faut, c'est un rapport complet sur la femme qui a fait ça : sa famille, d'où elle vient, des renseignements sur toutes les sociétés dans lesquelles elle a des intérêts, qui sont ses associés, tout ça. Si vous avez besoin de personnes pour vous aider, c'est d'accord, mais que ça reste confidentiel. Et je veux tout ça le plus vite possible.
— Bien, dit Boogie.
— Et mettez-moi Morton Sharkey sous surveillance. Il y a quelque chose qui cloche... je ne sais pas quoi. Trouvez-moi des renseignements sur sa femme et ses enfants aussi. Peut-être que son comportement a quelque chose à voir avec eux.
— Pas de problème, dit Boogie.
— Il y a aussi une Ms. Smorg, avec pour toute adresse celle de son intermédiaire, un avocat de Pasadena. Trouvez-moi qui elle est, où elle habite. Et tout aussi sur Conquest Investments.
— C'est comme si c'était fait.

Elle se dirigea vers le bar et envisagea de se verser un scotch. Trop tôt. Ce n'était pas la solution.

Et puis, elle avait encore un peu la gueule de bois.

— Bon, je crois que c'est tout pour l'instant. Boogie la suivit. Vous allez bien ? demanda-t-il. Elle haussa les épaules.

— En vérité, je me sens totalement impuissante tant que je n'ai pas une vue d'ensemble de la situation.

— Je vais faire de mon mieux. Je ne pourrai peut-être obtenir certaines informations qu'au début de la semaine.

— Je comprends. J'emmène les enfants chez Gino pour le week-end.

Elle lui remit des copies de tous les documents nécessaires. Dès l'instant où vous avez quelque chose, contactez-moi là-bas.

Sitôt Boogie parti, elle se précipita dans la cuisine. Maria était assise à table, en train d'engloutir ses céréales, tout en regardant un dessin animé à la télévision.

— Bonjour, maman, dit-elle avec un petit sourire angélique. Je veux voir papa. Je veux voir mon papa.

— Papa ne peut pas venir maintenant, ma chérie, murmura Lucky en se disant : *Comment annonce-t-on à une enfant de deux ans que son père est mort et qu'elle ne le reverra jamais* ? Il est en voyage... Il tourne un film.

— Je veux voir papa, répéta Maria. Je veux voir papa maintenant.

— Je vais te dire, mon ange, fit Lucky en la serrant dans ses bras. Tout à l'heure, on va aller voir grand-papa à Palm Springs.

— Bon, maman, dit Maria. Je t'aime, maman.

— Je t'aime aussi, bébé, fit Lucky en la serrant plus fort encore.

Alex revint de LA de très mauvaise humeur. Il était furieux de la façon dont Lucky avait réagi à son coup de téléphone. Quand il arriva à son bureau, il trouva une pile de messages. Johnny Romano demande une réunion à propos du script, lui annonça Lili. Il insiste aussi pour qu'Armani dessine ses costumes : on lui a fort justement fait remarquer qu'à cette période-là Armani serait absent.

Il savait, quand Freddie l'avait persuadé d'engager Johnny Romano, que la superstar allait lui poser des problèmes. Il l'avait engagé quand même parce que Johnny était exactement le comédien qui convenait pour le rôle. Heureusement qu'il avait pris un acteur inconnu pour l'autre rôle masculin !

— Je réglerai ça, dit-il sèchement. Il vient pour le bout d'essai avec Venus aujourd'hui, non ?

— Il m'a demandé de bien te dire qu'il fait ça pour te rendre service, parce que c'est toi.

Alex eut un petit rire.

— Ah, là, là, ces stars...

— Tu le calmeras, fit Lili sans se démonter, comme d'habitude. Tu y arrives toujours.

— Tu viens sur le plateau avec moi aujourd'hui, Lili ? demanda-t-il, éprouvant le besoin d'avoir une présence féminine compatissante à ses côtés.

— Si tu veux, dit-elle.

Elle aimait bien quand Alex avait besoin d'elle.

— Qu'est-ce que je ferais sans toi, Lili ?

— Tu te débrouillerais, répondit-elle brièvement, sachant pertinemment que non.

Ce n'était pas facile de travailler avec Alex, mais elle avait maîtrisé l'art de le rendre heureux. Elle satisfaisait à tous ses besoins — sauf sur le plan sexuel. Lili était soulagée que ce chapitre de leur relation fût clos : il avait été un amant égoïste, mais elle avait compris qu'Alex ne savait pas donner parce qu'il n'avait jamais eu à le faire. Sa mère dominatrice lui avait gâché la vie.

— Bon, allons-y, fit Alex. N'oublie pas l'aspirine... je suis à moitié mort.

Leslie Kane lisait tous les jours les journaux professionnels, du titre au nom du gérant. Elle savait combien il était important de savoir exactement ce qui se passait dans cette ville. Elle remarqua ce matin-là que Lucky Santangelo avait été virée de Panther. Intéressant. Elle apprit ensuite que Mickey Stolli revenait à la tête des studios. Très intéressant : c'était Abigaile, la femme de Mickey, qui l'avait découverte et qui avait poussé son mari à lui donner sa première chance.

Elle découvrit ensuite que Venus allait faire un essai pour le rôle de Lola dans le nouveau film d'Alex Woods, *Gangsters*. Elle décrocha aussitôt son téléphone et appela son agent.

— Pourquoi est-ce qu'on ne m'a pas contactée ? interrogea-t-elle.

— Parce que ce n'est qu'un petit rôle, répondit son agent.

— Je m'en fiche. C'est un petit rôle dans un film d'Alex Woods. Trouvez-moi le script.

— Je vais parler à Alex aujourd'hui.

— Faites ça. Oh, et puis, Quinne, à l'avenir, soyez gentil de me mettre au courant de tout. Laissez-moi prendre les décisions moi-même.

À qui croyait-il avoir affaire ? À la même fille naïve découverte dans un institut de beauté ? Non, elle était Leslie Kane, la chérie des spectateurs américains, et il fallait la traiter avec le respect qui convenait. Elle décida de ne pas utiliser ses relations avec Mickey et Abigaile. Elle se demandait parfois comment celle-ci réagirait si elle connaissait son passé sordide. Mickey ne se souvenait pas d'elle-même s'il avait participé jadis à une soirée de célibataires pour un gros producteur, à l'époque où elle était call-girl. Ses copains et lui s'étaient conduits de façon abominable. Dieu merci, elle avait eu la force de s'arracher à ce métier après avoir rencontré Eddie.

Jeff Stoner entra dans la chambre, une serviette nonchalamment nouée autour de la taille, les cheveux encore humides et arborant un grand sourire. Il avait l'air content et c'était bien normal : après tout, il vivait avec une des plus brillantes jeunes comédiennes de Hollywood.

— Est-ce qu'on peut aller voir la nouvelle Mercedes aujourd'hui ? demanda-t-il.

Elle lui avait annoncé qu'elle voulait acheter une autre voiture. Elle le savait, Jeff pensait que s'il l'aidait à la choisir, il aurait toutes les chances d'être celui qui la conduirait.

— Peut-être, dit-elle pour le maintenir en haleine. Jeff était un gentil garçon, mais personne ne pouvait égaler Cooper à ses yeux. Cela faisait plus de deux mois maintenant qu'elle tirait des plans sur la comète pour le récupérer. Enfermé dans son ancien appartement, il refusait de la prendre au téléphone. Qu'avait-elle fait ? Rien d'autre que l'aimer. Ce n'était pas sa faute à elle s'il s'était fait prendre. Il le lui reprochait et ça n'était pas bien. Elle l'avait aimé, aujourd'hui elle commençait à le haïr. Mais que pouvait-elle faire ?

Johnny avait l'air d'une vraie vedette de cinéma, avec ses lèvres charnues et sensuelles, son sourire rusé, ses yeux bruns au regard charmeur. D'origine espagnole, un mètre quatre-vingts, plutôt svelte, même s'il avait fait suffisamment de gymnastique pour pouvoir se vanter d'une musculature puissante. Les femmes adoraient Johnny Romano. Johnny Romano adorait les femmes. C'était sa drogue. Les conquérir, c'était sa vie. Dix-huit mois auparavant, Warner Franklin, une policière noire, lui avait posé un lapin devant l'autel. La salope avait filé avec un joueur de basket de deux mètres cinq, juste alors qu'ils devaient partir se marier en Europe. Johnny ne lui avait jamais pardonné. Pour lui, Warner avait donné à toutes les femmes une mauvaise réputation. Il était content de faire un essai avec Venus Maria : il avait toujours eu un faible pour elle, même si autrefois, quand il l'avait invitée à sortir, elle l'avait repoussé. Maintenant qu'elle voulait jouer dans *Gangsters*, il allait pouvoir rattraper ça.

Il s'avança sur le plateau, sa cour l'entourant d'un cordon protecteur, tous ces gens prêts à bondir au cas où un imprudent mortel oserait s'approcher de leur star sans sa permission expresse.

Alex vint à sa rencontre.

— Johnny, dit-il tandis qu'ils échangeaient une poignée de main toute masculine. Je vous remercie de faire ça, et Venus aussi.

— Ça n'est rien, mon vieux, fit Johnny, magnanime. Si ça peut vous rendre service.

— Dites-moi..., reprit Alex. Qu'est-ce qu'on m'a raconté, vous voulez qu'Armani dessine vos costumes ? Ce n'est pas du tout son genre. Je ne sais pas qui a eu cette idée-là, mais c'est idiot.

La plus vague allusion au fait d'être considéré comme un imbécile rendait Johnny malade.

— C'est vrai, Alex, reconnut-il. Armani... Quelle idée !

— Je savais bien que ça ne venait pas de vous, commenta Alex. La costumière fait dessiner des tenues spéciales pour le personnage. Vous allez adorer. Ce rôle est fait pour vous, Johnny. Vous allez être formidable.

— Je sais, fit Johnny, sans modestie. Oh, Alex, il faut aussi qu'on organise une réunion à propos du script. Il y a quelques petites choses que je veux changer.

— Bien sûr, répondit Alex d'un ton bon enfant, tout en pensant : *Va te faire voir, trou-du-cul. Je ne changerai pas un mot à mon scénario.*

— Où est la petite dame ? demanda Johnny en passant derrière la caméra.

— Elle arrive.

— Ça fait un moment que je n'ai pas vu Venus, nota Johnny, nonchalant. C'est quelqu'un... Dommage qu'elle ait commis l'erreur d'épouser Cooper Turner quand elle aurait pu m'avoir.

Oh, Seigneur ! se dit Alex. *Il ne l'a jamais sautée et il ne s'en remet pas.*

— Bonjour, Johnny, fit Lili en lui tendant la main.
Johnny la gratifia d'un sourire endormi.

— Salut, ma beauté ! Comment se fait-il que le grand homme vous ait laissée sortir du bureau ?

— Pour vous voir, bien sûr, répliqua Lili comme il convenait.

Alex sourit à part lui. Lili était toujours dans le ton.

Quelques minutes plus tard, Venus fit son entrée sur le plateau, vêtue d'un fourreau cramoisi très décolleté, les cheveux plus blonds que jamais. Spectaculaire. Elle avait une cour un peu moins fournie que Johnny : simplement trois personnes — le coiffeur, la maquilleuse et Anthony, à qui elle avait permis de venir pour lui faire plaisir.

— Ouille ! lança Johnny, admiratif. On est en pleine forme, ma jolie.

— Salut, Johnny, dit-elle nonchalamment, tout en sachant fort bien qu'il rêvait de la mettre dans son lit.

— Tu sais quoi, mon chou ? fit-il en la serrant dans ses bras. J'ai dans l'idée que ça va enfin être *toi* et *moi*. Pas trop tôt, ma jolie !

— Si on répétait ? le coupa Alex.

Il avait hâte de commencer avant que l'un des deux énerve l'autre.

— Je suis prête, annonça Venus en se dégageant de l'étreinte de Johnny.

Elle n'était pas de très bonne humeur. Emilio avait appelé ce matin en réclamant encore de l'argent. Et quand elle était sortie, cet abruti de gardien qui avait laissé entrer Emilio lui avait remis une lettre qu'on avait déposée à l'entrée quand cet imbécile avait abandonné son poste pour aller pisser : un nouveau débordement de pornographie provenant de son fan numéro un. Quel cinglé, celui-là ! Ces lettres la mettaient très mal à l'aise. En revanche, la veille au soir, Rodriguez lui avait fait l'amour avec beaucoup de finesse. Il fallait le reconnaître : il s'améliorait à chaque fois. Elle décida de lui donner un rôle dans son clip : il était jeune et avide, il méritait une récompense.

Sur le plateau, Alex était une vraie dynamo. Rôdant partout comme une panthère noire à l'affût, il savait tout ce qui se passait, s'occupait de tout. L'essai se passa bien. Quand ils eurent terminé, Alex dit : Vous avez tous les deux fait du beau travail, merci. Il était impressionné par la performance de Venus. Si cela passait l'écran, le rôle était à elle.

— Oui, reconnut Johnny. Ma Venus chérie est une sacrée petite *chiquita*, pas vrai, bébé ?

Il lui tapota les fesses.

Elle lui rendit la pareille en le pinçant énergiquement.

— Pas trop de familiarités avec moi, Johnny, dit-elle d'un ton plaisant. Je n'aime pas tellement ça. D'accord ?

Johnny éclata de rire. C'est vraiment quelqu'un !

Venus se dit que travailler avec lui allait être un cauchemar. Johnny se tourna vers Alex, l'air sérieux.

— Dites-moi, mon vieux, quand nous voyons-nous pour le script ?

— Eh bien, Johnny, faites taper vos notes et j'y jetterai un coup d'œil. Pour l'instant, je suis en pleine préproduction : pas le temps.

Venus savait qu'Alex menait Johnny en bateau. Elle n'en était pas surprise : Johnny était trop stupide pour s'en apercevoir. Elle les planta là tous les deux, fière de sa performance, certaine qu'elle était bonne. Souriante, elle se dirigea vers sa limousine. À son avis, elle avait décroché le rôle.

35

    Brigette se réveilla sur son lit, dans l'appartement qu'elle partageait avec Nona et Zandino. Elle resta immobile un long moment, fixant le plafond sans le voir. Tout ce qui s'était passé la nuit dernière n'était qu'une brume confuse. Elle se souvenait de Michel lui ouvrant la portière d'un taxi en disant : Quoi que vous fassiez, Brigette, c'est *notre* secret. Cela ne peut vous faire que du mal si vous racontez des histoires. Je sais que vous ne voudriez pas voir ces photos très privées données en pâture au public, n'est-ce pas ?
    Pendant des heures, elle avait été le jouet de Michel et de Robertson. Celui-ci avait respecté sa parole : il ne l'avait pas touchée, mais il avait tout regardé. Et, malgré les protestations de Brigette, Robertson avait tout fait. Quand Santino Bonnatti avait abusé d'elle, elle avait trouvé une arme et s'en était servie sans une once de remords. Mais cette fois, elle n'avait rien pour combattre Michel. Elle n'avait d'autre choix que de rester allongée là et de subir.
    Quand elle était rentrée, Zan et Nona dormaient. Elle s'était glissée dans la salle de bains et avait pris une longue douche avant de se traîner jusqu'à son lit, où elle était restée réveillée des heures avant de sombrer dans un sommeil agité. Maintenant, c'était le matin : elle entendait Nona et Zan dans la cuisine. Elle se rendit compte qu'elle ferait mieux de se lever. *Garde ton calme*, se dit-elle. *Ne leur raconte pas ce qui s'est passé. Ça pourrait tout gâcher.*
    Elle sortit de son lit, prit son peignoir, remarquant au passage

les marques que les liens lui avaient laissées aux poignets. En regardant, elle fut consternée d'en découvrir d'autres sur ses chevilles et à l'intérieur de ses cuisses. Elle s'enveloppa dans son peignoir.

— Hum..., fit Nona en levant les yeux quand Brigette entra dans la cuisine. Qu'est-ce qu'il t'est arrivé hier soir ?

Nona se doutait-elle de quelque chose ? Non. C'était simplement sa façon d'obtenir des renseignements.

— Pas grand-chose, dit-elle vaguement.

Elle ouvrit le frigo pour y prendre une boîte de lait.

Nona était bien décidée à tout découvrir.

— Pas de ça avec moi ! Alors, il t'a sautée ?

— Non, fit Brigette d'un ton évasif. Il s'est comporté en vrai gentleman.

— Michel, un gentleman ? ricana Nona. Eh bien, j'aurai tout entendu !

Brigette se versa une tasse de café. Malgré son calme apparent, elle tremblait jusqu'au fond de l'âme. Elle s'assit à table et prit un journal. Zan lui adressa un grand sourire.

— D'accord, tu ne veux pas parler, fit Nona, un peu dépitée. Dis donc, Zan, il faut qu'on aille chez mes parents ce matin. Elle se tourna vers Brigette. N'oublie pas de passer au studio d'Antonio aujourd'hui pour rencontrer la styliste, le maquilleur et le coiffeur. Tout est arrangé. Voilà l'adresse, ajouta-t-elle en lui tendant un bout de papier. Tu veux que je te retrouve là-bas ?

— Je peux me débrouiller.

— On va voir le nouveau film d'Al Pacino ce soir. Tu veux venir ?

— Je... je ne pense pas.

— Tu revois Michel ? fit Nona d'un ton désapprobateur.

— Non, je pensais me coucher tôt, tu sais, avec cette séance de photos demain...

Elle avait hâte de voir Nona s'en aller.

— Excellente idée, fit Nona en saisissant la main de Zan. Au fait, mes parents donnent une autre petite sauterie vendredi prochain. Garde ta soirée libre.

Sitôt Nona et Zan partis, Brigette décrocha le téléphone et appela Isaac, le mannequin qui posait avec elle pour la campagne des jeans Rock'n Roll. Visiblement, elle le réveillait. Dommage.

— Tu te souviens de moi ? fit-elle. Brigette Brown, ta partenaire pour les jeans.

— Hé... bébé, lança-t-il en émergeant de sa torpeur. Je dois dire que ç'a été quelque chose ce jour-là.

— Il faut que tu me rendes un service, dit-elle, venant droit au fait.

— Quoi donc ?

— Je ne peux pas en parler au téléphone. Tu peux déjeuner avec moi ?

— Sûr, fit Isaac.

Il proposa un petit restaurant italien de la 2e Avenue.

Brigette arriva la première et attendit dehors, arpentant nerveusement le trottoir. Isaac apparut cinq minutes plus tard, sur une Harley d'occasion. Il la gara dans la rue et serra Brigette dans ses bras comme s'ils étaient de vieux amis. Avec ses cheveux en tresses et ses vêtements amples, il avait l'air d'une star du rap.

— J'allais t'appeler, dit-il. Tu es arrivée la première, ma petite.

— C'est dans mes habitudes, répondit-elle en réussissant à arborer un petit sourire.

Une jeune et jolie Noire accueillit Isaac à l'entrée en lui disant :

— Comment ça va, mon pote ?

— Tout baigne, Sadie !

Ignorant Brigette, Sadie les escorta jusqu'à une table près de la fenêtre et tendit les menus à Isaac.

— Elle a un faible pour moi, confia Isaac tandis que Sadie s'éloignait. C'est un peu con, parce qu'elle est mariée au propriétaire. Je ne vais pas me mettre mal avec lui : ce sont les meilleures pastas de la ville. Ils ont des spaghettis à la sauce aux clams... Tu veux goûter ?

L'idée de la nourriture lui retourna l'estomac. Elle examina quand même le menu. Je prendrai juste une salade. Il s'installa.

— Tu as vu les photos ?

— Oui. Tu n'es pas mal.

— Seulement pas mal ? protesta-t-il. Pourquoi pas *superbe*, bébé ?

Elle sourit de nouveau. Il fallait continuer à sourire, sinon elle allait éclater en sanglots.

— D'accord... très bien.

Brigette se pencha vers lui, ses grands yeux bleus le dévisageant d'un air suppliant.

— Est-ce que tu peux me trouver un flingue ?

— Oh, là ! fit-il en levant les mains. Qu'est-ce qui t'a donné l'idée que moi, je pouvais te trouver un revolver ? D'ailleurs, qu'est-ce que tu veux en faire ? demanda-t-il en baissant la voix.

— C'est pour ma protection.

— Quand tu trimbales un flingue, bébé, il faut savoir t'en servir.

— Peut-être que tu m'apprendras.

Il jeta un coup d'œil à une table voisine où étaient assis un homme et une femme. S'étant assuré qu'ils ne l'écoutaient pas, il murmura : Je vais voir ce que je peux trouver.

Sadie revint avec leur commande, jetant presque la salade de Brigette devant elle avec un air mauvais.

Isaac enfourna une bouchée de pastas.

— Dis donc... tu veux danser ce soir ? Faire la tournée des bars ? Casser une graine ?

— Désolée, je suis prise, dit-elle. Elle espérait que son refus de sortir avec lui n'allait pas l'empêcher de lui procurer une arme. Une autre fois, avec plaisir.

Après le déjeuner, elle se rendit en taxi au studio d'Antonio, le célèbre photographe italien. Un jeune homme à l'air affairé la fit entrer dans un petit vestiaire et lui dit d'un ton respectueux : Chut, il ne faut pas déranger Antonio, il est en train d'opérer. Je vais prévenir tout le monde que vous êtes là.

Elle s'assit devant une grande table de maquillage avec un miroir entouré de petites ampoules et contempla son reflet dans la glace. Elle n'avait pas l'air différent. Elle ne paraissait certainement pas aussi avilie et débauchée qu'elle le ressentait. En fait, elle avait toujours le même visage. Seulement elle n'était plus la même. Au bout de quelques minutes, Raoul, le maquilleur favori d'Antonio, entra. Antonio te voit avec un air un peu rétro, dit Raoul en étudiant son reflet dans le miroir. Moi, je suis pour les sourcils fins. On va te les épiler et te les redessiner au crayon. Ensuite, je te ferai des pommettes superbes et des lèvres pleines et rouges.

Sami, le coiffeur, arriva ensuite. Grand, pâle, avec de longs cheveux blonds qui pendaient en tresses sur son dos. Je vais peut-être te couper les cheveux et te les teindre en noir, dit-il. Il se planta auprès de Raoul, tous deux l'inspectant attentivement dans la glace. Elle avait l'impression d'être un objet.

— Peut-être pas, lança-t-elle.

— Pardon ? fit Sami, les mains sur les hanches.

Il n'avait pas l'habitude qu'une inconnue lui réplique.

— Je refuse de me couper les cheveux, dit-elle avec obstination.

— Et je peux savoir pourquoi ? demanda Sami d'un ton *pour qui elle se prend, celle-là ?*

— J'ai un contrat avec les jeans Rock'n Roll. Ils ne veulent pas.

— Oh ! lança-t-il vexé. Dans ce cas, ma jolie, il va falloir que je te mette une perruque noire.

— C'est ma première couverture et il est important que je montre ma véritable image, et non pas votre idée de l'air que je devrais avoir, fit Brigette, s'étonnant elle-même.

Les deux hommes la foudroyèrent du regard. Comment osait-elle avoir une opinion ? C'était un mannequin. Les mannequins étaient censées être belles, se taire et écouter les experts.

— Est-ce que Michel sait ça ? dit Raoul d'un air mauvais.

— Michel est mon agent, pas mon tuteur, riposta-t-elle.

Raoul et Sami échangèrent un regard et sortirent — de toute évidence pour annoncer au grand Antonio que la nouvelle recrue de Michel était une petite garce difficile.

Vint ensuite Parker, la styliste. Une grande femme aux cheveux gris coupés court, au sourire ennuyé.

— Il paraît que tu donnes du fil à retordre à Tic et Tac, fit-elle d'une voix rocailleuse.

— Je dis ce que je pense, rétorqua Brigette d'un ton las.

— T'occupe pas d'eux. L'important, c'est ce que tu vas mettre. Elle plissa les yeux et recula. Je te vois avec une allure très contemporaine. Qu'est-ce que tu dis de ça ? Elle décrocha une courte robe blanche Ungaro. Et avec ça, des chaussures en fausse peau de tigre, ajouta-t-elle. Très à la page. Pas de bijou. La simplicité.

— J'aime bien, dit Brigette.

— Bon. Je croyais que tu allais me flanquer dehors aussi.

— Je ne joue pas la difficile, expliqua Brigette. J'ai simplement le sentiment que je devrais avoir mon mot à dire en ce qui concerne l'image que je donne.

— Tu as parfaitement raison, répondit Parker. Il faut quand même que je te prévienne : Antonio a des idées très arrêtées. Alors, ne t'énerve pas demain quand il commencera à te dire exactement comment il te voit, lui. Il est en train de photographier Robertson : tu veux jeter un coup d'œil ?

Brigette frissonna de dégoût. Elle ne voulait jamais revoir Robertson.

— Non, merci, dit-elle précipitamment. J'ai un rendez-vous.
— Je vais prévenir Antonio. Dès qu'il fera une pause, il viendra te voir.
— Il faut que j'attende ?
— Si tu veux qu'Antonio fasse ta photo de couverture demain. Il est très capricieux.
— Moi aussi, marmonna Brigette.
— Quoi ? fit Parker, pas tout à fait sûre d'avoir bien entendu.
— Rien.

Antonio fit son entrée cinq minutes plus tard, Raoul et Sami sur ses talons. C'était un petit Italien flamboyant, spécialisé dans les photos de superstars.

— Tu as un problème ? demanda-t-il en la fixant de ses petits yeux porcins.

Elle soutint son regard. Seulement si vous estimez que c'est un problème que je veuille me ressembler sur ma première couverture.

Antonio haussa les épaules. Qu'est-ce que ça pouvait lui faire ? Ça ne valait pas la peine de discuter pour une malheureuse couverture. Et cette fille était naturellement jolie : ça irait.

— D'accord, dit-il, au grand agacement de Raoul et de Sami. 10 heures demain. Ne sois pas en retard.

— Il t'a trouvée sympathique, dit Parker, quand il fut sorti.
— Je m'en fous complètement, répondit Brigette.

Et c'était vrai. Une nuit, et tous ses rêves s'étaient brisés. Elle en avait assez d'être la victime impuissante. À partir de maintenant, décida-t-elle, il faudrait qu'elle se force à être aussi dure et insensible que tous les gens qui l'entouraient. Elle allait récupérer son amour-propre — et s'il fallait se montrer coriace pour y arriver, eh bien, elle saurait l'être.

36

Palm Springs était un havre plaisant. Gino était fou de ses petits-enfants et passait tout son temps avec eux, tandis que sa femme, Paige, l'observait avec un sourire indulgent. La cinquantaine passée, Paige était encore une femme séduisante et très sexy. Ce dimanche-là, Lucky et elle étaient assises au bord de la piscine à regarder Gino se débattre avec Maria dans le petit bain, alors que bébé Gino s'agitait sur une couverture sous un parasol à rayures.

— Tu devrais les amener ici plus souvent, Lucky, dit Paige en sirotant une *pina colada*. Gino adore passer du temps avec eux.

— Tu as raison, je le ferai.

— Ça lui fait tellement plaisir.

Lucky prit son Coca. Tu sais, Paige, dit-elle d'un ton songeur, tu es vraiment formidable pour Gino.

Paige eut un doux sourire.

— Gino est l'amour de ma vie, répondit-elle simplement. Je n'arrive pas à comprendre pourquoi il m'a fallu si longtemps pour prendre une décision.

— Oh, fit observer Lucky, tu avais quand même un mari !

— Oui, ç'a été un peu délicat. Mais ton père est un homme très insistant.

— Nooon ? fit Lucky en riant.

Gino s'approcha, tenant Maria par la main.

— La petite et moi, on va aller faire des courses, annonça-t-il.

— Des courses ? Il fait trente degrés, dit Paige. Pourquoi ne pas attendre plus tard ?

— La petite et moi, on va acheter un chiot, dit Gino en fixant Lucky d'un regard accusateur. Il paraît que tu avais promis.

— J'ai oublié, fit Lucky, prise d'un brusque remords. Tu veux que je vienne aussi ?

— Non, mon petit, reste ici avec Paige. Maria et moi, on a des choses à discuter.

Lucky regarda Maria partir en courant se changer. Elle se donnait beaucoup de mal pour se détendre et y voir plus clair. C'était difficile, mais elle était décidée à s'accorder quelques jours de paix avant la bataille. Car ce serait une bataille : elle n'avait aucune intention de se laisser prendre ses studios sans se défendre. Avant de quitter LA, elle avait essayé d'appeler Morton Sharkey chez lui et à son bureau. Il avait changé son numéro personnel et, à son bureau, une secrétaire très gênée lui avait annoncé que Mr. Sharkey était en réunion. *Mais oui. Bien sûr.* Morton Sharkey se conduisait comme un très vilain garçon. Et les vilains garçons, on les punissait. Sévèrement.

Quand Maria fut habillée, Lucky les accompagna à la voiture.

— Ne prends pas un gros chien, demanda-t-elle à Gino. Je ne veux pas avoir un monstre qui rôde dans ma maison.

— Qu'est-ce qu'il y a, mon petit ? fit Gino. Tu ne me fais pas confiance ?...

Quand elle revint au bord de la piscine, Paige lui proposa de déjeuner au club de golf. Elle refusa. Elle ne se voyait pas en compagnie de toutes ces dames du club. Et puis, elle avait trop de choses en tête. Personne ne lui prendrait Panther. Personne.

Lucky s'éveilla en sursaut : elle s'était endormie au bord de la piscine. Gino n'était pas encore rentré avec Maria, Ci-Ci avait emmené bébé Gino faire sa sieste à l'intérieur et Paige était partie déjeuner au club de golf. Mon Dieu ! s'endormir au milieu de la journée... Qu'est-ce qui lui arrivait ? Le soleil était brûlant. Elle se leva, un peu étourdie, plongea et fit quelques longueurs. C'était insensé. Sa vie était en train de s'écrouler et elle se faisait bronzer au bord d'une piscine à Palm Springs. Quand Gino rentrerait, elle lui dirait qu'on lui avait téléphoné pour lui demander d'assister à une réunion urgente à LA et qu'elle devait partir immédiatement. Les enfants pourraient rester : pas la peine de les bousculer.

Boogie n'avait pas appelé. Ce n'était pas son genre de traîner sur une mission. Il ferait mieux d'avoir beaucoup de choses à lui raconter demain, car elle commençait à être extrêmement nerveuse.

Elle sortit de l'eau et se dirigea vers le bar, où elle se prépara un scotch. Parfait ! Voilà maintenant qu'elle picolait au milieu de la journée. De mieux en mieux... Elle prit son sac, en tira une cigarette et, sans vraiment réfléchir, ouvrit la fermeture à glissière du petit compartiment où elle gardait les photos de Lennie qu'elle avait retrouvées dans la chambre d'hôtel en Corse. Elle les sortit et les examina. *Pourquoi te torturer ?* criait une petite voix dans sa tête. *Pourquoi ne pas les déchirer et les jeter ?* Non. Quelque chose clochait sur ces photos... Lucky continuait à les examiner. Qu'est-ce qui la gênait ? La blonde ? L'attitude de Lennie ? Il avait l'air presque stupéfait tandis que la blonde enroulait autour de lui son corps nu. Il était temps de découvrir exactement ce qu'avait fait Lennie la veille de l'accident. Elle avait le sentiment que c'était important.

Alex était attablé dans le patio des Quatre Saisons, avec Dominique et Tin Lee. Il ne savait pas comment il s'était retrouvé là. Tout semblait avoir été arrangé sans lui. Tu emmènes ta mère déjeuner dimanche, lui avait annoncé Lili. Avec Tin Lee.

S'il était obligé de voir Dominique, autant avoir Tin Lee avec lui : il avait donc accepté. Quand il était arrivé, les deux femmes étaient déjà assises à une table, en train de bavarder. Pour une fois, sa mère semblait d'excellente humeur. Quant à Tin Lee, elle était positivement radieuse.

— Alex ! lança-t-elle en se levant d'un bond pour lui planter un baiser sur la joue.

— Tu as l'air fatigué, commenta Dominique en le toisant d'un œil critique.

Ah, c'était bien sa mère : jamais avare de compliments.

— Je suis en préproduction, expliqua-t-il. Il y a toujours trop de choses à faire. Il me faudrait dix heures de plus par jour.

— J'ai laissé plusieurs messages ces derniers jours, fit Dominique, qui ne s'intéressait qu'à elle.

Elle ne l'écoutait donc pas ?

— J'étais occupé, précisa-t-il en appelant le garçon pour commander une vodka-martini.

— C'est l'heure du déjeuner, fit remarquer Dominique, les lèvres serrées dans un pli désapprobateur.

— Tu sais, dit-il sèchement. Je suis majeur.

— Et ça se voit, répliqua-t-elle.

Tin Lee posa une main apaisante sur le bras d'Alex.

— C'est bon d'être ici avec vous. Vous m'avez manqué. Et

merci pour les magnifiques roses, ajouta-t-elle. Et pour votre mot charmant. Je regrette que vous ayez dû rester à Las Vegas. Si vous m'aviez demandé, Alex, j'aurais pris l'avion pour aller vous tenir compagnie.

Il n'aimait pas beaucoup voir sa mère et son éphémère petite amie aussi manifestement de mèche.

— Tin Lee et moi, nous avons bavardé, fit Dominique. Savais-tu, Alex, qu'elle vient d'une très bonne famille de Saigon ? Son père était chirurgien.

— Avant les ennuis, s'empressa de préciser Tin Lee. J'étais un bébé quand les ennuis ont commencé.

— Ça n'a aucun rapport, ma chère, fit Dominique, la faisant taire d'un regard. Ce qui compte, c'est que vous êtes bien élevée.

Tin Lee acquiesça. Le serveur arriva avec les menus. Alex commanda des œufs, des galettes de pomme de terre et du saumon fumé.

— Ça fait grossir, fit Dominique sur un ton de reproche. Tu prends du poids, Alex. Tu devrais te mettre au régime : tu es à un âge où tu pourrais avoir une maladie du cœur.

Seigneur ! Pourquoi devait-il supporter ça ? Sans savoir comment, il parvint à tenir tout le déjeuner. Comme le garçon servait le café, Tin Lee se leva et dit : Excusez-moi un instant. À peine avait-elle quitté la table que sa mère commença. Il s'attendait aux doléances habituelles. Pas du tout :

— Alex, tu as fini par faire un excellent choix.

— Pardon ?

Il en était alors à son troisième martini.

Elle se tapota les lèvres avec une serviette, y laissant une traînée cramoisie. Tin Lee est une fille intelligente qui vient d'une bonne famille.

Avait-il bien entendu ? Ah oui ?

— Il est temps que tu te maries. Cette fille est parfaite pour toi.

Elle était folle, ou quoi ?

— Je n'ai aucune intention de me marier, grogna-t-il, en s'étranglant presque sur son martini.

— Tu as quarante-sept ans, déclara Dominique. Les gens commencent à jaser.

— Ah oui ? À propos de quoi ? interrogea-t-il d'un ton belliqueux.

— Une femme à mon club de bridge m'a demandé l'autre jour si tu n'étais pas homosexuel.

— Homo ! s'exclama-t-il. Mais, putain, tu es folle ?

— Je te prierai de ne pas t'exprimer grossièrement devant moi, dit-elle d'un ton hautain.

— Écoute, fit-il en s'efforçant de garder son calme. Je n'ai pas l'intention de me marier, alors chasse cette idée. D'ailleurs, n'est-ce pas toi qui me disais : « Toutes les Asiatiques sont des courtisanes » ?

— Tin Lee est une fille très charmante, répéta Dominique.

— J'ai rencontré une Américaine qui me plaît, marmonna-t-il.

Allons, pourquoi lui avait-il dit ça ? Elle ne méritait aucun renseignement sur sa vie privée.

— Qui ça ? demanda Dominique, sur le qui-vive.

— Personne que tu connaisses, répondit-il d'un ton vague.

— J'aime bien Tin Lee. Elle est jeune et jolie. Elle fera une bonne mère pour tes enfants. Je suis prête à avoir des petits-enfants, Alex. Tu me prives.

Elle, toujours elle.

— Maman, annonça-t-il avec brusquerie, j'ai une nouvelle pour toi. Tin Lee n'est pas dans la course.

Dominique le foudroya du regard.

— Il serait temps que tu grandisses, Alex.

— Non ! explosa-t-il. Il serait temps que tu t'occupes de tes putains d'affaires et que tu me foutes la paix.

Là-dessus, il se leva et sortit.

Lucky revenait de la piscine quand Inca, la gouvernante, sortit de la maison en levant les bras au ciel.

— Ms. Lucky ! Ms. Lucky ! hurlait-elle, affolée. Un important téléphone !

— Calmez-vous, Inca. Qu'est-ce que c'est ?

— — Ms. Lucky... Venez vite ! Venez vite ! L'homme au téléphone... il dit que Mr. Gino... on lui a tiré dessus.

37

Depuis la nuit dans l'appartement de Michel, Brigette avait réussi à éviter de les voir, Robertson et lui. Ça n'avait pas été facile, mais elle y était arrivée. La séance de photos pour la couverture de *Mondo* s'était bien passée. Antonio s'était montré tout à fait charmant dans le style grand photographe italien homo. Un point pour Brigette. Parker avait été très impressionnée. Il te voit un avenir au top, lui avait-elle annoncé. Après la séance avec Antonio, elle avait passé plusieurs jours en reportage en compagnie de Luke pour la campagne des jeans Rock'n Roll. C'était un délice de travailler avec lui : mieux elle le connaissait, plus elle se sentait à l'aise avec lui.

Nona n'arrêtait pas de répéter que Michel voulait les voir. À chaque fois, elle était restée dans le vague, mais n'avait jamais laissé Nona fixer une date. Elle ne se rendit pas non plus à la soirée donnée par les parents de Nona. Elle préféra aller passer quelques jours avec sa grand-mère Charlotte, dans son appartement de Park Avenue. Mais Charlotte était beaucoup trop mondaine : ce n'était pas le genre de Brigette. Sans rien dire à personne, elle se trouva un appartement.

— Je vais déménager, annonça-t-elle à Nona le lendemain au petit déjeuner.

Nona reposa son *New York Times*.

— Tu vas faire quoi ?

— J'ai besoin d'être un peu seule.

— Si c'est ce que tu veux..., fit Nona.

Elle se disait que, depuis que Brigette avait signé ce gros contrat pour les jeans, elle avait changé.

Brigette était déçue qu'Isaac ne lui eût pas trouvé d'arme. Elle l'appela.

— Alors ? demanda-t-elle. Qu'est-ce qui se passe ?

— Hé, calme toi ! J'essaie...

— Ou bien tu peux me trouver un flingue, ou bien tu ne peux pas, dit-elle sèchement.

— J'aurai peut-être quelque chose ce soir. Tu veux qu'on se voie ?

— D'accord.

Ça rendait Santo physiquement malade d'aller en classe. Tout lui déplaisait : les élèves, les professeurs, le travail... À la moindre occasion, il faisait l'école buissonnière pour voir les derniers films. À quoi bon les examens, d'ailleurs ? Il était bourré de fric. Un de ces jours, quand sa mère mourrait, il hériterait de tout. Il fantasmait parfois à propos de ce que deviendrait sa vie quand Donna ne serait plus là. Bien sûr, si George était toujours dans les parages, cela poserait un problème. L'idéal, ce serait qu'ils disparaissent tous les deux. En fait, ça ne le gênerait pas de les liquider. Il possédait un pistolet acheté à un garçon de l'école qui avait désespérément besoin d'argent. Il le gardait caché sous son matelas avec une boîte de cartouches. À l'école, on trouvait de tout. Mohamed, le neveu d'un potentat arabe, était une véritable pharmacie ambulante. Il pouvait vous procurer, n'importe quel médicament — excitant, tranquillisant, coke, herbe. Un autre, le fils d'un acteur de cinéma, était dans les armes : on pouvait lui passer n'importe quelle commande.

— Je voudrais acheter un fusil de chasse, lui dit Santo.

— Entendu, répondit le garçon. Donne-moi deux jours.

Un fusil, ce serait utile. Peut-être qu'un soir, quand George rentrerait tard d'un de ses voyages d'affaires, Santo descendrait l'escalier et ferait sauter la cervelle de ce vieux salopard. *Oh, Ma, désolé ! Je l'ai pris pour un cambrioleur.*

Mohamed distribuait sa pharmacie dans un coin de la cour. Santo s'approcha pour prendre sa ration hebdomadaire d'herbe.

— Passe-moi un peu de coke aussi, demanda-t-il.

— Je ne savais pas que tu sniffais, fit Mohamed, impassible.

Lui-même ne prenait pas de drogue : il se contentait d'en vendre.

— Je me suis dit que j'allais essayer quelque chose de plus fort.
— De plus fort ? fit Mohamed en se frottant le menton. Tu devrais fumer de l'héroïne : c'est mieux que le crack.
— Je ne connais pas.
— Alors, il serait temps. Ça fait tomber les filles comme des mouches.
— Je vais acheter une Ferrari, annonça fièrement Santo.
— Belle caisse, reconnut Mohamed en hochant la tête. J'en ai une. Un jour, ajouta-t-il, faudra qu'on fasse la course.
— Sûr, fit Santo.
Son premier copain. C'était bon.

Une fois par semaine, à une heure convenue, Bruno, le frère de Donna, téléphonait pour lui assurer que tout allait bien. Cette semaine, il n'avait pas appelé et Donna était nerveuse. L'idée de voir Lennie s'échapper la tracassait toujours, même si elle savait que c'était peu probable : les grottes constituaient un véritable labyrinthe. Quand même... elle s'inquiétait de ne pas avoir de coup de fil de Bruno. Juste au moment où elle commençait à s'affoler, Furio l'appela pour lui annoncer que Bruno avait eu un accident de voiture. Mais qu'elle ne se fasse pas de souci : lui, Furio, s'occuperait de tout pendant le séjour de Bruno à l'hôpital. Ça lui faisait une drôle d'impression, de parler à son amour perdu. Elle se souvenait encore si bien de lui, et pourtant il n'avait plus aucun lien avec la femme qu'elle était aujourd'hui. Elle avait un empire. Furio n'avait rien. Elle était encore grisée par son triomphe sur Lucky Santangelo. Cette Lucky qui se considérait comme une gagnante, Donna lui avait fait tout perdre. Elle lui avait pris son mari. Son studio. Et aujourd'hui elle lui prenait son père. Oui. La vengeance — la vengeance à la sicilienne —, comme c'était doux...

38

C'était incroyable : on avait tiré sur Gino ! Dès que Lucky eut appris ce qui s'était passé et que Maria était saine et sauve sous la garde de la police, elle se précipita à l'hôpital, tout en essayant désespérément de contacter Paige pour qu'elle vienne le plus vite possible. Quand elle arriva, on emmenait Gino au bloc. Il était fort comme un cheval : il était encore en vie et il parlait. Les salauds... ont fini... par... m'avoir, fit-il d'une voix bizarre et haletante. Elle lui étreignit la main tout en courant auprès du chariot.

— *Qui* a fini par t'avoir ? demanda-t-elle avec insistance. Dis-moi qui.

— Je ne sais pas, murmura-t-il. Je suis un vieil homme. Je croyais que toutes ces guerres, c'était fini depuis longtemps...

Sa voix s'éteignit. Un filet de sang apparut au coin de sa bouche.

Lucky essayait de garder son calme.

— Où a-t-il été touché ? demanda-t-elle au chirurgien.

— Une balle est passée à quelques millimètres de son cœur, répondit-il. Il en a une autre dans la cuisse.

Elle avait la gorge serrée, mais elle ajouta quand même :

— Il va s'en tirer ?

— Nous ferons de notre mieux.

Et si cela ne suffisait pas ? Et si son père mourait ? C'était impensable. Elle quitta l'hôpital et battit tous les records pour passer chercher Maria au commissariat. La fillette était assise toute seule dans un coin de la salle de permanence, à sucer son pouce, ouvrant de grands yeux effrayés.

— Maman, maman ! s'écria-t-elle en se levant d'un bond quand elle aperçut Lucky. Un vilain monsieur a tiré sur grand-père. Vilain !

— Je sais, ma chérie, je sais, dit-elle en la prenant dans ses bras. Comment est-ce arrivé ? demanda-t-elle au policier de service.

— D'après le rapport, Mr. Santangelo regagnait sa voiture sur le parking du centre commercial. Selon des témoins oculaires, un homme a surgi de nulle part et a tiré deux balles sur lui. Puis le criminel s'est enfui dans une voiture dont on n'a pas pu relever le numéro et un commerçant a appelé la police.

Elle s'apprêtait à partir quand le policier lui dit :

— Euh, madame, l'inspecteur Rollins voudrait vous parler.

— Pas maintenant. Je retourne à l'hôpital. Qu'il me contacte demain.

Elle envisageait toutes les possibilités. D'abord la mort de Lennie, puis la mainmise sur son studio et maintenant Gino qui se faisait descendre. Tout cela commençait à avoir l'air d'un peu plus qu'une série de malchances.

Elle ramena Maria à la maison, où elle la laissa avec le petit chiot sous la garde de Ci-Ci et repartit aussitôt pour l'hôpital, où Gino était toujours en salle d'opération. Paige était écroulée dans un fauteuil du couloir, le visage ruisselant de larmes. Elle se leva dès qu'elle aperçut Lucky et se cramponna à elle.

— Pourquoi irait-on tirer sur mon Gino ? sanglota-t-elle.

— Personne n'a l'air de le savoir, Paige. Après une hésitation, elle reprit :

— Dis-moi... Est-ce qu'il traitait de nouvelles affaires ces temps-ci ?

Paige secoua la tête.

— Tu sais s'il a des ennemis ?

— La police est venue me poser la même question.

— Qu'est-ce que tu as répondu ?

— Que c'est un vieil homme qui adore son jardin.

— C'est vrai, fit Lucky d'un air songeur.

Elle savait ce que Gino dirait s'il était là : *Il ne faut pas mêler les flics à tout ça. Nos affaires, on les règle nous-mêmes.* Il avait bien raison : la police n'arrêterait jamais l'homme qui avait tiré sur lui. C'était donc à elle de le retrouver. Si Gino vivait, elle en aurait la force. Sinon...

Après ce qui lui parut une éternité, le chirurgien sortit de la salle d'opération. Il avait des cheveux grisonnants et les sourcils en broussaille. Au moins, il semblait compétent.

— Nous avons pu extraire les deux balles, annonça-t-il. Toutefois, votre père a perdu beaucoup de sang et, étant donné son âge...

Elle sentit son estomac se serrer. Paige soudain intervint :

— Il est vivant ? cria-t-elle en se levant d'un bond.

— Oui, répondit le médecin. Compte tenu de sa robuste constitution, il est possible qu'il s'en tire. Je vous conseille de ne pas placer vos espoirs trop haut. Nous ferons de notre mieux.

Lucky savait que Gino n'était pas éternel mais elle n'avait jamais imaginé qu'il tomberait sous les balles d'un assassin.

— Il s'en tirera, martela-t-elle d'un ton déterminé. Gino est costaud.

— Je l'espère, dit le médecin, son regard trahissant le contraire.

— Quand pourrons-nous le voir ? demanda Lucky.

— Pour l'instant, il est en salle de réveil. Nous le garderons là quelques heures. Si tout va bien, nous le transférerons au service des soins intensifs. Ensuite, vous pourrez venir le voir.

Lucky prit le bras de sa belle-mère.

— Viens, dit-elle, je te raccompagne à la maison.

— Je ne bouge pas, fit Paige en secouant la tête. Il faut que je reste auprès de Gino au cas où il aurait besoin de moi.

Lucky comprenait.

— Bon. Je reviendrai bientôt. Tu as besoin de quelque chose ?

— Non, de rien.

Lucky repartit de l'hôpital en toute hâte. À peine était-elle remontée dans sa voiture qu'elle décrocha son téléphone pour appeler Ci-Ci. Je rentre, annonça-t-elle. Tâchez de joindre Boogie sur son bip. Quand il rappellera, gardez-le en ligne jusqu'à ce que j'arrive.

Les paroles de Gino revenaient dans sa tête : *Je croyais que toutes ces guerres, c'était fini depuis longtemps...* Que voulait-il dire ? *Quelles* guerres ? Il s'était fait quelques ennemis au long des années, mais il y avait longtemps de cela. Voilà au moins trente ans que Gino était un homme d'affaires respectable. Il y avait eu une longue bataille avec la famille Bonnatti mais, quand Carlos Bonnatti était tombé du dix-neuvième étage de son appartement de Century City, cela avait mis fin aux hostilités, Carlos étant le dernier du clan. Elle n'arrivait pas à comprendre. Tout en roulant vers la maison, l'idée lui vint que Gino n'était peut-être pas en sûreté à l'hôpital. Peut-être serait-il plus prudent de poster quelqu'un là-bas et un autre garde armé à la maison. Ci-Ci l'accueillit à la porte.

— J'ai donné à Maria un sédatif léger et je l'ai couchée.
— Comment est-elle ? demanda Lucky avec angoisse.
— Le petit chien l'a bien occupée.

Lucky soupira.

— Je pense qu'elle est trop jeune pour comprendre ce qui s'est vraiment passé. Est-ce que Boogie a rappelé ?
— Il est en ligne.

Lucky se précipita dans la bibliothèque, s'installa au bureau de Gino et décrocha le téléphone.

— Il fallait que je sois sûr de mes faits avant de vous contacter, dit Boogie.
— Laissez tomber, Boog. Gino s'est fait descendre.
— Quoi ?
— Il est en soins intensifs. On a extrait deux balles. Je veux des gardes à l'hôpital et à la maison. Arrangez ça tout de suite.
— Entendu, Lucky. J'arrive. J'ai un tas de choses à vous dire.
— Tout le reste peut attendre, lança-t-elle.

Qu'importait son studio alors que son père luttait pour sa vie sur un lit d'hôpital ? Elle raccrocha et se mit à ouvrir les tiroirs du bureau de Gino, cherchant méthodiquement un indice, quelque chose indiquant qu'il était impliqué dans une affaire quelconque. Elle ne trouva rien, excepté quelques tickets de paris, mais jamais de grosses mises.

Inca frappa à la porte.

— Ms. Lucky, fit-elle d'un ton hésitant, il y a ici un inspecteur Rollins.
— Faites-le entrer.

L'inspecteur Rollins était un homme entre deux âges avec un début de calvitie et qui parlait d'un ton bourru.

— Désolé pour votre père, dit-il d'une voix qui exprimait le contraire. Vous êtes bien Lucky Santangelo ?
— C'est exact, répondit-elle, en se demandant comment il connaissait son nom.
— J'ai parcouru l'histoire de votre famille, dit-il avec un petit ricanement. J'ai pensé que vous auriez peut-être des choses à me raconter.

— Par exemple ? questionna-t-elle d'un ton impassible en pianotant sur le bureau.

L'inspecteur haussa les épaules.

— Vous savez... si c'est un contrat qui était sur lui, on n'aime pas beaucoup ça par ici.

— Qu'est-ce que vous racontez ? fit-elle sèchement, ses yeux noirs lançant des éclairs.

Il s'approcha et posa ses deux grosses mains à plat sur le bureau.

— Je parle de la réputation de votre famille. Le FBI m'a passé un dossier sur les Santangelo.

Elle était scandalisée.

— Mon père est sur un lit d'hôpital et tout ce que vous trouvez à faire, c'est obtenir des dossiers du FBI ! Pourquoi ne cherchez-vous pas à découvrir l'homme qui l'a abattu ?

— J'espérais que vous pourriez m'aider.

Elle se leva d'un bond.

— Ça n'est pas croyable ! s'exclama-t-elle, furieuse. Mon père n'a aucun rapport avec ces gens, si c'est ce que vous sous-entendez.

— Allons, Lucky, fit-il.

— Pour vous, rétorqua-t-elle d'un ton glacé, c'est Ms. Santangelo.

L'inspecteur la foudroya du regard.

— Très bien, *Ms.* Santangelo. Votre père a un casier judiciaire. Il a fui le pays pour fraude fiscale. Il a fait de la prison pour meurtre. Vous voulez me raconter que ça n'avait pas de rapport avec le milieu criminel ?

— Si vous faisiez votre métier, c'est *vous* qui me diriez ce qui s'est passé. Au lieu de m'abreuver d'hypothèses idiotes !

Il battit en retraite.

— Bon, bon, je sais que dans votre famille on s'est rangé voilà des années, mais ça ne signifie pas que vous n'avez pas d'ennemis.

— Inspecteur Rollins, si c'est tout ce que vous avez à me dire, je vous suggère de prendre congé.

Il se dirigea vers la porte puis s'arrêta.

— Si Gino s'en tire, on l'aura à l'œil.

— Allez vous faire foutre ! lui jeta Lucky.

— Ah, vous êtes bien une Santangelo ! ricana-t-il.

Elle claqua la porte derrière lui. Elle n'avait vraiment pas besoin d'un abruti d'inspecteur fourrant son nez dans leurs affaires. Tout était régulier, et depuis des années. C'était injuste que Gino se soit fait descendre et que les flics le considèrent, lui, comme le criminel.

— Je retourne à l'hôpital, annonça-t-elle à Ci-Ci. Quand Boogie arrivera, envoyez-le-moi.

Elle prit un chandail pour Paige, puis s'arrêta au bar et but une lampée de scotch à la bouteille : elle avait besoin de se remonter. À l'hôpital, l'état de Gino était stationnaire.

— Il se bat, fit Paige, les yeux rouges et gonflés.

— Il l'emportera, lui assura Lucky. Tiens, je t'ai apporté un chandail. Mets-le, tu frissonnes.

— Tu crois qu'il va s'en tirer ? demanda Paige. Tu crois, Lucky ?

— Bien sûr que oui, énonça-t-elle avec plus d'assurance qu'elle n'en n'éprouvait. Tu connais Gino : il ne va pas mourir comme ça. Il partira dans son propre lit, et sans doute en te faisant l'amour.

— C'est une pensée réconfortante, murmura Paige avec un pâle sourire.

— Et il aura sans doute quatre-vingt-dix-huit ans à l'époque, précisa Lucky.

Elle se fit donner un petit bureau avec un téléphone. Vers 7 heures, Boogie arriva, flanqué de deux hommes d'une trentaine d'années qu'il présenta :

— Voici Dean et Enrico. Dean va rester ici, Enrico va surveiller la maison. Ils sont tous les deux au courant de la situation.

Lucky approuva de la tête.

— Il faut qu'on parle, dit Boogie.

— Conduisez Enrico à la maison, ordonna Lucky. Quand vous reviendrez, on s'installera.

— Qui étaient ces deux hommes avec Boogie ? demanda Paige dès qu'ils furent partis.

— Je veux nous protéger un peu, expliqua Lucky, s'efforçant de ne pas l'inquiéter. Tu sais, Paige, nous connaissons toutes les deux le passé... pittoresque de mon père. C'est ce qu'on appelle prendre des précautions.

Quand Boogie revint, Lucky et lui allèrent s'installer à la cafétéria de l'hôpital.

— J'ai hâte de savoir qui est Donna Landsman, dit-elle. Seulement je ne suis pas sûre que ce soit bien le moment de me renseigner là-dessus. Il est plus important de trouver qui a tiré sur Gino, et pourquoi.

— Il pourrait y avoir un lien, intervint Boogie.
Elle fronça les sourcils.
— Un lien ? Lequel ?
— Quand vous aurez entendu ce que j'ai à vous dire, vous comprendrez.
Elle eut un frisson d'appréhension.
— Allez-y !
— J'ai trouvé beaucoup de choses sur Donna Landsman : les affaires dans lesquelles elle a des intérêts, les OPA qu'elle a tentées et qui n'ont pas réussi, celles qui ont marché. J'ai aussi des renseignements sur sa vie privée. Elle est mariée à George Landsman.
— Il joue un rôle dans ses affaires ?
— Un grand rôle. C'est lui qui gère l'argent. C'est aussi un ancien comptable au passé surprenant.
Elle se pencha vers lui.
— C'est-à-dire ?
— C'est-à-dire qu'il était le comptable de Santino Bonnatti. Un long silence. Lucky, Donna Landsman est la veuve de Santino Bonnatti, Donatella.
Un frisson la parcourut. Oh, mon Dieu ! s'exclama-t-elle. Soudain, tout devenait clair.

39

Après avoir planté là sa mère, Alex se rendit directement à sa villa sur la plage, son domaine privé : il ne laissait jamais personne y venir. Les femmes, il les emmenait dans son appartement ; les rendez-vous d'affaires, c'était au bureau ; et, comme il ne recevait jamais, la maison était tout à lui. Il avait commis l'erreur d'y amener un jour sa mère. C'est glacé, avait-elle commenté en inspectant l'ensemble d'un œil critique. Il manque la touche d'une femme.

Qu'est-ce qu'elle en savait ? Elle vivait dans un appartement si surchargé de décorations que c'en était ridicule. Lui aimait les lignes nettes et les vastes pièces vides. Il employait un couple japonais qui habitait la propriété : il ne le dérangeait jamais. Située sur une falaise dominant l'océan, la maison était spacieuse, avec une énorme terrasse en demi-cercle. Quand il avait le temps de méditer — ce qui n'était pas fréquent —, c'était là qu'il se refusiait.

Malgré les quelques martini du déjeuner, il s'était promis de ne jamais boire à la villa. Ce jour-là, il fit une exception et se servit une vodka bien tassée. Puis il prit un exemplaire de son scénario et sortit sur la terrasse. Il ne s'était pas rendu compte avant d'avoir son numéro personnel que Lucky aussi vivait au bord de la mer. Pas tout près, puisque sa maison était à Malibu, mais c'était agréable de savoir qu'elle appréciait sans doute l'océan autant que lui. Il avait laissé plusieurs messages sur son répondeur. Jusqu'à maintenant, elle n'avait pas répondu. Alex s'installa dans un fauteuil, ôta sa chemise et se mit à parcourir son script avec un crayon rouge. Il rendait les gens de la production fous : chaque jour il faisait des changements. Vers 17 heures, on sonna à la porte. Au bout de trois sonneries, il se leva, se rhabilla et alla ouvrir. C'était Tin Lee.

— Qu'est-ce que tu fous ici ? demanda-t-il, l'air furibond.

— Alex, répondit-elle. Votre mère s'inquiétait. Elle a insisté pour que je vienne.

— Qu'est-ce que ça veut dire ? rugit-il, exaspéré de cette intrusion. Cette femme ne gouverne pas ma vie. Elle n'a aucun droit de te dire où j'habite.

Tin Lee tenait bon :

— Comment Alex, aucun droit ? Nous avons été amants. Comment pouvez-vous être aussi froid avec moi ?

Bon sang ! Il ne lui manquait plus que ça !

— Pardon, murmura-t-il en comprenant qu'elle n'y était pour rien. Ma mère me rend fou... tu le sais. Tin Lee tendit la main.

— Alex, c'est un moment de tension pour vous. Le tournage de votre film commence. Je vous en prie... Je peux entrer un moment ?

Il ne voulait pas voir sa maison envahie. Pourtant, comment pouvait-il la renvoyer ? Elle avait fait plus d'une heure de voiture pour venir ici. Bien sûr, entre donc, dit-il à regret.

Elle s'avança dans le vestibule, menue et ravissante dans sa robe bain de soleil blanche et ses sandales à lanières.

— Merveilleux ! s'exclama-t-elle en regardant autour d'elle. Pourquoi ne vivez-vous pas tout le temps ici ?

— C'est ma retraite, dit-il. Je viens ici pour réfléchir, pour travailler.

— Pardon de vous déranger.

— Oh, ça n'est pas toi. C'est Dominique qui me rend fou.

Tin Lee se montra compatissante :

— Pourquoi la laissez-vous vous rendre fou, Alex ?

— Parce que c'est ma mère. Tu ne comprends donc pas ? Ça ne rime à rien, mais c'est comme ça.

Il sortit sur la terrasse, Tin Lee sur ses talons.

— Tu veux un verre ? lui proposa-t-il.

Lui prendrait bien une autre vodka.

— Non, Alex, dit-elle hardiment. Je voudrais que vous me fassiez l'amour.

C'était bien la dernière chose dont il avait envie. Il n'eut pas le temps de l'arrêter qu'elle avait dégrafé le dos de sa robe blanche qui tomba en tas à ses pieds. Elle s'avança vers lui, ravissante créature en petit slip blanc, ses seins menus s'agitant, avec leurs pointes marron bien dressées. Il n'aurait pas dû boire tant. Il sentit qu'il commençait à s'exciter. Elle tendit la main et s'agenouilla devant lui.

— Alex, on peut aller dans la chambre ?
— Non, fit-il durement. Ça me plaît ici.
Elle était venue sans être invitée. Tant pis pour elle !

La musique était bruyante, vibrante et sensuelle, le plateau sombre et enfumé, avec un éclairage d'ambiance qui créait l'atmosphère décadente appropriée. Venus adorait ce qu'elle faisait. Le seul problème, c'est qu'on en était à la huitième prise et qu'à chaque fois Rodriguez les obligeait à recommencer. Il n'avait tout simplement rien d'un professionnel. C'était sa faute à elle : elle n'aurait jamais dû le faire tourner dans ce clip.

— Mon chou, dit-elle en le prenant à part, il faut absolument que tu te détendes. Tout ce que tu as à faire, c'est être debout à la barre pendant que je glisse le long de ton corps, que je t'arrache ta chemise et que je t'embrasse. Nous l'avons fait assez de fois dans la vie : il n'y a pas de quoi en faire une histoire.

Rodriguez était très embarrassé.
— Je suis désolé, dit-il en baissant les yeux.
— Pense à moi, bébé, ronronna-t-elle. Oublie la caméra et concentre-toi sur moi.
— C'est ce que je vais faire, lui assura-t-il.
Enfin, deux heures plus tard, Rodriguez finit par y arriver. Tout le monde poussa un soupir de soulagement. Sitôt le tournage terminé, Venus se précipita sur le téléphone et appela Freddie.
— Je devais avoir de vos nouvelles aujourd'hui, lança-t-elle d'un ton accusateur.
— J'attends un coup de fil d'Alex, dit-il. Avec tous les changements à Panther, c'est le chaos.
— Je sais, Freddie, mais le tournage de *Gangsters* commence d'une minute à l'autre. J'ai un emploi du temps à mettre au point.
— Sitôt que j'aurai joint Alex, je te contacte.
— C'est Mickey Stolli ? demanda-t-elle. Est-ce que c'est lui qui ne veut pas qu'on m'engage ?
— Je n'en ai pas discuté avec Mickey.
Elle n'était pas sûre de le croire. Bon, bon, appelez-moi quand vous aurez des nouvelles.

La voiture et son chauffeur attendaient devant le studio. À la maison ! s'exclama-t-elle en s'effondrant sur la banquette arrière. Comme ils entraient dans l'allée, le même gardien qui les avait interceptés auparavant fit signe à la voiture de s'arrêter. Venus abaissa sa vitre.

— Qu'est-ce qu'il y a encore ? demanda-t-elle avec impatience.

— Votre mari, Cooper Turner, est ici.

— Où ça ?

— C'est votre mari, j'ai pensé que je pouvais le laisser entrer dans la maison.

Ses yeux verts lancèrent des éclairs. Ce type était vraiment le demeuré du siècle.

— Vous êtes viré, jeta-t-elle.

40

Gino sortit de l'hôpital au bout d'une semaine. Son médecin fit observer qu'il avait une constitution de cheval. Lucky n'avait pas voulu dire à Gino ce qui se passait pendant qu'il était à l'hôpital mais, dès qu'on l'eut ramené chez lui et installé dans son lit, elle lui raconta tout :

— Santino Bonnatti a laissé une veuve, commença-t-elle en marchant de long en large auprès de son lit. Donatella.

— Alors ? fit Gino.

— Alors, poursuivit Lucky, Donatella a ressuscité. Après la mort de Santino, elle a épousé son comptable elle s'est fait tout expliquer et elle est devenue une brillante femme d'affaires qui opère sous le nom de Donna Landsman.

— Qu'est-ce que tu me racontes ? fit Gino en essayant de s'asseoir.

— C'est Donna qui mène la vendetta contre la famille Santangelo.

— Une femme ? rugit-il.

— Oui, Gino, une femme.

— Tu veux dire que cette garce m'a collé un contrat sur le dos ?

— J'en suis certaine, répondit Lucky. C'est elle qui a arrangé l'OPA sur mes studios. Et c'est elle qui a dû s'arranger pour faire tuer Lennie. Un temps. Cet accident de voiture n'en était pas un.

— Qu'est-ce que nous allons faire ? fit Gino, furieux.

Lucky avait le regard flamboyant.

— Il n'y a pas de *nous*, Gino. Tu as quatre-vingt-un ans. Tu viens de vivre une expérience très traumatisante. Il n'est pas question que tu t'en mêles.

Gino serra les dents.

— Qui dit ça ? interrogea-t-il.

— Moi, Gino.

Ils s'affrontèrent. Jadis, il aurait essayé de maîtriser son entêtée de fille. Aujourd'hui, pas question.

— J'ai envoyé Maria, le bébé et Ci-Ci passer quelque temps en Grèce avec Bobby et sa famille, poursuivit Lucky calmement. Cette fois-ci, je vais régler ça à *ma* façon.

— C'est quoi, *ta* façon ? demanda-t-il.

Elle eut un rire sans gaieté.

— Tu te souviens de la devise de la famille ? « On ne déconne pas avec un Santangelo. »

Il secoua la tête.

— Qu'est-ce que tu crois, Lucky ? Tu vas liquider cette garce ?

— Non... en tout cas pas encore. Pour l'instant, je cherche à ramasser assez d'actions pour pouvoir la virer comme elle l'a fait avec moi.

— Bien.

— En attendant, l'essentiel c'est que tu sois protégé. Je me suis arrangée pour que la maison soit gardée vingt-quatre heures sur vingt-quatre. Maintenant que tu es en sûreté chez toi, je rentre cet après-midi à LA. Tu as toujours ton revolver, n'est-ce pas ?

— Est-ce que le pape vit sans Bible ?

Elle ne put s'empêcher de sourire.

— Vas-y doucement, Gino. Rappelle-toi : tu n'es plus aussi jeune que tu l'étais, même si tu crois l'être.

— Écoute, dit-il d'un ton soudain grave. Un coup de fil et on ne parle plus de cette garce. Ce n'est pas un problème.

— Non, Gino. Ce n'est pas comme ça que je veux opérer.

— C'est la méthode la plus sûre.

— Ce n'est pas la mienne.

— Bon, bon.

Elle se pencha et l'embrassa, puis se redressa et dit :

— Alors, Gino, à bientôt.

— À bientôt, mon petit. Ne fais rien que moi je ne ferais pas.

— C'est ce que j'aime avec toi, fit-elle en souriant : on a vraiment la bride sur le cou.

Boogie attendait en bas. Il avait déjà chargé les bagages et était prêt à partir. Lucky se glissa à la place du passager. Prenez le volant, dit-elle, impatiente d'être de retour à LA.

Boogie avait mis sur pied une excellente équipe de sécurité. Deux hommes armés se relayaient dans la propriété de Palm Springs ; Enrico avait accompagné Ci-Ci et les enfants en Grèce ; Dean surveillait sa maison en bord de mer. Pendant le trajet du retour, elle essaya de dormir, mais trop de pensées bourdonnaient dans sa tête. Donna Landsman : Donatella Bonnatti. Cette femme avait attendu quatre ans pour venger la mort de son triste sire de mari, et elle l'avait fait d'une façon habile et indirecte : Donna était un adversaire bien plus dangereux que ne l'avaient jamais été les mâles Bonnatti. Mais, si habile qu'elle fût, elle ne savait pas combien la justice des Santangelo pouvait frapper vite et fort.

Lucky revécut la scène dans son bureau. Elle aurait dû le savoir, elle aurait dû le lire dans les yeux de Donna. Pourquoi n'avait-elle pas remarqué la haine qui les faisait flamboyer ?

Elle a tué Lennie. Mon Lennie. Mon amour. Donna Landsman ne mérite pas de vivre. Lucky savait qu'elle allait devoir s'occuper d'elle personnellement. Malgré ce que disait Gino, il n'y avait pas d'autre façon. D'abord, elle allait récupérer ses studios. Ensuite, elle exercerait la vengeance appropriée pour l'attentat contre Gino et la mort de Lennie. Boogie conduisait vite, respectant son silence. Elle savait qu'en cas d'ennuis Boogie était toujours là : il l'avait tant de fois prouvé dans le passé. Il était aussi le meilleur détective privé de la profession : en quarante-huit heures, il avait découvert tout ce qu'il y avait à savoir sur Donna Landsman. Il avait eu accès à ses feuilles d'impôts, à ses relevés bancaires, à ses lignes de crédit. Il savait quels médecins la soignaient, la taille de ses robes, où elle habitait, quelles voitures elle conduisait. Il avait même un dossier de toutes les opérations de chirurgie plastique qu'elle avait subies. Vous me connaissez, avait-il dit en haussant modestement les épaules. Quand je commence à creuser, j'y vais à fond.

Il avait découvert aussi que Morton Sharkey entretenait une très jeune petite amie. Elle s'appelait Sarah Durbon et vivait dans un appartement dont Morton payait le loyer.

L'avocat de Pasadena qui s'occupait des actions de Ms. Smorg avait refusé de donner l'adresse de sa cliente. Ne vous inquiétez pas, déclara Boogie à Lucky. J'ai mis quelqu'un là-dessus. D'un moment à l'autre, nous aurons ces dossiers.

En ce qui concernait Conquest Investments, les contacts de

Boogie épluchaient encore des piles de paperasse en s'efforçant de trouver exactement qui contrôlait la société.

Ils arrivèrent à la maison de Malibu juste après minuit. Boogie suivit Lucky dans le vestibule.

— On commence par quoi ?

— Une fois que j'aurai toutes les informations entre les mains, je frapperai, fit Lucky. Aujourd'hui, j'ai à régler quelques affaires personnelles. Demain, j'irai voir Sarah Durbon : je tâcherai de savoir ce qu'elle a à nous raconter sur son petit ami très, très marié.

Elle marqua un temps, prit une cigarette.

— Vous savez, Boog, Morton Sharkey est l'homme clé pour que je récupère le studio.

— Il y a quelqu'un que j'aimerais vous faire rencontrer plus tard, dit Boogie. Je peux le faire venir à 18 heures.

— Qui ça ? demanda-t-elle, curieuse.

— Quelqu'un avec qui ça vous intéressera de discuter.

Elle avait appris à ne jamais questionner Boogie.

C'était un soulagement de se retrouver chez soi, même si sa boîte aux lettres était pleine et le répondeur bourré de messages, dont plusieurs d'Alex Woods. Elle appela Kyoko qui arriva en hâte, impatient de se remettre au travail. Même s'il avait quitté Panther avec Lucky, il savait tout ce qui se passait là-bas car un de ses proches amis travaillait encore au studio : d'après tous les rapports, Mickey Stolli se conduisait comme un tyran déchaîné, virant des gens pour les remplacer par sa propre équipe.

— Est-ce qu'il change les programmes ? demanda-t-elle.

— Rien de ce qui est déjà en production, répondit Kyoko.

— Et *Gangsters* ?

— En principe, ça marche toujours.

— Et la Landsman, elle est là ?

— Elle déjeune tous les jours au restaurant des studios, à votre table.

Lucky brûlait de rage en imaginant Donna assise là-bas, exultant, persuadée d'avoir gagné, croyant qu'elle avait roulé Lucky Santangelo dans la farine. *Pas pour longtemps... Oh, non, pas pour longtemps... On ne déconne pas avec une Santangelo.*

41

Quand cette torture prendrait-elle fin ? Lennie se demandait combien il pourrait encore en supporter. La dernière fois qu'un de ses ravisseurs était venu lui apporter sa nourriture dans la grotte, il la lui avait expédiée d'un coup de pied en pleine figure. L'homme avait débité un chapelet de jurons étrangers et était reparti en courant. Lennie s'en fichait. « Va te faire voir... Je m'en fous ! avait-il hurlé. Tu m'entends, trou-du-cul ? Je me fous de manger, je me fous de dormir. Je préférerais crever que de rester encore enfermé dans ce trou ! » Il savait qu'il devait avoir l'air d'un fou, avec sa longue barbe, ses cheveux emmêlés et ses vêtements crasseux, en loques : mais qu'est-ce que ça pouvait faire ? Il n'y avait personne pour le voir.

Une semaine plus tôt, il avait découvert une saillie rocheuse dans la paroi de la grotte. Ça lui avait pris un moment mais il avait fini par dégager le bout de roche. Depuis lors, il s'acharnait à frotter la chaîne qui lui enserrait la cheville. Plusieurs heures par jour il s'évertuait sur le métal rouillé en espérant obtenir des résultats. Il se faisait des illusions : peut-être y arriverait-il dans six mois.

Depuis quelques jours, seul un des hommes venait lui apporter à manger. Personne ne lui avait dit pourquoi. Personne ne lui parlait et ça le rendait fou ! Qu'arriverait-il s'ils tombaient morts tous les deux ? Le laisserait-on là crever de faim ? Quelqu'un d'autre savait-il où il était ? Au long des semaines, des mois, il avait essayé de communiquer avec eux. Ils refusaient d'écouter. C'étaient des robots, de foutus robots. Aujourd'hui, il comptait mettre à exécution un plan auquel il réfléchissait depuis quelque temps. Quand l'homme arriverait avec sa nourriture, il lui sauterait dessus et presserait contre sa gorge le bout de rocher acéré. Il menacerait alors de trancher la jugulaire de ce salopard si on ne le relâchait pas.

En fin d'après-midi, il entendit quelqu'un approcher. À chaque fois que ses ravisseurs venaient, il percevait l'écho de leurs pas bien avant de les voir apparaître. Il banda ses muscles — il était prêt à tout. C'était le jour où il allait soit mourir, soit s'échapper. Il resta tapi dans l'ombre, guettant le bruit des pas qui approchaient. Tous ses exercices physiques avaient fini par payer : malgré sa maigre pitance, il était plus fort qu'au début. Plus fort et bien décidé à survivre. Quand l'homme entra, il sauta sur lui, le prenant par surprise, lui serrant le cou avec un hurlement à vous glacer le sang. Seulement ce n'était pas un homme, c'était une femme, et elle se mit à hurler à son tour. « *Aiuto ! aiuto !* » l'assiette de nourriture quelle portait se fracassa sur le sol. *Aiuto !* cria-t-elle encore. Elle parlait italien. Il connaissait mal la langue mais il en comprenait assez pour savoir qu'elle appelait à l'aide. Il la tenait solidement par le cou. Qui es-tu ? interrogea-t-il brutalement.

Elle se débattit, lui donnant des coups de pied et cherchant à lui faire perdre l'équilibre. Elle y parvint. Ils s'écroulèrent sur le sol, renversant le seau d'eau qui constituait toute son installation sanitaire. Ils roulaient maintenant dans la boue, elle comme une biche effrayée, poussant des gémissements terrifiés. Il parvint à prendre le dessus et à lui bloquer les bras au-dessus de la tête. Il la dévisagea alors et se rendit compte que c'était la fille qu'il avait déjà vue.

Elle criait en italien. On aurait dit une prière :

— *Milasci in pace !*

— Parle anglais ! cria-t-il. *Parli inglese !*

— Qui... qui êtes-vous ? murmura-t-elle, son joli visage exprimant la pure terreur.

— Qui es-tu, toi ? répliqua-t-il.

— Furio pa-a-arti, balbutia-t-elle. Il dit moi apporter manger.

— C'est toi qui m'apportes ma bouffe, hein ? Qui est Furio ?

Les yeux de la fille s'emplirent de larmes.

— Qui est Furio ? répéta-t-il.

— Mon papa, chuchota-t-elle.

— Tu es seule ? demanda-t-il.

Elle hocha la tête, pétrifiée.

— Je suis prisonnier ici... Tu le savais ? *Prigione.*

Elle essaya de se libérer. La douceur de son corps, son odeur, tout cela lui rappelait les plaisirs dont il était privé depuis si longtemps.

— Tu as une clé pour me détacher la cheville ? interrogea-t-il.

Elle secoua la tête sans comprendre. Qu'allait-il faire ? Pour l'instant, il l'avait en son pouvoir. Mais dans combien de temps devrait-il la laisser partir ?

— Il faut m'aider, articula-t-il très lentement pour être bien sûr de se faire comprendre. Je suis désespéré.

— Mon papa... il dit vous mauvais homme, fit-elle dans un anglais exécrable. *Uomo cattivo.*

— Non. Pas moi. Ton père, mauvais. Il m'a enlevé. *Enlevé. Capisce ?*

Elle hocha la tête sans rien dire.

— Je ne peux pas te laisser partir, dit-il, pas avant que tu trouves un moyen de me faire sortir d'ici. Tu peux le faire ?

Elle leva les yeux vers lui.

— Tu peux ? insista-t-il. *Puo ?*

— Moi essayer..., finit-elle par dire.

Il n'avait aucun moyen de lui faire confiance. Malheureusement, il n'avait pas le choix.

42

Alex n'ignorait pas que Mickey Stolli était un connard de première envergure. Il y en avait des douzaines comme lui à Hollywood. Des médiocres sans attrait dotés d'un immense pouvoir. Des types qui n'avaient jamais eu de petite amie quand ils étaient au lycée. Des types sans le moindre talent qui vivaient comme des sangsues sur les vrais cinéastes et qui s'arrogeaient le mérite de tous les films à succès. Mickey Stolli était l'un de ceux-là. Quand ils accédaient au pouvoir, ils compensaient tout ce qui leur avait manqué. Les films pour lesquels ils donnaient leur accord étaient toujours des histoires de prostituées, de strip-teaseuses, de filles superbes attendant l'homme qui allait les sauver. Certains utilisaient leur position pour coucher avec le plus grand nombre de femmes connues possible. D'autres obtenaient le pouvoir en les épousant. Mickey Stolli avait épousé Abigaile, la petite-fille d'Abe Panther, qui avait été jadis un des magnats de Hollywood. Grâce à cela, il s'était retrouvé directeur de studio. Pas mal.

Alex savait que pour survivre comme cinéaste à Hollywood, il fallait entretenir des relations cordiales avec ces gens-là. Aussi, quand Mickey Stolli vint lui annoncer combien il était ravi que Panther produise *Gangsters*, Alex fut-il certain qu'il y aurait un prix à payer.

— Vous avez un budget prévisionnel de 22 millions de dollars, fit remarquer Mickey. C'est important, Alex.

— Vous en verrez chaque *cent* sur l'écran, dit Alex.

— Oui, oui, je comprends. Vous êtes un grand cinéaste,

Alex. Pas seulement bon, grand. Je suis fier de travailler avec vous.

Que me veut ce petit connard ?

— Merci, Mickey.

— Euh, j'ai un service à vous demander.

Nous y voilà.

— Oui ?

— Pour le rôle de Lola. Donnez-le à Leslie Kane.

— Leslie qui ? fit Alex.

— Elle a été la vedette de deux ou trois films à succès. Le public l'adore.

— Je comptais donner le rôle à Venus Maria.

— Venus ? ricana Mickey. Elle porte la poisse. Croyez-moi : je l'ai eue dans deux films qui se sont ramassés.

— Elle a fait un essai avec Johnny : superbe. Ce pourrait être le film qui la ferait éclater.

Mickey passa une main potelée sur son crâne chauve.

— Ça m'étonnerait ! Faites ce que je vous demande pour Leslie et on ne chipotera pas votre budget. Est-ce que nous nous comprenons ?

Alex dit à Mickey qu'il allait réfléchir.

Lili fut catégorique :

— Mickey Stolli ne nous causera que des ennuis, dit-elle. Tu ferais mieux de prendre Leslie Kane : ce n'est pas un grand rôle.

— Tu l'as déjà vue jouer ? demanda Alex.

— Elle sera très bien. Il est trop tard pour aller trouver d'autres studios avec *Gangsters* : nous sommes presque à la veille du tournage.

Il finit par dire oui. Il ne lui restait plus qu'à rencontrer Leslie Kane pour évaluer la taille de l'erreur qu'il avait commise.

— *Quoi ?* hurla Venus. Alex Woods ne peut pas me faire ça ! Cet enfant de salaud ne peut absolument pas !

Rouge de colère, elle était assise dans le bureau de Freddie. Celui-ci venait de lui annoncer que c'était Leslie Kane qui tiendrait le rôle de Lola dans *Gangsters*.

— Je suis désolé, dit Freddie, imperturbable. Alex voulait t'engager, mais le studio a imposé Leslie. Il ne peut rien faire.

— Il ne peut rien faire ! cria-t-elle. C'est *son* film, Freddie. Leslie n'est pas du tout celle qu'il faut pour le rôle.

Freddie haussa les épaules.

— J'ai trois autres scripts à te faire lire. Nous trouverons quelque chose qui te plaira mieux.

— Ah oui ? Quoi donc ? fit-elle d'un ton sarcastique. Un film de Scorsese ? Quelque chose avec Oliver Stone ? Je suis sûre qu'ils brûlent d'envie de m'engager. Non, c'est ce rôle-là que je veux.

Elle quitta son bureau, folle de rage. Leslie Kane ! Primo, elle s'attaquait à Cooper, et maintenant, elle lui piquait son rôle dans *Gangsters*. Ça n'avait pas été une bonne semaine : d'abord Emilio, qui la rendait folle avec ses exigences insensées et qui téléphonait plusieurs fois par jour. Ensuite Cooper, débarquant chez elle en implorant son pardon. Par chance, juste au moment où elle allait faiblir, Rodriguez était arrivé et elle avait rondement fait ses adieux à Cooper. Carrée sur la banquette de sa limo, elle prit une brusque décision. Conduisez-moi aux studios Panther ! ordonna-t-elle au chauffeur.

Mickey Stolli était au téléphone quand elle fit irruption dans son bureau. Vous vous souvenez de moi ? lança-t-elle, plantée devant lui, les mains sur les hanches et le foudroyant du regard.

Il leva les yeux, sa main sur le téléphone.

— Tiens, Venus, mon chou, qu'est-ce que vous faites ici ?

Une secrétaire dans tous ses états entra à son tour.

— Je suis désolée, Mr. Stolli, dit-elle. Je n'ai pas pu l'arrêter.

— Ça ne fait rien, Marguerite, nous sommes de vieux amis, fit Mickey, aimable pour une fois.

Mickey avait la cinquantaine. Il était petit, chauve, perpétuellement bronzé, plutôt musclé grâce à une pratique quotidienne du tennis, sa passion. Il avait récemment dirigé les studios Orpheus mais il ne s'était pas entendu avec les Japonais qui en étaient propriétaires : aussi, quand Donna Landsman lui avait proposé de revenir à Panther, avait-il tout de suite accepté.

— Je te rappelle, Charlie, dit-il dans le combiné. Il raccrocha et se tourna vers Venus. Qu'est-ce que je peux faire pour vous, ma chérie ?

— Alex Woods veut m'avoir dans *Gangsters*, dit-elle. Moi, je veux être dans *Gangsters*. J'ai passé un essai formidable et voilà maintenant que vous distribuez le rôle à cette petite crevette de Leslie Kane. Qu'est-ce qui vous prend, Mickey ?

— Leslie Kane attire le public. Ce n'est pas toujours le cas d'Alex Woods.

— Ne me racontez pas d'histoires ! lança-t-elle. Alex est un brillant cinéaste et vous le savez.

Mickey haussa les épaules.

— Il veut Leslie. Qu'est-ce que je peux vous dire ?

— Vous mentez, Mickey. Ce n'est pas parce que nous avons eu des problèmes...

— Freddie sait que vous êtes ici ? l'interrompit Mickey.

— Non, répondit Venus. Je me suis dit que, étant donné nos vieilles relations, je ferais mieux de venir vous voir moi-même.

Elle se pencha sur son bureau. Le regard de Mickey se fixa avidement sur son décolleté.

— Vous savez, ce rôle représente beaucoup pour moi. Si vous y repensiez ?

— Qu'est-ce que ça m'apportera ? demanda-t-il, la sueur perlant sur son crâne chauve, les yeux rivés sur l'impressionnante poitrine de Venus.

Elle se passa la langue sur les lèvres.

— Qu'est-ce que vous voulez ?

— Une soirée en tête à tête.

Elle eut un rire moqueur.

— En tête à tête, Mickey ? C'est tout ?

Il sentait son excitation monter.

— Est-ce que j'ai entendu oui ? fit-il, plein d'espoir.

— Montrez-moi un contrat signé et nous verrons.

Mickey la regarda sortir en tortillant son délicieux petit derrière. C'était quelqu'un, cette Venus Maria. Il avait toujours eu un faible pour elle. Il se mit à fantasmer : il imaginait Venus lui révélant peu à peu son corps superbe et... Avec Leslie, il n'aurait rien du tout. C'était une copine d'Abigaile et, même s'il avait entendu raconter qu'elle avait été call-girl, il n'était pas sûr d'y croire. Venus avait raison. Leslie ne convenait pas du tout pour le film d'Alex. Il la lui avait imposée : maintenant, il pouvait changer d'avis... Après tout, le patron, c'était lui.

Abigaile Stolli et Leslie déjeunaient à Ma Maison. Leslie était comme d'habitude : visage frais, longs cheveux roux ramenés en queue de cheval, petite robe toute simple dissimulant son corps de rêve. Ça lui allait bien : malgré ses escapades de jeunesse, elle n'avait que vingt-trois ans et toujours des airs de pensionnaire. À quarante ans, Abigaile Stolli était une petite femme aux cheveux châtains, aux traits un peu aplatis. Certes, pas une beauté, mais elle n'en avait pas besoin : Abigaile faisait vraiment partie des familles royales de Hollywood.

— Merci de votre aide, Abbey, dit Leslie en levant son verre de jus d'orange pour porter un toast à Abigaile.

— À *Gangsters* ! répondit Abigaile. Vous allez être merveilleuse dans ce rôle, ma chérie.

— J'espère que je m'entendrai avec Alex Woods, fit Leslie, soucieuse.

— En cas de problème, adressez-vous directement à Mickey, lui conseilla Abigaile, ravie d'être vue en train de déjeuner avec une star. Il saura lui parler. Mickey dirige le studio d'une main de fer. Avant tout, ajouta-t-elle, c'est un professionnel.

Un professionnel de quoi ? C'était la question que se posait Leslie. Quand elle était mariée à Eddie, celui-ci avait beaucoup à dire sur Mickey Stolli, qui, à l'époque, était son patron à Panther. « Ce type est un salopard, une canaille à qui on ne peut pas se fier. Et il va finir par m'attirer de gros ennuis. »

Leslie n'avait jamais découvert exactement de quels gros ennuis il s'agissait : tout ce qu'elle savait, c'était que ç'avait un rapport avec des dessous-de-table et de la drogue.

— Au fait, ma chère, fit Abigaile, nous donnons un petit dîner demain soir pour Donna et George Landsman. Il y aura très peu de monde : Alex Woods, Cooper Turner, Johnny Romano. Nous serions ravis que vous veniez. Et amenez...

Elle ne termina pas sa phrase, incapable de se rappeler le nom de l'actuel petit ami de Leslie, qu'elle avait pourtant rencontré à diverses reprises.

— Jeff, lui souffla Leslie.

— Mais oui, Jeff, bien sûr. Vous pouvez ?

— Nous serions ravis, répondit Leslie.

Jeff passa la prendre au restaurant dans sa nouvelle Mercedes couleur bronze, enchanté de son double rôle d'étalon résidant et de chauffeur amélioré. C'était mieux que d'aller d'audition en audition pour des feuilletons qui ne voyaient jamais le jour.

— Demain, lui annonça-t-elle, nous allons dîner chez Mickey Stolli.

— Parfait, dit-il en se glissant dans le flot de la circulation.

Je pense bien ! songea-t-elle. Et elle se mit à réfléchir à ce qu'elle allait mettre pour récupérer Cooper.

Mickey appela Alex le lundi soir :

— J'ai changé d'avis. Si vous voulez prendre Venus, d'accord.

— Qu'est-ce qui s'est passé ?

— C'est un peu compliqué : c'est à cause de ma femme, elle est copine avec Leslie... Écoutez, ne dites pas à Venus ni à Freddie qu'elle a le rôle avant que je vous le confirme. Laissez ça quelques jours en suspens. Je fais porter à Leslie un script qui lui plaira davantage. Ça facilitera les choses.

Alex n'en croyait pas ses oreilles.

— Je n'ai pas l'habitude de travailler comme ça, Mickey, dit-il sèchement.

— Allons, Alex, fit Mickey, enjôleur. Un peu de souplesse ! Vous avez finalement ce que vous voulez.

— Bien sûr, Mickey.

Il s'en voulait de faire du lèche-bottes : ça n'était pas son style.

— Bon. Oh, Abigaile m'a dit de vous rappeler que vous venez dîner à la maison demain soir. Leslie sera là. Faites comme si elle tournait dans *Gangsters*, d'accord ?

Alex alla tout raconter à Lili, qui secoua la tête d'un air sagace.

— Tu m'en as beaucoup appris sur Hollywood, Alex, lança-t-elle. Tu m'as toujours dit de ne jamais poser une question quand tu connais déjà la réponse.

— D'accord, Lili, d'accord.

Il repartit dans son bureau, décrocha le téléphone et essaya de nouveau de joindre Lucky. Il n'avait cessé de l'appeler et de tomber sur son répondeur. Il avait appris que Gino avait été grièvement blessé et avait hâte d'avoir des nouvelles. Il voulait aussi s'assurer que Lucky allait bien et lui dire que, si elle avait besoin de quoi que ce soit, il était là.

— Ici, Alex Woods. Pourrais-je parler à Lucky Santangelo ? fit-il, étonné d'entendre une voix humaine à l'autre bout du fil.

— Je suis désolé, Mr. Woods, elle vient de sortir.

— Qui est à l'appareil ?

— Kyoko, son assistant.

Alex s'éclaircit la voix. Il se sentait ridicule.

— Vous savez, Kyoko, ça fait une semaine maintenant que j'essaie de la joindre. Demandez-lui de me rappeler.

— Entendu, Mr. Woods.

— Elle peut me trouver au bureau ou chez moi.

Il raccrocha. Qu'y avait-il donc chez Lucky qui l'attirait tellement ? Son caractère. Elle était une sauvage, comme lui. Et il brûlait d'envie de la connaître mieux.

Ils étaient chez Brigette, en pleine discussion. Nona était arrivée à l'improviste : Brigette n'était pas contente.

— Qu'est-ce qu'il y a ? fit-elle d'un ton agacé.

— J'aimerais savoir quel est ton problème, insista Nona. Tu ne fais absolument rien de ce que je te conseille. Je suis censée être ton imprésario, Michel ton agent, et tu refuses de nous écouter l'un comme l'autre.

— J'ai mes raisons, fit Brigette d'un ton mystérieux.

Abrutie par sa gueule de bois, elle n'avait pas envie de se lancer dans une explication.

— *Quelles* raisons ? demanda Nona. Isaac... on dirait que tu ne peux plus te passer de lui. Tu sors toutes les nuits jusqu'à 4 ou 5 heures du matin, et puis tu dors toute la journée. Ta carrière commence à peine, Brigette. C'est le moment de travailler.

— Je peux faire ce que je veux, répliqua Brigette. Si je n'en ai pas envie, rien ne m'oblige à continuer ce métier de conne.

— Oh, charmant ! commenta Nona. Et ça venant de la fille qui rêvait de faire la couverture de *Mondo* ! Tu sais, si c'est ce que tu veux, je peux tout lâcher aussi.

— Eh bien, ne te gêne pas, fit Brigette.

Elle n'avait envie que d'une chose : s'écrouler sur son lit et dormir, dormir, dormir.

— Je ne comprends pas, insista Nona en secouant la tête. Il est arrivé quelque chose que j'ignore ?

Brigette tourna les talons et passa dans la cuisine.

— C'est ça, hein ? fit Nona en lui emboîtant le pas.

— Écoute, lança Brigette en se tournant vers son amie, s'il s'est passé quelque chose, tu m'avais bien prévenue.

— Alors il s'est bien passé quelque chose. Je ne me trompe pas. Isaac ?

— Michel, murmura Brigette.

— Qu'est-ce qu'il a fait ?

— Je ne peux pas te le dire, bredouilla Brigette en s'asseyant devant le bar.

Nona s'approcha et la prit par les épaules.

— Allons, Brig, ça ne peut pas être si terrible !

— Tu m'avais bien dit que c'était un coureur ?

— Et alors ? Il t'a fait du gringue ? Bon. Je suis sûre que tu t'en es bien tirée.

— C'est pire que ça. Brigette baissa les yeux. Il m'a attachée sur le lit, et puis il a amené Robertson pour qu'elle me fasse plein de choses pendant qu'il regardait et prenait des photos. Je n'ai jamais rien vécu d'aussi humiliant. Pourquoi crois-tu que je ne veux plus avoir à faire à lui ?

— Oh, mon Dieu, Brigette ! Pourquoi ne m'en as-tu pas parlé plus tôt ? Quel salaud !

— Nona, insista Brigette, il faut que tu me promettes de ne raconter ça à personne, pas même à Zan.

— Tu sais que je suis ton amie, mais il faut faire quelque chose. On ne peut pas le laisser s'en tirer comme ça.

— Mais quoi ? demanda Brigette, désespérée. Il a pris des photos...

— Tu sais à qui nous devrions en parler ? suggéra Nona.

— À qui ?

— À Lucky. Elle a toujours dit qu'elle pouvait affronter n'importe quoi. Elle saura quoi faire.

— Pour le moment, Lucky a ses problèmes, entre Gino qui s'est fait tirer dessus et les studios qu'elle a perdus. Je ne peux pas lui imposer ça.

— Écoute, nous pourrions prendre tout de suite l'avion pour LA.

— C'est trop humiliant.

— Tu te sens sûrement mieux de m'en avoir parlé...

— Oui, mais...

— Eh bien, pense comme ça te fera du bien de tout raconter à Lucky. Allons la voir. Je pars pour LA avec toi.

Brigette acquiesça :

— Tu as peut-être raison.

— Je *sais* que j'ai raison. On va prendre le premier avion demain matin.

43

Tandis que Kyoko s'occupait du courrier, Lucky examina la feuille de service du film de Lennie, en cochant les personnes à qui elle voulait parler. Elle commença par appeler Ross Vendors, le metteur en scène australien. Il était chez lui, à Bel Air. Ross lui dit combien il était navré pour Lennie, qui avait été si formidable dans son film ; il ajouta que quand elle voudrait voir la première copie montée, elle n'avait qu'à lui faire signe.

— Je me demandais, fit-elle d'un ton hésitant, comment Lennie a-t-il passé la journée avant l'accident...

— Il était en pleine forme, Lucky, dit Ross. Il ne parlait que de votre arrivée le lendemain : il aurait voulu déjà y être. En fait, il nous cassait les oreilles : « Lucky va être ici demain... Je l'aime tant... » Il n'arrêtait pas.

Elle eut un doux sourire.

— Vraiment ?

— Je vous l'aurais dit plus tôt, mais je ne voulais pas vous déranger.

— C'est gentil de votre part, Ross. Elle marqua un temps, puis reprit : Euh... Vous pouvez peut-être me dire... avec qui Lennie traînait-il sur le plateau ?

— Oh, il ne traînait pas beaucoup. Il s'arrêtait de temps en temps au bar de l'hôtel après le tournage. Mais, la plupart du temps, il montait dans sa chambre pour étudier son texte. Jennifer était la seule à avoir davantage de contacts avec lui.

— Jennifer ? demanda-t-elle en s'efforçant de prendre un ton détaché.

— Notre seconde assistante metteur en scène, fit Ross. Une fille formidable. Elle était aux petits soins pour Lennie. Elle s'assurait qu'il arrivait à l'heure sur le plateau, que sa voiture était là chaque fois qu'il en avait besoin. La veille de votre arrivée, elle a même changé ses heures de tournage pour qu'il puisse aller vous chercher à l'aéroport.

— Oh, oui, Jennifer, je crois la connaître en effet. Nouveau silence. Une jolie blonde, c'est ça ?

— Voilà. Très mignonne.

Mais oui. Surtout toute nue dans les bras de mon mari.

Lucky parcourut la liste de l'équipe jusqu'à ce qu'elle eût trouvé le nom : Jennifer Barron. Elle appela alors le numéro indiqué. Elle tomba sur un répondeur. « Bonjour, vous êtes bien chez Jennifer. Si vous avez besoin de me joindre, je travaille sur *Le Mariage* aux studios Star pour les six semaines à venir. Laissez-moi un message et je vous rappellerai. »

Lucky appela le studio et put joindre un assistant.

— Toute l'équipe est en extérieurs, lui dit-il. Ils sont en train de tourner à Paradise Cove.

Paradise Cove était à dix minutes de chez elle. Elle prévint Kyoko qu'elle devait filer, annonça au garde qu'elle n'aurait pas besoin de lui, sauta dans sa voiture et prit la route. Le vaste parking au-dessus de la plage de Paradise Cove était encombré d'énormes camions de location et de luxueuses caravanes. Elle gara sa Ferrari et demanda à un figurant qui passait où était l'équipe.

— Sur la plage, à tourner la scène du mariage.

Elle s'y rendit.

— Excusez-moi, fit-elle en arrêtant un technicien. Pouvez-vous me dire où est Jennifer Barron ?... je crois que c'est une des assistantes.

L'homme lui désigna le groupe de comédiens.

— Là-bas, en train de parler à Sammy Albert.

— Merci.

Quinze ans plus tôt, Sammy Albert avait été l'acteur le plus en vogue de Hollywood. Aujourd'hui il régnait sur les seconds rôles. Lucky ne l'avait jamais rencontré mais elle savait qui il était. Ce qui l'intéressait plus, c'était la blonde debout auprès de son fauteuil. Casquette de base-ball, lunettes de soleil, un corps musclé dans un short très court et un T-shirt. Lucky n'aurait pu dire si c'était la femme des photos ou non. Elle s'approcha et lui tapa sur l'épaule.

— Jennifer ?
— Oui.
— Je suis Lucky Santangelo. Vous travailliez sur le film de mon mari en Corse. Lennie Golden.
— C'est exact.
— On peut aller bavarder quelque part ?
— Bien sûr.
Elles s'assirent sur le sable à l'ombre d'un palmier.
— Jennifer, fit Lucky en choisissant ses mots avec soin, tout le monde m'a dit combien Lennie et vous... vous étiez proches sur le tournage. Eh bien, j'ai besoin de savoir... proches jusqu'où exactement ?
Jennifer resta abasourdie.
— Vous croyez qu'il y avait quelque chose entre Lennie et moi ? s'exclama-t-elle. Il ne parlait jamais que de vous, Lucky. Elle hésita. Vous permettez que je vous appelle Lucky ?
— Allez-y.
La fille était déconcertée.
— Où avez-vous pris l'idée qu'il y avait quelque chose entre Lennie et moi ?
— Je... j'ai vu les photos, fit Lucky.
Jennifer semblait stupéfaite.
— *Quelles* photos ?
Lucky tira de son sac la photo de Lennie avec la blonde.
— C'est bien vous sans la casquette et les lunettes, non ? fit-elle en tendant le cliché à Jennifer.
Celle-ci l'examina et eut un rire de soulagement.
— Cette nana aux seins en silicone ?... vous plaisantez ?
— Ce n'est pas vous ? demanda Lucky.
— Absolument pas, fit Jennifer avec véhémence. C'est une nénette qui n'arrêtait pas de draguer Lennie sur le plateau.
— Elle travaillait sur le film ?
— Elle était figurante, dit Jennifer. Vous savez, reprit-elle, c'est drôle : Lennie m'a appelée pour avoir son nom le soir précédant son accident.
— Pourquoi ?
— Je ne sais pas. J'ai plaisanté avec lui... Je lui ai dit quelque chose comme : Vous êtes sûr de ne pas vouloir ses mesures aussi ?
— Qu'est-ce qu'il a dit ?
— Pour autant que je me souvienne, il a dit : Ça n'est pas ce que vous croyez.
Jennifer prit la photo et l'examina une nouvelle fois. Et son

petit ami ? Il était là quand on a pris la photo. Quelqu'un l'a découpé sur le cliché. Elle secoua la tête.

— Je vous assure, Lucky, Lennie ne la connaissait même pas.

— Mais il vous a bien demandé son nom ?

— Elle lui cassait les pieds, affirma Jennifer. Au début de la soirée il m'a raconté qu'elle l'avait appelé dans sa chambre.

— Et alors ?

— Alors, rien. Il lui a dit d'aller se faire voir.

— Pensez-vous qu'il aurait pu changer d'avis plus tard ?

— J'en doute. Vous connaissez votre mari : personne d'autre que vous ne l'intéressait. Et s'il comptait vraiment s'envoyer cette blonde pour la soirée, il ne serait pas allé me demander son nom et son numéro de chambre. Il devait avoir une autre raison.

Lucky fouilla dans son sac à la recherche du reste des photographies. Celles-ci étaient dans sa chambre, dit-elle en les tendant à Jennifer. Quand je suis arrivée, on aurait dit qu'une femme avait passé la nuit là.

Jennifer contempla un moment les clichés.

— Je ne comprends pas, fit-elle, intriguée. Qu'est-ce qu'il aurait fait avec une femme nue sur le seuil de sa chambre d'hôtel ? Il a plutôt l'air d'essayer de la repousser.

— Vous croyez ?

— Regardez encore.

Jennifer avait raison. Lennie en effet ne semblait pas à l'aise. Pourquoi ne l'avait-elle pas remarqué plus tôt ?

— Comment puis-je savoir qui est cette fille ?

— C'est mon copain Ricco qui engageait les figurants. On m'a dit qu'il travaillait sur un film à Rome en ce moment. Je vais l'appeler : peut-être pourra-t-il nous aider. Elle se tut avant de poursuivre : Vous savez, Lucky, votre mari était mon préféré. J'ai tellement l'habitude des stars de cinéma... C'est toujours : « Alors, mon petit, on est toute seule ce soir ? » Je plaisantais avec Lennie en lui disant qu'il était le seul à ne jamais m'avoir fait de gringue.

— Vous m'avez beaucoup aidée, Jennifer. Voici mon numéro à la maison. Dès que vous aurez trouvé quelque chose, appelez-moi.

— Comptez sur moi.

De retour chez elle, Lucky appela Gino à Palm Springs.

— Comment ça va ? demanda-t-elle.

— Je parie sur les matches de base-ball, qu'est-ce que tu veux que je fasse d'autre ?
— Tu t'ennuies ?
— Non... seuls les idiots s'ennuient. Qu'est-ce qui se passe là-bas ? Raconte un peu.
— J'attends que Boogie me donne toutes les informations.
Son ton se fit plus grave :
— N'oublie pas ce que je t'ai dit, mon petit, fais attention.
Boogie arriva à 18 heures tapantes.
— Venez au garage, Lucky, dit-il.
— Qu'est-ce qui se passe, Boog ?
— Vous verrez.
Elle descendit avec lui au garage. Ligoté à une chaise, les bras et les jambes attachés, un bâillon dans la bouche, un petit homme au visage de fouine transpirait à grosses gouttes. Costume beige, chaussures noires, T-shirt jaune crasseux. Ses cheveux — enfin, ce qu'il en restait — pendaient sur ses épaules en boucles graisseuses.
— Je vous présente Jimmy dit « Simplet », fit Boogie. C'est ce salaud qui a tiré deux balles sur Gino. Tenez. Boogie prit dans sa ceinture son pistolet, qu'il tendit à Lucky. Au cas où vous auriez envie de vous en servir.
Jimmy avait les yeux hors de la tête. Lucky savait quel jeu jouait Boogie. Elle soupesa l'arme tout en lançant à Jimmy un regard menaçant. Je devrais peut-être lui en loger une entre les couilles, articula-t-elle avec le plus grand calme. Qu'est-ce que tu en dis, Jimmy ?
Jimmy se débattait sur sa chaise en émettant des gargouillements affolés. Boogie s'approcha, tira un couteau de sa poche et coupa le bâillon qui lui fermait la bouche.
— Je faisais le boulot pour lequel on m'avait payé, dit l'homme. Si j'avais su que c'était Gino Santangelo, je n'y aurais pas touché.
Lucky le dévisageait toujours.
— Qui t'a engagé ?
— Je sais pas... Un type dans un bar m'a donné du liquide. Je ne savais pas que le client à descendre était Gino Santangelo.
— Tu dis n'importe quoi, fit Lucky. Tu savais très bien qui il était. Tu as tiré sur mon père pour de l'argent. Combien on t'a payé ?
— Quatre briques... cash, murmura Jimmy, la tête basse.
— Qui t'a engagé, dis-tu ? répéta Lucky.

— Un type dans un bar.
— À LA ? demanda Boogie.
— Oui, il y a cette boîte de strip-tease près de l'aéroport. Ce gars-là, il y vient de temps en temps.
— Comment s'appelle-t-il ?
— J'en sais rien. Il lança à Boogie un regard suppliant. Tu peux pas lui demander de baisser son flingue ?
— Je te conseille de le trouver, fit Lucky, toujours très calme. Parce que si je n'ai pas son nom d'ici à demain, je t'envoie une balle qui fera sauter tes pauvres petites couilles jusqu'à Cuba. Et, crois-moi, je l'ai déjà fait.
— Toi et moi, on s'en va, dit Boogie en s'approchant pour bander les yeux de Jimmy. Ms. Santangelo te donne vingt-quatre heures pour trouver un nom. Je te reconduis en ville et je te lâche. Je te ramènerai ici demain... même heure. Tu auras un nom à lui donner.

Lucky rentra chez elle. Elle était au bord de la nausée. Tant de souvenirs revenaient la hanter. Les souvenirs de son enfance, des hommes qui venaient à la maison, Gino qui avait des conversations furtives. Et puis le meurtre brutal de sa mère. Aurait-elle pu faire quelque chose pour la sauver ? Non. Par moments, elle se sentait si coupable qu'elle en suffoquait presque. Elle s'était vengée des années plus tard. Maintenant, il allait falloir recommencer. Sinistre perspective...

44

Abigaile adorait recevoir des stars : c'était son passe-temps favori, dans lequel elle excellait. Donner un dîner pour Donna et George Landsman lui semblait normal puisque Donna était théoriquement la nouvelle patronne de Mickey. Non qu'Abigaile eût jamais entendu parler des Landsman. Et après ? À Hollywood, si on avait de l'argent, on arrivait vite au sommet. La liste des invités était impressionnante : Cooper Turner, qui n'avait pas dit qui il amenait ; Johnny Romano, qui avait annoncé à sa secrétaire qu'il serait accompagné mais sans donner de nom. Que faisaient-ils, tous ces hommes ? Ils téléphonaient à une femme une demi-heure avant de sortir en lui disant de passer une robe ? Autant pour les délicatesses mondaines ! Alex Woods amenait une certaine Tin Lee. Et Leslie Kane serait avec son petit ami du moment. La secrétaire de Donna Landsman avait téléphoné la veille pour préciser que Donna viendrait avec son fils de seize ans. Cela avait rendu Abigaile furieuse : elle ne voulait assurément pas à son dîner d'un adolescent inconnu, et puis cela bouleversait son plan de table. Mais elle avait évidemment accepté, puis avait annoncé à sa propre fille, Tabitha, âgée de seize ans elle aussi, qu'elle devrait assister au dîner avec eux. Celle-ci, revenue pour les vacances de son pensionnat suisse, fit la grimace.

— Oh, maman, gémit-elle. Il faut vraiment que je passe la soirée avec une bande de vieux schnocks assommants ?

— Je ne qualifierais certainement pas de vieux schnocks Cooper Turner, Alex Woods et Johnny Romano, fit Abigaile d'un ton glacé.

— Moi, si, grommela Tabitha. Tu ne pouvais pas inviter Sean Penn ?

Tabitha était un problème. À quatorze ans, elle avait filé avec un serveur espagnol de dix-huit ans. À quinze ans, elle avait accidentellement mis le feu à la maison au cours d'une folle soirée pendant que ses parents étaient en voyage. Et, à seize ans, elle avait insisté pour se faire refaire le nez, teindre les cheveux en violet et poser des anneaux dans des endroits impossibles. Franchement, Abigaile ne savait pas quoi faire d'elle.

Il n'était que 10 heures du matin, mais Abigaile insista pour que les domestiques commencent les préparatifs de bonne heure afin d'être certaine qu'il n'y aurait pas d'erreur. Elle se considérait comme une des grandes hôtesses de Hollywood et ses dîners étaient légendaires.

— Ça te dirait de sortir avec moi ce soir ?
— Qui est à l'appareil ? marmonna Venus dans le combiné.

Elle était à peine réveillée : elle allait engueuler Anthony de lui passer des communications à une heure aussi matinale.

— C'est Johnny, bébé.
— Johnny ?
— Johnny Romano. Sur quelle planète es-tu aujourd'hui ?
— Oh, Johnny, désolée ! Il est encore tôt. Je dormais.
— Il est midi passé, bébé.
— Allons donc !
— Regarde.

Elle attrapa à tâtons son réveil sur sa table de chevet et fut stupéfaite de voir qu'il était en effet midi et quart. Elle devait avoir besoin de sommeil : d'ordinaire, elle était debout à 7 heures.

— Qu'est-ce que tu en dis, bébé ? insista Johnny. Dîner chez Mickey Stolli ?
— Qui y aura-t-il ? fit-elle d'une voix ensommeillée.
— C'est un dîner pour la nana qui a pris le contrôle de Panther, répondit Johnny. Je ne sais absolument pas qui est invité. Peut-être Alex.

Venus songea qu'il n'avait sans doute pas appris qu'elle ne jouait pas Lola. Elle décida de ne pas lui en parler — ça pourrait être une bonne idée d'avoir son appui. Elle pourrait toujours lui dire plus tard, si elle acceptait d'y aller.

— Je ne sais pas si je vais pouvoir, dit-elle, pour se donner le temps de réfléchir.

— Allons, mon chou, insista-t-il. Toi et moi... nous sommes une explosion qui attend de se produire. Allons-y.

— Si je vais avec toi, c'est purement platonique : mets-toi bien ça dans la tête. Je ne suis pas une de tes petites starlettes toujours prêtes à écarter les jambes.

— Oh, pour qui me prends-tu ? fit-il, indigné. Tu n'es pas une femme facile : je respecte ça chez toi. Il marqua un temps. Bien sûr, je n'arrive pas à comprendre comment tu peux me résister.

— Bon, Johnny, fit-elle. Je vais essayer.

— C'est oui ?

— C'est peut-être, fit-elle en bâillant. Rappelle dans une heure.

— Ah, Venus, Venus ! soupira-t-il. Tu es vraiment difficile.

Pourquoi envisageait-elle même d'aller à ce dîner ? Parce qu'elle voulait revoir Mickey et que, si Alex était là, ce serait encore mieux. Elle sonna Anthony.

— Est-ce que j'ai des rendez-vous, Anthony ?

— Oui.

— Annulez tout. Aujourd'hui, je me donne congé. Je compte m'installer auprès de la piscine, manger tout ce qui me fait envie et ne faire absolument rien. Attendez 14 heures, puis appelez Johnny Romano et dites-lui que j'irai avec lui au dîner chez les Stolli ce soir. Tâchez de savoir comment il faut s'habiller et à quelle heure il passera me prendre.

Oui, se dit-elle, *ce serait bien d'affronter Alex Woods et Mickey Stolli en chair et en os*. Pour leur rappeler que c'était *elle* Lola et qu'ils étaient en train de commettre une grave erreur en donnant le rôle à quelqu'un d'autre.

45

— Bonjour, fit Lucky.
— Bonjour, répliqua la fille avec son soutien-gorge presque inexistant et son short en toile de jeans effrangée, lui jetant à peine un coup d'œil.
Elles étaient côte à côte au rayon de produits de beauté du drugstore Dart sur La Cienega.
— Vous avez essayé celui-ci ? demanda Lucky en brandissant un bâton de rouge à lèvres couleur bronze.
— Non, fit Sarah, mais ç'a l'air intéressant.
— C'est ce qu'il me semble aussi, fit Lucky. Dites-moi, ajouta-t-elle en la dévisageant, vous n'êtes pas Sarah Durbon ?
Sarah sursauta.
— Mais oui, c'est moi, dit-elle en tirant sur son short coincé dans la courbe de ses fesses. Je vous connais ?
— Pas vraiment, dit Lucky. Nous avons un ami commun.
— Un ami commun ? fit Sarah. Qui ça ?
— Morton Sharkey.
— Morton est un de vos amis ? dit Sarah en plissant le nez.
— Mais oui.
— Je n'ai jamais rencontré aucun des amis de Morty, fit Sarah en riant. Comment se fait-il que vous me connaissiez ?
— Il parle beaucoup de vous. J'ai vu votre photo.
— Il parle de moi ? s'exclama Sarah surprise. Je croyais que j'étais son petit secret honteux. Vous comprenez, comme il est marié et tout ça.
— Il doit vraiment tenir à vous.

— Je ne pige pas, dit Sarah en plissant le front. Je suis censée ne jamais rien dire à personne.

— Qu'est-ce que vous faites, Sarah ? interrogea Lucky. Vous êtes actrice, mannequin ?...

— Oh, j'y suis, fit Sarah en hochant la tête d'un air entendu. C'est sa femme qui vous a envoyée, n'est-ce pas ? Cette vieille chouette a découvert mon existence et vous êtes venue me dire d'aller me faire voir, ou bien me donner du fric pour que je disparaisse.

— Vous croyez ? fit Lucky.

Elle se demandait ce que Morton pouvait bien trouver à cette adolescente décharnée.

— C'est sa mégère de femme qui vous envoie ? demanda Sarah d'un ton hargneux.

— Pas du tout. Ça m'intéresse d'échanger de l'argent contre des renseignements. Qu'en pensez-vous ?

Sarah fronça les sourcils.

— Qu'est-ce qu'il a, ce Morton Sharkey ? dit-elle. D'abord, je touche tout ce pognon...

— Quel pognon ? demanda aussitôt Lucky.

— C'est sans importance, se reprit Sarah aussitôt.

— Sarah, vous et moi, nous devrions nous asseoir et bavarder. Je peux vous être très utile.

— En quoi ? demanda cette dernière avec méfiance.

— Eh bien, si vous êtes actrice, peut-être que je peux vous trouver du travail. Même chose si vous êtes mannequin.

— Pourquoi vous feriez ça pour moi ? Je ne suis personne.

— J'ai mes raisons. Quel âge avez-vous ?

— Vingt et un, répondit-elle sans vergogne.

— Vrai ?

Sarah haussa les épaules.

— Dix-sept ans, avoua-t-elle en riant. Je vais sur mes soixante-dix ans !

— Qu'est-ce que vous avez fait ! Vous vous êtes enfuie de chez vous ?

— Comment le savez-vous ?

— Je vais être franche avec vous, Sarah. J'ai un compte personnel à régler avec Morton Sharkey et je suis prête à payer n'importe quel prix pour y parvenir. Dites-moi de quoi vous avez envie et je vous promets que je vous l'obtiendrai.

— N'importe quoi ? fit Sarah d'un ton où perçait la cupidité.

— Je vous écoute.
— Ma petite dame, vous ne savez pas où vous allez.

— Kyoko, elle ne m'a jamais rappelé.
— Je suis désolé, Mr. Woods. Je lui ai transmis vos messages.
— Bien sûr, bien sûr.
Alex commençait à se sentir ridicule.
— Elle est en ville ?
— Oui, Mr. Woods.
— Je rappellerai plus tard.
— Elle sera rentrée pour 16 heures, dit Kyoko, compatissant.
Alex raccrocha. Il allait commencer le tournage d'un film de 22 millions de dollars et il n'avait qu'une chose en tête : Lucky Santangelo. Lili l'appela sur le téléphone intérieur.
— Alex ?
— Qu'est-ce qu'il y a ?
— Tout le monde t'attend en bas.
— Dis-leur que j'arrive.
— N'oublie pas que tu as un dîner chez les Stolli. Tin Lee passera à l'appartement à 19 h 30.
— Seigneur ! Pourquoi ai-je accepté ?
— Je ne sais pas, Alex, mais tu l'as fait.
— Bon, bon.
Il sortit de son bureau, furieux. Les dîners mondains, ça n'était pas son truc. Lili l'arrêta sur le seuil.
— Johnny Romano a appelé à propos des changements dans le script.
— Fais-le patienter, Lili. Tu sais faire ça mieux que personne.
En bas, Russell l'accueillit. Tous les repérages d'extérieurs étaient terminés : il n'en restait qu'un à trouver.
— Vous avez des choses bien en perspective ? demanda-t-il.
— Vous ne serez pas déçu, promit Russell.
Ils montèrent dans la camionnette où les autres membres de l'équipe attendaient et démarrèrent. La chance était avec lui. La seconde villa qu'ils visitèrent correspondait exactement à ce qu'il cherchait. Affaire réglée, dit Alex à Russell. Pas la peine de voir autre chose.
La camionnette le ramena au bureau de bonne heure. Il jeta un coup d'œil à sa montre : 15 h 30. Il envisagea un moment de retourner travailler. Puis il monta dans sa Porsche et mit le cap sur la maison de Lucky. Si Lucky Santangelo ne voulait pas lui

parler au téléphone, il serait là pour l'accueillir quand elle rentrerait chez elle. Et tant pis si ça ne lui plaisait pas.

Lucky était assise avec Sarah à une table d'angle au Hard Rock Café. Les haut-parleurs déversaient des torrents de musique rock : d'instinct, Lucky avait deviné que le bruit mettrait Sarah à l'aise et la rendrait plus disposée à parler. Elle lui avait déjà donné ses 2 000 dollars en liquide ! Maintenant elle attendait de voir la marchandise.

— Bon, Sarah, fit Lucky. Dites-moi tout et après, il y aura encore 2 000 dollars pour vous.

Sarah, qui aimait l'argent plus que tout au monde, ne tarda pas à lâcher le morceau :

— J'ai rencontré Morty quand je travaillais dans un salon de massages sur Hollywood Boulevard, commença-t-elle. Il est arrivé un jour... l'air sournois et mourant d'envie de s'envoyer en l'air. Seulement j'ai été maligne, je lui ai dit que je ne faisais pas ce genre de choses. Un petit sourire. Bien sûr que si, mais quand on travaille dans ce métier, on apprend vite à quoi s'en tenir avec les clients. On peut dire s'ils vont vous procurer de l'argent ou des ennuis. Je savais qu'avec lui ce serait plutôt l'argent, alors j'ai joué les innocentes. Je n'ai pas eu le temps de me retourner qu'il m'avait glissé 500 dollars dans la main pour une petite branlette. Elle leva les yeux au ciel comme si elle n'arrivait pas à croire qu'on puisse être aussi bête. 500 dollars pour ça ! Après, il est revenu souvent. Puis il a voulu que je le voie en dehors du travail, alors je l'ai fait venir chez moi. Il a jeté un coup d'œil et dit qu'il allait m'installer dans mes meubles. J'ai pensé : *Le vieux schnock se paie ma tête*. Mais pas du tout : Morty était sérieux. Là-dessus, j'ai reçu la visite de cette femme.

— Quelle femme ? interrogea Lucky.

— Une femme drôlement bien habillée. Elle a rappliqué chez moi avec un type. Ils m'ont proposé plein de fric si je les laissais installer une caméra cachée. Qu'est-ce que j'en avais à foutre ! J'ai accepté.

— Comment s'appelait-elle ?

— Aucune idée.

Ce devait être Donna.

— Alors, qu'est-ce qui s'est passé ?

— Ils ont installé la caméra dans la penderie de ma chambre et m'ont dit quelle position prendre pour qu'ils puissent avoir quelques bonnes photos de Morty à l'ouvrage. Sarah pouffa. Ah,

Morty, il ne rechignait pas à la besogne ! Je pense qu'avec sa femme ça ne marchait pas fort parce que avec moi il était déchaîné.

Lucky soupira.

— Il savait qu'il y avait une caméra ?

— Bien sûr que non, ricana Sarah. Donc, je leur donne la cassette et ils me versent le fric comme promis. Là-dessus, Morty a appris ce que j'avais fait.

— Comment l'a-t-il su ?

— La femme a commencé à le faire chanter. Oh, là, là, il l'avait mauvaise ! Il m'a foutu une raclée... Je ne croyais pas qu'il était aussi brutal.

— Il vous a frappée ?

— J'imagine que je le méritais. Mais, comme je le lui ai expliqué, j'avais besoin de cet argent. Où est-ce que je pouvais en trouver ailleurs ?

— Qu'est-ce qui s'est passé ensuite ?

— Eh bien, reprit Sarah, au bout de quelques jours il m'a pardonnée. Il m'a fait quitter ma crèche parce qu'il ne me faisait plus confiance. Maintenant, je suis dans ce bel appartement et il me verse une mensualité. Mais c'est vrai, si une meilleure occasion se présentait, je sauterais dessus.

— Est-ce que je suis une meilleure occasion ?

— Ça dépend de ce que vous offrez.

Lucky s'appuya contre la banquette et exposa les règles du jeu :

— D'abord, notre rencontre reste confidentielle. Cela signifie que vous ne pouvez en parler à personne. Ensuite, je veux une copie de la cassette.

— Je n'en ai pas.

— Cessez de mentir.

Sarah se mit à rire. Pour elle, mentir était tout naturel.

— Comment le savez-vous ?

— Vous avez fait faire une copie, non ?

— Ça va vous coûter bonbon, fit Sarah avec un sourire sournois.

— Combien ?

Sarah creusa les joues et souffla.

— 10 000, dit-elle sans hésiter. Ouais, 10 000... cash. Ça ira.

Dès qu'il vit la Ferrari rouge de Lucky descendre le chemin privé, Alex sauta hors de sa voiture et se planta au milieu de l'allée en lui faisant signe de s'arrêter.

— Qu'est-ce qui vous prend ? lança-t-elle en stoppant brutalement. J'aurais pu vous tuer.

— Qu'est-ce qui me prend ? fit-il en s'approchant de sa vitre ouverte. Il a bien fallu que j'emploie les grands moyens pour vous parler puisque vous ne m'appelez jamais.

Elle passa une main dans ses longs cheveux bruns.

— Vous êtes fou, dit-elle en secouant la tête.

— Mais oui. Vous saviez que nous sommes presque voisins ? J'habite au bout de la rue.

— Vraiment ? rétorqua-t-elle, nullement impressionnée.

— Si vous veniez prendre un verre chez moi ?

— Alex, dit-elle avec patience, je croyais vous avoir expliqué mes sentiments au téléphone.

— Je sais, répondit-il. Vous n'avez couché avec moi que pour vous venger de Lennie. Ça m'a fait vraiment du bien d'entendre ça. Mais, bon, je peux le supporter. Venez voir ma maison.

— Pourquoi ? fit Lucky, qui pensait encore à sa rencontre avec Sarah.

— Parce que j'aimerais vous la montrer, répliqua-t-il d'un ton persuasif en la gratifiant de ce sourire grâce auquel il obtenait toujours tout ce qu'il voulait.

Elle n'entendait pas l'encourager, mais elle ne pouvait s'empêcher de le trouver sympathique. Bah, si Alex voulait qu'ils soient amis, très bien, dès l'instant qu'il comprenait qu'il n'y avait pas d'histoire d'amour entre eux.

— Je ne peux rester que dix minutes, dit-elle d'un ton ferme. Je vous suis.

— Montez plutôt avec moi. Vous savez combien vous aimez ma façon de conduire.

— Je vous suis, Alex.

Un quart d'heure plus tard, ils arrivèrent chez lui.

— Au bout de la rue ? dit-elle en haussant les sourcils.

— Nous partageons un océan, répliqua-t-il avec un grand sourire.

Elle descendit de voiture et inspecta la maison.

— Hum... Très jolie.

— C'est moi qui l'ai construite, dit-il.

— À vos moments perdus ?

— Très drôle.

Ils se dirigèrent vers la maison.

— Vous n'êtes pas sur le point de commencer le tournage ? demanda-t-elle.

— La semaine prochaine.

— Et vous vous promenez dans Malibu en essayant de vous suicider devant ma voiture !

— Les histoires inachevées, ça me hante toujours. Il la contempla un moment sans rien dire. Lucky, il fallait que je vous voie.

— Eh bien, vous me voyez, lança-t-elle en évitant son regard.

Il ouvrit la porte et la fit entrer. Elle s'arrêta dans l'énorme hall et poussa un long sifflement.

— Magnifique ! s'exclama-t-elle avec admiration. Et moi qui croyais que tout ce que vous saviez faire, c'était diriger des acteurs !

— Cette maison est très spéciale pour moi, dit-il avec un geste large. Très privée. Je n'amène jamais personne ici. Vous voulez boire quelque chose ?

— De l'eau.

— Avec du scotch ?

— De l'eau, répéta-t-elle, se souvenant de leur dernière rencontre.

Il se prépara une vodka et lui apporta un verre de Perrier glacé. Quand il la rejoignit sur la terrasse, elle était assise.

— Ça me fait plaisir que vous soyez venue, dit-il en lui tendant son verre.

— Je pense que vous avez raison, Alex. Son ton était songeur. Entre nous, c'est bien une histoire inachevée.

— Heureux de vous l'entendre dire !

— Vous savez, reprit-elle, si nous continuons à nous voir en amis, il faudra respecter mes sentiments.

— J'en suis capable.

— Il me faudra longtemps avant de me remettre de la disparition de Lennie.

— C'est compréhensible.

— À vrai dire, je regrette vraiment ce qui s'est passé entre nous l'autre soir.

— C'était si mal que ça ? demanda-t-il avec un sourire désabusé.

— Vous savez ce que je veux dire, Alex. C'était excitant, et nous étions tous les deux dans l'état d'esprit qu'il fallait. Je l'ai fait pour de mauvaises raisons. Je ne peux pas oublier Lennie aussi rapidement.

— Êtes-vous en train de me faire comprendre que, si je joue

le rôle de l'ami fidèle et que je reste assez longtemps dans les parages, les choses pourraient changer ?

— Alex, je n'ai aucune idée de ce qu'apportera le futur.

Ils échangèrent un long regard.

— Ça m'a fait un choc d'apprendre pour votre père, dit-il en rompant le silence. Qu'est-ce qui s'est passé ?

— J'essaie de le savoir. C'est plus compliqué que je ne pensais.

— Comment va-t-il ?

— Gino est fort comme un bœuf. Il s'en remettra.

Alex se sentait parfaitement à l'aise d'avoir Lucky chez lui.

— Si vous restiez dîner ? lui proposa-t-il. La cuisinière va nous préparer quelque chose. Nous pouvons nous installer ici, regarder le soleil couchant...

— C'est tentant, mais ce soir je suis prise, dit-elle en se levant.

Il avait envie de répondre : *Oh, moi aussi, mais je suis prêt à lâcher mon rendez-vous.* Puis il se dit : *Et si elle voyait quelqu'un d'autre ?*

— Il faut que je rentre, fit-elle.

Il fut saisi soudain d'un désir fou de la prendre dans ses bras, de la serrer contre lui et de l'embrasser. Il n'avait jamais éprouvé ça pour aucune femme.

— Au fait, lança-t-elle par-dessus son épaule, il ne se passe rien dans mes studios que je devrais savoir ?

Il aimait bien cette façon qu'elle avait de dire encore *mes* studios.

— Je n'ai pas rencontré Donna Landsman, dit-il en lui emboîtant le pas. C'est un plaisir que je vais avoir ce soir.

Elle le regarda d'un air intrigué.

— Vous ne venez pas de m'inviter à dîner ?

— Justement. Venez avec moi.

— Où ça ?

— Mickey Stolli donne un dîner pour Donna chez lui.

— Seigneur ! fit Lucky. On peut faire confiance à Mickey pour ce qui est de faire du lèche-bottes.

— Eh bien, venez avec moi !

Lucky envisagea les possibilités. Face à face avec Donna Landsman à une réception. Donna ignorant qu'elle connaissait sa véritable identité. Mickey en serait malade si elle débarquait chez lui. La perspective était séduisante.

— Qui d'autre y aura-t-il ?

— Je peux demander à ma secrétaire de se renseigner. C'était son tour maintenant de la regarder avec étonnement. Je croyais que vous aviez d'autres projets.

— Je peux toujours changer d'avis.

Moi aussi, songea-t-il. Une fois de plus, il allait laisser Tin Lee en plan.

— Alors, fit-il, dîner ici et regarder le coucher de soleil, ce n'était pas assez bien. Mais vous envisageriez d'aller chez Mickey ?

Elle se mit à rire.

— La seule raison pour laquelle je pourrais l'envisager, c'est que ça m'amuserait de me trouver à table en face de Donna Landsman. Quant à Mickey, ma foi, lui et moi sommes des ennemis mortels. Rien que voir sa tête quand j'entrerai !... Et il ne pourra rien faire parce que je serai avec vous.

— Vous savez, Lucky, vous avez vraiment l'art de mettre un homme à l'aise. Vous commencez par coucher avec moi, puis vous me dites que ça ne signifie rien. Maintenant, vous voulez bien m'accompagner à un dîner uniquement pour vous venger des gens qui seront là. Je vous remercie vraiment : vous me flattez.

— Vous voulez que je vienne ou pas ?

Il y avait de l'électricité dans l'air.

— Oui, je veux que vous veniez.

— Alors, appelez-moi dans une demi-heure. Elle eut un petit rire. Je vous promets que je prendrai la communication.

Il l'accompagna jusqu'à sa voiture. Elle monta dans sa Ferrari rouge et rentra chez elle. Les choses prenaient tournure.

46

Être l'actionnaire majoritaire d'un grand studio de Hollywood apportait beaucoup plus de satisfactions que ne l'avait imaginé Donna Landsman. Le jour où on avait annoncé qu'elle prenait le contrôle des studios Panther, des douzaines de gens qu'elle ne connaissait pas lui avaient fait envoyer des fleurs. Elle n'avait d'ailleurs jamais rencontré de célébrités dans sa vie : aussi, quand Abigaile Stolli l'avait appelée pour lui annoncer qu'elle avait l'intention de donner un dîner en son honneur, Donna avait été ravie — surtout quand Abigaile lui avait précisé la prestigieuse liste des invités. Donna avait demandé à sa secrétaire de téléphoner pour faire inviter Santo. Quand elle le prévint, celui-ci fit aussitôt la moue.

— Je ne veux pas y aller, gémit-il.

— Bien sûr que si, lui répondit-elle d'un ton catégorique. Tu rencontreras tous ces gens connus. Ils pourraient te servir à l'avenir : les relations, c'est tout dans la vie.

À la réflexion, il s'était dit que ce ne serait peut-être pas une si mauvaise idée. Au moins, ça lui ferait un repas convenable pour changer : il détestait la cuisine de sa mère et la cuisinière qu'elle employait était encore pire.

— Est-ce que George y va ? demanda-t-il.

— Évidemment, répondit Donna. J'aimerais que tu essaies de t'entendre avec lui. Tu ne fais aucun effort.

— Peut-être que s'il arrêtait de faire comme s'il était mon père..., marmonna Santo. Ça m'écœure.

— George n'a jamais essayé de prendre la place de ton père, protesta Donna.

— Mais si, murmura Santo. Il est toujours sur mon dos.

Il savait que George avait désapprouvé quand sa mère lui avait parlé de la Ferrari : il avait entendu des hurlements. Donna, bien sûr, l'avait emporté. Santo considérait George comme un ver de terre sans intérêt. Il n'arrivait pas à comprendre pourquoi sa mère restait avec lui. Peut-être, si elle se mettait à rencontrer des vedettes de cinéma, trouverait-elle quelqu'un qui lui plairait davantage : Arnold Schwarzenegger ou Sylvester Stallone. Oui ! un beau-père qu'il pourrait respecter. Il monta dans sa chambre pour s'habiller et, ayant fermé sa porte à clé, il ouvrit sa penderie. Caché tout au fond se trouvait le fusil qu'il avait récemment acheté à son copain de classe. Maintenant, il avait un fusil et deux boîtes de cartouches. Quand il voudrait, il pourrait les liquider tous les deux. Donna d'abord. George ensuite. Il en était si excité qu'il décida d'écrire une nouvelle lettre à Venus. À ses yeux, ils étaient chaque jour plus proches, comme des gens qui s'aiment. Il l'imaginait en train de lire ses lettres, en se demandant qui il était, en espérant que bientôt ils se rencontreraient pour être à jamais réunis. Depuis quelque temps, il apportait ses lettres personnellement, choisissant les premières heures de la matinée pour le faire. Il grimpait la colline au-dessus de sa propriété et sans trop d'efforts se frayait un chemin à travers les broussailles. Puis il escaladait le mur de clôture et déposait sa dernière missive. Cet abruti de gardien dormait toujours.

Venus avait passé une merveilleuse journée de farniente. Dans l'après-midi, Ron était venu discuter un moment avec elle au bord de la piscine.

— Alors, où en es-tu avec Anthony ? demanda-t-elle avec un sourire malicieux.

— Ne me pose pas des questions comme ça, fit Ron, agacé. Tu n'es qu'une vilaine petite curieuse.

— Moi, dit-elle, je te dis tout sur Rodriguez.

— Tiens, où est-il aujourd'hui ?

— Il me rend folle. Tu comprends, il s'imagine que nous formons un couple.

— J'ai vu que tu avais engagé un nouveau gardien.

— Oui, l'autre était vraiment un abruti. Chaque fois que je rentrais, quelqu'un d'autre m'attendait à la maison. Celui-ci m'a l'air plus sérieux. J'espère qu'il pourra mettre la main sur le dingue qui n'arrête pas de venir m'apporter des lettres à domicile.

— Quelles lettres ?

— Je ne t'ai pas dit ? Je reçois tout un courrier porno d'un détraqué qui s'imagine que nous allons nous marier et nous enfuir tous les deux dans le crépuscule. Ce type est vraiment dingue.

— J'imagine que tu as remis ces lettres à la police ?

Elle ôta ses lunettes de soleil et renversa la tête en arrière.

— Je le ferai un de ces jours : Anthony constitue un dossier.

— Tu sais, il suffit d'un fan détraqué pour te tirer dessus.

— Merci, Ron. Tu me rassures !

En fin d'après-midi, après le départ de Ron, Anthony annonça par le téléphone intérieur que Rodriguez était à la porte d'entrée, pratiquement en larmes. Bon, fit-elle. Faites-le entrer.

Rodriguez débarla dans le vestibule, les bras chargés de fleurs.

— Est-ce que je vous ai offensée, ma princesse ? interrogea-t-il.

— Non, Rodriguez, dit-elle fermement. Mais vous devez comprendre que nous ne vivons pas ensemble. Vous n'êtes même pas mon petit ami.

— Qu'est-ce que nous sommes, alors ? fit-il, vexé.

— Vous êtes mon masseur, rétorqua-t-elle, décidant d'être franche. Et je paie vos services.

— C'est tout ce que je suis ? murmura-t-il, piteux.

— Oui, Rodriguez, lança-t-elle, décidant que mieux valait lui dire la vérité, c'est tout ce que vous êtes.

— Je suis désolé de vous avoir dérangée, ajouta-t-il d'un ton crispé.

— Ce n'est rien, conclut-elle en jetant un coup d'œil à sa montre. Presque 17 heures. Avez-vous le temps de me masser maintenant ? demanda-t-elle, pour adoucir le choc.

— Bien sûr, répondit-il.

— Je vous retrouve là-haut.

Venus monta, prit une douche, s'enroula dans une serviette et passa dans la salle de massages. Rodriguez avait enfilé sa tenue de travail, un pantalon de toile blanche et un T-shirt. Elle remarqua, comme toujours, qu'il était incroyablement beau garçon. Elle s'allongea à plat ventre sur la table. Rodriguez fit glisser la serviette. Elle n'avait aucune fausse modestie : après tout, il avait tout vu d'elle.

— Utilisez la citronnelle aujourd'hui, suggéra-t-elle. J'adore l'odeur.

— Certainement, répondit Rodriguez.

Il se mit à fredonner une chanson sud-américaine. C'était bon signe : au moins, elle ne lui avait pas brisé le cœur. Les mains de Rodriguez couraient sur son corps, pétrissant les chairs fermes, décrivant des cercles qui se resserraient de plus en plus.

— Rodriguez, murmura-t-elle d'un ton ensommeillé. N'oubliez pas que nos rapports sont purement commerciaux.

— Je comprends.

Ses mains la pétrissaient toujours.

— Non, pas ça, protesta-t-elle sans trop de conviction.

— En Argentine, glissa-t-il, quand une femme dit non... on peut parfois supposer qu'elle veut dire oui.

Elle sentit bientôt sa langue insistante au lieu de ses mains. *Oh, mon Dieu ! Allons, une dernière fois.* Après ça, elle ne l'encouragerait plus jamais.

47

— Il est ici, annonça Boogie.
— Comment avez-vous réussi à le faire revenir ? fit Lucky.
— Il a essayé de filer. Je l'ai persuadé de ne pas le faire.
— Il a une réponse à nous donner ?
— Écoutez vous-même.

Elle suivit Boogie dans le garage. Même scénario : Jimmy la fouine ligoté sur une chaise, ses yeux bordés de rouge inspectant furtivement les lieux comme un animal pris au piège. Cette fois, Lucky était armée : un petit automatique argenté qu'elle possédait depuis plusieurs années. Elle n'avait aucune intention de s'en servir sur cette lavette mais ça pourrait servir à l'effrayer. Elle se planta devant lui, tenant nonchalamment son pistolet devant elle pour qu'il le voie bien.

— Est-ce que tu as un nom pour moi, Jimmy ? demanda-t-elle. Je l'espère, car aujourd'hui je ne suis pas d'humeur à glander.
— Vas-y ! intima Boogie. Dis-lui !
— John Fardo, c'est lui qui m'a engagé, murmura Jimmy, la sueur perlant sur son front.
— Dis-lui qui c'est, encouragea Boogie.
— John est chauffeur de maître. C'est un de ses clients qui lui avait confié le travail.
— Quel client ? demanda Lucky, ses yeux noirs rivés sur lui.
— Je ne sais pas, fit Jimmy d'une voix tendue. John travaille aux voitures de louage Galaxy Star : c'est sur Sepulveda. Il se

tortillait sur sa chaise, la sueur ruisselant sur son visage de rat. Vous allez me laisser partir maintenant ?

— Boogie, dit-elle en se dirigeant vers la porte, foutez-moi cette merde dehors. Assurez-vous qu'il verse tout l'argent qu'on lui a donné à une œuvre de charité. Jusqu'au dernier sou.

Elle rentra dans la maison en se disant que les tueurs n'étaient plus ce qu'ils avaient été. Elle s'installa dans son bureau, appela les renseignements et obtint le numéro de la compagnie de voitures de louage.

— Un certain John Fardo travaille chez vous, dit-elle d'un ton détaché. C'est lui qui conduit généralement Mrs. Landsman, Mrs. Donna Landsman... C'est bien ça ?

La réceptionniste lui demanda de ne pas quitter, puis revint et dit :

— C'est exact, madame.

— Très bien. J'ai besoin de contacter Mrs. Landsman plus tard. Est-ce que John la conduira ce soir ?

— Oui, madame. Il la conduit tous les soirs.

Tiens, quelle surprise !

Alex fut ravi quand Lucky appela pour confirmer qu'elle pouvait l'accompagner. Il lui dit qu'il passerait la prendre à 19 heures, puis essaya aussitôt de joindre Tin Lee pour annuler. Elle n'était pas chez elle. Cela le rendit très nerveux, car Tin Lee savait que le dîner était chez Mickey Stolli. Il appela Lili à son domicile.

— Comment s'est passé le repérage ? demanda Lili.

Il entendait la télé en fond sonore et se demanda si elle était seule.

— Très bien. Euh, dis-moi, changement de programme. Je ne peux pas emmener Tin Lee chez les Stolli.

— Tu l'as appelée ?

— J'ai essayé : elle n'est pas chez elle. Qu'est-ce que je peux faire ?

Lili baissa le volume de sa télé.

— Il va falloir que tu la retrouves à ton appartement pour lui annoncer la mauvaise nouvelle.

— Je comptais rester à la villa.

— Tu veux que j'appelle les Stolli pour annuler ?

— Non, ne fais pas ça, s'empressa-t-il de dire. J'y vais quand même.

— Tu y vas quand même, répéta patiemment Lili, seulement tu n'emmènes pas Tin Lee.
— Tu as tout compris.
— Tu emmènes quelqu'un d'autre ?
— À vrai dire, oui.
— Alors je te conseille de contacter Tin Lee le plus vite possible.
— C'est un excellent conseil, Lili, mais je croyais te l'avoir expliqué : je n'arrive pas à la joindre.
— Je suis désolée, Alex, fit-elle, mais moi, je ne peux absolument rien faire.

Il soupçonnait vaguement que Lili était ravie de le voir ainsi empêtré. Très bien, très bien, grogna-t-il, furieux. Je vais m'arranger.

Il appela le concierge de son immeuble de Wilshire.
— J'attends une amie à 19 heures. Quand elle arrivera, dites-lui que j'ai été retenu et que je ne peux pas dîner avec elle ce soir. Qu'elle rentre et qu'elle attende mon coup de téléphone. Vous avez compris ?
— Oui, Mr. Woods, dit le concierge.
— Vous êtes certain ?
— Tout à fait, Mr. Woods.

Alex ne voyait pas ce qu'il pouvait faire d'autre. S'il venait en ville pour régler ça lui-même, il serait en retard pour passer prendre Lucky. La seule solution, c'était de rester à la villa. Il se rendit dans sa salle de bains, essayant de décider ce qu'il allait mettre. Du noir, bien sûr, puisqu'il ne portait jamais rien d'autre. Une chemise de soie noire, une veste noire d'Armani, un pantalon noir. Parfait. Seigneur ! Il était nerveux comme un adolescent avant son premier rendez-vous. De quoi rire. Après s'être habillé, il se planta devant son bar, regarda longuement une bouteille de vodka, puis décida de ne pas boire. Un demi-joint le calmerait. Il consulta sa montre : presque 19 heures. Un joint et il serait prêt à tout.

Mickey monta dans sa voiture et quitta le studio. Il n'avait pas eu de nouvelles de Venus depuis sa visite surprise. Il ne savait pas si c'était bon ou mauvais signe. Et après ? Elle finirait par céder. Maintenant qu'il était de nouveau à la tête de Panther, tout pouvait arriver. C'était vraiment un soulagement de se retrouver là. Il appela Abigaile de la voiture pour voir comment se présentait la soirée. Elle se mit aussitôt à le harceler parce qu'elle ne savait pas le nom de la cavalière de Cooper Turner ni de celle de Johnny Romano. Sa femme pouvait être vraiment casse-pieds, même s'il devait reconnaître que depuis leur réconciliation, les choses allaient beaucoup mieux qu'avant. Deux ans auparavant, elle l'avait flanqué dehors après l'avoir surpris avec Warner. Ce n'était pas drôle de se retrouver tout seul. La vie d'hôtel, c'était assommant. À sa stupéfaction, il avait même constaté qu'Abigaile lui manquait. Mais ça ne voulait pas dire qu'il ne pouvait pas couchailler ici ou là quand l'envie l'en prenait.

Abigaile raccrocha, agacée de constater que Mickey ne la comprenait pas. Elle monta dans sa chambre et s'inspecta dans son miroir. La visagiste était venue tout à l'heure pour s'occuper de son maquillage. S'étant assurée que tout allait bien, elle commença à s'inquiéter de sa fille. Quelle bizarre création Tabitha allait-elle arborer ce soir ? La semaine dernière, ils l'avaient emmenée dîner au restaurant en famille. Elle avait mis une combinaison de satin déchirée, de faux tatouages partout sur les bras et de gros godillots militaires. Ce n'était pas beau à voir. Mickey avait juré qu'on ne le reverrait jamais avec elle en public. Abigaile décida qu'elle ferait mieux de vérifier : elle se précipita donc dans la chambre de sa fille. Elle la trouva allongée sur son lit, vêtue d'un T-shirt et d'un caleçon d'homme à rayures, en train de regarder Axel Rose sur MTV. Le lecteur de CD passait du Bon Jovi à plein volume : tout cela faisait un vacarme assourdissant.

— Tu ne te prépares pas ? hurla Abigaile pour se faire entendre.

— Si, répondit Tabitha avec un geste vague.

— J'espère que tu vas mettre cette robe que je t'ai achetée chez Neiman.

— Ouais, ouais, répondit Tabitha en tripotant l'anneau d'or qu'elle s'était récemment agrafé au nombril.

Abigaile frémit en sortant de ce taudis. Elle ne l'avouait à personne mais elle avait hâte de voir Tabitha s'installer ailleurs.

Venus se décida pour du rouge : une robe d'Alaïa à tomber, avec le dos pratiquement nu et un décolleté audacieux. Elle espérait que ça rendrait Mickey fou de désir. Peut-être que même Alex serait impressionné : il devait bien avoir des sentiments.

Anthony travaillait tard : elle le fit venir dans sa chambre pour avoir son avis. Divin ! s'exclama-t-il. Il avait toujours le mot qu'il fallait.

La limousine de Johnny arriva peu après. Il siffla d'admiration devant sa robe. Elle le félicita pour son costume gris foncé. Il l'aida à monter dans la voiture en la pelotant furtivement au passage. Elle fit semblant de ne pas s'en apercevoir. Le chauffeur était une magnifique Noire. Deux femmes gardes du corps étaient assises à l'avant, droites comme des piquets.

— Il te faut vraiment tout ça ? demanda Venus en s'installant à l'arrière.

— Bien sûr, mon chou, et tu devrais en avoir autant, dit-il avec un sourire entendu. C'est déductible de tes impôts.

Un peu de musique rap en fond sonore. Elle accepta la coupe de champagne qu'il lui offrait et repensa aux lettres qu'elle recevait.

— Qui s'occupe de ton courrier ? demanda-t-elle.

— Je ne le lis jamais, répondit-il en buvant son champagne comme si c'était de l'eau. Je reçois des tas de lettres de dingues.

— Moi aussi. Depuis quelque temps, j'ai des lettres obscènes qui arrivent chez moi. Je trouve les enveloppes sur le pas de ma porte.

— Il faut renforcer ta sécurité, engager deux ou trois autres gardes. J'ai des gens à te recommander. Quand nous travaillerons ensemble, reprit-il, en posant sur sa cuisse une main négligente, tu seras tout le temps entourée.

— Je voulais justement t'en parler, dit-elle en repoussant discrètement sa main. Alex a décidé d'engager Leslie Kane. Je ne suis plus dans le film.

— Pas question ! s'écria Johnny.

— Mais si, hélas.

— Impossible ! Qui t'a dit ça ?

— Freddie Leon.

— Tu veux que j'intervienne ?

— Si tu veux, fit Venus. Mais ne t'attends à aucune récompense en échange.

— Ne t'inquiète pas, mon petit, fit Johnny en avalant une nouvelle lampée de champagne. Quand Johnny dit qu'il va faire quelque chose, considère que c'est fait.

— Je te remercie, répondit Venus avec une mine de petite fille.

— Il est tard, lança Leslie, voyant Jeff entrer en courant dans la maison. Où étais-tu ?

— Seigneur ! J'ai été retenu au gymnase, je ne me suis pas rendu compte de l'heure, dit-il, tout essoufflé.

— Je suis prête, fit remarquer Leslie. Il faut qu'on parte à 19 h 15.

— Désolé. Je passe sous la douche et je suis là dans une minute.

Il s'engouffra dans la salle de bains.

Pour qui la prenait-il ? Pour une idiote ? Il était avec une autre femme : elle sentait encore son parfum sur lui. De toute façon, sa femme avait téléphoné : oui, Jeff était marié.

— Je suis Ambre, avait dit la voix au téléphone. La femme de Jeff. Si vous ne me croyez pas, regardez dans son album de photos : notre certificat de mariage est caché derrière le dernier portrait.

— Pourquoi appelez-vous ? avait demandé Leslie.

— J'ai pensé que vous devriez être au courant.

— Merci. Maintenant, je le suis.

Il y avait quelques jours de cela. Elle ne savait absolument pas pourquoi cette femme avait téléphoné et, franchement, elle s'en moquait parce que Jeff n'allait pas s'éterniser. Jeff n'était là qu'en remplacement de Cooper. Elle avait regardé dans son album : il était bien marié. Marié et menteur. Elle se demanda qui Cooper allait amener ce soir. Seul cela l'intéressait.

Cooper se faisait accompagner par une certaine Veronica, un mannequin connu spécialisé dans les photos de lingerie sexy mais respectable. Il l'avait rencontrée dans un avion, était sorti avec elle un certain nombre de fois et l'avait trouvée séduisante et fort intelligente pour une mannequin. Elle n'était pas collante. Il aimait ça chez une femme. Ce qu'il aimait moins, c'était sa voix de basse un peu gutturale : on aurait cru entendre un homme.

— Je peux monter ? demanda-t-il dans l'interphone. Une petite gâterie avant le dîner lui plairait bien. Jusqu'à maintenant, il s'était conduit en gentleman. Ce soir, il avait l'intention de conclure.

— D'accord, fit-elle sans grand enthousiasme.

Il prit l'ascenseur jusqu'au quatorzième étage.

— Entre, fit-elle en l'accueillant sur le seuil, très chic dans sa robe crème sans manches, qui découvrait ses longs bras musclés et légèrement hâlés.

Presque un mètre quatre-vingts, les cheveux qui lui tombaient jusqu'aux épaules, des yeux de chat, des dents du haut qui avançaient un peu et un nez un soupçon trop long : l'ensemble était quand même réussi. Cooper entra, viril et conquérant.

— Cooper, le gronda-t-elle, remarquant aussitôt la bosse qui gonflait son pantalon, vous êtes incorrigible !

— Est-ce ma faute si je suis content de vous voir ? glissa-t-il en lui prenant la main.

— Gardez ça pour plus tard, rétorqua-t-elle avec un rire un peu rauque.

S'il avait fait cela avec Venus Maria, elle aurait tout de suite compris. Veronica était un peu froide à son goût. Mais, comme tous les mannequins qui réussissaient, elle rêvait de devenir une comédienne célèbre. C'était son point faible.

Il changea de tactique et, la prenant par surprise, glissa la main dans son décolleté. Elle ne portait pas de soutien-gorge.

— C'est mignon, tout ça, dit-il.

— Je sais, fit-elle avec un sourire assuré. On y va ?

Prendre le thé avec Dominique était une expérience enrichissante. Assise toute droite dans le gros canapé de soie damassée, Tin Lee feuilletait des albums de photos de Dominique en observant Alex enfant. Au début, il y avait des photos de lui avec son père, jouant sur la plage, montant à cheval, nageant. Puis les photos d'anniversaire où Alex était entouré de ses parents, tous les trois riant, insouciants. Dans un esprit morbide, Dominique avait consacré trois pages à l'enterrement du père d'Alex. Les photos d'Alex étaient bouleversantes : debout auprès du cercueil, son petit visage exprimait tout le chagrin du monde. Après cela, finis les sourires : sur toutes les photos, Alex avait l'air grave. À la fin de l'album, il y avait plusieurs photos de lui dans son uniforme de l'académie militaire, une petite silhouette vêtue de gris, le visage triste et l'air perdu.

— Alex avait besoin de discipline, expliqua Dominique un peu sur la défensive. Moi, je ne pouvais pas m'occuper de lui, j'avais ma vie. J'étais une jeune femme quand mon mari est mort. J'avais certains... besoins. Personne, j'en suis sûre, ne s'attendait à me voir renoncer à tout.

— Je comprends, fit doucement Tin Lee, qui ne comprenait pas du tout.

— Pas Alex, fit Dominique d'un ton amer. Il me reproche tout.

— Qu'est-ce qu'il vous reproche ? demanda Tin Lee avec curiosité.

— La mort de son père, répondit Dominique. Alex est persuadé que j'ai fait mourir Gordon à force de le harceler. Il ne connaît pas la véritable histoire. Gordon était un ivrogne et un coureur de jupons. J'avais toutes les raisons de le harceler.

— Vous n'en avez jamais discuté tous les deux ? interrogea Tin Lee.

— Non, fit Dominique en secouant la tête. Alex refuse d'aborder tout sujet personnel. Il ne me voit que parce que son sentiment de culpabilité lui dit que c'est son devoir.

— Si je puis me permettre, intervint Tin Lee, peut-être que vous n'arrivez pas à vous entendre tous les deux aussi bien que vous le devriez parce que vous le critiquez sans cesse.

— Je le critique pour capter son attention, déclara sèchement Dominique. Si moi, je ne le critiquais pas, qui le ferait ?

— Je crois que ça rend Alex malheureux, se risqua à dire Tin Lee, en espérant qu'elle n'allait pas trop loin.

— Ne jouez pas les psy, ma chère, déclara Dominique d'un ton mordant. Ce qui se passe entre mon fils et moi ne vous regarde pas.

Dûment remise à sa place, Tin Lee se leva.

— Il faut que je parte, dit-elle. Alex a horreur qu'on le fasse attendre.

— Venez avec moi avant de partir, ordonna Dominique en l'entraînant dans sa chambre.

Tin Lee la suivit docilement. Dominique se dirigea vers sa commode et ouvrit une vieille boîte en velours posée dessus. Elle y prit une ravissante croix en diamants attachée à une mince chaîne de platine.

— Vous voyez ce bijou ?

Il appartenait à la grand-mère d'Alex. Je veux que vous l'ayez. Portez-le ce soir.

— Oh, je ne peux pas accepter, murmura Tin Lee, abasourdie. C'est trop somptueux.

— Non, ma chère enfant, prenez-le, dit Dominique en lui tendant la croix. Il est réconfortant de savoir qu'Alex a quelqu'un qui s'intéresse à lui, une fille qui n'en veut pas qu'à son argent.

Plantée devant le miroir, Tin Lee plaça la croix de diamants autour de son cou délicat.

— C'est magnifique ! souffla-t-elle.

— Profitez-en, fit Dominique. Et dès ce soir. C'est bon signe qu'Alex vous emmène chez des gens de cinéma.

— J'espère que nous pourrons dîner tous les trois ensemble dans le courant de la semaine, dit Tin Lee.

— Mais oui, répondit Dominique. J'en serais ravie. Je n'ai pas beaucoup d'amis.

— Je vais m'assurer qu'Alex arrange ça.

Tin Lee descendit en hâte l'escalier et attendit que le maître d'hôtel lui amène sa voiture. Elle jeta un coup d'œil anxieux à sa montre. Elle était en retard. Elle espérait qu'Alex ne lui en voudrait pas trop.

48

Alex cueillit une rose jaune dans son jardin pour Lucky. Il descendit de voiture devant sa maison, la tenant maladroitement entre ses doigts : il n'avait pas l'habitude des gestes romanesques. Ce fut Lucky qui vint lui ouvrir, éblouissante dans un tailleur du soir Saint Laurent, avec un corsage blanc au décolleté plongeant, aux oreilles des anneaux constellés de diamants, ses cheveux noirs encadrant son beau visage de boucles couleur de jais.

— Entrez, dit-elle. C'est un taudis chez moi, comparé à votre villa.

— Pas du tout, répondit-il en regardant autour de lui. C'est très confortable.

— La vôtre a l'air de sortir d'un magazine d'architecture, poursuivit-elle d'un ton désabusé. C'est vrai que j'ai des enfants et pas vous. Vous ne vous êtes jamais marié, n'est-ce pas ?

— Vous vous rappelez peut-être que nous avons discuté de ce sujet l'autre soir ?

Elle acquiesça :

— Bien sûr.

— Vous étiez beurrée, vous savez.

— Oh... je tiens l'alcool. J'étais peut-être un peu éméchée, mais je sais très bien ce qui s'est passé.

Elle eut un petit rire.

— Je voulais vous dire, fit-il en lui tendant la rose jaune, vous êtes très belle ce soir.

— Merci. Elle posa la rose sur une table. Je ne savais pas que vous étiez horticulteur.

— Remerciez plutôt mon jardinier, moi, je me contente de les cueillir.
— Est-ce que nous avons le temps de prendre un verre ?
— Seulement si vous en prenez un aussi.
— Je ne compte pas me donner à nouveau en spectacle.
— Juste un verre, Lucky. Nous sommes deux adultes.
Leurs regards se croisèrent un instant. Lucky fut la première à détourner les yeux : signe de faiblesse.
— Qu'est-ce que vous prenez ? dit-elle d'un ton léger, refusant de se laisser entraîner.
— Vodka-martini.
Le téléphone sonna. Allez répondre, je prépare les verres, dit-il en se dirigeant vers le bar. Elle décrocha. C'était Jennifer.
— Mon ami Ricco, le type dont je vous disais qu'il travaillait à Rome, est en ce moment à LA ; il est descendu au Château Marmont, fit Jennifer, qui semblait essoufflée. Je crois que vous devriez entendre ce qu'il a à dire. Nous pouvons le retrouver dans une demi-heure.
— Ce ne serait pas possible plus tard ? suggéra Lucky.
— Non. Il reprend un avion pour l'Italie à minuit. Il a un dîner. Il faut que ce soit maintenant.
Lucky jeta un coup d'œil à Alex.
— D'accord, j'arrive.
Alex s'approcha, lui apportant son verre.
— Je ne me débrouille pas mal. J'ai été barman, vous savez.
— Ça vous ennuierait si je vous retrouvais chez les Stolli ? fit Lucky. Il faut que je m'arrête quelque part auparavant. C'est important.
Cette Lucky Santangelo n'était vraiment pas une femme facile.
— Vous plaisantez, non ?
— Du tout, je suis désolée.
— Alors je vous accompagne.
Elle resta un moment silencieuse, essayant de décider si elle voulait qu'il vienne.
— Mais nous serons en retard chez les Stolli, dit-elle enfin.
— Et après ? répondit-il, dévoré de curiosité.
— D'accord, allons-y. Je vous expliquerai pendant le trajet.
Il avala son verre d'un trait. Pourquoi donc, chaque fois qu'il voyait Lucky, cela tournait-il à l'aventure ?

L'avion d'American Airlines décolla de l'aéroport Kennedy à l'heure.

— Tu es sûre que nous avons raison de faire ça ? demanda Brigette.

— Oui, fit Nona d'un ton catégorique. Nous ne sommes ni l'une ni l'autre de taille à tenir tête à Michel. C'est un malade. Lucky saura comment le manier.

— Je suis désolée de m'être mise dans le pétrin, dit Brigette. À chaque fois, il faut que Lucky vienne à mon secours.

— Comment ça ?

— Eh bien, la dernière fois, quand il y a eu le kidnapping et tout ça... Elle ne termina pas sa phrase, puis reprit : C'est Lucky qui a endossé la responsabilité quand j'ai abattu Santino Bonnatti.

— Oui, mais tu as pris sa défense à son procès et tu as dit la vérité. Dans la vie, Brigette, les merdes, ça arrive. Il faut que tu apprennes à te débrouiller.

— Alors pourquoi est-ce que je me précipite chez Lucky ?

— Parce que tu es à bout. Chaque nuit, Isaac et toi, vous vous camez et vous buvez. C'est ça que tu veux faire de ta vie ?

— Pas vraiment.

— Alors, il est temps de t'arrêter. D'ailleurs, j'ai besoin que tu sois en forme pour m'aider à préparer mon mariage.

— Tu sais, j'ai demandé à Isaac de me trouver un flingue.

— Tu n'as pas fait ça !

— Oh, mais si.

— Et qu'est-ce que tu comptais faire s'il t'en avait procuré un ?

— Je ne sais pas. Faire sauter la cervelle de Michel.

— Ça n'aurait pas été une solution. Tu as assez d'ennuis comme ça. Il n'est pas trop tard pour repartir du bon pied, déclara Nona d'un ton réconfortant. Quand nous nous serons débarrassées de Michel, nous trouverons un agent convenable. La guerre ne fait que commencer.

— Je sais que tu as raison... Lucky, c'est ma seule chance.

Après le dîner et un film, elles s'endormirent toutes les deux jusqu'au moment où le steward vint leur annoncer qu'il était temps de se préparer à l'atterrissage.

— Je nous ai réservé une chambre au Hilton, annonça Nona en bouclant sa ceinture. J'ai pensé que c'était mieux que de tomber sur Lucky sans être annoncées.

— Mais je veux que tu sois là quand je vais lui parler, fit Brigette, anxieuse.

— Promis.

Brigette posa sa main sur celle de Nona.

— Merci d'être une si bonne amie.

— Allons donc ! répliqua Nona. Je fais tout ça pour protéger mes dix pour cent !

Leslie et Jeff furent les premiers à arriver chez les Stolli. Abigaile les accueillit. Les femmes échangèrent baisers et compliments. Jeff était radieux. Quelle chance il avait ! C'était un atout pour lui de fréquenter ces gens. Dieu merci, il avait une femme compréhensive qui le laissait agir pour assurer leur avenir.

— Mickey descend dans une minute, lança Abigaile en leur faisant traverser le vaste hall.

Un barman impeccable se mit au garde-à-vous.

— Vin blanc, demanda Leslie en lissant nerveusement sa jupe.

— Tequila avec des glaçons, dit Jeff.

Elle lui lança un regard sévère : il ne tenait pas bien l'alcool et tous deux le savaient. Juste une, ma jolie, dit Jeff, qui avait surpris son regard. Elle détestait quand il l'appelait « ma jolie ».

Abigaile espérait que les autres invités n'allaient pas tarder à arriver ou bien que Mickey allait se secouer un peu et descendre. En attendant, elle devait faire la conversation à ces deux-là, alors qu'elle aurait voulu prendre le temps de tout passer en revue une dernière fois. Et d'aller voir ce que Tabitha, toujours enfermée dans sa chambre, s'était mis sur le dos. Là-dessus, Abigaile entendit sonner. Quelques instants plus tard, Johnny Romano fit son entrée, accompagné de Venus Maria. Abigaile fronça les sourcils. Comment Johnny avait-il le toupet de ne pas annoncer avec qui il venait quand c'était quelqu'un d'aussi connu que Venus ? Cet homme n'avait aucune manière : mais que pouvait-on attendre d'un acteur ? Surtout d'un acteur de type hispanique qui avait fait fortune en tournant d'écœurantes successions de navets vulgaires. Abigaile oubliait fort commodément que Mickey avait été responsable de la plupart d'entre eux.

— Abbey, mon chou, ronronna Johnny en lui lançant une œillade assassine et en lui pinçant subrepticement les fesses. Mon hôtesse favorite. Il se pencha pour l'embrasser.

— Johnny, mon chéri, répondit Abigaile, plissant le nez en humant une bouffée de son entêtante lotion après-rasage, tu es magnifique. Hé, Venus, ça fait une éternité ! C'est si bon de te revoir.

— Merci, Abbey, répondit Venus, très calme.

Et pourtant, elle bouillait intérieurement car elle avait repéré Leslie : Johnny ne l'avait pas prévenue.

Abigaile les entraîna vers le bar. Vous connaissez Leslie et... De nouveau un blanc quand elle voulut se rappeler le nom de Jeff. Leslie, encore sonnée, parvint à balbutier « J-jeff ». Elle n'avait pas vu Venus depuis cette horrible soirée chez elle. C'était un désastre. Maintenant, elle n'aurait aucune chance avec Cooper.

— Salut, Leslie, fit Venus sans se démonter.

Un instant, Leslie songea à ignorer cette traînée. Mais elle murmura un « bonjour » un peu pincé. Jeff semblait avoir oublié à qui il devait allégeance.

— Venus ! s'exclama-t-il avec un sourire radieux. Nous nous sommes rencontrés chez Leslie, vous vous souvenez ? Ah, quelle soirée !

Quel connard ! songèrent en même temps les deux femmes.

Johnny, qui ne se souvenait pas d'avoir déjà rencontré Leslie, lui serra la main en la gardant quelques secondes de trop. J'ai lu un tas de bons papiers sur vous, dit-il. Bienvenue dans la stratosphère !

Leslie parvint à lui retourner un sourire un peu tendu. « Merci. » Sans doute ne se rappelait-il pas leur unique nuit de folle passion dans un bungalow du Beverly Hills hotel : elle et deux autres filles. Il avait payé 10 000 dollars pour les trois et s'était conduit comme un porc avide.

— Non, merci à vous, répondit Johnny en lui lançant un regard appuyé. Si ça ne marchait pas avec Venus, cette charmante rousse pourrait faire une candidate tout à fait acceptable. Là-dessus, Mickey arriva, douché, rasé, la calvitie étincelante.

— Bienvenue à vous tous ! lança-t-il en tournant vers ses invités un visage radieux. Puis il fit semblant d'apercevoir seulement Venus. Bonsoir, ma chérie, dit-il en déployant tout le charme dont il était capable. Nous ne t'attendions pas.

— Je sais que tu aimes les surprises, Mickey, rétorqua-t-elle en flirtant machinalement. Alors me voici.

— Hé oui ! ajouta Johnny. Venus et moi, nous sommes le couple idéal maintenant.

— Le couple idéal ? répéta Abigaile, qui trouvait la robe de Venus ridiculement décolletée.

Johnny étreignit le bras de Venus.

— Tu sais, Mickey, on s'est dit que puisqu'on tournait *Gangsters* ensemble, on allait faire un peu de pub gratuite. Les journaux vont adorer.

Mickey lança un rapide coup d'œil à Leslie. Elle bavardait avec Jeff et ne semblait pas avoir entendu. *Dieu soit loué !* Abigaile, elle, avait bien entendu. Elle prit Mickey par le bras en disant : Excusez-nous un instant. Elle l'entraîna à l'autre bout de la salle et déclara sèchement : Qu'est-ce que raconte Johnny ? Personne n'a donc dit à Venus qu'elle n'est pas dans *Gangsters* ? Mickey hocha la tête.

— Mais si, mais si, mon chou, tout ça est arrangé. N'encombre pas ta tête de linotte avec ça.

— Ma tête de linotte ? répliqua-t-elle d'un ton hautain. À qui est-ce que tu crois parler ? À une de tes starlettes idiotes ?

— Il y a des changements, grommela Mickey, en fronçant les sourcils.

Il ne pouvait pas supporter quand Abigaile prenait ses grands airs.

— Comment ça, des changements ? lança Abigaile.

— J'ai trouvé un film qui convient bien mieux à Leslie. Je me suis dis que j'allais lui envoyer d'abord le scénario pour l'exciter. Elle partagera la vedette avec Gere.

— Richard ?

— Non, Max, fit-il en haussant les sourcils. Qu'est-ce que tu crois ? Bien sûr, Richard.

Radical changement d'attitude chez Abigaile, qui s'imaginait déjà recevoir Richard Gere à un de ses prochains dîners.

— Oh, c'est parfait. Elle va être ravie.

— C'est ce que je te disais, non ? Alex est trop brutal pour Leslie. C'est un service que je rends à cette petite. Mais nous ne l'annoncerons pas ce soir.

— Pourquoi donc ?

— Parce que je ne veux pas que Venus l'apprenne. Je suis sûr qu'elle m'en veut. Comme Alex. Ils m'en veulent tous. Je dirige des studios, personne ne m'aime.

— C'est ridicule, Mickey, tout le monde t'adore.

— Merci, mon chou. Maintenant, détendons-nous et passons une bonne soirée.

Ils s'empressèrent de rejoindre leurs invités. Venus et Johnny déambulaient au bord de la piscine. Leslie et Jeff avaient une conversation animée au bar. Cooper Turner et sa cavalière venaient d'arriver.

— Abigaile, mon ange, dit Cooper en l'embrassant sur les deux joues. Je te présente Veronica.

— Bonjour, ma chère, lança Abigaile en se tordant le cou pour saluer le grand mannequin.

Leslie, furieuse de l'attitude de Jeff à l'égard de Venus, leva les yeux et vit Cooper approcher. Son attitude changea aussitôt.

— Cooper, dit-elle avec un grand sourire, quel bonheur de te voir !

— Salut, Leslie, fit-il. Je te présente Veronica.

Leslie acquiesça, continuant à sourire hypocritement. Elle trouvait la jeune mannequin parfaitement insipide.

— Veronica, enchaîna Cooper, dis bonjour à Leslie Kane et à son ami Jeff.

— Salut, Cooper, dit Jeff en lui tendant la main.

Il se fichait complètement que Leslie et Cooper eussent jadis été amants.

Venus et Johnny revinrent de la terrasse. Juste à temps car les invités d'honneur — Donna et George Landsman — faisaient leur entrée, un Santo maussade sur les talons.

Abigaile se précipita.

— Donna, c'est un tel plaisir de vous rencontrer ! Mickey m'a tellement parlé de vous ! Bienvenue à Hollywood ! Nous sommes ravis que Mickey soit revenu à Panther.

Mickey ne voulut pas être en reste.

— Donna, lança-t-il, ignorant George sans le vouloir, bienvenue à la maison.

Donna avait déjà repéré Cooper Turner, Johnny Romano et Venus Maria — elle était totalement intimidée. Elle empoigna Santo qui traînait derrière elle et le poussa en avant.

— Voici mon fils, Santo, annonça-t-elle.

— Bonjour, Santo, mon chéri, dit Abigaile en se demandant pourquoi ses parents avaient laissé ce garçon engraisser à ce point.

Santo aperçut Venus et son cœur se mit à battre. Venus. *Sa* Venus. À quelques mètres seulement de lui. Il rougit violemment.

— Il faut que j'aille aux toilettes, bredouilla-t-il.

— Maintenant ? siffla Donna mécontente.

— Oui, maintenant.

Abigaile dit gracieusement : C'est à gauche dans le couloir, mon chéri.

Santo sortit précipitamment. Il fonça jusqu'aux toilettes et claqua la porte derrière lui. Heureusement, il avait un joint sur lui. Il fouilla dans sa poche, l'alluma et inhala profondément, essayant frénétiquement de retrouver ses esprits. Descendant l'escalier, Tabitha avait vu ce gros garçon pénétrer dans les toilettes des invités. *Tiens*, s'était-elle dit, *je vais le suivre pour l'embarrasser.* Ça apprendrait à sa mère à l'obliger d'assister à un de ses assommants dîners. Elle était arrivée devant la porte des toilettes et l'avait ouverte toute grande. Santo, qui avait oublié de pousser le verrou, avait fait un bond. Il s'apprêtait à allumer son joint.

Tabitha embrassa la scène d'un coup d'œil. Rapide comme l'éclair, elle referma la porte.

— Tu dois être le fils de cette Donna Machin, dit-elle.

— Oui, murmura-t-il. Santo.

— Moi, c'est Tabitha, la fille des Stolli. Je vois que tu as un superbe pétard. Laisse-moi en tirer une bouffée et je ne dirai rien à personne.

Aaron Kolinsky, le concierge de service dans l'immeuble d'Alex, souffrait de brûlures d'estomac. Certains des locataires avaient de quoi vous rendre malade avec leurs stupides exigences. « Allez promener mon chien. » « Faites laver ma voiture. » « Allez me faire cette course. » Pour qui le prenaient-ils ? À 19 heures, il s'en alla. Il en avait ras la casquette. De 7 heures du matin à 7 heures du soir, ça suffisait. Il partit bien avant que Tin Lee arrive. Ça n'avait d'ailleurs pas d'importance. Il avait complètement oublié les instructions d'Alex. Tin Lee s'avança jusqu'à la réception, annonça qu'elle montait à l'appartement d'Alex, prit l'ascenseur et sonna à sa porte. Pas de réponse. Au bout de cinq minutes, elle redescendit. Elle avait plus d'une demi-heure de retard : Alex, sans doute furieux, était parti en avant.

— Mr. Woods n'a pas laissé de message pour moi ? demanda-t-elle.

— Non, madame.

— Vous êtes certain ?

— Absolument.

— Vous avez un annuaire ?

Le concierge lui tendit un gros annuaire de LA. Par chance, Mickey Stolli n'était pas sur liste rouge. Elle recopia l'adresse et reprit sa voiture. Alex serait ravi qu'elle ait pu se débrouiller toute seule.

49

Assise dans la Porsche d'Alex tout en roulant vers le Château Marmont, Lucky commença à parler et constata bientôt qu'elle ne pouvait plus s'arrêter.

— Je ne sais pas pourquoi je vous raconte tout ça, dit-elle. Ce sont des histoires de famille.

— Donc, les Bonnatti ont toujours eu une dent contre les Santangelo et Donna maintient la tradition ? résuma Alex.

Elle acquiesça.

— Ça remonte à Gino et Enzio Bonnatti dans les années vingt. Au début, ils étaient associés : contrebande d'alcool, bars clandestins : ils gagnaient plein de fric. Puis Enzio a éprouvé le besoin de se lancer dans la drogue et la prostitution. Gino n'était pas d'accord : ils se sont séparés. Gino est parti pour Vegas, où il a construit des hôtels. Enzio a pris un chemin différent. Elle s'arrêta pour allumer une cigarette. Enzio était mon parrain. J'étais tout le temps chez lui. En fait, j'étais plus proche de lui que de Gino. Jusqu'au jour où j'ai découvert la vérité. Enzio était responsable du meurtre de ma mère, de la mort de Marco et de celle de mon frère. Ç'a été une révélation bouleversante.

— Seigneur !

— J'étais dans tous mes états. Et il n'y avait aucun doute là-dessus : il fallait que je fasse quelque chose.

— Pourquoi vous ? interrogea Alex.

— Gino était à l'hôpital : il avait eu une crise cardiaque. Elle repoussa en arrière ses longs cheveux bruns, se rappelant l'épisode dans ses moindres détails. Je suis allée chez Enzio, je l'ai entraîné au premier et... je l'ai abattu. Elle inspira profondément. Tout le monde a cru que c'était de la légitime défense. J'ai raconté aux flics qu'il essayait de me violer. Nouvelle pause. Ce n'était pas de la légitime défense, Alex. C'était de la vengeance pure et simple.

— On ne vous a jamais arrêtée ?

— Non. Gino avait des relations. Et puis, j'ai été très convaincante.

Alex prit son temps avant de répondre.

— Quelle histoire ! dit-il enfin.

— Vous savez, Alex, reprit-elle d'un ton songeur, si on attend que la justice fasse quelque chose, autant y renoncer. Si un de vos proches était assassiné, est-ce que vous resteriez assis dans une salle de tribunal à écouter les juges ergoter pendant un an ou deux ? Ou bien est-ce que vous prendriez vous-même les choses en main ?

Il s'arrêta à un feu rouge et la regarda.

— Je ne sais pas, Lucky. Se faire justice soi-même...

— Pourquoi pas ? demanda-t-elle avec rage. Vous trouvez que la loi est si bien faite ? Moi, non.

Ils roulèrent un moment en silence jusqu'à l'hôtel. Lucky écrasa sa cigarette et descendit de voiture. Le Château Marmont avait été mêlé à bien des scandales de Hollywood et c'était encore un des endroits préférés des comédiens et des artistes.

— J'adore cet hôtel, dit-elle. Je m'attends toujours à rencontrer Errol Flynn ou Clark Gable dans le hall.

— Je ne savais pas que vous aimiez les vieux films, dit Alex, surpris.

— Les vieux films et la musique *soul*, ce sont mes deux passions.

— Alors, reprit Alex, qu'essayons-nous de découvrir ce soir ?

— Ce type, Ricco, était chargé de recruter les figurants. Jennifer dit que la blonde des photos traînait autour du plateau. Elle s'est probablement fait engager uniquement pour tendre un piège à Lennie.

— Et si vous découvrez que Donna Landsman était bien responsable, alors, que ferez-vous ?

Elle lui lança un long regard moqueur. Allons, Alex, voyons, vous ne voudriez pas être complice, non ?

Il avait l'impression de tourner une scène d'un de ses films. Lucky, manifestement, n'avait pas les mêmes règles que tout le monde.

Jennifer attendait dans le hall.

— Je suis contente que vous ayez pu venir, lança-t-elle en se précipitant à leur rencontre.

— Je vous présente Alex Woods, dit Lucky.

— Enchantée, fit Jennifer. Ricco veut que nous montions directement dans sa chambre. Je vais le prévenir que vous êtes arrivée.

Elle se dirigea vers la réception et décrocha le téléphone intérieur.

— Jolie fille, observa Alex.

— C'est votre type ? demanda Lucky.

— Non, Lucky, c'est *vous* mon type.

Jennifer revint et tous trois s'engouffrèrent dans l'ascenseur. Au fond, Lucky était contente qu'Alex fût avec elle. C'était dur de découvrir comment Lennie s'était fait avoir et son instinct lui disait qu'il s'agissait bien d'un coup monté. Non seulement ils lui avaient pris Lennie, mais ils avaient voulu lui faire croire en plus qu'il l'avait trahie. Donna Landsman était vraiment une garce. Ricco ouvrit toute grande la porte. C'était un petit Espagnol très brun au visage animé et qui parlait un anglais rapide en répétant ses mots tout en faisant de grands gestes.

— Jennifer, ma Jennifer, fit-il en la serrant dans ses bras. Est-ce que ce n'est pas la plus belle fille que vous ayez jamais vue ?

— Ricco, dit Jennifer, gênée par ses compliments, je te présente Lucky Santangelo et Alex Woods.

— Je me demande si je ne suis pas mort et si je ne me retrouve pas au paradis des cinéastes ! s'exclama Ricco en levant les yeux au ciel. Mr. Woods, c'est un honneur de vous rencontrer. J'ai adoré chacun de vos films. Et Ms. Santangelo, vous en avez fait des superbes à Panther.

— Merci, dit Lucky. Je pense que Jennifer vous a dit de quoi il s'agit.

— Exactement, exactement, dit Ricco. Jennifer m'a expliqué et je me rappelle... Oui, je me rappelle très bien cette blonde, très bien. Une beauté. Elle est venue me voir en me disant : « Ricco, fais-moi engager dans ce film. » Je lui dis : « Comme figurante. » Elle dit : « Très bien, très bien. » Je n'arrivais pas à comprendre pourquoi une aussi belle femme voulait faire de la figuration, mais j'ai accepté.

— Est-ce que je peux la contacter ? demanda Lucky.

— Mais oui, mais oui. Mon assistant a consulté mes dossiers et nous vous donnons une adresse à Paris. La voilà.

Il lui tendit un bout de papier.

— Je vous suis très reconnaissante, dit Lucky.

— Vous, madame, vous pouvez me demander n'importe quoi.

Ils sortirent.

— J'ai pensé que c'était important que vous lui parliez vous-même, dit Jennifer. On dirait que quelqu'un veut vous faire croire que Lennie vous trompait. Même s'ils ne pouvaient pas savoir qu'il allait avoir un terrible accident le lendemain.

— N'en soyez pas si sûre.

— Comment ça ?

— Je veux dire que tout ça était prévu, fit lentement Lucky. Je peux vous l'assurer, Jennifer : la mort de Lennie, ce n'était pas un accident.

Tin Lee alla directement jusqu'à la propriété des Stolli. En arrivant, elle confia sa voiture à un domestique et franchit la porte. Un maître d'hôtel la toisa de la tête aux pieds.

— Puis-je vous aider, madame ?

— J'accompagne Mr. Woods, dit-elle, tout en lui donnant son nom.

Il consulta sa liste. Ah, oui, entrez donc, je vous en prie.

Elle traversa le vaste hall jusqu'au salon. Abigaile la vit arriver.

— Vous devez être avec Alex, ma chère, dit-elle. Je suis Abigaile Stolli.

— Oui, Mrs. Stolli, fit Tin Lee, mal à l'aise d'arriver seule.

— Où est Alex ? demanda Abigaile, en regardant derrière elle.

— Il n'est pas ici ?

— Oh, je vois... Il vous a dit de le retrouver chez moi. Ne vous inquiétez pas, ma chère, je suis sûre qu'il va arriver d'un instant à l'autre. Allez donc au bar prendre un verre.

Tin Lee se dirigea vers le bar pour rencontrer aussitôt un Jeff légèrement éméché qui lui tomba dessus.

— Tin Lee ! s'exclama-t-il avec un grand sourire. Comment va ?

Elle fut soulagée de voir un visage familier. Jeff et elle avaient suivi le même cours de théâtre.

— Très bien, Jeff. Et toi ?

— Toujours aussi jolie, remarqua-t-il d'une voix pâteuse.
— Avec qui es-tu venu ? demanda Tin Lee en s'écartant un peu.
— Je vis avec Leslie Kane, déclara-t-il fièrement.
— *Leslie Kane ?*
— Juré sur ton joli petit cul de Japonaise.
— Jeff, le rabroua-t-elle sèchement, je ne suis pas japonaise.
— Bah, fit-il mollement. Et toi, qui accompagnes-tu ?
— Alex Woods.
— Ben, mon cochon ! Il éclata de rire bruyamment. On ne s'est pas mal démerdés, hein ?

Leslie s'était approchée de Cooper et essayait d'engager la conversation. Malheureusement, Veronica ne le lâchait pas d'une semelle et, par-dessus le marché, il avait un œil sur Venus, en grande conversation avec Mickey.
— On m'a demandé de faire un voyage de presse pour notre film, dit Leslie. Ils veulent m'envoyer à Londres et à Paris. Tu iras ?
— Je n'y avais pas vraiment pensé, dit Cooper, observant toujours Venus.

Son attitude la rendait amère. Quand leur liaison était secrète et qu'il pouvait la sauter chaque fois qu'il en avait envie, il était aux petits soins. Maintenant qu'ils avaient été découverts, il la traitait sans ménagements et elle n'aimait pas ça.
— Est-ce qu'on a le droit de fumer dans cette maison ? demanda Veronica, l'air ennuyé.
— C'est mauvais de fumer, lui reprocha Cooper.
— Je sais ce qui est mauvais pour moi, répliqua Veronica. Je vais aller fumer près de la piscine.
— Je viens avec toi, proposa Cooper.
— Non, attends une minute, dit Leslie en le retenant par le bras. Il faut que je te parle.
— Ne t'inquiète pas, Cooper, fit Veronica avec cette voix grave qui lui portait sur les nerfs. Je te rejoins dans une minute.

Elle s'éloigna sur la terrasse. Cooper dévisagea Leslie comme s'ils se connaissaient à peine.
— Qu'est-ce qu'il y a ? fit-il avec agacement.
— Il faut que je te pose une question.
— Vas-y !
— Qu'est-ce que j'ai fait pour que tu te conduises d'une façon aussi glaciale avec moi ?

— Mais rien, répliqua Cooper, se sentant pris au piège.
— On faisait l'amour tous les jours avant que ta femme s'en aperçoive. Maintenant, c'est à peine si tu as l'air de me connaître. On croirait que tu es encore avec elle.

Cooper garda le silence un moment. Il savait qu'il s'était mal conduit avec Leslie, mais ce n'était pas une raison pour qu'elle soit aussi collante. Après tout, cette fille était une ex-call-girl : pas exactement une timide petite vierge.

— Écoute, mon chou, enchaîna-t-il, avec l'espoir de se débarrasser définitivement d'elle, considère ça comme une baise de tournage.

Elle sentit ses yeux s'emplir de larmes.
— Quoi ?
— Ç'a duré pendant qu'on tournait. Ça arrive souvent dans le métier.
— Tu veux dire que je ne représentais rien pour toi ?
— À l'époque, si, Leslie. Plus maintenant.

Elle se sentait en proie à des émotions mélangées : elle le détestait ; elle l'aimait.

— N'en fais pas tout un plat, lança Cooper. Tu as brisé mon mariage, Leslie. C'est pour ça qu'on ne peut plus être ensemble : parce que — et peut-être suis-je injuste — je t'en rends responsable.

— *Moi*, responsable ? s'exclama-t-elle, le souffle coupé.
— Oui, répliqua-t-il. Alors, laisse-moi tranquille. Ça vaut mieux pour tout le monde.

— J'ai besoin d'un verre avant que nous allions chez les Stolli, dit Lucky. On peut s'arrêter quelque part ?
— De toute façon, répondit Alex, nous sommes en retard. Pourquoi pas ?
— Un verre, c'est tout. Je n'ai pas l'intention de faire comme l'autre soir.
— Dommage, fit-il d'un ton léger. J'en ai savouré chaque minute.

Ils entrèrent au bar du Dôme. Alex commanda une vodka et Lucky un Pernod.

— Alors, à votre avis, Donna Landsman est responsable de la mort de Lennie ? dit Alex quand on leur eut apporté leurs consommations.
— Exactement, affirma Lucky.
— Même sans preuves ?

— Oh, voyons, Alex ! Qui a besoin de preuves ? Je sais de façon formelle qu'elle a engagé un tueur pour s'occuper de Gino : c'est son propre chauffeur qui a servi d'intermédiaire.

— Comment le savez-vous ?

— Parce qu'il y a quelques heures cet homme était attaché à une chaise dans mon garage. Heureusement, ce connard était un parfait amateur. Il a tout avoué. Elle est peut-être forte en affaires, mais elle n'y connaît rien quand il s'agit d'engager de la main-d'œuvre.

Alex était choqué.

— Vous l'aviez chez vous ?

— Parfaitement.

— Pourquoi ne l'avez-vous pas livré à la police ?

— Alex, soyez sérieux. Qu'est-ce que j'allais dire ? « Oh, bonjour, monsieur l'inspecteur. Ayez donc l'obligeance d'arrêter ce tueur. Oh, mais oui, et je pense que Donna Landsman est responsable d'avoir arrangé un accident dans lequel mon mari a trouvé la mort. Elle a aussi engagé un type pour abattre mon père — ce type-là, en fait. C'est une très vilaine femme et il faut la mettre en prison. » Vous voyez ça d'ici ?

— Vous avez sans doute raison.

— Je *sais* que j'ai raison.

— Seigneur, vous dites vraiment ce que vous pensez !

— Vous faites la même chose dans vos films.

Il avala sa vodka d'un trait et claqua des doigts pour en commander une autre.

— C'est vrai, je montre à l'écran les sentiments que je suis incapable d'exprimer dans la vie réelle. Une grande partie de ma colère trouve un exutoire dans mes films.

— C'est une révélation récente, ou vous êtes en thérapie ?

— J'ai vu un psy. Ce type m'a dit un tas de choses. Mais c'est bien mieux de vous écouter. Je sais parfaitement qu'il faut que je prenne le contrôle de ma propre vie. C'est le secret de la paix intérieure.

— Absolument. Regardez-moi : je n'ai pas eu à proprement parler une existence paisible, mais j'ai appris à m'en accommoder. Je vous parie que je n'aurai jamais d'ulcère.

— Vous êtes une femme qui a de la chance, Lucky. Vous étiez mariée à un homme que vous aimiez, vous avez eu trois beaux enfants. Il marqua un temps. Vous savez, je n'ai jamais été amoureux de quiconque, je n'ai jamais eu de relations qui comptent, ni même voulu en avoir. La personne avec qui j'ai les rapports les plus étroits, c'est ma mère, et vous voyez ce que ça donne.

— Prenez le contrôle, dit Lucky. Le pouvoir est en vous. Servez-vous-en.

— Vous avez peut-être raison.

Il la regarda un long moment. Elle se sentit soudain très proche de lui. Elle dut recourir à toute la force de volonté dont elle disposait pour rompre le contact. Elle comprit qu'Alex voyait juste : leur histoire n'était pas terminée, mais le moment n'était pas encore venu.

50

— Je suis complètement partie, gloussa Tabitha. Elle est vraiment super, cette herbe. Où l'as-tu dégotée ?

— En classe, répondit Santo.

Il trouvait que cette fille avait vraiment l'air bizarre avec sa minijupe en Spandex orange qui lui couvrait à peine l'entrejambe et le petit bout de corsage qui lui dénudait presque tout le ventre. Son regard s'attarda sur l'anneau d'or qu'elle portait attaché au nombril. Il réprima une folle envie de l'arracher. Est-ce qu'elle crierait ? Est-ce que ça saignerait ? Il aimerait bien essayer.

— Dis donc, à quelle école tu vas ? demanda-t-elle en passant la main dans ses cheveux violets.

— Et toi ?

— Je suis pensionnaire, dit-elle. En Suisse. Tiens, fit-elle en lui reprenant le joint pour le coincer entre ses lèvres, laisse-m'en encore une bouffée. Sinon, je raconterai que tu étais allé aux toilettes te faire une petite branlette.

— Tu ne ferais pas ça ! s'exclama Santo.

Il était encore mal remis du choc d'avoir vu Venus en chair et en os, plus somptueuse et plus sexy que sur ses photos.

— Je peux faire ce que je veux, proclama Tabitha. Je suis la fille de la maison. Alors, reprit-elle en tirant sur son joint, ta mère, c'est elle qui a viré Lucky Santangelo de Panther ?

— On dirait, marmonna-t-il.

— Mon père déteste Lucky Santangelo, fit Tabitha d'un ton détaché. C'est elle qui l'a foutu à la porte de Panther. Je ne l'ai jamais rencontrée, mais moi, je la trouve *cool*. Et mon arrière-grand-père dit que c'est la meilleure.

— C'est qui, ton arrière-grand-père ?

— Abe Panther, fit-elle fièrement. C'est lui qui a fondé les studios Panther.

— Eh bien, moi, mon père a été assassiné, lança Santo, histoire de marquer des points.

Ce renseignement laissa Tabitha parfaitement froide.

— Pourquoi es-tu si gros ? interrogea-t-elle.

— Et toi, pourquoi es-tu si mal élevée ? répliqua-t-il.

Elle était givrée, cette nana.

— Je pense qu'on devrait aller rejoindre les autres, marmonna Tabitha. Bon, mon gros, on y va.

— Ne m'appelle pas comme ça, grogna-t-il.

Il la détestait de plus en plus. Elle se mit à rire.

— File-moi un autre joint et je ne le ferai plus.

Abigaile regarda autour d'elle. Elle fut soulagée de voir que tout le monde avait l'air de bien s'amuser. Elle jeta un coup d'œil à la pendule. 20 h 30. Où était donc Alex Woods ? Il était le seul invité à ne pas être là. Cela ne lui semblait pas poli de faire passer tout le monde à table avant son arrivée.

— Tin Lee, ma chère, fit-elle en se dirigeant vers le bar, Alex vous a-t-il dit à quelle heure il comptait venir ?

— Je pensais qu'il serait là avant moi, répondit Tin Lee. Il a dû être retardé. Vous savez, il commence son tournage lundi. Il est très occupé.

— Il aurait pu prévenir ! lança Abigaile, qui dissimulait mal son irritation.

— Je suis sûre qu'il ne verrait pas d'inconvénient à ce que vous commenciez sans lui.

— Hum..., marmonna Abigaile, mécontente.

Elle se rendait à la cuisine quand elle aperçut Tabitha traînant Santo derrière elle. Mon Dieu, cette tenue ! Mickey allait avoir une crise cardiaque quand il la verrait.

— Tabitha, dit-elle, bouillant intérieurement de fureur. Je peux te voir un instant ?

— Non, fit Tabitha, sa minijupe orange remontant encore. Tu connais Santo ?

— Oui, répliqua Abigaile, les dents serrées, je connais Santo. Dis-moi, ma chérie, je voudrais te parler.

Tabitha, qui commençait à ressentir les effets de l'herbe, ricanait stupidement. De quoi est-ce qu'on va parler, maman ? De sexe ? Est-ce que papa et toi, vous le faites encore ?

Abigaile saisit sa fille par le bras et s'apprêtait à l'entraîner quand Alex Woods survint, accompagné de Lucky Santangelo. Abigaile s'arrêta net. Tabitha en profita pour s'esquiver.

— Désolé, Abbey, fit Alex, qui n'avait pas l'air désolé le moins du monde. J'ai été retenu dans une réunion.

Sans lui laisser le temps de dire un mot, il se dirigea vers le salon, flanqué de Lucky. Abigaile se précipita derrière eux, essayant désespérément d'attirer le regard de Mickey. Il était en conversation si animée avec Venus qu'il ne remarqua rien. Tin Lee sauta au bas de son tabouret de bar et se précipita pour accueillir Alex. Je suis arrivée en retard chez vous, commença-t-elle à expliquer. Puis elle aperçut Lucky et s'arrêta.

Le pire cauchemar d'Alex était en train de se réaliser.

— Mais qu'est-ce que tu fiches ici ? demanda-t-il, exaspéré. On ne t'a pas transmis mon message ?

— Quel message ?

— Je pense que c'est avec vous qu'Alex devait venir dîner, dit Lucky.

Elle commençait à comprendre et plaignait cette pauvre fille qui, si jolie qu'elle fût, n'était pas du tout dans son élément.

— Je suis désolée de l'avoir retenu. Alex et moi avions un rendez-vous d'affaires. Il m'a demandé de passer ici pour prendre un verre.

— Je suis certain que ça ne pose aucun problème que vous restiez dîner, s'empressa d'ajouter Alex. Je vais prévenir Abigaile.

Il s'approcha de celle-ci, qui s'efforçait encore d'attirer l'attention de Mickey.

— Abbey, dit-il, Lucky reste dîner.

— Mickey ne l'apprécie guère, répliqua sèchement Abigaile. Ils ont eu des problèmes.

— Il se trouve qu'elle est avec moi.

— Non, Alex, riposta Abigaile. C'est Tin Lee qui est avec vous. Tin Lee qui, permettez-moi de le préciser, poireaute ici toute seule depuis une demi-heure.

— C'est avec Lucky Santangelo que je suis venu, dit-il, refusant de céder. Tin Lee, c'est celle que vous allez caser.

— Il n'y a pas de place à table, Alex.

— Mettez une chaise de plus, Abigaile.

Ils se regardèrent d'un air mauvais.

— Je vais voir ce que je peux faire, lança-t-elle d'un ton revêche.

Lucky évalua la situation. Elle connaissait tous les participants, à l'exception de George, le mari de Donna Landsman. Sans hésiter, elle se dirigea vers celle-ci et lui lança : Tiens, comme on se retrouve !

Pour Donna, c'était un choc de la revoir. Elle essaya de se maîtriser, sachant qu'il serait peu judicieux de faire une scène. Que Mickey ait invité Lucky, c'était une lourde erreur, qu'elle lui ferait payer.

— Comment allez-vous ? fit-elle, glaciale.

— Pas mal, en fait, répondit Lucky, en dévisageant Donna et en s'efforçant de concilier cette nouvelle image avec la Donatella d'autrefois. Pas la moindre ressemblance. J'ai eu le temps de réfléchir, de m'organiser, de voir un peu comment tout ça c'est passé.

Cooper se glissa derrière elle et la prit par les épaules.

— Salut, ma beauté ! C'est sensas de te voir.

— Cooper ! Tu connais Donna Landsman ?

— Bien sûr.

— C'est bien, non, d'avoir à Panther une femme qui ait autant d'expérience ? Vous avez l'expérience de l'industrie cinématographique, n'est-ce pas, Donna ?

George répondit à sa place : Mickey Stolli fera un excellent travail.

D'un coup d'œil, Lucky jaugea George : il adorait sa femme, n'en avait probablement jamais sauté une autre avant — un génie de la finance —, n'avait sans doute aucune idée de ce que mijotait Donna. Elle se retourna vers Cooper.

— Tu es en affaires avec Panther ? demanda-t-elle.

— Il faut poser la question à mon agent, fit Cooper.

— Oh, je suis sûre que Donna va chercher à t'avoir sous contrat. Les agents doivent lui courir après pour qu'elle accueille leurs poulains dans ses bras. Je dois dire, Donna, que la place n'a pas l'air de manquer.

Sans donner à celle-ci le temps de répondre, Lucky s'éloigna, la laissant furibonde. Comment cet échalas de Santangelo pouvait-il se permettre une remarque pareille ? Et pourquoi Lucky avait-elle l'air si tranquille et si sûre d'elle ? Ça ne lui suffisait donc pas d'avoir perdu son mari, son studio, et d'avoir failli perdre son père ? Qu'est-ce qu'il fallait d'autre pour l'abattre ?

— Tu as entendu ça ? lança Donna à George. Tu as entendu ?

George s'efforça de la calmer.

— Pas de scène, fit-il doucement.

— Qu'est-ce qu'elle fout ici ? marmonna Donna. Je croyais que Mickey la détestait.

— Je vais me renseigner.

— Ça vaudrait mieux, grommela Donna.

Son entrée triomphale dans la société de Hollywood était gâchée.

Abigaile finit par arracher Mickey à sa conversation avec Venus.

— Tu as vu qui est ici ? dit-elle, stupéfaite qu'il n'eût pas remarqué.

— Tout baigne, mon chou, répondit-il avec un sourire stupide. Quel est ton problème ?

— Mon problème, c'est Lucky Santangelo. Elle est là ! Alex l'a amenée. Et il devait venir avec quelqu'un d'autre qui est là aussi. Qu'est-ce que tu comptes faire ?

— Nous ne pouvons absolument rien faire, fit Mickey en haussant les épaules. Qu'est-ce qu'a dit Alex ?

— De rajouter un couvert.

— Eh bien, fais-le.

— Mais je ne veux pas de cette femme sous mon toit ! c'est elle qui t'a viré de Panther !

— C'est vrai, mais dans cette ville il faut s'entendre avec tout le monde : on ne sait jamais quand on aura besoin des gens. Allons, Abbey, va dire à la bonne d'ajouter un couvert. Ce n'est pas un drame.

— Mais si, c'est un drame, protesta Abigaile. Ça va bouleverser mon plan de table.

— Mon chou, fit doucement Mickey, ton plan de table, tu sais où tu peux le mettre ?

Toujours furieuse, Abbey battit en retraite.

Mickey se dirigea droit sur Lucky.

— Je vois que Lucky Santangelo a décidé de nous honorer de sa présence.

— Salut, Mickey, fit-elle sans se démonter. Comment ça va ?

— Plutôt bien. Me voilà revenu à Panther, à ma place. Tout ce que j'ai à faire maintenant, c'est balancer à la poubelle ces projets de films à la noix que vous prépariez. Le seul qui vaille le coup, c'est *Gangsters*.

— Je suis certaine que vous allez rétablir la situation, Mickey. Vous seul pouvez remettre les studios à leur ancienne place. Elle marqua un temps. Dans la merde.

Johnny vint se joindre à la conversation :

— Lucky, ma chérie ! dit-il. Tu es vraiment ma préférée.

— *Tout le monde* est ta préférée, Johnny, dit-elle. Tâche de trouver une nouvelle formule.

— Pourquoi donc ? fit-il avec un large sourire. Celle-là a toujours marché.

Alex s'approcha et prit Lucky par le bras.

— Venez par ici, lança-t-il. Parlez à Venus pour moi.

— Comment ça ?... Maintenant ?

— Voilà où nous en sommes, constata-t-il doucement. Mickey voulait Leslie pour jouer Lola, puis il a changé d'avis. Maintenant il veut Venus, mais elle a l'impression de ne pas avoir obtenu le rôle. Vous allez lui dire que si, mais de ne pas en souffler mot ce soir.

— Qu'est-ce que je suis ? La médiatrice ?

— Faites ça pour moi, Lucky. Je vous en prie.

— Bon, soupira-t-elle, d'accord. Comme si je n'avais rien d'autre à faire !

Tabitha installa Santo sur un canapé et lui fit une brève présentation des participants :

— Tu vois la femme avec les longs cheveux roux ? C'est Leslie Kane, une ancienne pute. Mon père ne le croit pas, ni ma mère, mais moi, je sais.

— Comment le sais-tu ? demanda Santo.

— C'est la manucure de ma mère qui me l'a dit : elle est au courant de tout. Et le type avec elle... c'est un comédien sans emploi un peu gigolo sur les bords qui vit avec elle. Là-bas, celle avec les cheveux noirs, c'est Lucky Santangelo. Le type avec elle, c'est Alex Woods. Tu connais ?

— Bien sûr, fit Santo.

— Bon, on dit qu'il ne s'intéresse qu'aux yeux bridés. Ça doit être la pépée qu'il a amenée : celle qui a un drôle de nom.

— Comment sais-tu tout ça ?

— J'observe, fit Tabitha, en tripotant l'anneau d'or qu'elle avait au nombril. Tu vois Cooper Turner : il baise tout ce qui bouge. Et puis Venus Maria : elle aussi.

— Qu'est-ce que tu as dit ? dit Santo, devenant tout rouge.

— Tu as entendu. Venus est la reine des putes. Elle couche avec tout le monde.

— Ne dis pas ça de Venus, gronda-t-il, furieux.

— Pourquoi ? Tu la connais ?

— Oui. C'est quelqu'un de merveilleux.

— Ah ! on peut dire que tu es bien renseigné ! Pour l'instant, elle s'envoie son masseur parce qu'elle n'a trouvé personne d'autre depuis qu'elle a flanqué Cooper Turner à la porte. Ce soir, elle roucoule avec Johnny Romano. Il saute toutes ses petites amies à l'arrière de sa limo.

— Tu as vraiment une langue de vipère, fit Santo.

— Ah oui ? ricana Tabitha. Je parie que tu donnerais n'importe quoi pour que je te fasse des trucs avec.

— Qu'est-ce que nous fichons ici ? dit Lucky à Venus. Et toi, qu'est-ce que tu fabriques avec Johnny Romano ?

— D'accord, d'accord, tout ça ne vole pas haut, fit Venus avec un sourire penaud. Mais je voulais venir ce soir — ne serait-ce que pour voir la tête de Mickey à mon arrivée. Il a l'impression que je lui ferai une gâterie pour qu'il me donne le rôle dans *Gangsters*. Je le mène en bateau et puis peut-être que je lui collerai sur le dos une plainte pour harcèlement sexuel.

— Excellente idée ! rétorqua Lucky. Je suis sûre que ça ferait la couverture de *Newsweek*. Mais, dis-moi, reprit-elle, j'ai une bonne nouvelle pour toi. Il se passe un tas de complications à propos de Mickey : d'après Alex, tu as le rôle de Lola et Leslie se retrouve sur ses fesses. Mais tu es censée ne rien dire ce soir.

— Tu es sûre ? fit Venus.

— Alex vient de me le dire.

— Oh, mon Dieu, quel soulagement ! Au fait, où en es-tu avec Alex Woods ?

— C'est... un ami.

— Oh, je t'en prie, Lucky, c'est à *moi* que tu parles.

Elles éclatèrent de rire toutes les deux. Là-dessus, Alex s'approcha. Mission accomplie, annonça Lucky. Il sourit à Venus.

— Comment ça va ?

— Mieux depuis que j'ai appris la nouvelle.

— Gardons ça pour nous. On discutera demain.

— Il va falloir que je mette une muselière à Johnny : il a décidé de défendre mon honneur et de me décrocher le rôle.

— Ne lui dites pas pourquoi.

— Bien sûr que non.

— Et, à propos de muselière, fit Lucky, qu'est-ce que tu comptes faire de lui quand il va te raccompagner ?

— Absolument rien, fit Venus en souriant. Exactement *nada* !

Abigaile fit comme Mickey lui avait demandé : on rajouta un couvert. Elle était furieuse quand tout n'allait pas comme elle le voulait. Sa fille avait l'air d'une réfugiée dans un mauvais clip de Madonna ; le fils Landsman était gras et dégoûtant ; Lucky Santangelo mettait tout le monde mal à l'aise ; et Mickey se conduisait comme un collégien en chaleur, en bavant devant Venus comme s'il n'avait encore jamais vu une paire de nichons. Abigaile voulait pourtant que rien ne gâche sa parfaite soirée. Arborant le sourire qu'il fallait, elle claqua dans ses mains. Mes amis, roucoula-t-elle, le dîner est servi. Si nous passions à table ?

51

Elle s'appelait Claudia, et Lennie la considérait comme un ange. Elle lui avait rendu la force de vivre et ça n'avait pas de prix. Il avait découvert qu'il était en Sicile. Comment il s'était retrouvé là et pourquoi, c'était encore un mystère. Claudia lui avait dit tout ce qu'elle savait. Elle avait appris que son père, Furio, et son ami, Bruno, étaient payés pour garder Lennie dans la grotte. C'était quelqu'un en Amérique qui les avait engagés : d'après elle, la sœur de Bruno.

— Qui est-ce ? avait-il demandé.

Selon Claudia, c'était une femme très riche qui habitait Los Angeles. Personne ne savait que Lennie était là, sauf Bruno et Furio. Bruno avait eu récemment un accident de voiture et il était à l'hôpital avec une jambe cassée. Furio était provisoirement absent pour affaires. Voilà pourquoi on lui avait confié la tâche d'apporter à manger au prisonnier. Claudia avait vingt et un ans et travaillait comme couturière dans un village voisin. Elle avait appris l'anglais à l'école et vivait à la maison avec ses cinq frères et sœurs.

— Mon père... il me fait confiance, à moi dit-elle. Pas aux autres. Maintenant, j'entends votre histoire... et je ne sais plus quoi penser.

Quelques heures après l'avoir attrapée ce premier jour, Lennie avait dû la laisser partir — mais seulement après qu'ils eurent eu une longue conversation. Il avait essayé de lui expliquer qui il était, qu'il avait été enlevé et précisément qui elle devait contacter en Amérique. Il lui avait même donné le numéro de Lucky pour qu'elle l'appelle.

— Pas possible, avait-elle dit.
— Pourquoi ?
— Pas possible, avait-elle répété.

Avant qu'elle quitte la grotte, il lui avait fait promettre de revenir, de l'aider. Il faut absolument trouver un moyen de me débarrasser de cette chaîne que j'ai à la cheville. Il faut le faire, Claudia, sinon ils vont me laisser crever ici. Elle était revenue le lendemain avec deux cigarettes, une pomme et une boîte d'allumettes. De précieux trésors.

Maintenant, elle lui rendait visite chaque jour, lui apportant ce qu'elle pouvait et bavardant avec lui. Il apprit tout sur sa vie dans le petit village où il n'y avait même pas un cinéma ; sur son petit ami que son père détestait ; et sur son impossible frère aîné que, selon elle, tout le monde haïssait.

— Il faut que tu téléphones, la supplia-t-il. Pour appeler à l'aide...
— Non, fit-elle en secouant la tête. Mon père saurait que c'est moi. Je dois vous aider à ma façon.
— Mais quand ça ? fit-il. Je deviens fou ici.
— Soyez patient, Lennie. Je vais vous aider. C'est promis. Un jour je veux aller en Amérique, dit-elle, les yeux brillants à cette pensée.
— Aide-moi et tu iras, lui assura Lennie.

Le lendemain, elle lui apporta une carte sommairement dessinée.

— Quand j'ai la clé, je l'apporte. Vous partez immédiatement. Je remets la clé en place avant que papa ne s'aperçoive qu'elle a disparu. Vous suivez la carte.
— Pourquoi ne peux-tu pas me guider ?
— Non. Elle secoua la tête, ses longs cheveux s'agitant autour de son beau visage innocent. Je vais à mon village. Vous voyagez dans l'autre direction.
— Quand pouvons-nous faire ça ?
— Samedi, mon père boit la bière... il dort. J'essaie de prendre la clé.

Seulement quelques jours encore. Il n'arrivait pas à y croire. Seulement quelques jours encore et peut-être il serait libre.

52

Les invités gagnaient la salle à manger des Stolli. Mickey prit Abigaile par le bras.

— J'ai tout arrangé, dit-il, très content de lui. J'ai donné 100 dollars au petit Santo en lui disant d'emmener Tabitha voir un film et manger un hamburger.

Abigaile fronça les sourcils.

— Qu'est-ce que va dire Donna ?

— On s'en fout. Si tu crois que ma fille va s'asseoir à notre table fagotée comme ça...

— Santo était d'accord ?

— Il a pris l'argent, non ?

Elle repensa à son plan de table. Elle s'était placée entre Cooper et Johnny Romano ; Mickey était entouré de Leslie et de Donna Landsman ; elle avait casé Lucky entre Venus et Alex, avec Tin Lee en face. George était à côté de Tin Lee et, à la droite de Leslie, elle avait mis Jeff, puis Veronica. Pas mal.

Alex prit le bras de Lucky quand ils entrèrent dans la salle à manger, Tin Lee sur leurs talons.

— Je n'ai pas envie d'être ici, chuchota Lucky. Pas la moindre.

— Vous y êtes, dit Alex. Faites-vous une raison.

— Personne ne me force à faire quelque chose dont je n'ai pas envie.

— C'est un service que vous me rendrez, tenta-t-il de la convaincre. Après tout, je suis venu avec vous voir Ricco.

— Personne ne vous y a forcé, riposta-t-elle. C'est vous qui l'avez voulu.

Il changea de sujet.

— Que comptez-vous faire ?

— Je vais peut-être prendre l'avion pour Paris, dit-elle d'un ton songeur. Et, je vous préviens, Alex, vous ne pouvez pas venir avec moi.

— Vous feriez ce voyage comme ça, à tout hasard ?

— Pas à tout hasard. J'ai déjà appelé Boogie, il a mis des gens sur l'affaire.

— Et Boogie est ?...

— Mon enquêteur personnel. Un type très futé.

— Vous avez votre propre enquêteur ?

— Il faut que j'affronte cette femme face à face. Nous savons tous que l'argent peut acheter presque n'importe quoi. Je vous assure qu'on peut l'acheter, elle. Regardez-la, ajouta-t-elle d'un ton méprisant tandis que Donna faisait son entrée dans la salle à manger. Je me rappelle quand Santino l'a expédiée de Sicile. C'était une paysanne qui ne parlait pas un mot d'anglais. Vous savez que je suis allée à leur mariage ?

— Malgré tout, il faut bien admirer ce qu'elle a réussi à faire.

— Allez vous faire voir, Alex ! dit Lucky. C'est une meurtrière. Je n'admire rien chez elle : vous devriez en faire autant.

— Je ne voulais pas dire...

— Je me moque de ce que vous vouliez dire. Allez donc vous occuper de votre petite amie, elle se sent négligée.

Tabitha et Santo attendaient dans la BMW de celle-ci, devant la propriété des Stolli.

— Je déteste mes putains de parents, fit Tabitha d'un ton sinistre.

— Je déteste les miens aussi, renchérit Santo.

Elle se mordit un ongle.

— Eh bien, ça nous fait un point commun. Et dire, ricana-t-elle, qu'il faut que je conduise cette vieille caisse parce que ma mère trouve que c'est une bagnole sûre ! Qu'est-ce que tu as comme bagnole ?

— Je vais avoir une Ferrari, répondit-il, tout fier.

— Pas mal.

— Ma mère m'achète tout ce que je veux parce qu'elle a des remords.

— À propos de quoi ?

— D'avoir épousé cette lopette de George après le meurtre de mon père.

Il avait fini par attirer son attention.

— Sans blague ? On l'a tué ? fit-elle, tout excitée. Comment ça ?

— On lui a tiré dessus, énonça-t-il avec calme. Les flics ont dit qu'il faisait des trucs à des gosses : il y en a un qui lui a tiré dessus.

— Quelle drôle d'histoire !

— Ça n'est pas vrai.

— Alors, c'est quoi, la vérité ?

— C'est ma mère qui a surpris mon paternel avec une autre femme.

— Mais qui lui a tiré dessus ? Ta mère ?

— Ça ne m'étonnerait pas. Ouais... Je crois que la vieille vache aurait pu faire ça. Tu as vu de quoi elle a l'air ?

— Elle est comme toutes les autres vieilles peaux de Hollywood : la gueule refaite, de la silicone partout.

— Elle était grosse. Dès qu'elle s'est débarrassée de mon père, elle s'est fait maigrir, et puis elle a épousé ce connard. Je les déteste tous les deux.

— Je te comprends, fit Tabitha.

— On pourrait passer chez moi prendre ma Corvette, suggéra Santo.

— T'as un peu de came là-bas ? demanda-t-elle, pleine d'espoir.

Il acquiesça.

— Qu'est-ce qu'on attend ?

— On ne devait pas aller voir un film et bouffer un hamburger ?

— Faut vivre, Santo, fit Tabitha en lui lançant un regard méprisant. On va aller fumer un peu d'herbe et puis on reviendra. Ils se foutent pas mal de ce qu'on fait.

Veronica venait de raconter une histoire qui avait fait rire Jeff aux éclats mais n'avait arraché aux autres que des sourires polis. Cooper jeta un coup d'œil en direction de Venus, essayant d'attirer son attention. Quel idiot il avait été de la tromper ! Elle lui manquait désespérément.

Se penchant devant George sans s'occuper de Tin Lee, Donna dit à Alex :

— Je suis ravie que nous fassions votre film.

Alex se demandait si ce que soupçonnait Lucky était fondé.

— D'où vient votre famille ? demanda-t-il.

— D'Italie, répondit Donna. Pourquoi ?

— J'ai cru déceler un léger accent.

— Non, l'interrompit-elle. Je n'ai pas d'accent.

George intervint :

— Ce sont tes parents qui viennent d'Italie, Donna. Toi, tu es née en Amérique.

— Mais oui, c'est vrai, affirma-t-elle sans vergogne.

— Ah bon ? fit Lucky, qui avait un don incroyable pour suivre plusieurs conversations à la fois. De quelle partie d'Italie étaient-ils ?

— De Milan, fit Donna, mentant effrontément.

Lucky la fixa d'un regard glacé.

— Mes grands-parents venaient de Bari. Les Santangelo. Un silence. Vous avez peut-être entendu parler d'eux ?

— Non, marmonna Donna, furieuse d'avoir à supporter ça.

Elle avait horreur de ne pas maîtriser la situation, d'être là, au milieu de ces gens de Hollywood qui se croyaient supérieurs à tout le monde. Elle était surtout furieuse de se trouver face à face avec Lucky Santangelo. Cette femme avait l'air indestructible. Que pouvait-elle donc faire d'autre pour mettre cette garce à genoux ? Donna se mit à réfléchir.

53

Lucky se leva de table sous prétexte d'aller aux toilettes. Une fois sortie de la salle à manger, elle se dirigea vers la porte d'entrée, donna 20 dollars à un domestique pour la déposer au Beverly Hills Hotel tout proche. De là, elle prit un taxi pour rentrer chez elle. Elle savait qu'elle aurait dû prévenir Alex de son départ. Elle savait aussi qu'il aurait insisté pour qu'elle reste ; elle n'était pas d'humeur. Cela lui faisait mal au cœur d'être assise dans la même pièce que Donna Landsman... cette femme qui avait tué Lennie. Elle ne méritait pas de vivre. Tout à l'heure, quand elle avait parlé à Boogie, il lui avait annoncé qu'il avait des nouvelles à propos des actionnaires. Elle lui avait donné rendez-vous un peu plus tard chez elle.

Tout en roulant sur l'autoroute, elle pensa à Alex. Il était intéressant, talentueux, séduisant. C'était un défi. Plus elle passait de temps avec lui, plus elle se sentait attirée. Ce n'était pas bon. Elle n'était pas prête.

Quand elle arriva chez elle, Boogie était déjà là, assis dans la cuisine devant la télé. Lorsqu'elle entra, il éteignit le poste et se leva d'un bond.

— Allons dans le salon, dit-elle, impatiente de l'entendre.

Ils s'installèrent sur le canapé et Boogie commença :

— Ça a pris un moment, dit-il, mais nous avons fini par découvrir qui est Ms. Smorg.

— Ah oui ? fit Lucky en pianotant sur la table basse.

— Inga Smorg, reprit Boogie, impassible — *alias* Inga Irving —, actuellement Mrs. Abe Panther.

Lucky n'en revenait pas. Inga. La femme d'Abe. Celui-ci aurait une attaque s'il apprenait qu'Inga avait contribué à faire virer Lucky. Elle avait dû racheter les actions en douce. Cette grande Suédoise avait toujours été jalouse de l'intimité qu'il y avait entre Lucky et Abe : quand l'occasion s'était présentée de voter, Inga avait choisi de ne pas la soutenir.

— Et Conquest Investments ? demanda-t-elle. Elle prit une cigarette.

— Encore un des petits secrets de Ms. Smorg, répondit Boogie. Elle et Morton Sharkey sont associés. Conquest leur appartient, à cinquante-cinquante.

— Vous êtes en train de me dire qu'à eux deux, ils ont le contrôle d'une compagnie étrangère et qu'Abe n'est pas au courant ?

— Tout juste. Elle utilise le nom qui était sur son passeport avant qu'elle épouse Abe.

— Alors, fit Lucky d'un ton songeur, si j'arrive à décider Inga et Morton à voter pour moi, j'aurai assez d'actions pour reprendre le contrôle ?

— Exactement.

— C'est facile, Boogie. Tout ce que j'ai à faire, c'est raconter à Abe ce qui se passe.

— Faites attention, Lucky. Abe est un vieil homme : il ne doit pas trop s'exciter.

— Je vais d'abord parler à Inga. Peut-être que, si je la menace de raconter à Abe qu'elle a des parts de Panther, ça suffira à la faire changer d'avis. Elle se leva et s'approcha de la fenêtre. Bon, maintenant, rencardez-moi sur la blonde de Paris.

— Elle s'appelle Daniella Dion. C'est une call-girl de luxe qui travaille pour une proxénète française, Mme Pomeranz — une femme connue pour fournir de belles filles à des politiciens et à des personnalités de passage. Daniella est une vraie pro. Elle fait ça depuis l'âge de quinze ans, donc depuis huit ans. Elle a été quelque temps la maîtresse d'un industriel octogénaire. À sa mort, il lui a laissé de l'argent, la femme a contesté le testament et Daniella s'est retrouvée sans rien. Elle a repris le métier voilà deux ans.

— Quand est-ce que je peux la voir ?

— Contre 20 000 dollars par jour, plus les frais, elle viendra à Los Angeles pour un « rendez-vous ».

— Arrangez ça.

— C'est déjà fait. Elle sera ici dans deux jours. Elle croit qu'un ami achète son temps comme cadeau d'anniversaire pour Johnny Romano.

— Vous avez l'esprit inventif, Boog.
— Il fallait que je sois sûr qu'elle vienne.

Lucky eut un petit rire.

— Pour 20 briques par jour, il était peu probable qu'elle hésiterait. C'est le coup le plus cher dont j'aie jamais entendu parler.

— Il y a des femmes qui demandent davantage, fit Boogie d'un air entendu.

Lucky lança vers le plafond un nuage de fumée.

— Boog, depuis quand êtes-vous devenu un expert ?

Assises dans leur chambre d'hôtel, Nona et Brigette se demandaient si elles allaient louer une voiture et arriver chez Lucky pour lui faire la surprise ou bien lui téléphoner d'abord. Nous devrions appeler, dit Brigette. Il est trop tard pour débarquer comme ça.

En vérité, elle répugnait à raconter son histoire à Lucky. Elle se sentait gênée, stupide et, franchement, elle ne savait pas comment Lucky pourrait arranger ça. Nona lui tendit l'appareil. Vas-y, insista-t-elle. Je parie qu'elle n'est pas encore couchée.

À contrecœur, Brigette composa le numéro de Lucky.

— Devine où je suis ! fit-elle gaiement quand Lucky répondit.

— Ici ?
— Comment as-tu su ?
— Parce que, quand quelqu'un dit : « Devine où je suis ! », on peut être certain qu'il est au coin de la rue. Qu'est-ce que tu fais à LA ?

— Oh... il a fallu que je vienne pour une séance de photos. Je suis descendue au Hilton avec Nona.

— Pourquoi es-tu à l'hôtel quand tu aurais pu venir ici ?
— On ne voulait pas te déranger. D'ailleurs, ta maison est pleine, avec les gosses et tout.

— Les enfants sont en Europe avec Bobby.
— Je ne savais pas.
— Tu saurais peut-être, si tu téléphonais de temps en temps.
— Dis-moi, Lucky... Nona et moi nous demandions si nous pourrions déjeuner ensemble demain...

— Ce n'est pas le meilleur moment pour moi. Pourquoi pas dîner à la maison demain soir ?

— D'accord.

— Et, si tu changes d'avis, ajouta Lucky, viens t'installer. Reste pour le week-end.

— C'est que... nous sommes juste venues pour une journée.

— J'enverrai une voiture. Elle sera devant ton hôtel à 17 h 30.

— Je n'utilise pas mon vrai nom. Je me fais appeler Brigette Brown.

— Je comprends, fit Lucky, se demandant pourquoi Brigette avait l'air si nerveuse. Alors à demain, ma chérie.

— Elle voulait qu'on descende chez elle, dit Brigette en raccrochant.

— Pourquoi n'as-tu pas dit oui ? fit Nona. On aurait pu passer la journée de demain sur la plage.

— Je pensais qu'on irait faire des courses, claquer un peu d'argent.

— Oh, Brigette, Brigette, qu'est-ce que je vais faire de toi ?

— Du shopping, Nona, c'est une thérapie.

— Ben voyons !

— Est-ce que je ne devrais pas téléphoner à Isaac ? poursuivit Brigette, qui se sentait mieux maintenant qu'elle avait parlé à Lucky. Il va se demander ce qui m'est arrivé.

— Pourquoi voudrais-tu être avec un type qui n'a qu'un intérêt dans la vie : se camer ?

— Qu'est-ce qu'il y a de mal à ça ?

— Tu es au début d'une grande carrière. Ne la gâche pas. D'ailleurs, c'est l'heure d'aller au lit.

— Au lit ! s'exclama Brigette. Il n'est que 23 h 15.

— Brigette...

— Bon, bon.

Alex guettait la porte en attendant le retour de Lucky. Au bout de cinq minutes, il sut qu'elle ne reviendrait pas.

— Excusez-moi, dit-il en se levant. Il sortit, trouva un serveur et dit :

— Où est Ms. Santangelo ?

— Je ne sais pas, Mr. Woods.

À la porte d'entrée, il interrogea le domestique :

— Est-ce que Ms. Santangelo est partie ? Est-ce qu'elle a pris ma voiture ?

— Non, Mr. Woods, elle a demandé un taxi.

Il eut un instant l'envie de filer à l'anglaise, mais Abigaile et

Mickey ne lui pardonneraient jamais, sans parler de Tin Lee, assise à côté de lui avec un sourire figé. Mon Dieu, comment s'était-il fourré dans ce pétrin ? Il regagna la salle à manger. Abigaile, dit-il, Lucky ne se sentait pas très bien. Elle est rentrée chez elle.

Abigaile échangea un regard avec Mickey. Donna eut un sourire triomphant. Elle avait gagné. Elle avait chassé cette garce. Maintenant, tout ce qu'elle avait à faire, c'était trouver un moyen de se débarrasser d'elle définitivement.

54

Le dîner chez les Stolli s'éternisait. De minute en minute, Jeff était plus ivre, Leslie plus maussade, Mickey plus audacieux, Abigaile plus tatillonne, Alex plus furieux, Tin Lee plus tendue, Johnny plus excité, Venus plus flirteuse, George plus silencieux, Donna plus sinistre, Veronica plus bruyante et Cooper plus détaché. Sitôt le café servi, Alex se leva.

— Viens, dit-il à Tin Lee en la tirant brutalement. Dis au revoir.

Ils s'arrêtèrent devant la maison, auprès de leurs voitures respectives.

— Voulez-vous que je rentre avec vous ? demanda Tin Lee, en posant sur son bras une main hésitante.

— Tu sais, Tin Lee, dit-il, se rendant compte que ce n'était pas bien de la mener en bateau plus longtemps, ça ne va pas marcher entre nous.

— Pardon, Alex ? fit-elle en retirant sa main.

— Je n'arrive pas à te rendre heureuse.

Les yeux de Tin Lee s'emplirent de larmes. Alex..., commença-t-elle.

Il l'interrompit :

— Je n'ai pas envie de parler maintenant, dit-il brusquement.

— Si nous ne parlons pas maintenant, alors quand le ferons-nous ?

— Écoute, je commence mon film, je suis très occupé. Je ne devrais même pas sortir.

— J'ai rendu visite à votre mère ce soir, fit-elle doucement.

Nous avons eu une conversation intéressante. J'ai vu vos albums de photos de famille. Vous étiez un charmant petit garçon, Alex.

— Pourquoi as-tu fait ça ? demanda-t-il, furieux contre Dominique.

— Votre mère est très seule, Alex. Elle vous aime beaucoup. Tin Lee soupira. Qu'est-ce que vous voulez d'une femme, Alex ? fit-elle. Qu'est-ce qui vous rendrait heureux ?

Il ne répondit pas tout de suite.

— La paix, finit-il par lâcher. Voilà ce que je veux. La paix.

Venus et Johnny Romano partirent peu après Alex. Confortablement allongé à l'arrière de sa limo, Johnny tendit ses longues jambes et versa encore un peu de champagne à Venus.

— C'était vraiment assommant, bébé, déclara-t-il. Ces gens-là ne savent pas s'amuser.

— Pour eux, c'est peut-être ça, s'amuser, observa Venus.

— Eh bien, quelle vie morne !

— Abigaile ne trouve pas.

Il but une lampée de champagne au goulot. Pourquoi m'as-tu recommandé de ne rien dire à propos du film ?

Elle eut un petit sourire triomphant.

— Parce que... j'ai le rôle.

— Tu sais, bébé, fit-il avec un large sourire, ça doit être quelque chose que j'ai dit.

— J'en suis sûre, Johnny.

— Il faut fêter ça. Tu veux qu'on s'arrête chez moi ?

Venus feignit un bâillement.

— Ça m'intéresse plus d'avoir une bonne nuit de sommeil... toute seule.

— Johnny Romano n'a jamais à s'imposer à personne. Je vais te dire une chose, ajouta-t-il, tu n'as pas idée de ce que tu manques. Il ne put s'empêcher de rire. Dis donc, fit-il en tendant la main vers la bouteille, tu as vu la tête de ce gros gamin quand il t'a vue ?

— Quel gros gamin ?

— Le fils des Landsman. Il t'a regardée et il est devenu rouge pivoine.

— Je ne l'ai pas remarqué.

— Séance de photos de bonne heure demain, lança Veronica en jetant un coup d'œil appuyé à Cooper.

Il saisit l'allusion et se leva.

— J'aime beaucoup ces catalogues pour lesquels vous posez, dit Mickey. Très sexy, Veronica.

— Merci, Mickey, répondit-elle, le dominant de toute sa hauteur.

Mickey s'approcha. Il aimait les grandes femmes.

— Vous n'avez jamais pensé à faire du cinéma ? demanda-t-il.

— Justement si. La semaine dernière, j'ai signé avec un agent pour qu'il s'en occupe.

— Passez-moi un coup de fil au studio un de ces jours. Je peux peut-être vous aider.

— Je n'y manquerai pas, Mickey.

Cooper embrassa Abigaile sur les deux joues.

— Charmant dîner, Abbey, merci, dit-il alors qu'il n'en pensait pas un mot.

— Il faudra recommencer, fit Abigaile, toujours ravie de compter Cooper parmi ses invités.

— Absolument, renchérit Cooper, tout en pensant : *Pas question !*

Il prit le bras de Veronica et l'entraîna vers la porte.

Il ne restait plus au dîner qu'Abigaile et Mickey, Donna et George, Jeff complètement ivre et Leslie très coincée. Cela faisait une demi-heure qu'elle voulait s'en aller, mais impossible de faire bouger Jeff. Il était affalé sur un canapé, arborant un sourire vague. Vous savez, Mickey, dit-il. Un de ces jours, j'aimerais produire un film.

Tu ferais mieux d'apprendre à jouer d'abord, songea Mickey. Il ne détestait rien tant que ces beaux garçons qui arrivaient à Hollywood en s'imaginant qu'ils pouvaient être acteurs, producteurs, metteurs en scène.

— Où crois-tu que sont les enfants ? fit Donna.

— Je ne sais pas, répondit Mickey, nullement préoccupé. Le film était peut-être plus long qu'ils ne le pensaient.

— Je suis déçue, déclara Donna, sans se soucier du regard sévère de George.

— Comment ça ? fit Mickey.

— Vous avez invité Santo à dîner et puis vous l'envoyez au cinéma. Ce n'est pas très poli.

— Les gosses n'avaient pas envie de rester avec une bande de vieux schnocks comme nous, lança Mickey d'un air bon enfant. Tabitha va s'occuper de votre garçon.

— Il n'en a pas besoin, rétorqua Donna, glaciale. Il n'a pas besoin non plus d'être dévoyé.

— Vous voulez dire que Tabitha a une mauvaise influence ? fit Abigaile, se rebiffant.

— Je devrais peut-être appeler la maison, suggéra George.

— Oui, rétorqua Donna, en essayant de maîtriser son exaspération.

— Vous avez un téléphone derrière le bar, proposa Mickey.

Leslie se leva pour aller aux toilettes.

— Je peux vous dire un mot, ma chère ? dit Mickey en la suivant dans le hall.

— Bien sûr, Mickey.

Elle était consternée d'avoir vu Cooper partir avec son mannequin décharné.

— Vous avez l'air fatiguée, nota-t-il.

— Vous trouvez ?

— Vous savez, Leslie, poursuivit Mickey en lui passant un bras autour des épaules, les jeunes premières doivent tout le temps être éblouissantes. Qu'est-ce que c'est que ce schnock avec lequel vous vous affichez ?

— Vous parlez de Jeff ?

— Qu'est-ce que vous faites avec un *loser* comme lui ?

— Je n'aime pas beaucoup vous voir intervenir dans ma vie privée, Mickey, le coupa-t-elle d'un ton hautain. Je vais peut-être faire un film pour vous, mais ça ne vous donne pas le droit d'émettre des commentaires sur mes relations.

— Mon chou, dit-il avec patience, j'essaie de vous faire profiter de mon expérience de la vie. Ne vivez jamais avec un acteur.

— Je reconnais que Jeff est un peu... gai ce soir, mais c'est seulement parce qu'il est content d'être ici.

— Je n'en doute pas, ricana Mickey.

— De toute façon, Mickey, ne vous inquiétez pas, il n'est pas mon petit ami attitré. Je l'utilise comme vous, les hommes, vous utilisez les femmes.

— Je n'ai jamais utilisé de femmes dans ma vie ! protesta Mickey avec indignation.

Non, bien sûr que non, se dit-elle. *Et cette soirée de célibataires où tu avais une fille les jambes écartées sur le buffet pendant que tu t'amusais à déguster une part de gâteau d'anniversaire posé entre ses cuisses ?*

— D'ailleurs, fit Leslie, je vais le rentrer maintenant. Au fait, Mickey, il m'est venu une idée.

— Quoi donc ?
— Est-ce que Cooper ne serait pas formidable dans *Gangsters* ?
— La distribution est faite, Leslie.
— Je sais, dit-elle, les yeux brillants. Mais vous imaginez un peu ? Cooper Turner dans *Gangsters* avec Johnny Romano et moi... Quelle affiche !
— Vous ne venez pas de terminer un film avec Cooper ?
— Si, et ça va tout casser. Pourquoi ne nous trouvez-vous pas un autre script pour qu'on tourne ensemble ?
— Mais oui, répondit-il, en songeant que c'était exactement l'issue qu'il cherchait. Ce n'est pas une mauvaise idée. Si je trouve quelque chose, vous préféreriez tourner ça plutôt que *Gangsters* ?
— Oui, confirma-t-elle. Dès l'instant que c'est avec Cooper.
— Une belle comédie romantique, c'est ça ?
— Parfait.
— Je vais regarder, mon petit. Passez donc au studio pour déjeuner.
— Avec plaisir, Mickey.
— En attendant, ramenez le *loser* chez lui. Je n'ai pas envie qu'il vomisse sur mon canapé.

— J'ai l'impression d'entendre le téléphone, chantonna Tabitha complètement dans les vapes.
Ils étaient tous les deux vautrés au beau milieu du lit de Santo, camés jusqu'aux trous de nez.
Quand ils étaient arrivés chez lui, ils avaient partagé encore un joint, et puis Tabitha s'était mise à fouiller sa chambre pour trouver quelque chose de plus fort. Il s'était souvenu de l'héroïne que Mohamed lui avait vendue. Ça excite les filles terrible, avait dit Mohamed. Tabitha avait de jolis petits nichons que cachait à peine son corsage des plus réduits. Ça ne lui déplairait pas de les tripoter : il n'avait jamais touché une fille pour de vrai. Ils avaient donc fumé de l'héroïne. Tout baignait à un tel point que cela leur parut naturel d'ôter leurs vêtements et de se les jeter à la figure en éclatant de rire. Santo n'arrêtait pas de penser à Venus, ses yeux bleus, ses cheveux blonds et l'air qu'elle avait dans cette audacieuse robe rouge. Il se retrouva tout nu, Tabitha à califourchon sur lui, tous les deux en train de faire l'amour comme des enragés. Quand elle se laissa retomber sur les draps, ils furent pris d'un fou rire incontrôlable et se mirent à rouler sur le lit. Il se demanda s'il devait lui montrer sa collection, peut-être lui lire

quelques-unes des lettres qu'il avait envoyées à Venus et dont il avait gardé consciencieusement des copies. Quelque chose lui dit qu'elle serait peut-être jalouse.

— Tu ne te débrouilles pas mal, Santo, reconnut Tabitha en s'étirant. Il faudra qu'on remette ça.

— À ta disposition.

— Je meurs de faim, dit-elle en sautant au bas du lit.

Tout nus, ils se précipitèrent dans l'escalier et firent une descente dans le frigo. Heureusement, les domestiques avaient regagné pour la nuit leurs appartements à côté du local de la piscine.

— Où est la chambre de tes parents ?

Il l'avait emmenée dans la chambre de Donna, où ils s'étaient battus à coups de polochon.

— Comment va-t-on ranger tout ça ? fit Santo, un peu inquiet. Ma mère va savoir qu'on était dans sa chambre.

— On s'en fout, le rassura Tabitha. Approche un peu. On va refaire l'amour sur son lit.

Maintenant, ils avaient regagné sa chambre à lui et le téléphone sonnait.

— Laisse tomber, dit-il, je voudrais te montrer quelque chose.

Il se leva et alla ouvrir sa penderie fermée à clé. Il en retira sa nouvelle acquisition dont il était si fier.

— Bon sang ! s'exclama-t-elle. Ça, c'est un fusil.

— Tout ce qu'il me faut pour les tuer, répondit Santo en riant comme un fou.

— Quoi ? fit Tabitha, abasourdie.

— Un de ces jours, déclara Santo, je leur ferai sauter leur putain de cervelle !

55

Johnny Romano n'était pas aussi insistant que Venus l'avait redouté. Quand elle déclina son invitation à retourner chez lui, il accepta son refus de bonne grâce. La limo était maintenant garée devant la maison de Venus.

— Tu sais, je suis drôlement content que tu fasses le film, dit-il en agitant ses longs doigts d'une étonnante finesse.

— Moi aussi, répondit-elle, remarquant son énorme diamant rose monté en bague et son bracelet d'identité constellé de diamants. Cela devait valoir au moins un demi-million de dollars. Le scénar est superbe : tu vas être formidable.

Toute grande vedette qu'il était, Johnny adorait encore les compliments.

— Tu crois ? demanda-t-il avec angoisse.

— Absolument.

— C'est Lucky que je dois remercier de m'avoir remis sur les rails.

— Comment ça ?

— Tu te rappelles quand elle a repris Panther ?

— Comment est-ce que je pourrais oublier ? Passer de petite secrétaire à patronne de studio en deux temps trois mouvements !

— En ce temps-là, je tournais dans un tas de films de merde. De la violence. Du sexe. Ça m'a rapporté une fortune... Mais Lucky m'a fait remarquer que je n'étais jamais le héros. « Sois un héros, me disait-elle, c'est ce que le public veut voir. » Et, bon sang, elle avait raison.

Il se redressa sur la banquette, s'approchant d'elle.

— Tu t'es bien amusée, ce soir, bébé ?
— Ça allait.
— Ça ne t'a pas gênée de voir ton ex avec ce superbe morceau ?
— Cooper et moi, c'est de l'histoire ancienne.
— Dommage pour lui. Il faut que je te dise quelque chose qui va t'amuser.
— Quoi donc ?
— Veronica autrefois était un homme.
— Qu'est-ce que tu racontes !
— Je l'ai rencontrée en Suède voilà des années quand je travaillais comme serveur. Elle venait de se faire opérer.
— Allons donc !
Il éclata de rire.
— Cooper ne remarquera jamais la différence.
— Tu es une salope, tu sais. Pourquoi ne lui as-tu pas dit ?
— Pour gâcher une belle histoire d'amour ? Pas question.
Il se remit à rire.
— Maintenant, Johnny, fit Venus, j'aimerais bien que tu me laisses descendre de voiture.

Il obéit et lui dit bonsoir sans insister. Elle était soulagée : elle n'était pas d'humeur à combattre les avances d'une vedette de cinéma sud-américaine exagérément amoureuse. La première chose qu'elle fit, ce fut écouter son répondeur. Il y avait un message plaintif de Rodriguez qui voulait absolument la voir et un autre, ravi, de Ron : « J'ai suivi ton conseil, ma douce. Je déménage. » Il ne lui disait pas où il allait s'installer, sinon elle l'aurait rappelé.

Elle passa dans son dressing laqué de blanc, tout en se débarrassant de sa robe rouge. Le téléphone sonna. Espérant que c'était Ron, elle courut décrocher dans la chambre.
— Salut, c'est Cooper.
— Oh... salut.
— Je t'ai trouvée terriblement sexy ce soir.
— Qu'est-ce que tu veux, Coop ? dit-elle en s'asseyant au bord du lit.
Elle se demandait s'il avait découvert la vérité à propos de Veronica.
— Je voulais juste te dire bonjour.
— Ça n'est pas très original.
— Je pensais..., commença-t-il.
— À quoi ?

— Oh, au mariage formidable que nous avons eu.

— Comment peux-tu dire ça quand ta mission dans la vie consistait à sauter le plus de femmes possible ?

— Je sais, ajouta-t-il d'un ton repentant. Toute ma vie, je n'en ai fait qu'à ma tête. Et puis je t'ai rencontrée, je suis tombé amoureux et je t'ai épousée. Je ne pensais pas que je devais changer. Je me rends compte maintenant que j'ai commis une grave erreur.

— Qu'est-ce qui s'est passé ? Tu as fait du gringue à ton mannequin ? Et ça n'a pas marché, hum ?

— Oh, si ! Le problème, c'est que je n'en n'avais pas envie.

— Vraiment, dit-elle.

Elle n'allait pas lui gâcher sa soirée en lui répétant ce que lui avait raconté Johnny.

— Et toi ? Avec Romano dans la voiture, ça c'est bien passé ?

— Tu devrais me connaître mieux que ça.

— Est-ce que je peux monter ?

— Pour quoi faire ?

— Pour bavarder... C'est tout, promis.

Elle savait qu'elle aurait dû dire non, mais elle se sentait faiblir.

Il profita de son silence.

— Quelle coïncidence ! lança-t-il. Je suis justement à deux pas de chez toi.

— Bon, fit-elle en sachant qu'elle faisait une bêtise. Monte.

La limo de Johnny Romano patrouillait sur Sunset. Bien installé à l'arrière, il bavardait avec Leslie sur son téléphone de voiture. Elle-même, son portable coincé contre l'oreille, examinait Jeff : affalé au milieu du lit, tout habillé, il ronflait comme un porc : quel spectacle romantique !

— Vous m'avez donné votre numéro, je l'utilise, fit Johnny. Je me demande ce que vous faites en ce moment.

— Où est Venus ?

— Pourquoi voulez-vous que je sois avec Venus quand j'ai *votre* numéro, bébé ? dit-il en prenant sa voix la plus sexy. Qu'est-ce que vous diriez de prendre un verre avec moi ?

Jeff rota et se retourna sur le lit : il puait l'alcool. Leslie pensait à Cooper. Il était sans doute confortablement installé avec son grand cheval de mannequin. Elle était triste. Ce n'était pas juste.

— Je peux passer vous prendre dans cinq minutes, dit Johnny. Dites-moi simplement où je dois amener ma limo et, bébé, croyez-moi, j'arrive.

Alex se dirigea droit vers la maison de Lucky sur la plage. Un gardien l'arrêta à la porte.

— Bonsoir, Mr. Woods, dit-il poliment. Ms. Santangelo m'a dit que vous passeriez peut-être.

— Ah oui ? Bon.

— Elle a dit aussi qu'elle ne voulait pas être dérangée.

— C'est ce message qu'elle m'a laissé ?

— Ms. Santangelo a dit qu'elle vous parlerait demain, Mr. Woods, et qu'elle vous priait de ne pas l'appeler ce soir.

— Oh... très bien... d'accord.

Alex remonta dans sa voiture, furieux du petit jeu de Lucky. Un moment, elle se confiait à lui. Un instant plus tard, elle le traitait comme un parfait étranger. Il rentra chez lui, éprouvant un sentiment qu'il n'avait encore jamais connu. Est-ce que c'était ça, l'amour ? Parce que, dans ce cas ce n'était pas drôle. Il décida qu'il ferait mieux de se reprendre, d'oublier Lucky Santangelo pour se concentrer sur ce qu'il faisait le mieux : des films.

Le garde attendit qu'Alex fût reparti, puis appela Lucky :

— Mr. Woods est passé. Je lui ai dit que vous lui parleriez demain.

— Merci, Enrico.

Tu as bien fait, se dit-elle. *Il ne faut pas l'encourager.*

Assise sur son lit, elle prit la photographie de Lennie dans un cadre en argent. Il lui manquait tellement. Son sourire, sa présence, sa façon de faire l'amour, sa conversation. Elle ne pouvait pas le remplacer. Pas encore, en tout cas.

— Ça ne répond pas chez nous, dit George en raccrochant. Nous devrions peut-être attendre Santo à la maison.

— Absolument, répondit Donna en lançant à Mickey un regard noir. Je regrette que vous ne m'ayez pas consultée avant d'envoyer mon fils traîner avec votre fille.

Mickey haussa les épaules.

— Je croyais leur rendre service. Comment est-ce que je pouvais savoir qu'ils ne rentreraient pas à temps ?

— Ils ne vont pas tarder, dit Abigaile. Tabitha est une fille sur qui on peut compter.

— Oui, à en juger par son apparence, on doit vraiment pouvoir compter sur elle, glissa Donna d'un ton sarcastique.

— Je vous demande pardon ? fit Abigaile, qui n'aimait pas l'intonation de Donna.

— Ainsi, vous laissez votre fille se promener habillée comme ça ? demanda Donna.

— Au moins, elle n'est pas obèse, riposta Abigaile.

Mickey s'empressa d'intervenir, donnant un coup de coude à sa femme pour la faire taire :

— Je suis sûr qu'ils vont être ici d'un instant à l'autre. Dès leur arrivée, je raccompagnerai personnellement Santo.

Donna le foudroya du regard. Elle détestait les Stolli. Elle avait bien envie de virer Mickey dès qu'elle aurait trouvé quelqu'un pour le remplacer. Cette soirée avait été un désastre. Sa limousine était garée dans l'allée. Donna se dirigea vers la voiture au pas de charge, attendant que son chauffeur jaillisse pour lui ouvrir la portière. L'homme ne bougeait pas : il était affalé sur le volant, manifestement endormi. Devant Donna exaspérée, George frappa à la vitre. Pas de réaction. George ouvrit la portière et le chauffeur, John Fardo, s'écroula sur le ciment de l'allée.

— Oh, mon Dieu ! s'écria Donna.

George se pencha sur l'homme, pour lui tâter le pouls.

— Va chercher du secours, dit-il sèchement. Donna se précipita pour sonner à la porte des Stolli. Mickey ouvrit. Appelez un médecin. Mickey sortit. Il a l'air ivre, dit-il en contemplant l'homme affalé sur le sol.

John Fardo se mit à gémir, reprenant peu à peu connaissance.

— Ça va, John ? demanda Donna.

— Oui, oui, ça va... très bien, murmura-t-il, très gêné.

Tout ce qu'il pouvait se rappeler, c'était que quelqu'un l'avait tiré hors de la voiture, l'avait tabassé et l'avait remis derrière le volant en disant : « Ne t'avise plus jamais de déconner avec les Santangelo. » Après ça, il avait dû s'évanouir. Au prix d'un suprême effort, il rassembla ses forces et réussit à se relever.

— Désolé, Mrs. Landsman, je ne sais pas ce qui m'est arrivé. J'ai... j'ai dû tomber.

— Tomber ? fit-elle, incrédule.

Il espérait qu'elle ne remarquerait pas dans la pénombre son visage tuméfié. Ça va maintenant. Laissez-moi vous reconduire.

Les Landsman montèrent dans la voiture. Mickey rentra, haussant les épaules.

— Leur chauffeur était ivre, annonça-t-il à Abigaile.

— Qu'est-ce que tu as pensé de la soirée ? interrogea-t-elle.
— Réussie, comme d'habitude, dit-il en la suivant dans l'escalier.
— Comment pourrais-tu le savoir ? fit-elle d'un ton pincé. Tu as passé ton temps à baver sur le décolleté de Venus.
— Mon chou, tu ne peux tout de même pas être jalouse de Venus. Elle travaille pour mon studio. Il faut bien être aimable avec les actrices.
— Ha ! ricana Abigaile.
Mickey lui empoigna la croupe.
— Allons, Abbey, fit-il, cajoleur. Tu sais bien que tu es la seule pour moi !

La première chose que Donna remarqua en approchant de leur maison, ce fut la BMW de Tabitha garée dans l'allée.
— Dieu merci, dit-elle à George, ils sont ici. Je commençais à m'inquiéter.
— Donna, il a seize ans. Tu te fais trop de souci pour lui. Santo a besoin de discipline, pas d'être couvé.
— Pourquoi vouloir amener Tabitha ici ? fit Donna d'un ton songeur. Oh, je sais, c'est sans doute parce que ces abrutis de Stolli lui ont fait comprendre qu'il n'était pas le bienvenu. Ça l'a bouleversé.
Ça m'étonnerait, se dit George. Donna ne se doutait absolument pas du monstre qu'elle élevait.
Ils entrèrent dans la maison.
— Santo ! cria Donna dans l'obscurité du vestibule, en cherchant le commutateur.
— Ils doivent être dans sa chambre, dit George.
— Pourquoi la ferait-il monter là-haut ? répondit Donna.
Tu te le demandes ? pensa George en emboîtant le pas à sa femme.
— Je n'arrive pas à croire qu'ils aient pu inviter Lucky Santangelo ce soir, marmonna Donna. C'est vraiment un manque de jugement de la part de Mickey. Désormais, je vais l'avoir à l'œil.
— Oui, ma chérie, fit George.
La porte de la chambre de Santo était fermée.
— Frappe, dit George.
— Pourquoi donc ? répliqua Donna en ouvrant toute grande la porte. Je suis chez moi.
Santo était affalé sur son lit, dans les pommes. Vautrée sur lui, Tabitha à demi nue, elle aussi abrutie par la drogue. La chaîne

stéréo jouait de la musique rap. Sur la table de chevet, une pizza en partie dévorée, un bol de pop-corn renversé, la moitié d'un joint et une bouteille de scotch vide en équilibre précaire.

— Oh, mon Dieu ! gémit Donna. Qu'est-ce qu'elle a fait à mon bébé ?

56

Lucky emmena Boogie avec elle pour rencontrer Sarah et lui remettre l'argent. Ils avaient pris rendez-vous au Hard Rock Café, où Sarah lui avait paru à l'aise la dernière fois. À peine arrivée, Sarah demanda :

— Bon, comment on fait ? Il faut que j'aie le fric avant de vous remettre la cassette.

— Tu vas venir avec moi dans ma voiture, où j'ai un magnétoscope, dit Lucky. Nous allons passer la cassette et si elle contient ce que tu dis, tu auras ton argent. C'est aussi simple que ça.

— Oh, oui ! ricana Sarah en regardant Lucky d'un air méfiant. Qu'est-ce qui me dit que vous n'allez pas me kidnapper ? Me vendre à un réseau de traite des Blanches — est-ce que je sais ?

— Si tu veux ton argent, il va falloir me faire confiance, dit Lucky froidement.

— Et lui, dit Sarah en désignant grossièrement Boogie, c'est qui ?

— Mon associé.

Sarah plissa les yeux. Qu'est-ce qui me dit que lui ne va pas me faire quelque chose ?

Lucky commençait à perdre patience.

— Ou bien tu veux cet argent, ou bien tu n'en veux pas, dit-elle sèchement.

— Bon, bon, s'empressa de répondre Sarah. Où est votre bagnole ?

— Devant la porte.

— Il faut que je vous dise, fit Sarah d'un air matois. Une copine sait où je suis et, si je ne suis pas rentrée dans une heure, elle appellera les flics.

— Très raisonnable, répondit tranquillement Lucky.

Ils sortirent et se dirigèrent vers la limousine.

— Pas mal, commenta Sarah. Vous savez, reprit-elle en montant dans la voiture, j'avais ce client... enfin, je veux dire, un ami. Il arrivait à l'institut de massage dans sa grosse limo et puis il voulait que je lui fasse un massage très *personnel* sur la banquette arrière pendant que son chauffeur nous baladait dans la ville. Sa caisse avait des vitres noires, alors personne ne pouvait voir à l'intérieur.

Pourquoi Morton avait-il choisi cette triste petite fille pour se mettre dans le pétrin ? Ils étaient vraiment mal assortis.

— Morton sait que vous avez eu toutes ces aventures avant de le rencontrer ?

Sarah pouffa. Morty croit que je travaillais dans cet institut de massages comme une bonne petite fille.

Lucky se pencha et inséra la cassette dans le magnétoscope. Elle regarda l'écran. Morton dans la chambre de Sarah assis au bord de son lit, en costume trois pièces. Entre Sarah en tenue d'écolière.

Sarah : Bonjour, petit papa.

Morton : Tu as été sage à l'école aujourd'hui ?

Sarah : Très sage, papa.

Morton : Tu es sûre ?

Sarah : Oui, papa.

Morton : Viens t'asseoir sur mes genoux, raconte-moi tout ça.

Sarah : J'ai quand même fait quelque chose de mal...

Morton : Il va falloir que je te donne la fessée ?

Sarah : Je ne sais pas, papa. Tu as été sage au bureau aujourd'hui ?

Morton : Non, j'ai fait quelque chose de mal aussi.

Sarah : Alors je crois que c'est moi qui vais te donner la fessée.

Et ça continuait sur le même mode. Lucky regardait, fascinée par tant de perversité. Dès que Morton commença à se déshabiller, elle arrêta l'appareil et dit : Bon, j'en ai assez vu. Ouvrant la vitre, elle s'adressa à Boogie qui attendait dehors. Donnez-lui l'argent et partons. Sarah descendit de voiture et resta plantée sur le trottoir. Boogie lui tendit un sac en papier. Tenez, dit-il. Vous voulez compter ?

Sarah se saisit du sac et jeta un coup d'œil à l'intérieur, dissimulant mal son excitation.

— C'est tout ce que j'ai à faire ?

— C'est tout, fit Lucky. Mets l'argent dans un coffre et rentre chez toi. Pas un mot à Morton.

— Il ne va pas l'apprendre ? demanda Sarah.

— Peut-être, fit Lucky. Ça ne t'a pas gênée la dernière fois... ni lui. Il continue à payer ton loyer.

— Avec le fric, on va partir avec ma copine. J'en ai marre de LA. Si vous aviez vu quelques-uns des cinglés qui venaient à l'institut de massages.

— Épargne-moi les détails, la coupa Lucky.

— On va aller tenter notre chance à Vegas, annonça Sarah. S'il y a autre chose que je peux faire... Vous avez un téléphone ?

— Ne t'inquiète pas, Sarah, si nous avons besoin de quoi que ce soit, c'est nous qui te contacterons.

Boogie remonta dans la voiture et la limo démarra.

Santo en voulait à George. Jamais sa mère ne l'aurait puni aussi sévèrement si George ne l'avait pas encouragée. Il avait seize ans, bon sang ! S'il ne pouvait pas se taper une fille dans sa propre chambre, alors que pouvait-il faire ? George suggéra une liste de punitions et Donna accepta. Santo ne l'avait jamais vue si en colère.

1. Pas de Ferrari.
2. Pas d'argent de poche pendant six semaines.
3. Pas de sortie après l'école.
4. Pas de carte de crédit.

Merde alors ! On l'avait surpris en train de faire l'amour, il n'avait pas assassiné le Président !

— Allons, maman, gémit-il. Ça n'était pas si terrible.

— Se droguer, c'est très mal, dit George d'un ton menaçant. Ta mère et moi ne tolérerons pas ça sous notre toit.

— Son toit, murmura Santo.

— Non, fit Donna, consternée par l'attitude de son fils. C'est la maison de George aussi. C'est lui qui prend les choses en main jusqu'à ce que tu apprennes à te tenir.

Il n'arrivait pas à croire qu'elle prenait le parti de George. Salope ! Il se demandait de quelle punition Tabitha avait écopée quand son père était venu la chercher. Je ne veux jamais la revoir avec mon fils, avait-il entendu Donna déclarer tandis que Mickey embarquait Tabitha.

Santo était remonté dans sa chambre et, assis devant son ordinateur, l'air sinistre, il fixait l'écran. Pas de Ferrari. Pas d'argent de poche. Pas de carte de crédit. Pas de télé. Quelle merde ! Il était désemparé. Il n'avait pas l'intention de s'envoyer Tabitha alors qu'il s'était toujours gardé pour Venus. Voilà maintenant que cette dingue était venue tout gâcher. Et si ce qu'elle avait dit de Venus était vrai ? Que ce n'était qu'une traînée et qu'une putain ? L'idée lui vint soudain que ce n'était pas du tout la faute de Tabitha. C'est Venus qui était à blâmer. S'il ne l'avait pas vue, à la soirée des Stolli, si Tabitha ne lui avait pas raconté toutes ces choses sur elle, il ne se serait pas camé au point de se retrouver sans savoir ce qu'il faisait. Oui. C'était à cause de Venus qu'il n'aurait pas de Ferrari. C'était sa faute. Elle lui avait gâché la vie, et il allait le lui faire payer.

— C'est pour toi, annonça Cooper en se plantant devant Venus.

Elle roula sur le lit en s'étirant paresseusement.

— Qu'est-ce que c'est ? murmura-t-elle, à demi endormie.

— Jus d'orange, raisin, toasts, café, les journaux, et puis ça...

Elle se redressa. Cooper tenait un plateau d'argent sur lequel se trouvait tout ce qu'il venait d'énumérer. Il était aussi tout nu, son sexe soigneusement posé sur le bord du plateau.

Elle éclata de rire.

— Qu'est-ce que tu fais ? s'exclama-t-elle en s'asseyant.

— Rien, fit-il, impassible.

— Et moi, qu'est-ce que je fais ? gémit-elle.

Elle se rendait compte tout d'un coup qu'elle venait de passer la nuit avec le mari dont elle allait divorcer.

— Tu retombes amoureuse de ton mari ? suggéra-t-il avec son beau sourire.

— Oh, non... une fois, ça m'a suffi, merci, Cooper.

— Tu en connais beaucoup qui te préparent le petit déjeuner ? demanda-t-il d'un ton plaintif. Dis-moi où tu peux trouver ce genre de service ?

— Hum..., fit-elle en souriant. Jus d'orange, raisin, toast, café, une érection... je devrais peut-être reconsidérer la chose.

— Écoute, lança-t-il en s'asseyant au bord du lit, je sais que j'ai agi de façon impardonnable. Si tu m'avais fait la même chose,

je serais sans doute parti. Mais ç'a été une leçon, et maintenant je voudrais qu'on se remette ensemble.
— Hum..., murmura-t-elle, tout alanguie.
— Hier soir, j'étais avec une des femmes les plus désirées d'Amérique. Tu sais quoi ? Je l'ai quittée et je suis arrivé ici en courant pour être avec toi.
— Ha ! s'exclama-t-elle.
— Ça veut dire quoi, ce « ha » ?
— À en croire Mr. Romano — qui sait de quoi il parle — Veronica est une transsexuelle.
— Seigneur, Venus ! c'est ridicule. Et c'est faux.
Elle pouffa.
— Écoute, je crois que tu as pris la bonne décision.
Il fronça les sourcils. Cela pouvait-il expliquer qu'il ait sagement raccompagné Veronica la veille au soir parce qu'elle ne lui faisait aucun effet ?
— Nous sommes faits l'un pour l'autre, Venus, déclara-t-il, refusant de la laisser détourner la conversation. Tu le sais bien.
— Cooper, répondit-elle, l'air grave, ce nouveau film que je vais commencer est très important pour moi et...
— Est-ce que la nuit dernière n'était pas quelque chose de spécial ? l'interrompit-il. Est-ce que ça n'était pas formidable ?
Elle ne demandait qu'à le croire. Mais c'était Cooper Turner qui parlait : un homme qui avait toujours eu la réputation de coucher à droite et à gauche. Elle avait pris un risque avec lui une fois. Allait-elle être assez imprudente pour recommencer ?
Il insistait :
— Tout ce que je demande, c'est une nouvelle chance. Allons, mon chou, tu sais bien que j'ai raison.
Elle se sentit faiblir.
— Oh... peut-être que nous pourrions nous revoir... refaire connaissance.
— Je croyais que nous avions refait connaissance cette nuit.
Elle rit de nouveau.
— C'est vrai, et je recommencerais bien ce soir, demain et, — si tout s'arrange —, eh bien, nous pourrions peut-être envisager de nous remettre ensemble.
— Marché conclu, dit-il avec un grand sourire.
— Maintenant, fit-elle en sautant au bas du lit, il faut m'excuser. Je dois parler à mon agent.
— J'adore quand tu prends ton air sérieux, lui susurra-t-il en la saisissant par le bras et en la faisant retomber sur le lit.

Jaillissant de derrière une colonne de marbre, Lucky aborda Morton Sharkey dans le hall de l'immeuble où il avait son bureau, à Century City. Salut, Morton, lança-t-elle en le fixant de ses yeux noirs.

Il recula d'un pas, stupéfait.

— Surpris de me voir ?

— Euh... Lucky. Il bredouillait presque. En effet... c'est une surprise. Qu'est-ce que vous faites ici ?

— Je suis venue vous voir.

— Ah oui ? fit-il, nerveux.

Elle approcha.

— Je n'ai pas réussi à vous joindre depuis que vous avez fait votre petit numéro aux studios Panther. J'ai pourtant laissé des messages tous les jours, j'ai dit à votre secrétaire que c'était urgent, je vous ai envoyé plusieurs fax. Votre mère ne vous a donc pas appris que c'est très grossier de ne pas répondre ?

— Je suis désolé, Lucky. J'ai été extrêmement occupé.

— Vous m'avez trahie, Morton, déclara-t-elle. Et je n'aime pas ça.

Il adopta une attitude défensive.

— J'ai fait ce qui était le mieux.

— Pour qui ? fit-elle froidement. Vous étiez mon conseiller. Vous m'avez aidée à prendre le contrôle de Panther, et puis, derrière mon dos, vous m'avez roulée. Un silence. Je ne comprends pas, Morton. À moins, bien sûr, que quelqu'un ne vous ait *forcé* à vous conduire d'une façon aussi contraire à toute éthique.

Il se coula vers l'ascenseur, en essayant de s'esquiver.

— Oh, Lucky, vous avez encore quarante pour cent de Panther. Je suis certain qu'avec Mickey de nouveau aux commandes les studios vont faire des bénéfices...

Elle se planta devant lui, lui barrant le passage.

— Comme avant, hein ? Vous savez mieux que personne qu'il a mis les studios par terre.

— Ça arrive, ces choses-là, marmonna-t-il, n'osant pas la regarder. Les affaires, vous savez...

— Vous avez commis une erreur, Morton : vous vous êtes rallié à Donna Landsman.

— Mrs. Landsman est une respectable femme d'affaires.

— Non. Sachez que Mrs. Landsman est la veuve de Santino Bonnatti.

L'inquiétude se peignit sur son visage.

— Qu'est-ce que vous racontez ?

— Vous vous souvenez des Bonnatti ? Je suis sûre que j'ai dû vous raconter l'histoire bien des fois.

Il la dévisagea sans un mot en se disant : *Voilà donc pourquoi Donna Landsman tenait tant à prendre le contrôle de Panther !*

— Heureusement pour vous, je suis de bonne humeur, continua Lucky d'un ton plaisant. Je vais donc vous donner une chance de vous racheter. Mon avocat va prendre immédiatement les dispositions pour que vous me vendiez vos cinq pour cent de Panther, plus la moitié des actions Panther que vous avez par l'intermédiaire de Conquest Investments. Cela me redonnera la majorité. Ensuite, je veux que vous remettiez sur pied le même scénario — exactement comme vous l'avez fait pour Donna. Je serai assise dans mon bureau quand vous l'amènerez et c'est *moi* qui lui dirai qu'*elle* est virée. Oh, oui, assurez-vous aussi que Mickey Stolli soit avec elle. Je tiens à le vider personnellement.

— Mais je... je ne peux pas faire ça, balbutia Morton.

— Oh, mais si, Morton, mais si. Un long silence. Au fait, comment va votre femme ? Et les enfants ? Encore un long silence. J'imagine que Donna ne leur a pas encore montré la cassette

Il devint blême.

— Quelle cassette ?

— Morton, vous vous y connaissez en affaires mais il faut que vous compreniez que, quand vous traitez avec quelqu'un comme Donna — ou d'ailleurs quelqu'un comme moi —, vous boxez en dehors de votre catégorie. Non seulement Donna vous tient par les couilles, mais maintenant j'ai moi aussi une copie de la cassette.

— Oh, mon Dieu ! gémit-il. Je vous en prie, ne me faites pas ça.

— Coopérez, Morton, lui conseilla-t-elle froidement. Et je veillerai à ce que toutes les copies de la cassette — ainsi que l'original — soient détruites. Sinon, je m'assurerai personnellement que votre femme voie de ses propres yeux le très vilain garçon que vous avez été et qui mérite d'être puni.

Il semblait sur le point de s'effondrer.

— Seigneur ! qu'est-ce que j'ai fait ? murmura-t-il.

— Vous ne comprenez pas ? fit Lucky en secouant la tête. Les gens convenables ne sont pas censés tromper leur femme — surtout avec une petite putain de seize ans. Ça ne se fait pas.

Le mariage, c'est un contrat. Et, dans mon milieu, un contrat, ça veut dire quelque chose.

Elle tourna les talons et s'éloigna, plantant là un Morton blanc comme un linge.

Leslie passa la nuit avec Johnny Romano et ne revint chez elle qu'au petit matin. En entrant dans sa chambre, elle fut agacée de trouver Jeff exactement là où elle l'avait laissé, tout habillé et ronflant. Ce crétin ne s'était même pas rendu compte qu'elle avait terminé la nuit dehors. Elle se glissa dans sa salle de bains, prit une douche, s'habilla et se maquilla. Puis elle se précipita dans la penderie de Jeff, fourra tous ses vêtements dans une valise qu'elle tira jusqu'à la porte d'entrée. Elle s'assit alors et lui écrivit un bref billet.

Cher Jeff,
Ça ne marche pas entre nous. Je serai absente jusqu'à 15 heures.
Quand je rentrerai, j'aimerais que tu sois parti. Laisse, s'il te plaît, mes clés sur la table de la cuisine.

Leslie.

Elle laissa le mot sur la valise et alla au Four Seasons, où elle prit une chambre pour la journée. S'il y avait une chose que Leslie avait en horreur, c'étaient les confrontations.

Alex déboula à son bureau, débordant d'énergie. Il s'était réveillé de bonne heure et avait décidé qu'il ferait mieux pour l'instant d'oublier Lucky et de se concentrer de nouveau sur son film. Une fois cette décision prise, il avait commencé à se sentir bien. Lili était ravie de le voir en si bonne forme.

— Avons-nous retrouvé notre Alex d'antan ? demanda-t-elle en le suivant dans son bureau.

— Que veux-tu dire ? répondit-il.

— Tu n'étais guère toi-même ces temps-ci.

— Ne dis pas de conneries, Lili.

— Je suis simplement sincère.

— Bon, dit-il avec entrain. Voilà où nous en sommes : Leslie s'en va. Venus arrive. Parle à son agent, confirme avec Mickey et arrange-toi pour qu'elle vienne à 16 heures. Je vais vérifier aujourd'hui les costumes de Johnny. Ensuite prépare une lecture filée avec toute la troupe pour jeudi. Compris ?

— Oui, répondit Lili avec un sourire radieux. Nous n'envoyons de fleurs à personne ?

— À personne, répondit Alex d'un ton ferme. Il faut se remettre au travail, Lili. Nous faisons un film ici.

Après avoir vu Morton, Lucky rencontra Inga. Elle l'avait appelée au début de la matinée en suggérant qu'elles aient une petite discussion.

— À propos de quoi ? avait demandé Inga, méfiante.

— De quelque chose dont je suis sûre que tu ne veux pas qu'Abe soit au courant...

Voilà qui avait suffi. Inga avait accepté de retrouver Lucky pour déjeuner au Beverly Wilshire Hotel. Quand Lucky arriva, Inga était déjà attablée. « Salut », fit Lucky en s'installant dans un fauteuil, le dos à la fenêtre pour avoir vue sur la salle.

Inga répondit d'un bref signe de tête, son visage lisse de Suédoise impassible comme d'habitude.

— J'aurais pu passer à la maison, dit Lucky. Seulement j'ai pensé que tu ne tiendrais pas à ce qu'Abe entende notre conversation.

— Il s'agit d'Abe ? demanda Inga.

— Non, répondit Lucky. Enfin, je dis non, mais dans une certaine mesure, ça le concerne.

— Comment ça ? demanda Inga.

— On commande ? proposa Lucky en faisant signe au maître d'hôtel.

— En général je ne déjeune pas, dit Inga. Peut-être une pomme et un bout de fromage.

— Quelle frugalité ! nota Lucky. Elle consulta le menu et commanda un steak frites. J'ai besoin de me refaire des forces, ajouta-t-elle avec un petit sourire. Tant de gens m'ont poignardée dans le dos ces temps-ci que je suis littéralement sur les genoux.

Inga commanda une salade, attendant avec impatience de voir ce que Lucky avait à dire.

— Tu connais bien Morton Sharkey ? demanda Lucky en posant ses coudes sur la table.

— Pas si bien, répondit Inga prudemment.

— Raconte-moi comment tu l'as rencontré. Par Abe ?

— Oui, dit Inga.

— Je me rappelle, fit Lucky en hochant la tête, quand je cherchais à acheter Panther. Abe m'a recommandé Morton. Il l'avait utilisé pour deux ou trois contrats et il lui faisait confiance.

Je dois dire que je me fiais à lui, moi aussi. Idiote que j'étais. Je lui ai même fait confiance quand il m'a persuadée de vendre discrètement un gros paquet d'actions. Il m'a conseillé de me diversifier, de céder soixante pour cent de Panther et de me servir de l'argent pour d'autres investissements. J'ai accepté. Bien sûr, j'aurais dû garder cinquante et un pour cent mais... j'ai suivi le conseil de Morton. Il m'a dit qu'il avait des investisseurs qu'on pouvait contrôler, que rien ne pourrait mal tourner...

Inga commençait à avoir l'air mal à l'aise.

— Où veux-tu en venir ?

— Tu le sais très bien, Inga, dit Lucky en durcissant le ton. Tu n'es pas une femme stupide. Ou bien devrais-je t'appeler Ms Smorg ?

— Abe a quatre-vingt-dix ans, riposta Inga, voilà trente ans que je vis avec lui. En achetant un bout des studios Panther, j'ai protégé mon avenir.

— Je n'y vois aucun inconvénient, dit calmement Lucky. Mais pourquoi as-tu fait alliance avec Donna Landsman ?

— C'est Morton qui me l'a conseillé.

— Oh, tu veux dire ton *associé*, Morton Sharkey, la personne avec qui tu es propriétaire de Conquest Investments ?

— Abe n'a jamais rien fait pour moi, fit Inga, d'un ton amer. Je n'ai pas d'argent, rien à mon nom. Je sais qu'à sa mort ses arrière-petits-enfants hériteront de tout.

— Tu es mariée avec lui, Inga, fit Lucky d'un ton neutre. Les lois de Californie te garantissent la moitié de sa fortune.

Inga, le regard perdu dans le vide, énuméra ses raisons :

— Abe a fait plusieurs legs irrévocables avant notre mariage. J'ai signé avant de l'épouser un acte de renonciation à son héritage. Par testament, il me laisse 100 000 dollars. Voilà. Elle poussa un grand soupir. Je ne suis plus une jeune femme. J'ai un certain style de vie à maintenir.

— En te protégeant, tu m'as roulée dans la farine, fit sèchement Lucky. En te rangeant dans le camp de Morton, tu ne m'as laissé aucune chance.

— J'ai dû faire ce qu'il disait : c'est lui qui s'occupe de mes investissements.

Lucky exposa ses conditions :

— Voici le marché, Inga. Si tu ne veux pas qu'Abe soit au courant de tes activités personnelles, vends-moi immédiatement tes parts. Tu possèdes personnellement six pour cent et, avec la moitié de ce qu'a Conquest, ça fait cinq de plus. Tu me feras récupérer onze pour cent. Elle s'arrêta pour reprendre haleine. Mon avocat a préparé les papiers. Tu n'y perdras pas. Sois maligne : avec l'argent, achète-toi des actions IBM.

Inga comprit qu'elle n'avait pas le choix.

— Très bien, acquiesça-t-elle d'un ton pincé. Je ferai ce que tu dis.

— J'ai une migraine à couper au couteau, murmura Mickey.

— Je suis désolée de l'apprendre, répondit Leslie, compatissante.

Ils étaient assis au restaurant des studios Panther.

— C'était une charmante soirée, dit Leslie, qui n'en pensait pas un mot.

— Ç'a peut-être été charmant pour vous, lança-t-il avec véhémence. Mais je me suis retrouvé obligé d'aller chercher ma fille chez ce gamin de Santo : ils ont couché ensemble !

— Non ! fit Leslie, en prenant un air dûment scandalisé.

— Qu'est-ce qu'ils ont, tous ces gosses, aujourd'hui, Leslie ? gémit-il.

Il but un verre d'Évian. Leslie picorait sa salade. Il était temps de parler un peu d'elle.

— Eh bien, vous serez heureux de savoir que j'ai suivi votre conseil.

— Quel conseil, ma jolie ?

— Jeff, c'est du passé.

— Sage décision, commenta Mickey en hochant la tête. Une fille comme vous peut avoir qui elle veut. Il braqua son doigt sur elle. Vous allez devenir une star, Leslie. Il faut vous y mettre.

— Je suis sûre que vous avez raison, murmura-t-elle.

— Justement, j'ai trouvé le script parfait pour vous.

— Vraiment ?

— J'ai réfléchi à votre carrière. *Gangsters*, ça n'est pas ce qu'il vous faut : vous êtes trop mignonne pour ce rôle un peu sordide.

— Quel script, Mickey ? demanda-t-elle avidement.

— C'est à propos d'un garçon et d'une fille qui se rencontrent à Paris, qui tombent amoureux, qui se quittent et puis qui tombent de nouveau amoureux. Superbe mélo : le public va adorer.

— Ça m'a l'air merveilleux. Vous l'envoyez à Cooper ?

— Oui, oui, je vais lui envoyer. Mais, Leslie, il faut que vous compreniez, Cooper est comme une vieille pute : si je lui propose une somme convenable, il marchera sur les mains et récitera l'alphabet. Il ne joue que pour le fric.

— Ce n'est pas très gentil de dire ça, fit Leslie, volant au secours de son ancien amant.

— Je ne cesse de vous le dire, méfiez-vous des acteurs.

— Je vais lire le script, fit-elle doucement. S'il me plaît, je le ferai.

— Mon chou, rétorqua-t-il avec un gros rire. S'il me plaît, à moi, vous le ferez. Est-ce que je vous ai jamais donné un mauvais conseil ?

— Non, Mickey, vous et Abigaile avez toujours été très bons avec moi.

— Bien, mon petit... N'oubliez pas, dit-il en la lorgnant à travers la table. Vous avez l'air plus en forme aujourd'hui, moins tendue. Ça vous réussit de vous être débarrassée de Jeff.

— Merci, Mickey, acquiesça-t-elle d'un air timide.

Elle ne lui parla pas de son aventure d'une nuit avec Johnny Romano. Ç'avait juste été pour se consoler de sa déception avec Cooper. Ça n'avait pas été très excitant non plus. Ça ne se renouvellerait pas.

— La toilette : sensationnelle. L'attitude : parfaite, dit Alex.

— Merci.

Venus sourit. Assise dans le bureau d'Alex, elle était ravie de cette rencontre.

— Venant de vous, c'est un grand compliment.

— J'ai parlé à Freddie.

— Moi aussi.

— Tout est arrangé, dit Alex. On est en train de préparer les contrats.

— Vous ne savez pas à quel point je suis ravie de tourner *Gangsters* ! s'exclama Venus. C'est vraiment pour moi une journée à marquer d'une pierre blanche, ajouta-t-elle, débordante d'enthousiasme. Non seulement j'ai décroché le rôle de ma carrière, mais j'ai décidé de donner une nouvelle chance à mon mari.

— Cooper ? interrogea Alex, haussant un sourcil.

Elle eut un rire ravi.

— C'est le seul mari que j'ai.

— Alors, vous le reprenez ?

— En vérité, fit-elle avec un sourire penaud, il est irrésistible.

— C'est ce que vous, vous allez être dans *Gangsters*, conclut Alex. Irrésistible.

Pendant le trajet du retour jusque chez elle, Lucky eut le temps de réfléchir. Finalement, tout s'arrangeait. Elle allait récupérer ses studios. Mais elle ne récupérerait jamais son mari. Après avoir repris le contrôle de Panther, elle savait qu'elle devrait un jour régler ses comptes avec Donna Landsman. Elle ne pouvait pas lui pardonner d'avoir fait tuer Lennie. Elle avait repoussé cette idée au fond de son esprit. Mais bientôt elle devrait l'affronter. Elle poussa un soupir — un profond soupir. Quand est-ce que cette famille Bonnatti comprendrait ?

57

— Mon père est rentré, annonça Claudia, en se tordant nerveusement les mains. Il me dit de ne plus revenir ici.
— Seigneur, Claudia ! fit Lennie. Quand auras-tu la clé ?
— Samedi soir... quand mon père dormira.

Il avait parfois l'impression de tourner un de ces films italiens. Une accorte paysanne avec une poitrine de rêve et des cuisses robustes sauve un bel Américain d'une vie de captivité. Merde ! Universal sauterait sur un sujet pareil !

— Claudia, reprit-il en s'efforçant de parler très lentement pour ne pas l'effrayer. Tu n'as pas un moyen de me faire sortir d'ici aujourd'hui ? Et ton petit ami ? Il ne peut pas t'aider ?

Elle se tourna vers lui et lança un « non » farouche.

Il l'avait énervée. Il fallait être prudent. Il sentit que cela la tracassait, de trahir son père. Et il comprit tout d'un coup qu'elle n'en avait même pas parlé à son petit ami.

— Bon, bon, fit-il, apaisant. Il ne faut pas m'en vouloir d'être impatient.

Elle était nerveuse aujourd'hui, pleine d'appréhension. Et si elle changeait d'avis ? Non. Elle ne ferait pas ça. Il y avait un lien entre eux. Elle avait un petit faible pour lui et il éprouvait la même chose à son égard. Non pas qu'il en aimât moins Lucky. C'étaient simplement les circonstances.

— Claudia, lui enjoignit-il en tendant les bras, viens ici !

Avec méfiance, elle s'approcha de lui. Aujourd'hui, elle avait une robe comme en portait Sophia Loren dans *La Fille du fleuve*. Une robe de cotonnade moulante boutonnée de haut en bas sur le devant, révélant ses jambes nues et sa peau un peu hâlée. Aux pieds, de simples sandales. Pas de maquillage, sauf un rouge à lèvres rose pâle. De longs cheveux châtains lui tombaient jusqu'à la taille. Il remarqua qu'elle avait une petite cicatrice sur la joue gauche et des sourcils impossibles. Elle se tenait près de lui. Il voyait qu'elle était au bord des larmes. Il respira son parfum et lui demanda ce qui n'allait pas.

Sa lèvre inférieure se mit à trembler.

— Je... je ne sais plus..., balbutia-t-elle.

— Je sais que c'est difficile pour toi, dit-il en essayant désespérément de la rassurer. Tu as l'impression de trahir ton père et pourtant tu sais que ce qu'il fait est très mal.

Elle hocha la tête sans rien répondre. Il lui tendit la main, lui toucha le bras.

— Quand je serai libre, Claudia, je ne t'oublierai pas. Je veux que tu viennes me voir en Amérique.

— Pas possible, dit-elle en secouant la tête. Personne ne doit savoir que je vous ai aidé.

— Écoute, enchaîna-t-il. Si tu m'apportes un papier et un crayon, je t'écrirai mon adresse et mon numéro de téléphone. Si tu as besoin de quoi que ce soit, je serai toujours là, ou bien je t'enverrai de l'argent. Ce que tu veux.

— Je sais que ce que papa a fait est mal, reconnut-elle. C'est pour ça que je vous aide.

— C'est la seule raison ?

— Lennie, murmura-t-elle. Je me sens... proche de vous. Très proche.

Il l'attira à lui en l'embrassant passionnément. Elle se débattit, mais cela ne dura qu'une seconde. Puis elle s'abandonna à son baiser, renversant la tête en arrière, ses lèvres douces, accueillantes. *Pardonne-moi, Lucky, mais il faut que je m'assure qu'elle revienne, et je ne connais pas d'autre moyen.* Et puis le contact d'un autre être humain, la sensation de toucher son corps l'emplissaient d'espoir. Il avait un avenir. Il n'était pas encore mort. De ses mains, elle explorait son visage, le caressait. Mon prisonnier américain, murmura-t-elle tendrement. Je vais vous libérer...

Machinalement, il commença à défaire les boutons de sa robe, révélant sa poitrine ronde. C'était vraiment une des femmes les plus appétissantes qu'il eût jamais vues, avec sa peau lisse, ses seins durs et pointés vers lui quand il se pencha pour les embrasser. Elle s'allongea sur le sol humide et leva les bras au-dessus de sa tête dans un geste de pur abandon. De sa langue, Lennie lui chatouillait le bout des seins.

— Nous ne devrions pas faire ça, dit-elle, haletante. Ça n'est pas bien. Il remarqua qu'elle ne bougeait pas. Personne ne saura jamais... c'est entre nous, murmura-t-il en s'empressant de déboutonner le reste de sa robe.

Elle portait une culotte à l'ancienne mode qui montait jusqu'à la taille. Il plongea audacieusement la main dans une douceur tiède. Elle reprit son souffle, haletante de passion. Pour lui, c'était la dernière chance de liberté.

— Samedi... tu reviendras, tu m'aideras, chuchota-t-il en la caressant.

— Oh, oui, Lennie, oh, oui... Tu as ma promesse.

58

— Voilà, fit Brigette en tirant nerveusement sur une mèche de cheveux. Voilà l'histoire. Je suis désolée, je ne sais pas comment je me suis trouvée empêtrée dans tout ça... Elle se mordit la lèvre, attendant avec angoisse la réaction de Lucky.

Lucky se leva de la table sur la terrasse où elles terminaient de dîner.

— Tu n'as pas besoin de t'excuser, dit-elle d'un ton apaisant. Tu n'as pas eu de chance. Tous les hommes ne sont pas comme Santino Bonnatti et comme Michel Legay. Mais on dirait vraiment que tu as l'art d'attirer les pires salopards.

— Michel semblait si gentil, poursuivit Brigette, penaude. Tu comprends, je lui faisais confiance. Il était plus âgé, charmant et... peut-être même que je l'ai encouragé.

— Il a profité de toi, Brigette, fit Lucky avec véhémence. Un homme qui ligote une femme et qui l'oblige à faire l'amour contre son gré avec une autre femme... c'est vraiment un salaud.

— J'ai essayé de la mettre en garde, intervint Nona. Je ne me doutais pas que c'était un tel malade.

— Et Robertson, demanda Lucky, elle a marché ?

Brigette haussa les épaules.

— Il lui disait quoi faire et elle le faisait. Je pense qu'elle était camée.

— En tout cas, déclara Lucky, ce Michel Legay ne va pas s'en tirer comme ça, je peux te le promettre.

— Je te l'avais dit, s'exclama Nona, lançant à Brigette un regard triomphant.

— Qu'est-ce que tu vas faire ? interrogea Brigette.

— Je vais prendre le temps d'aller rendre une petite visite à Mr. Legay à New York.

— Il va nier, dit Brigette. Ou prétendre que je l'ai encouragé... j'en suis sûre.

— Qui penses-tu que je vais croire ? fit doucement Lucky. Toi ou lui ?

Brigette se leva d'un bond et serra Lucky dans ses bras.

— Merci, fit-elle. Tu es formidable !

— Tu sais, si Lennie était vivant, il irait casser la gueule de ce salaud.

— Lennie me manque tellement, murmura Brigette. Il me manque tous les jours.

Lucky hocha la tête, son regard s'embua. À moi aussi, dit-elle à voix basse. Il nous manque à tous.

De bonne heure le lendemain matin, Lucky loua un avion et partit pour New York. Elle avait donné comme instructions à Brigette et à Nona de rester chez elle jusqu'à son retour : si tout se passait comme prévu, ce serait pour la fin de journée. Daniella Dion arrivait et elle était la prochaine sur la liste des gens avec qui Lucky avait un compte à régler. En attendant, son avocat mettait au point les derniers détails pour qu'elle reprenne le contrôle des studios. Morton avait appelé tard la veille, affolé :

— Et si Donna Landsman montre la cassette à ma femme ? avait-il demandé. Comment est-ce que je peux l'en empêcher ?

— C'est une chose que vous aurez à régler avec Donna, avait-elle répondu.

— J'ai vraiment fait une bêtise, avait-il dit lamentablement.

Une grosse bêtise, Morton.

Aujourd'hui, elle se sentait invincible. Parfois la force qui l'habitait lui paraissait si puissante qu'elle était convaincue de pouvoir tenter n'importe quoi.

L'avion atterrit en douceur. Une voiture l'attendait à l'aéroport pour la conduire au bureau de Michel Legay. Sans rendez-vous, Lucky entra d'un pas décidé, passant devant deux secrétaires.

— Vous ne pouvez pas voir Mr. Legay sans rendez-vous, dit l'une d'elles en se précipitant à sa poursuite.

— Permettez-moi de vous corriger, rétorqua Lucky. Je peux faire foutrement ce qui me plaît.

Michel Legay était assis, les pieds sur son bureau, et fumait un gros havane. Lucky le prit complètement au dépourvu. Il remit les pieds par terre, son cigare tomba sur sa chemise et il dit, abasourdi :

— Oui ? Qu'est-ce que je peux faire pour vous ?

— Vous savez qui je suis ? lança Lucky en le toisant.

Il la dévisagea. Ce n'était certainement pas un mannequin, mais c'était une extrêmement belle femme dont le visage lui était vaguement familier.

— Non, dit-il enfin. Je devrais ?

— Vous allez peut-être reconnaître mon nom : Lucky Santangelo.

Ah, maintenant ça lui revenait : il avait récemment lu une interview d'elle dans *News Time*.

— Vous êtes propriétaires de studios à Hollywood, dit-il en se demandant ce qu'elle pouvait bien faire dans son bureau. En quoi puis-je vous aider ?

— J'ai pensé qu'il vous intéresserait peut-être de connaître l'identité de ma belle-fille.

— Votre belle-fille, répéta-t-il sans comprendre.

Lucky s'assit sans qu'il l'y eût invitée et alluma une cigarette.

— Il semblerait qu'elle ne vous ait rien dit.

— Qui ne m'a pas dit quoi ? fit Michel, tout à la fois irrité et intrigué.

La voix soudain dure et froide, Lucky se leva et se pencha sur son bureau.

— Vous savez, Michel ? Vous êtes un ignoble salopard.

— Pardonnez-moi ? dit-il, commençant à s'inquiéter.

— *Schifoso*. Vous savez comment on traduit ça en anglais ?

— Je suis français.

— Tas de merde, précisa-t-elle en lui soufflant sa fumée au visage. Voilà ce que ça veut dire.

— Que voulez-vous ? demanda-t-il tout en pensant qu'il ferait mieux d'appeler à l'aide.

— Je vais vous raconter une petite histoire, reprit Lucky en se rasseyant. Écoutez-moi bien, Michel : elle est brève et simple.

Cette intrusion avait assez duré.

— J'ai à faire, la coupa-t-il. Je vous conseille de prendre un rendez-vous et de revenir une autre fois.

— J'ai bâti des hôtels à Las Vegas, j'en ai construit deux, dit-elle, ignorant sa requête. Durant la construction, un de mes investisseurs a rechigné à me verser le reste de l'argent qu'il me devait, et pourtant nous avions un contrat en bonne et due forme.

Ce soir-là, j'ai fait irruption dans son appartement avec deux amis pour m'assister au cas où il serait assez stupide et ferait le malin. Il s'est réveillé pour trouver un joli couteau bien affûté posé à la base de son sexe.

Il y eut un long silence.

— Alors... à votre avis, qu'est-ce qu'il a fait ?

— Je ne sais pas, fit Michel, avec le sentiment qu'elle était complètement folle.

— Il a versé l'argent — en outre, il a bien entendu préservé ses précieux bijoux de famille — et j'ai gardé mon hôtel. Un bref silence. Au bout du compte, tout le monde était content.

Il se leva, jetant un coup d'œil vers la porte.

— Qu'est-ce que vous voulez de moi ?

— Le nom de ma belle-fille est Brigette Stanislospoulos. Vous la connaissez peut-être mieux sous celui de Brigette Brown.

Il devint pâle comme un linge.

— Oh, murmura-t-il d'une voix blanche. Je ne savais absolument pas qui elle était.

— Je m'en doute. Je me doute que vous pensiez que c'était une petite idiote dont vous pouviez faire n'importe quoi. Du chantage, peut-être ? Votre jouet ? Elle poursuivit d'une voix cinglante : Elle n'a que dix-neuf ans, Michel. Vous n'avez pas honte ?

Il avait lu beaucoup de choses sur Lucky Santangelo. Elle était puissante. Elle avait des relations. Il n'avait pas envie de se retrouver sur un avion volant vers Paris avec ses couilles dans la bouche.

— Je vous assure, dit-il précipitamment, je n'avais aucune idée. Quand cette femme m'a demandé de lui procurer les photos...

— *Quelle femme ?* demanda Lucky, sachant tout de suite de qui il s'agissait.

— Elle m'a payé une fortune, reprit Michel. Si j'avais su que Brigette était votre belle-fille, je ne l'aurais jamais fait.

— *Quelle femme ?* répéta Lucky d'un ton glacial.

— Donna Landsman. Elle m'a payé pour avoir des photos compromettantes de Brigette. Je... je suis navré.

— Vraiment ? Navré, hein ? fit Lucky d'un ton calme.

Elle prit sur son bureau une loupe au manche d'ivoire.

— Vous voyez ça, espèce de pervers merdeux, dit-elle, changeant de ton. Je devrais vous le fourrer dans le cul, parce que c'est exactement ce que vous méritez. Mais nous allons plutôt, vous et moi, récupérer les photos.

— Je les ai envoyées à Mrs. Landsman, répondit-il aussitôt.
— Je suis certaine que vous avez gardé pour vous les négatifs et un jeu de tirages.
— Non.

Tournant la loupe entre ses mains, Lucky en examinait l'épais manche d'ivoire.

— Est-ce que vous avez écouté l'histoire que je viens de vous raconter ? Je peux vous promettre, Michel, qu'un couteau sur le sexe, ce n'est *rien* auprès de ce que j'ai prévu pour vous si je ne récupère pas ces photos immédiatement. Alors, allons jusqu'à votre appartement ou ailleurs, là où vous les détenez. Et ne perdons plus de temps. *Capiste ?*

Le regard de ses terribles yeux noirs le persuada de faire exactement ce qu'elle disait.

Lucky ne traîna pas : dès qu'elle eut obtenu les photos et les négatifs de Michel Legay, elle repartit pour LA. Elle lui avait aussi fait signer une lettre dans laquelle il renonçait à tous ses droits comme agent de Brigette. Croyez-moi, Michel, avait conclu Lucky, vous vous en tirez bien.

Il en était convaincu. Ce serait une grave erreur que de jouer au plus fin avec Lucky : Michel était trop malin pour commettre ce genre d'erreur.

Boogie l'accueillit à l'aéroport de LA. Ils roulèrent en silence jusqu'à la villa. Brigette dormait quand elle arriva. Lucky glissa sous sa porte l'enveloppe contenant les photos et les négatifs, puis elle alla se coucher. Le matin, elle s'éveilla de bonne heure et alluma la télé pour regarder les informations tout en s'habillant. Au journal du matin, on parlait de Morton Sharkey et de Sarah Durbon. À 23 heures, le soir précédent, il s'était fait sauter la cervelle, et à elle aussi.

59

La nouvelle du suicide de Morton Sharkey fut un choc pour Lucky : elle ne s'était pas rendu compte qu'il était dans un tel désarroi. Selon le rapport de la police, Morton était arrivé chez Sarah alors qu'elle se préparait à partir pour Vegas. Ils avaient eu une grande scène dont la femme de l'appartement voisin avait entendu les échos. Cela s'était achevé sur deux coups de feu. La voisine avait appelé la police. L'amie de Sarah, arrivée avant pour la chercher, avait découvert les corps. Lucky se sentait triste car, quoi qu'eût fait Morton, il ne méritait pas de mourir. Il n'y avait qu'une personne à qui on pouvait reprocher sa mort : Donna Landsman. Si elle n'avait pas fait chanter Morton, jamais il n'aurait connu un tel état de désespoir. Lucky savait qu'elle devait remettre la main sur le jeu de photos de Brigette détenu par Donna, ainsi que sur la cassette des ébats de Morton avec Sarah. Que le malheureux au moins retrouve quelque dignité dans la mort ! Il avait eu la bienséance de lui céder ses actions avant de trépasser et l'avocat de Lucky assura à celle-ci que tout serait réglé avec Inga avant la fin de la journée. Demain, Panther lui appartiendrait de nouveau. Grâce aux relations de Kyoko au studio, elle connaissait l'emploi du temps de Mickey Stolli pour le lendemain : il déjeunait avec Freddie Leon au Palm.

— Dès qu'il aura quitté les studios, précisa Lucky à Boogie, arrangez-vous pour faire enlever ses affaires et remettre les miennes à la place. Quand il rentrera de son déjeuner, je l'attendrai pour l'accueillir. Assurez-vous que Donna Landsman soit là aussi.

Boogie acquiesça. Ça ne devrait pas poser de problème.

Brigette était aux anges lorsqu'elle découvrit les photographies glissées sous sa porte.

— Je te promets de ne plus jamais rien faire qui puisse te faire honte, dit-elle avec ferveur.

— Ce n'était pas ta faute, répéta Lucky.

— Euh..., demanda Brigette, très gênée, tu as regardé les photos ?

— Non, répondit Lucky sans vergogne.

Elle avait dû s'assurer que c'étaient bien celles qu'elle cherchait et elle n'avait pas dit qu'il y en avait un autre jeu. Boogie avait déjà pris ses dispositions pour qu'un cambrioleur professionnel fasse une descente chez Donna.

— Qu'est-ce qu'a dit Michel ? demanda Brigette.

— Oublie cette ordure, répondit Lucky. Ton contrat avec lui est nul et non avenu, il ne touchera aucune commission sur la campagne des jeans et je t'ai trouvé une grande agence pour s'occuper de toi.

— Merci, Lucky, fit Brigette, heureuse et soulagée. Personne d'autre n'aurait pu faire ça.

À la fin de la journée, Lucky téléphona à Johnny Romano :

— Vous avez dix minutes à me consacrer si je passe ?

— Pour vous, mon ange, j'ai tout mon temps.

Elle se rendit chez lui, une demeure néo-classique de Bel Air ornée de plus de marbre qu'un mausolée. Une superbe Noire, portant un tailleur blanc moulant et des talons aiguilles, la fit entrer dans une salle de billard où Johnny jouait avec deux de ses acolytes. Il la serra dans ses bras et l'embrassa.

— J'ai besoin que vous me rendiez un service, dit-elle. Un service un peu bizarre.

— Rien n'est trop bizarre pour moi, répliqua Johnny en l'entraînant vers un billard électrique sophistiqué.

— Eh bien, voilà... reprit-elle, en regardant Johnny jouer avec son nouveau joujou. Il y a cette call-girl française très chère...

— Dites-m'en davantage, fit-il, intrigué.

— Elle arrive par l'avion de Paris parce qu'elle est persuadée qu'on vous l'a offerte en cadeau d'anniversaire.

Il éclata de rire.

— À moi ?

— Tout juste.

— Bébé, mais ça n'est même pas mon anniversaire !

— Je sais bien.

Son regard un peu ensommeillé s'anima.

— Vous allez me proposer un truc un peu pervers ? Parce que, si c'est ça, ça me botte aussi.

— C'est plus compliqué. Ç'a un rapport avec Lennie, dit-elle, et elle lui fit part de ses soupçons. Pendant que vous serez avec elle, je serai dans la pièce d'à côté avec un magnétophone.

— Un travail de détective, conclut-il en hochant la tête. J'aime ça ! Pour quand ?

— Elle arrive ce soir. Je lui ai réservé un bungalow au Beverly Hills Hotel. Boogie ira la chercher à l'aéroport et l'amènera directement là-bas. Vous voulez bien faire ça pour moi ?

— Bébé, vous pouvez compter sur Johnny Romano : je suis votre homme !

Daniella passa la douane et aperçut le chauffeur planté sur le trottoir avec son nom tracé sur un grand carton blanc.

— Si vous voulez bien me suivre, Ms. Dion, dit courtoisement Boogie. C'est tout ce que vous avez comme bagages ? Elle acquiesça. Alors, nous pouvons y aller.

Il lui ouvrit la portière arrière et la regarda se glisser sur la banquette de cuir luisant. Spectaculaire. Même Boogie était impressionné. Il s'installa au volant et démarra. Faisant coulisser la glace de séparation en verre fumé, il appela Lucky à l'hôtel. Nous sommes en route, annonça-t-il.

— Dites-moi, bébé, je tiens à ce que vous sachiez que j'ai annulé un rendez-vous pour vous, dit Johnny, en arpentant le luxueux bungalow du Beverly Hills Hotel.

— Je suis donc votre obligée, dit Lucky. Quand j'aurai récupéré les studios, vous pourrez venir me trouver avec le script que vous voulez et nous ferons affaire. Promis !

— Vous ne me devez rien du tout, Lucky. C'est à vous que je dois le tournant de ma carrière.

— Vous auriez fini par le prendre.

— Oui, mais c'est vous qui m'avez fait changer.

— Pas du tout. Je vous ai simplement fait comprendre quelle était votre voie. Pourquoi croyez-vous que Clint Eastwood a duré toutes ces années ? Et Robert Redford ? Ils refusent de jouer des types qui battent les femmes. Ils sont le héros que tout le monde adore. Je savais que vous pourriez être un type comme ça. Et aujourd'hui, vous l'êtes.

— Et comment ! lança-t-il avec un grand sourire.

Son sexisme ne la gênait pas. Elle était habituée à Johnny : il lui faisait penser à un chiot exubérant.

— Est-ce qu'on peut revoir les questions ? demanda-t-elle.

— Allez-y, fit Johnny.

— Bon. Quand vous l'avez amenée au lit, vous dites : Je suis au courant pour Lennie et vous en Corse. Alors, elle dira sans doute : De quoi parlez-vous ? Et vous, vous répondrez : On vous a payée pour lui tendre un piège.

— Et après ça ?

— Oh, elle sera toute nue dans votre lit — vulnérable — dans un pays étranger. Je pense que, selon ce qu'elle dira, j'entrerai dans la chambre et je l'interrogerai moi-même.

— Dites donc, Lucky, fit-il avec un sourire en coin, vous payez tout ça : vous ne voulez pas que j'aille jusqu'au bout ?

— Comme vous voudrez.

Il secoua la tête et éclata de rire.

— Je n'ai jamais payé pour ça... et, bébé, je ne vais pas commencer maintenant.

— Laissez-moi vous rappeler que c'est moi qui paye et qu'elle est très chère. Vous devriez peut-être en prendre pour votre argent. N'oubliez pas, c'est votre cadeau d'anniversaire. Quand j'aurai eu mes réponses, vous pourrez faire tout ce que vous voudrez.

Assise au fond de la limo, Daniella regardait sans les voir défiler derrière la fenêtre les rues de LA. Elle n'avait pas la passion des voyages, le trajet avait été long et fatigant, même si elle en avait l'habitude : un de ses clients réguliers était un prince saoudien. Il lui payait une somme énorme pour qu'elle lui rende visite une fois par mois dans son palais d'Arabie Saoudite. Un autre était un maharajah indien qui la faisait venir à Bombay plusieurs fois chaque année. Et puis il y avait ce magnat de la presse australienne qui deux fois par an lui faisait faire le voyage de Sydney afin de les distraire sa femme et lui au moment de leurs anniversaires respectifs. Elle avait décidé que le jour où son compte en banque aurait atteint un certain niveau, elle emmènerait sa petite fille et achèterait une vieille ferme en Toscane où elles pourraient vivre en paix. Pour elle, tous ces hommes n'étaient que des animaux. Ils payaient et puis s'imaginaient qu'ils la possédaient. Elle prit un Valium dans son sac et l'avala avec une gorgée d'Évian. Puis elle commença à se caresser. Elle avait une telle pratique qu'il ne lui fallut que quelques secondes pour arriver à un orgasme satisfaisant. Au début de sa carrière, elle avait décidé qu'elle ne laisserait jamais à aucun homme le privilège de la faire jouir. C'était elle qui voulait avoir un pouvoir sur eux, pas le contraire. Depuis lors, elle s'était toujours assurée que quoi qu'on lui fasse, elle gardait la maîtrise de ses émotions. Elle se rajusta et se prépara à la soirée qui l'attendait avec Johnny Romano. Il avait beau être une vedette de cinéma, il n'était pour Daniella qu'un client comme les autres. Elle avait eu avant lui bien d'autres stars. Elle avait eu des rois et des princes. Des hommes politiques. Elle avait même eu un Président. Aujourd'hui, ce serait un soir comme les autres. Le train-train.

60

Daniella but un Pernod. Johnny, du champagne. Daniella fuma une Gauloise. Johnny, un joint. Il la regardait... il ne pouvait pas s'en empêcher : il n'avait jamais vu une blonde aussi classe. Ils avaient échangé quelques banalités. Elle attendait maintenant patiemment qu'il prenne l'initiative. Et il avait beau savoir que Lucky arpentait avec impatience la seconde chambre munie d'un magnétophone qui enregistrait leurs moindres propos, il n'avait pas envie de précipiter les choses. Il n'arrivait pas à croire que cette femme était une prostituée : il devait y avoir une erreur.

— Tu as vu mes films, mon petit ? demanda-t-il. Je suis connu à Paris ?

— Oh, oui, Johnny ! répondit-elle, ne sachant absolument pas s'il l'était ou pas. Très connu.

À vrai dire, c'était à peine si elle avait entendu parler de lui et elle n'avait assurément vu aucun de ses films.

— Là-bas, je dois être doublé en français, hein ?

— Sûrement, murmura-t-elle.

— J'espère qu'ils ont choisi un bon acteur, enchaîna-t-il d'un ton soucieux.

Installée dans la chambre voisine, Lucky n'en croyait pas ses oreilles. Qu'est-ce qu'attendait Johnny ? Une critique de ses films ? Peut-être aurait-elle dû rencontrer Daniella elle-même et lui poser les questions. Trop tard !

Pendant qu'elle était à l'hôtel, Boogie s'occupait du coffre de Donna. Il avait payé un des domestiques des Landsman pour avoir un plan de la maison et savait exactement où il se trouvait. Les Landsman étaient sortis dîner et l'homme engagé pour faire le travail était un expert : il pourrait ouvrir le coffre, y prendre ce que Lucky voulait, le refermer, et Donna ne s'apercevrait que quelque chose manquait que lorsqu'elle ouvrirant le coffre elle-même. Lucky prit une profonde inspiration. Demain, elle reprendrait le contrôle de Panther. Elle avait hâte de voir la tête de Donna, celle de Mickey aussi.

Johnny continuait à blablater sur sa carrière cinématographique en France. Qu'est-ce qu'il avait donc ? Elle l'avait choisi parce qu'il était supposé être l'étalon du siècle. Apparemment, il avait un démarrage plutôt lent : ou alors cette femme ne l'excitait pas du tout.

Daniella se leva, faisant glisser d'un geste plein de sensualité la veste de son tailleur Chanel rose. Dessous, elle portait un corsage blanc sans manches.

— Je meurs de chaleur, dit-elle en s'éventant.

— C'est vrai qu'il fait chaud ici, constata Johnny. Si je mettais la clim ?

Encore un idiot d'Américain, se dit Daniella. Bon... de toute évidence, c'était à elle de prendre l'initiative. Elle espérait qu'il n'allait pas se comporter comme sa dernière vedette de cinéma américain... Lennie Golden. Il avait totalement résisté à ses charmes. Cela n'était jamais arrivé à Daniella. Sur le moment, elle avait été très secouée, puis impressionnée, car il n'y avait rien de plus séduisant qu'un homme incorruptible. Doucement, elle déboutonna son corsage, s'en débarrassant d'un mouvement d'épaules, pour révéler un soutien-gorge de dentelle blanche. Il lui soutenait les seins mais les pointes étaient libres. Johnny poussa un petit gémissement admiratif. Elle fit coulisser ensuite la fermeture à glissière de sa jupe et s'en débarrassa. Elle n'avait plus sur elle qu'un porte-jarretelles blanc, des bas d'une extrême finesse et un minuscule slip de dentelle blanche. Elle s'approcha lentement de Johnny et se planta devant lui. À toi de jouer, murmura-t-elle d'un ton provoquant. Il fut aussitôt excité. Cette femme était l'incarnation de tous ses fantasmes. Une lady au salon, une putain au lit. Il se demanda si elle savait aussi faire la cuisine.

— Tu n'as jamais pensé à faire du cinéma ? demanda-t-il en pétrissant ses cuisses crémeuses.

— Non, répondit-elle, jamais.

Elle guida ses doigts qui s'efforçaient de la débarrasser du peu qui lui restait sur le corps et finit par se retrouver devant lui, vêtue de sa seule nudité. Il n'en pouvait plus. Il se leva. Passe tes bras autour de mon cou, ordonna-t-il. Elle obéit. Maintenant enroule tes jambes autour de ma taille. Elle obtempéra. Il l'entraîna dans la chambre et la déposa au bord du lit. Johnny avait complètement oublié que Lucky entendait dans l'autre chambre. Et même s'il s'en était souvenu, ç'aurait été sans importance.

Lucky se dit qu'elle avait vraiment choisi le type qu'il ne fallait pas. Qu'est-ce qu'il arrivait donc à Johnny ?
Là-dessus, son téléphone mobile sonna. Elle se précipita.
— Mission accomplie, annonça Boogie.
— Vous avez les deux ?
— Tout.
— Enfermez ça dans votre coffre. Je ne les veux pas chez moi. Quand elle va s'en apercevoir, elle pourrait lancer des représailles. Oh, et Boog... beau travail !
Elle raccrocha et se remit à écouter les bruits qui venaient de la chambre voisine : des gémissements et des soupirs. Des halètements et des cris étouffés. Quelqu'un s'en donnait à cœur joie avec son argent. Il avait bien dû s'écouler vingt minutes quand les grognements et les gémissements cessèrent et que Johnny finit par passer aux choses sérieuses.
— Dis donc, Daniella, l'entendit-elle déclarer.
— Oui ?
— Je sais ce qui s'est passé entre toi et Lennie Golden.
Lucky retint son souffle.
— Pardon ?
— Lennie était un excellent ami, fit Johnny. Il tournait un film en Corse. Tu lui as fait du gringue... Tu lui as monté un coup.
Un long silence.
— Comment sais-tu cela ? fit enfin Daniella.
— J'ai vu les photos.
Nouveau long silence.
— Je fais ce pour quoi on me paye. Avec Lennie, on m'avait payée pour le séduire. Ça n'a pas marché.
— Tu veux dire que tu n'as pas couché avec lui ?
— Non. Il m'a parlé de sa femme toute la nuit.
— Sans blague ?
— Il n'a rien voulu savoir.
Lucky écoutait de toutes ses oreilles. Lennie... son Lennie... Oh, comme elle l'avait mal jugé ! Johnny maintenant était lancé.

— Qui t'a payée ? demanda-t-il.
— Ça, je ne peux pas le dire.
— Bien sûr que si.
Daniella allait se lever, Johnny la saisit par le bras.
— Je t'aime bien, tu sais, dit-il. Et puis tu as la plus belle paire de nichons que j'aie jamais vue.
— Ils sont à toi, Johnny — pour la nuit. Demain, je rentre à Paris.
— Je pourrais te payer pour que tu restes.
— Pourquoi ferais-tu ça ?
— Parce que j'aime bien être avec toi. Tu pourrais rester chez moi une semaine.
— Je suis certaine que tu en as les moyens, mais je ne sais pas si tu t'amuserais tellement.
— Pourquoi donc ?
Elle haussa les épaules.
— Alors... tu ne veux pas faire de cinéma, tu n'es pas impressionnée par ma célébrité : tu n'es pas avec moi parce que je suis Johnny Romano. Tu es ici parce qu'on t'a payée. D'accord. Une simple transaction commerciale. Tu sais, c'est la première fois que je paye pour sauter une fille — seulement, ça n'est pas mon argent.
— Comme c'est intéressant ! fit-elle en étouffant un bâillement.
Il se leva d'un bond.
— Il faut que tu rencontres une de mes amies.
— Pour les parties à trois, je demande un supplément.
— Pas de sexe, bébé, juste un peu de conversation. Attends ici.
— Seigneur ! fit Lucky quand il vint la rejoindre. On peut dire que vous avez pris votre temps !
— Je croyais que vous vouliez que j'en aie pour votre argent.
— On peut dire que ç'a été le cas. Mais ça ne m'a pas excitée : il a fallu que j'écoute.
— Mais vous devriez être excitée par ce qu'elle a dit. Vous avez entendu : Lennie n'a pas couché avec elle.
— Vous ne pourriez pas passer un pantalon ? je sais que vous êtes bien monté, Johnny... Vous n'avez pas besoin de me balader ça sous le nez.
— Daniella, c'est vraiment quelqu'un, fit-il d'un ton rêveur. Attendez de la voir. Lennie devait beaucoup vous aimer pour lui avoir résisté.

— Nous nous aimions, Johnny, fit-elle doucement.

— Vous n'avez pas idée de ce que c'est que de tourner en extérieurs. Au bout de trois semaines, vous vous ennuyez tellement que vous vous taperiez une chèvre.

— Quel romantisme ! sourit Lucky en le suivant dans l'autre chambre.

Daniella était assise sur le lit, un drap masquant sa nudité.

— Je te présente Lucky Santangelo, dit Johnny. La femme de Lennie Golden. Tu voudrais peut-être lui répéter ce que tu m'as dit. Je vous laisse toutes les deux.

Il sortit.

Lucky contempla la call-girl. Elle était ravissante — encore plus que sur ses photos.

— Euh... vous savez, j'en suis certaine, qu'après la nuit que Lennie était censé avoir passée avec vous il a eu un accident de voiture, commença-t-elle d'un ton embarrassé.

— Je suis absolument navrée, fit Daniella en baissant les yeux. Il y a deux choses dont je dois vous assurer : un, il n'a pas passé la nuit avec moi ; et deux, je n'avais aucune idée qu'ils avaient l'intention de le tuer.

— Vous savez donc qu'il a été assassiné ? fit Lucky, le cœur battant.

— Je ne suis pas idiote, répondit Daniella. Je me suis bien rendu compte que c'était un coup monté. Mon travail, c'était de le séduire. Le photographe devait nous surprendre au lit. Mais votre mari n'avait aucune envie de me faire l'amour. Un bref silence. Ça ne m'était jamais arrivé.

Lucky inspira profondément.

— Qui vous a engagée, Daniella ?

— La personne pour qui je travaille à Paris a tout arrangé. Elle a été contactée par une femme en Amérique. On m'a dit d'aller en Corse, de voir cet homme qui pourrait me faire engager sur le film et de séduire votre mari.

— Et les photos de vous et de Lennie ensemble ?

— On a supprimé mon prétendu petit ami de la photo prise sur le plateau. Je jouais les fans naïves, Lennie a été extrêmement gentil.

— Et l'autre photo ?

— Je suis allée le soir à sa chambre d'hôtel, je me suis plantée devant sa porte et j'ai laissé tomber mon peignoir en le suppliant de me faire entrer. Le photographe nous a surpris dans le couloir.

— Pourquoi êtes-vous si franche avec moi ?

— Je n'ai aucune raison de ne pas l'être, fit Daniella en haussant les épaules. Ça vous a coûté une fortune, de me faire venir ici, alors ça doit représenter beaucoup pour vous. Votre mari est mort. Je suis sûre que ça apaise un peu votre chagrin de savoir qu'il n'a pas été infidèle.

— J'apprécie votre sincérité.

— La sincérité, parfois, c'est tout ce que nous avons.

Lucky revint dans le salon. Johnny fumait un petit cigare en regardant un combat de lutte à la télé.

— Je m'en vais, annonça-t-elle. Merci.

Elle remonta dans sa voiture et rentra chez elle.

Lennie, mon chéri, qu'est-ce que j'ai fait ? J'ai couché avec Alex pour me venger. Maintenant, je me rends compte que je n'avais à me venger de rien. Pardonne-moi, mon chéri. Je t'aimerai toujours.

61

— Aujourd'hui, annonça Lucky, je récupère les studios.
— Sensas ! s'exclama Brigette. Comment as-tu réussi ce coup-là ?
— Voyons, fit Lucky avec un sourire modeste. Tu ne sais pas que je peux faire n'importe quoi ?
— Je commence à m'en rendre compte, lança Brigette en riant.

Nona et elle étaient dans l'entrée, leurs valises faites.

— Je regrette que vous ne restiez pas plus longtemps, dit Lucky.
— Nous aussi, répondit Nona. Seulement l'affiche de Brigette sort d'un moment à l'autre et il y a toute une campagne de presse prévue. Et puis nous devons voir le nouvel agent que tu as trouvé.

Lucky prit Brigette à part.

— Et ce garçon que tu voyais ?
— Isaac est drôle, dit Brigette. Mais je comprends maintenant qu'il n'est pas pour moi.
— Ne renonce pas aux hommes simplement parce que tu es tombée sur quelques mauvais numéros, lui conseilla Lucky. Et revenez bientôt toutes les deux.

Elle les accompagna jusqu'à la voiture, puis remonta à la maison et appela Gino qui avait l'air en pleine forme. Rien ne pouvait l'abattre. Increvable.

Quand sa vie allait-elle redevenir normale ? Le cœur serré,

elle se rendit compte que, sans Lennie, plus rien ne serait jamais pareil.

À 13 h 30, elle était assise derrière son bureau des studios Panther, avec son mobilier à elle et Kyoko posté à sa table dans la petite pièce devant, comme au bon vieux temps.

— Donna Landsman arrivera à 14 h 30, annonça Boogie. Elle croit venir à une réunion des chefs de production.

— Parfait, fit Lucky. C'est exactement ce que je veux.

— Mickey a un rendez-vous à 14 h 30 ici avec un de ses distributeurs à l'étranger. Ça devrait coller du point de vue horaires.

Boogie avait raison. Mickey arriva en voiture exactement dix minutes après Donna. Ils se retrouvèrent au moment où Donna descendait de la limousine et ils entrèrent ensemble dans l'immeuble. On n'aurait pu rêver mieux.

Mickey vit Kyoko dans le petit bureau et fronça les sourcils.

— Où est Isabel ? demanda-t-il avec agacement.

— Elle revient tout de suite, Mr. Stolli.

Grommelant à propos des secrétaires, Mickey fit entrer Donna Landsman dans son bureau et s'arrêta net.

Lucky pivota dans son fauteuil pour les accueillir. Surprise ! fit-elle. Est-ce que ça n'est pas comme au bon vieux temps ? Mickey resta bouche bée. Le visage de Donna Landsman se durcit.

— Qu'est-ce que c'est que ça ? cria Mickey. Qu'est-ce qui se passe, bon Dieu ?

— Je suis de retour, martela Lucky d'un ton calme. Exactement comme je l'avais annoncé.

— Comment est-ce possible ? fit Donna, le visage blême de colère.

— C'est bien simple, répondit Lucky. J'ai acheté encore seize pour cent des actions de Panther et je me suis attribué un siège au conseil d'administration. Et vous savez, Donna ? Plus jamais vous ne reprendrez le contrôle des studios ! Alors, vous feriez aussi bien de me revendre vos parts. Une brève pause pour laisser à Donna le temps de digérer la nouvelle. Oh, bien sûr, poursuivit Lucky, ça va peut-être représenter pour vous une perte substantielle mais, bah ! ça n'est que de l'argent.

— Bonté de merde..., tonna Mickey. Mais j'ai un contrat.

— Faites-moi un procès, fit Lucky d'un ton suave. Je serais ravie de vous retrouver devant un tribunal.

— Où sont mes meubles ? Mes dossiers ? Mes prix ? Mes Oscars ? hurla-t-il.

— J'ai tout fait livrer à votre domicile, Mickey. Je suis sûre que c'est soigneusement rangé dans votre allée. Abigaile va être ravie.

— Vous ne vous en tirerez pas comme ça ! lança Mickey.

— Désolée, Mickey, mais cette fois vous avez joué le mauvais cheval.

Donna lança à Lucky un regard noir.

— Vous le regretterez, dit-elle, les dents serrées.

— Oh, fit Lucky. J'en tremble.

Donna tourna les talons et sortit à grands pas, suivie de Mickey.

— Kyoko, cria Lucky, apportez le champagne ! On va fêter ça.

— Qui est cette fille avec Johnny ? demanda Alex à France, en voyant Johnny Romano entrer dans la grande salle où allait avoir lieu la lecture du script.

— Aucune idée, dit France. C'est peut-être sa petite amie. D'après Alex, il en a une par jour.

Quelques instants plus tard, Venus arriva en courant et vint s'asseoir à côté de Johnny.

— Je te présente une très bonne amie de Paris, dit Johnny. Daniella, voici Venus.

— Bonjour, Daniella, lança Venus avec un grand sourire.

Daniella lui fit de la tête un petit salut réservé. En général, il n'entrait pas dans le cadre de son travail d'assister à la lecture d'un script : mais Johnny payait, alors quelle importance ? Elle avait téléphoné à Paris pour annoncer à sa baby-sitter qu'elle ne reviendrait que dans quelques jours. Johnny était entré au moment où elle appelait.

— À qui parles-tu ? avait-il demandé.

— Je dis à ma baby-sitter que je ne rentrerai pas comme convenu.

Il avait eu l'air surpris.

— Tu as un gosse ?

— Pas de problème. Elle a l'habitude.

— Quel âge a-t-elle ?

— Huit ans.

— Tu as dû l'avoir quand tu étais bébé.

— À seize ans.

— J'imagine que, comme tu étais toute seule, tu as dû l'entretenir. C'est comme ça que tu as débuté... euh... dans la profession ?

— Exact.

Alex entra et s'installa, son premier assistant d'un côté, son producteur exécutif de l'autre. Il se leva pour s'adresser à ses comédiens.

— Je ne m'attends à voir personne être éblouissant aujourd'hui, dit-il, son regard parcourant la table. Rappelez-vous : Ça n'est qu'une lecture filée pour voir comment coulent les répliques, le genre d'interaction que nous avons. Si l'un de vous trouve quoi que ce soit qui le gêne dans son dialogue, qu'il le note et qu'il vienne m'en parler. Je suis très ouvert aux idées des autres.

Venus donna un coup de coude à Johnny.

— C'est la première fois que je fais ça sur un film. D'habitude, on t'expédie au maquillage et on te pousse devant la caméra.

— Oui, fit Johnny. C'est sensas.

Il se retourna pour regarder Daniella assise derrière lui, puis il revint à Venus.

— Est-ce que ça t'est jamais arrivé, demanda-t-il, de rencontrer quelqu'un et de savoir que c'est ça, que ça y est ?

Venus sourit.

— Elle ?

— Ça se pourrait, dit Johnny.

— Félicitations, fit Venus en lui étreignant le bras. Encore un Casanova qui pantoufle.

— Je n'ai qu'un regret, ajouta-t-il avec un grand sourire.

— Dis-moi.

— Que toi et moi, on n'ait jamais eu l'occasion.

— C'est trop tard maintenant.

— Bébé, ça n'est *jamais* trop tard.

Assise au fond de sa limousine, Donna bouillait de rage. Lucky Santangelo l'avait encore emporté. Et Morton, le lâche, s'était suicidé. Pourquoi tout ce qu'elle avait fait pour se venger de Lucky avait donc échoué ? Même le tueur qu'elle avait engagé n'avait pas été fichu d'abattre Gino : il s'était contenté de le blesser. Elle avait projeté de rendre Lennie à Lucky, elle commençait à concevoir un scénario différent. Pourquoi faudrait-il que Lucky le récupère ? Pourquoi ne pas le tuer et envoyer ses doigts un par un à cette garce ? Voilà qui la ferait définitivement cesser de sourire. Elle se demanda si Bruno ou Furio était de taille à le faire. Ou bien devrait-elle engager quelqu'un d'autre ? Il fallait y réfléchir : ce n'était pas une décision qu'elle pourrait prendre à la légère.

Et puis, tout d'un coup, elle trouva la solution : elle le ferait elle-même. Ce serait elle qui irait jusqu'à la grotte. Elle abattrait Lennie, puis elle prendrait des photos de son cadavre et les enverrait à Lucky. Oui, elle allait faire savoir à cette garce que son mari avait été vivant tout le temps et qu'avec un peu de cervelle elle aurait pu s'en douter et le sauver au lieu de s'acharner à reprendre ses foutus studios.

Donna était ravie de son idée. Elle ne pourrait pas en parler à George : il n'était pas au courant pour Lennie. Elle raconterait que son père était malade et qu'elle devait aller en Sicile pour deux ou trois jours. Elle descendrait dans un hôtel, louerait une voiture, irait jusqu'aux grottes et réglerait l'affaire. Lucky Santangelo se croyait si futée ! Elle avait récupéré son studio, mais elle avait perdu à jamais son mari. Bien fait pour elle !

Les félicitations affluèrent aussitôt : à Hollywood, les nouvelles vont vite. Freddie fut un des premiers à l'appeler :
— Je suis enchanté. Qu'est-ce qui s'est passé ?
— Une aberration, dit Lucky. Un coup de poker joué par une femme qui ne connaissait rien à l'industrie cinématographique.
— Est-ce qu'Alex est au courant ?
— Je ne crois pas.
— Il assiste à une lecture du script. Allez le lui annoncer vous-même.
— Peut-être, fit-elle d'un ton songeur.

Alex était ravi de la tournure que prenaient les choses. Les lectures pouvaient parfois être un désastre, mais cette fois tout était parfait. Quand ils s'interrompirent pour déjeuner, Alex s'installa avec Venus et Johnny — flanqué de sa nouvelle petite amie, Daniella, qui semblait charmante même si elle ne parlait pas beaucoup. Une beauté, en tout cas. Alex avait la vague impression de l'avoir déjà vue quelque part.

Tout le monde se retrouva à 14 h 30. Peu après, Lili lui chuchota à l'oreille qu'elle venait d'apprendre que Lucky Santangelo avait repris le contrôle de Panther.
— Tu plaisantes ! fit Alex. Où as-tu entendu ça ?
— Ça venait d'une source très fiable, lui assura Lili.
— Alors, dit-il, nous revoilà en affaires avec Ms. Santangelo.

Il avait décidé que, puisque Lucky lui avait clairement fait comprendre qu'elle voulait un peu de temps, il lui en donnerait. Actuellement, il avait son film pour l'occuper.

À 16 h 30, ils en avaient terminé. Johnny fila, escorté de Daniella. Venus se leva et vint embrasser Alex.

— C'est la plus belle semaine de ma vie, fit-elle, radieuse. Je sais que ça va s'arranger avec Cooper, et tourner *Gangsters* avec vous, c'est la chance dont j'ai toujours rêvé.

— Vous êtes une bonne comédienne, dit Alex. Il est évident que personne ne s'est donné le mal de mettre ça en valeur auparavant.

— Oh, merci, répondit-elle, enchantée.

— Vous avez appris que Lucky a récupéré les studios ? demanda-t-il.

— Formidable ! s'exclama Venus. Quand ça ?

— Aujourd'hui. Lili vient de me l'annoncer.

— Super ! Oh, regardez donc qui arrive là-bas.

Il se retourna : c'était Lucky.

— Tiens..., fit Alex en se disant qu'elle était vraiment belle. Justement, nous parlions de vous.

Lucky sourit.

— En bien ou en mal ?

— Toujours en bien, lança-t-il en lui rendant son sourire.

— Je me suis dit que, puisque je suis votre nouvelle patronne, il fallait que je vous fasse une petite visite.

— Toi alors ! fit Venus avec un large sourire. À chaque fois, tu t'en tires. Comment as-tu fait ?

— J'ai mes méthodes, murmura Lucky d'un ton mystérieux.

— Bon, je vous laisse, fit Venus. J'ai un mari qui m'attend à la maison.

Lucky haussa un sourcil. Un mari ? Venus souriait toujours. Notre seconde chance. À bientôt ! Et elle disparut.

— Alex, dit Lucky, maintenant que j'ai repris les rênes, il faut que je vous dise que votre budget prévisionnel est absolument insensé. Est-ce qu'on peut en discuter ?

Il se mit à rire.

— Il n'y a personne avec qui je serais plus disposé à discuter. Seulement, vous n'êtes pas facile à joindre.

— Hum... Faites-moi confiance, j'aurai l'œil sur votre budget.

— J'espère que vous viendrez nous voir sur le plateau de temps en temps. Peut-être un week-end à Vegas ?

— Qui sait ?

— Lucky, dit-il en la regardant au fond des yeux, ce serait la plus belle surprise que vous pourriez me faire.

— Bon, fit-elle, un peu troublée, c'était une visite éclair. Il faut que j'y aille.

Il la prit par le bras et l'escorta jusqu'à la porte.

— Ma nouvelle attitude vous plaît ?

— Quelle attitude ? demanda-t-elle.

Il sourit.

— Je suis dans ma phase de concentration sur le film. Ça veut dire que je vais vous laisser tranquille pendant six mois.

— C'est une menace ou une promesse ?

— Prenez ça comme vous voulez.

Ils échangèrent un sourire. Elle monta dans sa voiture et démarra, en pensant à tout ce qui s'était passé en quelques semaines. Donna Landsman... Assez traîné. Le moment était venu.

62

— Ça fait trois jours : je croyais que tu m'avais abandonné, lança Lennie.
Il était si soulagé de voir Claudia.
— Je suis désolée. Mon papa... il est revenu, fit Claudia.
— Oui, je sais, dit-il d'un ton amer. Don Rigolo est rentré. Il m'apporte à manger ici comme s'il nourrissait un chien. Il faut que je te le dise, Claudia, je déteste ton père. Tu ne devrais pas rester avec lui.
— Aujourd'hui, il va boire trop de *vino*. Quand il dort, je vole la clé et je te l'apporte. Tu as la carte ?
Il tapota sa poche.
— Elle est en sûreté.
Elle lui tendit une petite torche électrique.
— Tiens... nous aurons besoin de ça.
— Merci.
— S'ils découvrent que tu es parti, ils se mettront à ta poursuite, fit-elle, nerveuse. Mais ils ne le sauront que demain, quand Furio t'apportera à manger.
— Comment viendras-tu ce soir ?
— Je ferai attention.
— Est-ce que ton petit ami ne devrait pas venir avec toi ?
— Non ! fit-elle sèchement. S'il savait, il ne me laisserait pas t'aider. Elle hésita, manifestement désemparée. S'il savait pour nous...
— Il n'y a rien à savoir, Claudia, fit-il pour la rassurer. Tu

t'es trouvée ici pour moi, voilà tout. Je ne raconterai jamais à personne ce qui s'est passé entre nous.

Elle hocha la tête, assurée qu'il ne la trahirait pas.

— Dès que j'ai la clé, j'arrive. Il faut que tu sois prêt à partir tout de suite.

Il ne savait pas comment il allait passer les quelques heures en attendant son retour. Mais, d'une façon ou d'une autre, il était convaincu qu'il trouverait la force.

63

Rentrant du studio, Donna arriva chez elle, bouillant de rage. Elle insulta la femme de chambre qui rendit aussitôt son tablier. Elle entra en trombe dans la cuisine et invectiva la cuisinière qui aurait bien voulu faire comme sa collègue mais qui avait besoin de la place. George était encore au bureau. Elle lui téléphona et cracha son venin :

— Tu te rends compte que nos avocats sont des crétins incompétents ? hurla-t-elle. Lucky Santangelo, je ne sais comment, a repris le contrôle de Panther. Je veux savoir comment ça s'est passé, George.

— Ça n'a jamais été une très bonne affaire, dit George qui ne semblait nullement bouleversé. Et, conviens-en, Donna, tu ne connais rien au cinéma. C'est peut-être une bonne chose.

— Une bonne chose ! s'exclama-t-elle, exaspérée par tant de stupidité. Quel abruti tu fais ! *Stupido !*

— Pardon ?

— Nos avocats sont stupides, répondit-elle, gênée.

Elle se rendait compte qu'elle avait repris son accent d'autrefois.

— Je vais voir ça, dit George.

— Je compte sur toi.

Elle pensa soudain aux photos qu'elle avait de Brigette Stanislospoulos : la vraie meurtrière de Santino. Il avait fallu du temps et de l'argent pour retrouver sa trace, mais elle y était parvenue. Quel coup de génie ! Maintenant qu'elle avait les photos, elle allait les vendre à tous les magazines porno du monde. C'est

Lucky Santangelo qui serait contente ! Elle eut un sourire glacé. *Tu ne peux pas tout contrôler, Lucky, tu n'es pas invincible.* Elle se dirigeait vers son coffre pour prendre les clichés quand Santo rentra de l'école.

— Pourquoi rentres-tu si tôt ? demanda-t-elle.

— Et toi ? répliqua-t-il.

Manifestement, il n'éprouvait aucun repentir concernant l'épisode avec Tabitha. Ces temps-ci, ils ne se parlaient pas beaucoup. Elle aurait voulu retrouver son petit garçon, l'enfant innocent qu'elle avait dorloté. Mais il était devenu cette grosse brute mal embouchée qui faisait des choses innommables à de vilaines petites filles.

— Où vas-tu ? lança-t-elle comme il essayait de l'éviter.

— Je monte, dit-il d'un ton morne. Me faire enfermer dans ma chambre. Il lui jeta un regard mauvais. C'est ce que tu veux, non ?

— C'est ta faute, Santo, le gronda-t-elle en haussant la voix. Ce que tu as fait était honteux.

— Pas du tout, fit-il. Ce que j'ai fait était normal.

— Si ton père savait que tu es devenu un drogué qui ne pense qu'au sexe, il te tuerait, lança-t-elle.

— Je ne suis pas un drogué, ricana-t-il. Essaie d'être dans le vent, maman. Tout le monde fume de l'herbe.

Elle eut quand même le dernier mot : « Pas mon fils. Plus maintenant. »

Il monta l'escalier en courant et claqua la porte de sa chambre, persuadé que sa mère était la femme la plus détestable de la terre.

Donna attendit qu'il fût parti, puis elle entra dans la bibliothèque, referma la porte et se dirigea vers son coffre, dissimulé derrière un Picasso. Il contenait des documents importants et quelques modestes bijoux : les beaux étaient en sûreté à la banque. Elle composa la combinaison et ouvrit le coffre. Elle fouilla à l'intérieur, cherchant la cassette de Morton Sharkey et les photos de Brigette. C'était ridicule : elle les avait rangées là elle-même et voici maintenant qu'elle n'arrivait plus à les retrouver. Méthodiquement, elle vida le contenu du coffre. Pas de cassette. Pas de photos. Se pouvait-il que George eût trouvé la combinaison ? Non. George n'oserait pas ouvrir son coffre personnel. Un peu de calme. Tout cela était égaré. Elle allait le retrouver.

Santo se dirigea droit vers son ordinateur. Il était sorti de l'école de bonne heure parce qu'il n'y avait personne pour l'en empêcher. Qu'est-ce qu'il avait à faire, des maths ou de l'histoire ? Il n'avait aucun besoin de connaître toutes ces conneries parce qu'un de ces jours ce serait lui qui hériterait la fortune des Bonnatti. Son père lui avait laissé de l'argent sur un compte bloqué jusqu'à sa majorité et, quand Donna claquerait, il aurait son fric aussi. Alors, merde pour l'école. Pour l'instant, ça l'intéressait davantage de régler ses comptes avec cette pétasse de Venus Maria. Il s'assit devant sa machine et se mit à composer une nouvelle lettre. Une lettre de haine. Elle ne l'avait pas volé.

64

Lennie attendait avec impatience. Les heures s'écoulaient, interminables. Il se demandait si Claudia allait jamais revenir. Enfin, l'homme dont il savait maintenant que c'était le père de Claudia arriva avec sa pitance, la lui jeta pratiquement au visage et disparut. Il fourra dans sa poche un quignon de pain pour la route. Puis, assis au bord de sa couchette improvisée, il étudia la carte rudimentaire tracée par Claudia. Elle lui avait promis de le guider dans le labyrinthe des grottes. Après cela, il serait tout seul. La liberté. Quel mot magnifique ! Il pensa à ses enfants. Si ça ne dépendait que de lui, plus jamais il ne les quitterait. Il allait lâcher sa carrière cinématographique : plus rien désormais ne le séparerait de Lucky. Au bout d'un long moment, il en arriva à la conclusion que quelque chose avait dû mal tourner. Claudia ne revenait pas.

Une migraine fracassante commençait à lui marteler le crâne. Il avait dû finir par s'endormir car, quand Claudia arriva, il fallut qu'elle le secoue pour le réveiller.

— Lennie, dit-elle d'une voix crispée. Debout, vite !

Il ouvrit les yeux, un moment abasourdi. Était-ce un nouveau rêve ? Mais non, Claudia était bel et bien plantée devant lui.

— Il faut qu'on parte tout de suite, bredouilla-t-elle en lui tendant la clé. Si mon papa se réveille...

Elle n'eut pas à en dire davantage. Il se redressa et, d'une main tâtonnante, introduisit la clé dans le cadenas rouillé qui immobilisait sa cheville gonflée. Le cadenas refusait de s'ouvrir.

— Seigneur ! fit-il, affolé. Ça n'est pas la bonne clé.

— Mais si, insista-t-elle en se penchant.

Tous deux s'escrimèrent jusqu'au moment où le cadenas céda. Enfin, il était libre ! Claudia glissa la clé dans sa poche.

— Viens, il faut partir, il est déjà tard. Elle lui prit la main. Suis-moi. En sortant des grottes, il faudra grimper le long de la falaise.

— Quelle falaise ? fit-il, inquiet.

— Ça n'est pas dangereux, lui assura-t-elle. Je le fais tout le temps de jour. Maintenant que la nuit est tombée, ce sera peut-être un peu plus difficile.

— Tu veux dire que quand nous serons sortis d'ici, il va falloir escalader une falaise ?

— Oui, Lennie, dit-elle calmement. Si je suis capable de le faire, toi aussi. Viens.

Elle lui prit des mains la torche et s'avança rapidement dans les ténèbres du labyrinthe. Il restait collé derrière elle, s'efforçant de ne pas voir la boue visqueuse et les rats qui s'enfuyaient devant eux. Ils avançaient et la rumeur de la mer se fit plus forte. « C'est marée haute, annonça Claudia sans se démonter. Il va falloir marcher dans l'eau, ne sois pas nerveux. »

Ils émergèrent enfin des grottes et le clair de lune éclaira leurs pas. La mer léchait l'orifice et le vent de la nuit hurlait. Ils avaient maintenant de l'eau jusqu'aux genoux et il était gelé.

— Tiens-toi à moi ! cria Claudia.

— C'est ce que je fais, répondit-il.

De sa torche, elle désigna le rocher.

— Par là, fit-elle. Vite, la mer monte encore.

Au milieu des vagues qui se brisaient, ils se dirigèrent vers un amoncellement de rochers. Quand ils y parvinrent, ils étaient trempés et engourdis de froid. Claudia était agile comme un chamois. Mais quand il commença à gravir les pierres aux bords acérés, il s'entailla le pied.

— Merde ! s'exclama-t-il, le pied en sang.

— Allons ! l'encouragea Claudia.

Ils finirent par arriver au pied d'une falaise déchiquetée. Lennie leva les yeux et son estomac se serra. Suis-moi, insista Claudia.

Lentement, ils se mirent à escalader la paroi en se cramponnant aux buissons et aux arbustes, jusqu'au moment où ils arrivèrent à un petit sentier. Lennie glissait, tombait. Sans Claudia, il ne s'en serait jamais tiré. Lorsqu'ils parvinrent en haut, tous deux s'effondrèrent sur le sol. Au bout de quelques minutes, Lennie se leva et lui reprit la torche dont le faisceau vint balayer la mer en bas. Ainsi, il avait vécu enterré quelque part dans les entrailles de la terre. Caché dans un endroit que personne n'aurait jamais pu trouver. C'était un miracle qu'il eût survécu, et ce n'était que grâce à Claudia.

— Il faut se dépêcher, Lennie, lança-t-elle, inquiète. Prends le sentier sur la droite et avance toujours, vite.

— Comment est-ce que je pourrai jamais te remercier, Claudia ?

— Pas la peine, fit-elle. Va retrouver ta femme et tes enfants. Sois heureux, Lennie.

Sans lui laisser le temps de dire un mot, elle lui posa un baiser léger sur les lèvres et s'éloigna dans la direction opposée, disparaissant dans l'obscurité. Une fois de plus, il se retrouvait seul.

65

Ce samedi matin, il faisait un temps superbe : le genre de journée qui justifie que l'on habite LA, malgré les tremblements de terre, les émeutes, les inondations et les incendies.

Lucky n'arrivait pas à dormir. Elle se leva de bonne heure et décida d'aller faire un jogging le long de la plage. Une demi-heure plus tard, elle se trouva au pied de la maison d'Alex. Elle s'arrêta, se demandant ce qu'il faisait. L'escalier de pierre abrupt grimpait le long de la falaise sur laquelle était juchée sa maison. Elle songea à lui rendre visite. Il était tôt, peut-être dormait-il encore, peut-être Tin Lee était-elle restée pour la nuit. Et alors ?

La porte au pied de l'escalier n'était pas fermée à clé : cela voulait sûrement dire que des visiteurs ne le gêneraient pas. Elle se mit à gravir les marches deux par deux, puis s'arrêta un moment, hors d'haleine. *Qu'est-ce que tu fais ?* se dit-elle. *Pourquoi l'encourages-tu ? Tu l'as repoussé et il est parti. Maintenant, qu'est-ce que tu cherches à faire ? À le faire revenir ? — Pas du tout. J'aime simplement sa compagnie et sa conversation. Ça n'a pas besoin d'être sexuel. Quel mal y a-t-il à avoir une amitié platonique avec un homme ? — Platonique. Mon œil.*

En haut des marches, une autre barrière : elle entra. Alex était assis sur la terrasse, entouré d'un ordinateur portable, de son script, de journaux, avec un pot de café, du jus d'orange, des toasts et des céréales. Hé !..., lança-t-elle en s'approchant. Visite-surprise. Il leva les yeux, étonné.

— Lucky, fit-il avec un grand sourire. Mais quelle bonne surprise !

— Je faisais du jogging sur la plage et je me suis retrouvée en bas de chez vous, dit-elle. C'est du café pour un ou je peux en avoir une tasse aussi ?

— Asseyez-vous. Je vais appeler ma gouvernante.

Il pressa un bouton et une Japonaise à l'air maussade apparut. Yuki, une autre tasse.

Lucky se laissa tomber sur un fauteuil auprès de lui, déployant ses longues jambes bronzées.

— Je ne vous savais pas si sportive, observa-t-il, ravi de sa visite.

— Oh, fit-elle en riant, j'avais besoin de me détendre !

— Je connais de meilleurs moyens d'y parvenir, rétorqua-t-il en reposant son script.

Yuki revint avec une autre tasse et lui servit du café. Lucky but une gorgée.

— J'ai hâte de retourner au bureau lundi, dit-elle.

— Et moi, j'ai hâte de commencer *Gangsters*, fit Alex. Rien ne m'amuse plus que de tourner des films.

— C'est parce que c'est votre évasion.

— Vous avez raison, reconnut-il avec un sourire un peu forcé. Je me demande parfois ce que je fuis. Je n'ai aucune relation avec ma mère, je n'ai pas de femme, pas d'enfant, en fait, je n'ai aucun lien.

— Alors les films, c'est votre vie, reprit Lucky. Les comédiens et les techniciens, voilà votre famille. Les acteurs aussi. D'ailleurs, j'en ai épousé un. Seulement... je les trouve toujours un peu abîmés.

— Vous trouvez tous les gens abîmés, lui fit-il remarquer. Vous auriez dû être psychanalyste.

— J'aurais été bonne, dit-elle, en lui chipant un morceau de toast.

— Alors, lança-t-il, allez-vous me raconter ce qui s'est passé avec la call-girl française ?

— Eh bien... elle m'a assuré qu'elle n'avait jamais couché avec Lennie.

— Oh !

— Je la crois. Elle n'avait aucune raison de mentir. Elle pense qu'on l'a payée pour faire tomber Lennie dans un piège. À vrai dire, elle a été surprise qu'il n'ait pas succombé à ses charmes et laissez-moi vous dire qu'elle n'en manque pas. Elle est superbe.

Il la considéra avec étonnement.

— Comment avez-vous découvert ça ?

— Je l'ai fait venir sous prétexte de l'offrir en cadeau d'anniversaire à Johnny Romano.

Lucky le surprendrait toujours.

— Vous avez fait quoi ?

— Johnny me devait un service, alors il a marché.

— C'est une blonde magnifique ?

— Exactement.

— Il m'a semblé la reconnaître. Il l'a emmenée avec lui à la lecture du script. Vous ne l'avez pas vue ?

— Non, Johnny était parti quand je suis arrivée.

— Eh bien, elle était avec lui, je vous assure.

Lucky eut un grand sourire.

— Ç'a dû accrocher entre eux. Daniella était censée reprendre l'avion pour Paris le lendemain matin.

— Ça n'a pas l'air d'être le cas.

— Comment va votre mère ? demanda Lucky en se resservant du café.

— Je ne lui ai pas parlé récemment.

— Comment ça ?

— Quand vous et moi avons discuté l'autre jour, vous m'avez fait voir les choses plus clairement. Vous avez raison : si ce n'est pas moi qui choisis de la voir, je ne devrais pas me sentir coupable.

— Voilà, vous y êtes presque.

— Son dernier truc a été de pousser Tin Lee dans mes bras. Le résultat, c'est qu'elle l'a carrément poussée hors de ma vie.

— Tin Lee a l'air gentille, dit Lucky. Et de toute évidence elle vous adore.

— Oui, elle est *très* gentille et patiente. Toutefois, à en croire mon psy, que je n'ai pas vu depuis six mois, j'avais une raison pour ne sortir qu'avec des Orientales.

— Ah, oui ? Laquelle ?

— Peu importe puisque vous êtes arrivée dans ma vie et que vous m'avez fait comprendre qu'il n'y a rien de mal à voir une bonne vieille Américaine.

— Vieille ? fit-elle en haussant les sourcils.

— Vous savez ce que je veux dire, dit-il en riant.

— Dans ce cas, je suis flattée.

Ils restèrent quelques minutes silencieux : ils se sentaient bien.

— Et vous, Lucky, qu'est-ce que vous en pensez ?

Elle prit ses lunettes et les remit sur son nez, pour se cacher derrière les verres sombres.

— C'est dommage pour nous. J'ai couché avec vous pour me venger de Lennie. Et voilà que je découvre que je n'avais aucune raison de me venger.

Il commençait à en avoir assez de ses excuses.

— Vous ne comptiez pas vous faire nonne, quand même ? demanda-t-il un peu sèchement.

Elle refusait de s'énerver.

— C'était trop tôt, Alex, fit-elle doucement.

Il se leva, changeant de sujet :

— Qu'est-ce que vous faites aujourd'hui ?

— Pas de projet, répondit-elle en haussant les épaules. Et vous ?

— Je vais travailler sur mon script, peut-être aller à la salle de gym faire un peu de boxe française. J'en faisais régulièrement.

— J'adorerais essayer.

— Venez avec moi.

— Pourquoi pas ?

— Je passerai vous prendre dans une heure.

Elle se leva.

— J'ai une meilleure idée. Raccompagnez-moi à la maison et attendez. Je n'ai pas envie de refaire tout le trajet à pied.

Il secoua la tête d'un air désapprobateur.

— Vous manquez d'énergie.

— Redites-moi ça.

Ils se regardèrent et éclatèrent de rire.

Venus s'éveilla, tendit le bras et éprouva un plaisir ridicule à découvrir Cooper endormi auprès d'elle.

— Tu sais ce que j'aimerais ? murmura-t-elle en venant se blottir contre son large dos.

— Quoi donc, bébé ? dit-il en lui caressant les cheveux.

— Voilà, lança-t-elle d'un ton triomphant, j'aimerais avoir un bébé... *notre* bébé.

— Mais tu disais toujours...

— Je sais, l'interrompit-elle. Je disais que je n'en voulais pas. Mais j'ai réfléchi. Quand j'aurai terminé *Gangsters*, faisons un bébé.

— Ce serait peut-être bien, dit-il, hésitant.

— Bien ! s'exclama-t-elle en s'asseyant. Enfin, Cooper ! Toi et moi, nous aurons les plus jolis bébés du monde !

— Nous parlons d'un bébé ou de plusieurs ? demanda-t-il.
— Je pensais qu'un ou deux pourrait faire l'affaire.
— Ah, un ou deux ? fit-il en jouant avec ses seins. Et quand le bébé se gorgera là-dessus, qu'est-ce que moi, je serai censé faire ?
— Tu attendras ton tour.
— Je veux mon tour maintenant, déclara-t-il en prenant dans sa bouche une pointe de sein.

La sonnerie du téléphone retentit.
— Décroche, Coop, dit-elle en se libérant.
— Tu es chez toi.
— Chez *nous*, rectifia-t-elle en cherchant un peignoir. Tu m'as l'air d'être tout à fait revenu.
— Oui ? fit-il en décrochant le téléphone.
— Oh... Euh... Mr. Turner ?... Le frère de Ms. Venus est ici. Il dit que c'est urgent.
— C'est ton frère, dit Cooper, en posant la main sur le combiné.
— Qu'est-ce qu'il veut ? demanda-t-elle l'air soucieux.
— Le gardien dit que c'est urgent.
— Tu viendras le voir avec moi ?
— Prépare-toi. Je m'en vais vraisemblablement lui botter le cul.
— C'est exactement ce qu'il faut à Emilio. Quelqu'un qui le chasse à jamais de ma vie à coups de pied dans le train.

Santo s'éveilla avec un sourd mal de dents. Il l'annonça à sa mère, s'attendant à la trouver compatissante. Ce ne fut pas le cas. J'ai mal, dit-il en se frottant la joue. Elle appela le dentiste et prit un rendez-vous d'urgence.
— Tu me conduis, maman ?
— Non, répondit-elle brutalement. Il serait temps que tu apprennes ce que c'est d'être puni. Quand tu me traiteras avec respect, j'en ferai autant.

Vieille connasse ! Comment pourrait-il la respecter quand elle était mariée à un abruti comme George ?
— Alors, tu ne veux pas me conduire ? fit-il d'un ton accusateur.
— Non, Santo, répondit-elle.

Qu'elle aille se faire voir ! Au moins, ça lui donnait une occasion de sortir de la maison. Il monta l'escalier en courant, attrapa son blouson et un tirage de la lettre qu'il avait composée pour

Venus la veille au soir. Il avait passé trois heures penché sur son ordinateur en essayant de décider exactement quoi dire. Sa mère l'appela par l'interphone en lui demandant de se dépêcher car le dentiste venait à son cabinet spécialement pour le voir. Il s'assura que sa penderie était fermée à clé puis descendit en courant.

— Adieu ! cria-t-il en sortant.

Personne ne répondit. Qu'ils aillent se faire voir ! Un de ces jours, il les obligerait bien à faire attention à lui.

George ôta ses lunettes, regarda par la fenêtre et suivit Santo des yeux.

— Qu'est-ce qu'il fait toute la journée ? interrogea-t-il.

— Il travaille sur son ordinateur, répondit Donna.

— À quoi ?

— Je ne lui ai jamais posé la question, dit-elle en buvant une gorgée de café.

— Il a manifestement besoin d'aide.

— Je sais.

George hocha la tête. Je vais trouver le nom d'un psychiatre.

Donna n'était pas sûre d'aimer cette idée : Santo parlant à un étranger, révélant les affaires de la famille. Elle décida pour l'instant d'avoir l'air d'accord avec George. Mais quand elle reviendrait de Sicile, ce serait elle qui prendrait sa décision.

— Oh ! fit-elle. J'allais oublier de t'en parler. Un de mes frères a téléphoné. Mon père est malade, il faut que je fasse un saut en Sicile. Je me suis dit que je partirais lundi. C'est son cœur.

— Tu veux que je t'accompagne ?

— Non, tu restes ici et tu t'occupes des affaires.

— Si tu es sûre...

— Oui, certaine.

Un silence.

— Au fait, reprit-elle nonchalamment, tu n'aurais pas pris quelque chose dans mon coffre, par hasard ?

— L'idée ne me viendrait pas d'ouvrir ton coffre, Donna. Pourquoi ? Il te manque quelque chose ?

— Non... J'ai dû l'égarer. Je suis sûre que je vais le retrouver.

George reprit son journal et se mit à lire.

— Je serai là-haut, annonça Donna.

Si George n'avait pas ouvert son coffre, alors qui ? Santo ? Aurait-il pu, lui, prendre les photos et la cassette ? Non. Il ne savait même pas qu'elle avait un coffre. Quand même... Ce ne serait pas une mauvaise idée d'inspecter sa chambre.

Sitôt sorti de chez le dentiste, Santo se dirigea vers la demeure de Venus Maria. Il fit deux fois le tour du pâté de maisons avant de se garer en face. Il resta assis dans sa voiture quelques minutes à surveiller les lieux.

Le pavillon du gardien était à l'entrée de la propriété. Il aperçut un homme d'un certain âge qui croquait une pomme tout en étant plongé dans la lecture d'un magazine. Venus devrait se faire mieux garder. Ce vieux schnock ne servait à rien. Santo connaissait un endroit derrière la propriété par où il pourrait se glisser sans que personne l'aperçoive. C'était risqué pendant la journée ; et après ? Il le ferait quand même parce qu'il était temps que cette putain sache à qui elle avait affaire. Venus méritait d'être punie tout comme lui l'avait été. Et qui était mieux placé que lui pour le faire ?

La chambre de Santo était certainement mieux rangée que l'autre soir. Pour un adolescent, il avait vraiment de l'ordre : pas de ces horribles photos de femmes à demi nues épinglées aux murs, pas de linge sale traînant par terre, et, Dieu merci, pas de drogue ! Donna s'assit au bord du lit en se demandant si George ne la forçait pas à être trop dure avec lui. Elle ne voulait surtout pas que ça le fasse quitter la maison comme ses trois autres enfants.

Elle remarqua qu'il avait laissé son ordinateur allumé. Elle s'approcha pour l'éteindre. On pouvait lire un message sur l'écran. Elle se pencha pour regarder.

Putain.
Connasse.
Tu taillerais une pipe à n'importe qui.
Je te déteste, salope.

Oh, mon Dieu ! À qui s'adressait ce message ? À elle ? Un frisson la parcourut. Santo, la chair de sa chair, avait fini par se retourner contre elle.

66

— Pourquoi continues-tu à me harceler ? interrogea Venus.
Emilio lui lança un regard accusateur.
— Tu pourrais être plus gentille avec moi, dit-il, sur la défensive. Je suis quand même ton frère.
— Non, Emilio, répliqua-t-elle. Tu as cessé de l'être quand tu m'as vendue aux médias.
— Si tu fichais la paix à ta sœur ? suggéra Cooper.
— Et si tu te mêlais de tes oignons ? riposta Emilio.
— Ne fais pas le mariole avec moi, Emilio. Tu vas te retrouver à l'hôpital.
— Tu me menaces, Cooper ? lança Emilio d'un ton méprisant. Je suis sûr que ça plaira beaucoup aux magazines.
— Je t'ai donné une brique la dernière fois... Qu'est-ce que tu veux maintenant ? gémit Venus.
— Je l'ai claquée.
— À quoi ?
— J'ai eu une mauvaise soirée... J'ai été attaqué.
— Attaqué, mon œil.
— Écoute ta sœur, intervint Cooper. Taille-toi.
— Vous autres, richards, vous me faites gerber, ricana Emilio.
— Occupe-toi de lui, Cooper, j'en ai assez, fit Venus, exaspérée.
Cooper saisit Emilio par le bras. Celui-ci se dégagea brutalement. Ne me touche pas, grogna-t-il. Je m'en vais. Il sortit à grands pas en claquant la porte derrière lui.

— Seigneur ! fit Cooper. Tu es sûre que vous avez les mêmes parents ?
— Malheureusement, oui.

Emilio s'arrêta sur le perron, fou de rage. Ces deux-là le traitaient vraiment comme une merde. Est-ce qu'un frère ne méritait pas mieux ? Il contourna la maison, caressant l'idée de grimper jusqu'à la chambre de sa sœur pour la soulager de quelques-uns de ses bijoux. Elle en avait tellement : un bracelet en diamants ou deux, ça ne lui manquerait pas. Au moment où il débouchait derrière la maison, il aperçut un gros garçon qui rôdait dans les buissons d'un air suspect.

— Hé !..., lança Emilio. Qu'est-ce que tu fabriques, toi ? Santo jeta un coup d'œil à Emilio et partit en courant. Emilio vit là sa chance de jouer les héros. Sans réfléchir, il se lança à sa poursuite, plaquant Santo au sol alors qu'ils n'étaient qu'à quelques mètres du mur d'enceinte. Santo se débattit avec acharnement mais, même si Emilio n'était pas au meilleur de sa forme, il parvint à l'immobiliser. Il s'assit sur le gros garçon en appelant à l'aide. Le chien d'un voisin se mit à aboyer. Une domestique se précipita par la porte de la cuisine, vit ce qui se passait et rentra précipitamment dans la maison chercher du secours. Quelques secondes plus tard, Cooper arrivait, Venus sur les talons.

— Qu'est-ce qui se passe ? cria cette dernière.
— J'ai surpris ce petit trou-du-cul qui traînait par ici, fit Emilio, hors d'haleine. Tu vois, sœurette, je te protège.

Cooper attrapa son téléphone et appela le gardien.
— Qu'est-ce que tu fais ici ? dit-il en s'approchant de Santo.
— Je me suis perdu, marmonna celui-ci. Je ne savais pas que c'était une propriété privée.
— Perdu ? Il a fallu que tu escalades le mur pour entrer, dit Venus, furieuse.

Là-dessus, elle remarqua l'enveloppe qu'il serrait dans sa main. En la regardant de plus près, elle reconnut aussitôt l'écriture.
— Oh, mon Dieu ! s'exclama-t-elle. C'est toi, le petit malade qui m'écrit toutes ces lettres dégueulasses !
— Quelles lettres ? fit Cooper.
— Des lettres porno, dit-elle en arrachant l'enveloppe de la main de Santo.

Le gardien arriva en courant, pistolet au poing.
— Un peu en retard, lança Emilio. Heureusement que j'étais là.

Venus se mit à parcourir la lettre.

— Lis-moi ça ! dit-elle en la tendant à Cooper.

Il examina le message, puis jeta un coup d'œil à Santo affalé sur le sol.

— Attends un peu, dit-il. Tu n'es pas le fils des Landsman ? Tu n'étais pas chez les Stolli ? Qu'est-ce que tu fous ici ?

Lucky et Alex s'exerçaient à la boxe française au gymnase.

— Où avez-vous appris ? interrogea Lucky, les yeux brillants, le visage tout rouge.

— C'est formidable, non ? fit Alex. J'ai appris ça au Viêt-nam : une des rares bonnes choses que j'ai rapportées de là-bas.

— C'est plus rigolo que le tapis roulant. Je suis en nage.

— Rentrons prendre une douche.

— Alex, dit-elle en fronçant les sourcils. Je vous en prie, rappelez-vous ce que j'ai dit. Amis, rien de plus.

— Hé, je ne voulais pas dire ensemble. Il braqua son index vers elle. Vous avez l'esprit bien mal tourné, Ms. Santangelo.

Elle se mit à rire. Ça lui faisait du bien d'être avec Alex.

— Déposez-moi à la maison. J'ai une tonne de paperasses à regarder.

— Pouvons-nous avoir un dîner platonique ce soir ?

— Non.

— Un déjeuner, alors ? Je vous offrirai un hot-dog.

— Vous savez ce qu'il y a dedans ?

— Ne me le dites pas. Il poussa un gémissement. Je peux vous poser une question ?

— Allez-y.

Il la dévisagea.

— Quand serez-vous prête à ce que nous ayons des rapports plus étroits ?

Elle prit son temps avant de dire :

— Ça n'est pas une question à laquelle je peux répondre pour l'instant. Mais quand je pourrai, vous serez le premier informé.

— Je vous demande pardon ? fit George au téléphone, son visage s'empourprant.

— Qui est-ce ? demanda Donna avec impatience.

— Nous arrivons tout de suite, poursuivit George en raccrochant violemment, ce qui n'était pas dans ses habitudes. Eh bien ! lança-t-il en secouant la tête comme s'il n'en croyait pas ses oreilles. Cette lettre dont tu me parlais, que tu avais lue sur l'ordinateur de Santo, ce n'est pas à toi qu'elle était destinée.

— Comment le sais-tu ?

— Apparemment, il a écrit des lettres porno à la chanteuse Venus Maria. On vient de le surprendre dans sa propriété, essayant de livrer sa dernière création.

— Non ! fit Donna, choquée.

— Oh, si, répondit George. Nous ferions mieux d'aller là-bas avant qu'ils appellent la police.

— J'ai une surprise pour toi, dit Nona. On prend un taxi jusqu'à Times Square.

— Mon affiche est posée ! fit Brigette, tout excitée.

— Parfaitement.

— Isaac est au courant ?

— Il doit être planté devant bouche bée depuis qu'elle est installée !

— Je devrais l'appeler ? suggéra-t-elle.

— Ne recommence pas, la prévint Nona. Isaac n'est pas pour toi.

— D'accord, d'accord, c'est de l'histoire ancienne.

Elles descendirent, hélèrent un taxi et, un quart d'heure plus tard, elles étaient sur place. Pendant que Nona réglait la course, Brigette sauta sur le trottoir en poussant des cris de joie.

— Oh, mon Dieu ! s'exclama-t-elle. C'est fantastique !

— Tu as un air incroyable ! fit Nona en la rejoignant. Eh bien, ce trou-du-cul de Michel Legay va regretter d'avoir voulu bousiller ta carrière !

Elle contemplait le panneau géant où Brigette et Isaac avaient pour tout vêtement des jeans moulants et un large sourire. Une équipe de télé arrêta son camion et commença à filmer. Nona donna un coup de coude à Brigette.

— Si seulement ils savaient que tu es à deux pas... Je pense que je devrais leur dire.

— Pas question, fit Brigette, affolée. Je suis affreuse.

— Absolument pas, tu es formidable. C'est le moment de commencer notre publicité. Prépare-toi, ma fille, parce que ça va chauffer.

Nona s'approcha de l'équipe de télé. « Excusez-moi, fit-elle. Vous filmez l'affiche des jeans ? »

Le cameraman se tourna vers elle.

— Oui, sacrée campagne. On peut dire qu'on en parle.

— Qu'est-ce que vous pensez du mannequin ?
— Elle est superbe.
— Je suis Nona, son manager. Et elle est là justement. Elle s'appelle Brigette Brown. Rappelez-vous ce nom. Elle va être le prochain super-top-model.
Le cameraman n'en croyait pas sa chance.
— On peut lui parler ?
— Je pense bien, fit Nona. Venez par ici.

Ils s'arrêtèrent pour déjeuner dans un petit restaurant italien au bord de la plage. Lucky commanda les spaghettis dont elle mourait d'envie et Alex un steak. Ils partagèrent une bouteille de vin rouge.
— Je suis vraiment content que tout se soit arrangé pour vous, dit Alex en resservant du vin. Finis les ennuis avec Donna Landsman.
— C'est drôle, fit Lucky d'un ton songeur. Je ne pense jamais à elle sous sa nouvelle identité. Pour moi, elle sera toujours une Bonnatti.
— Oubliez ça, Lucky.
Elle le regarda intensément.
— Non, Alex, vous ne comprenez pas. Elle ne lâchera jamais, à moins que je ne fasse quelque chose.
— Vous avez fait quelque chose : vous avez récupéré vos studios.
— Donna est sicilienne. Elle ne va pas renoncer comme ça.
— Qu'est-ce qu'elle peut bien tenter d'autre ?
— N'importe quoi, proféra Lucky d'un ton sombre.
— Vous ne pouvez pas passer le reste de votre vie entourée de gardes.
— Je n'en ai pas l'intention.
— Qu'est-ce que vous comptez faire ?
Son regard se perdit un instant sur les vagues.
— Les Santangelo résolvent les choses à leur façon, dit-elle enfin. Nous y avons toujours été obligés.
— Ne pensez plus à vous faire justice vous-même. Vous vous en êtes tirée une fois : deux fois, ce serait pousser le bouchon trop loin. Et je vous le dis tout de suite : je n'irai pas vous voir en prison. Pas question.
— Ayez confiance en moi, je sais ce que je fais.
— Non, fit-il avec énergie, croyez-moi. Quand j'étais au Viêt-nam, j'ai connu des expériences qui me hantent encore

aujourd'hui. N'envisagez même pas d'entreprendre quoi que ce soit que vous regretteriez.

Elle but une gorgée de vin.

— Alex, lança-t-elle d'un ton léger, vous êtes un auteur. Vous devriez adorer ça.

— Lucky, répondit-il d'un ton sérieux. Promettez-moi que, quoi que vous décidiez, vous en discuterez d'abord avec moi.

— J'ai un principe. Je refuse de faire des promesses que je ne suis pas sûre de pouvoir tenir.

Il la regarda un long moment, se demandant jusqu'où elle était prête à aller. Elle ne prendrait pas de mesure radicale. Elle n'était plus la fille déchaînée qui avait abattu Enzio Bonnatti. C'était une femme avec des responsabilités qui ne serait pas assez stupide pour faire courir des risques à sa famille.

— N'oubliez pas, ajouta-t-il : vous avez trois jeunes enfants. Faites une bêtise et vous pourriez vous retrouver en prison pour le restant de vos jours. Je ne pense pas que vous vouliez faire ça à vos gosses : pas maintenant qu'ils ont perdu Lennie.

Elle soupira.

— Ramenez-moi à la maison, Alex. Il faut que je réfléchisse.

Il la raccompagna et la déposa devant sa porte.

— Vous courrez demain matin ? demanda-t-il.

— Peut-être, dit-elle d'un ton vague.

— Café. Même heure, même endroit.

Il déposa un baiser léger sur sa joue. Il aurait bien voulu qu'elle l'invite à entrer. Elle n'en fit rien. Elle s'engouffra dans sa maison sans se retourner. Enfin, cette fois-ci, elle avait fait le premier pas. C'était quand même un progrès.

Lucky écouta son répondeur. Deux messages : un de Venus et un autre de Boogie. Elle n'avait pas envie de rappeler. Elle monta jusqu'à sa chambre, cette chambre qui lui évoquait tant Lennie. Lennie... son amour... sa vie. Aussi longtemps que Donna Landsman vivrait, elle ne pourrait jamais effacer cette douleur.

67

Donna et George s'engouffrèrent dans la Rolls et foncèrent jusque chez Venus.

— Heureusement qu'elle nous a appelés au lieu de prévenir la police, fit Donna en s'imaginant les conséquences s'il en avait été autrement.

George acquiesça.

— Il va falloir que tu fasses quelque chose pour Santo. Il faut l'envoyer dans un environnement différent — dans un endroit où on lui imposera une discipline.

— Je sais, reconnut Donna à regret.

Le gardien les accueillit à la grille. Venus arpentait le perron avec Cooper, l'air plutôt mécontent.

— Où est-il ? demanda Donna.

— Chez le gardien, répondit Cooper.

Donna regarda par la vitre : Santo était blotti dans un coin, la tête sur les genoux. Venus se montra fort civile :

— Je suis bien contente qu'il ne s'agisse pas d'un maniaque, dit-elle. Rendez-moi service : assurez-vous que les lettres cessent.

— Ne vous inquiétez pas, promit George, vous avez ma parole que Santo ne vous importunera plus jamais.

— Emmenez-le et nous oublierons tout ça, renchérit Cooper, qui avait hâte de régler ce problème.

Santo les entendait discuter de son cas comme s'il n'existait pas. Cela l'emplissait de rage. Venus convoqua alors Anthony qui arriva avec des exemplaires de toutes ses lettres soigneusement rangées dans un classeur beige. Merde ! Sa mère allait voir ces foutues lettres !

— Regardez-moi ça, lança Cooper en tendant la chemise à George. Je vous conseille d'emmener sans tarder ce garçon chez un psy. Il a besoin qu'on l'aide.

— Merci de ne pas avoir appelé la police, dit George.

— Je ne voulais surtout pas de publicité, fit Venus en levant les yeux au ciel.

Le gardien escorta Santo jusqu'à la Rolls, et il se tapit au fond de la voiture. Donna jeta un regard mauvais à son fils. Pour la première fois, elle le voyait comme il était vraiment : l'image même de Santino.

— Tu m'écœures, dit-elle brutalement. Tu n'es qu'un répugnant pervers, tout comme ton père.

— Mon père était un grand homme, réussit à proférer Santo. George n'est même pas bon à lui torcher le cul.

— Ferme ta sale petite gueule, fit Donna dans une rage froide. Je m'occuperai de toi quand nous serons rentrés.

Venus prit une boîte de jus d'orange dans le frigo.

— C'est un malade ! s'exclama-t-elle en secouant ses boucles platinées. Tu as lu ces lettres ?

— Vaguement, répondit Cooper.

— C'est une chance que je l'aie attrapé, dit Emilio, pour leur rappeler sa présence. Ça n'a pas été facile, reprit-il en se rengorgeant.

— Nous te remercions de ta rapide intervention, Emilio, lança Cooper.

— Il aurait pu être armé.

— Nous savons.

Emilio savourait son heure de gloire.

— Alors, tu vois, sœurette, je suis toujours là pour te protéger.

— Ne t'inquiète pas, répliqua-t-elle. Tu auras un chèque. Cette fois-ci, tu le mérites. Elle décrocha le téléphone. J'appelle Johnny Romano : il a les meilleurs gardes du corps de la ville.

— Bonne idée, acquiesça Emilio en se pavanant dans la cuisine.

Il se demandait jusqu'où irait la générosité de sa sœur. Elle raconta à Johnny ce qui s'était passé.

— Daniella et moi faisons un petit voyage à Vegas, expliqua Johnny. Je vais t'envoyer deux de mes gars. Ils vont te monter une nouvelle équipe de sécurité. Je vais leur dire d'amener les chiens.

— Merci, Johnny, je te suis vraiment reconnaissante.

Johnny raccrocha.
— C'était Venus, dit-il.
— Ah ? demanda Daniella.
— Tu as bien entendu parler de Venus Maria ? fit Johnny, étonné.
— Non.
— C'est une grande vedette. Elle tourne *Gangsters* avec moi. Tu l'as rencontrée hier.
— Ah, oui.
— Dis donc, on ferait mieux de se secouer. Une petite surprise qui t'attend à Vegas. Tu vas adorer.
— Quelle surprise, Johnny ?
Il eut un grand sourire.
— Tu verras.

Assise dans son bureau, Lucky essayait de travailler. Elle constatait avec plaisir que, durant le peu de temps que Mickey avait passé à Panther, il n'avait pas fait trop de dégâts. Lundi, elle allait remettre en place son équipe et examiner tout ça plus attentivement.

Qu'est-ce que tu vas faire avec Donna ? criait une petite voix dans sa tête. Pouvait-elle prendre le risque de ne rien faire ? Impossible. Donna était une ennemie trop dangereuse. Lucky se leva et se mit à arpenter la pièce. Elle ne savait pas comment agir. Bien sûr, elle pourrait lancer un contrat sur Donna : Boogie arrangerait ça en deux secondes. Mais ce n'était pas la méthode Santangelo. La méthode Santangelo, c'était la vengeance. Pourtant quelque chose la retenait. Alex avait raison. Elle ne pouvait se permettre de faire quoi que ce soit qui risque d'avoir des conséquences néfastes. Elle alluma un joint et se mit à marcher de long en large. Ses enfants lui manquaient, mais pas question de les ramener à la maison tant que Donna courait toujours.

Quand vas-tu t'occuper d'elle ? — Je ne peux pas. Je ne suis plus la même. Alex a raison : j'ai des responsabilités. — Allons donc, tu es une Santangelo : tu peux le faire ! — Je n'en suis plus si sûre... — Mais si, mais si. Tu sais exactement ce que tu as à faire.

Ils étaient assis à la terrasse de l'Ivy.

— Quelle charmante surprise ! fit Dominique en tapotant sa courte perruque noire. Où est Tin Lee ce soir ?

— Cesse de pousser Tin Lee dans mes bras, fit Alex, agacé. C'est une des raisons pour lesquelles je voulais te voir seule.

— Pourquoi donc ?

— Il m'a semblé qu'il était temps que nous parlions.

— De quoi, Alex ?

— De la façon dont tu me traites.

— Je te traite très gentiment.

— Pas du tout. J'ai quarante-sept ans, comme tu me le rappelles constamment, et je n'ai aucune intention de continuer à écouter tes critiques incessantes. Si tu ne cesses pas, je ne te verrai plus.

Elle le regarda d'un air consterné.

— Alex ! Je suis ta mère. Comment peux-tu être aussi cruel ?

— Quand mon père est mort, tu t'es débarrassée de moi, tu m'as envoyé dans une académie militaire. Tu savais que j'étais malheureux là-bas et pourtant tu m'y as laissé pourrir jusqu'à ce que j'aie l'âge d'en sortir.

— Il te fallait de la discipline, Alex.

— Non ! s'écria-t-il. Ce qu'il me fallait, c'était une mère affectueuse qui s'occupait de moi.

— Mais je m'occupais de toi.

— Allons donc ! fit-il brutalement. Tous les soirs tu sortais avec un homme différent.

— Non, Alex, je...

— Je suis parti pour le Viêt-nam, l'interrompit-il, et tu ne m'as jamais écrit. Et toutes ces années où je vivais à New York... as-tu jamais essayé de me trouver ?

— Ça n'était pas facile...

— Non, poursuivit-il, soulagé d'exprimer ce qu'il avait depuis si longtemps sur le cœur. Tu n'as commencé à être à peu près convenable avec moi que depuis que j'ai du succès.

— Ce n'est pas vrai, protesta Dominique.

— Il est temps que tu te rendes compte que c'est *ma* vie dont il s'agit.

Il s'attendait à la voir se mettre à hurler. Elle se contenta de le regarder en disant :

— C'est la première fois que tu me rappelles ton père. Gordon était un salopard, mais, malgré tous ses défauts, c'était un homme fort et je pense que je l'aimais.

— Alors, maman, dit-il avec prudence, sentant qu'il y avait une ouverture, est-ce que nous nous comprenons ?

Dominique hocha la tête.

— Je vais faire de mon mieux.

68

Ils lui avaient pris son ordinateur, mais ils n'avaient pas ouvert sa penderie.

— Qu'est-ce que tu as là-dedans ? demanda Donna en arpentant furieusement sa chambre. Encore des cochonneries ?

Il savait que ce n'était qu'une question de temps avant que sa mère parvienne à y accéder. Elle avait déjà fouillé sa chambre et découvert deux joints cachés dans son tiroir à caleçons : bien entendu, elle les avait confisqués. Elle avait crié un peu plus en constatant qu'elle ne pouvait pas ouvrir sa penderie et lui avait réclamé la clé. Il avait répondu qu'il l'avait perdue. Elle ne l'avait pas cru. « Demain matin, je ferai venir un serrurier », avait-elle menacé.

Si jamais elle découvrait sa cachette de souvenirs de Venus et de magazines porno, elle serait folle de rage. Il devrait sortir discrètement sa valise de la maison jusqu'à ce que les choses se calment : pourquoi ne pas la planquer dans le coffre de sa voiture ? Il prit un air renfrogné.

— Je ne sais pas ce qui te met dans cet état, dit-il. J'ai écrit à Venus Maria pour rigoler : un pari que j'avais fait à l'école. Il n'y a pas de quoi en faire un plat.

— Mais si, fit George, gonflé de sa propre importance. L'ennui avec toi, Santo, c'est que tu es totalement irresponsable. Tu t'attends à ce que tout soit facile. Eh bien, cette fois, tu es allé trop loin.

Est-ce qu'on lui demandait quelque chose, à celui-là ?

— Tu vas rester dans ta chambre jusqu'à ce que nous décidions quoi faire de toi, annonça Donna.

Tous deux sortirent, un couple de vieux cons.

Santo passa dans sa salle de bains. Se regardant dans le miroir au-dessus du lavabo, il se plaqua les cheveux avec du gel. Comme ça, il ressemblait vraiment à son père. Il en tirait de la fierté : lui était un vrai Bonnatti. Son père était un type remarquable : Santo se souvenait bien de lui. Il lui achetait de beaux vêtements, l'emmenait à des matches de base-ball, au cinéma et quelquefois dans de grands restaurants. Ils avaient toujours fait des choses ensemble. Donatella avait essayé plusieurs fois de venir avec eux, mais Santino ne voulait pas en entendre parler. Il faut que tu saches une chose à propos des femmes, lui avait déclaré son père. Garde-les à trimer à la cuisine : c'est leur place. Il comprenait maintenant pourquoi son père avait toujours eu des petites amies. Oh, oui ! il était au courant pour les petites amies aussi. Il se souvenait même du nom de la dernière : Eden Antonio, une blonde toujours excitée. Santino présentait Eden comme une associée, mais Santo savait qu'il la sautait à en perdre le souffle. C'était dans la maison que Santino avait achetée pour elle qu'il avait été abattu. Boum ! On lui avait fait sauter la cervelle.

Si Santino était vivant, lui ne serait pas bouclé maintenant dans sa chambre. Si Santino l'avait surpris avec une fille, il ne l'aurait pas puni. Si Santino avait découvert les lettres, il n'aurait pas trouvé ça si dégoûtant. Non. Il aurait rigolé. « Laisse ce garçon tranquille, aurait-il dit à Donna. Fous-lui la paix. » Pourquoi était-ce son père qui était mort et pas sa mère ? Ça n'était pas juste.

Il ouvrit sa penderie et en retira précipitamment la valise où il rangeait sa collection de souvenirs de Venus. Il fallait la descendre discrètement dans sa voiture, l'enfermer à clé dans le coffre et puis peut-être que d'ici deux jours il trouverait l'occasion de demander à Mohamed de la lui garder. En attendant, il la cacha sous son lit, où sa mère avait déjà regardé. Là-dessus, il se rappela brusquement son fusil. Son Magnum calibre 12 semi-automatique. Merde ! Si elle tombait là-dessus, elle ferait vraiment une dépression. Le fusil était dans sa penderie, habilement dissimulé derrière un tas d'affaires d'hiver. Il ferait peut-être mieux de le planquer dans sa voiture aussi. Dès qu'ils seraient endormis, il s'en occuperait. Pour l'instant, tout ce qu'il avait à faire, c'était attendre qu'ils aillent se coucher.

Donna ne buvait jamais : elle ne voulait pas perdre le contrôle d'elle-même. Mais ce soir-là, elle était si désemparée par le comportement de Santo et les événements de ces derniers jours qu'elle demanda au maître d'hôtel de lui préparer une vodka-martini. D'abord une, puis deux, puis trois. Quand elle s'installa pour dîner avec George, elle titubait légèrement et elle était un peu agressive.

— Pourquoi bois-tu ? demanda George d'un ton désapprobateur.

Ah ! comme si elle devait des explications à George. Il était temps de le remettre à sa place.

— Ça n'est pas tes oignons, riposta-t-elle.

— Je sais qu'il y a de quoi s'énerver, ma chérie, dit George en essayant de la calmer.

— Tu n'en as aucune idée, répliqua Donna d'un ton amer, en prenant un verre de vin rouge et en le vidant d'un trait. Absolument aucune idée.

Après le dîner, George annonça qu'il avait du travail. Il y a des papiers qu'il faut que tu signes avant de partir, dit-il. C'était donc son lot dans la vie ? Des hommes déposaient des documents devant elle et elle les signait.

Elle se fit préparer un autre martini par le maître d'hôtel et le monta dans sa chambre. Depuis deux ans, George et elle faisaient chambre à part. Elle préférait ça : quand elle voulait faire l'amour — ce qui était de moins en moins fréquent —, elle le convoquait. Elle passa dans sa salle de bains, se déshabilla et s'inspecta dans le miroir. Toutes les liposuccions du monde n'avaient pas pu rendre à ses chairs leur élasticité d'antan, quand elle était jeune fille en Sicile. Une jeune fille poursuivie par Furio... la belle de son village. Elle s'examina. Pas mal. Depuis qu'elle avait maigri, elle aimait admirer son corps, même si avec George c'était du gaspillage : il n'était plus l'amant qu'il avait été au début de leur mariage. Elle avait cru que prendre le contrôle d'un studio de Hollywood pourrait la mener à des relations plus excitantes. Une vedette de cinéma, ça ne serait pas mal. Lucky en avait bien une : pourquoi pas elle ? La pièce tournait autour d'elle. Elle n'avait pas l'habitude de boire. Elle n'avait pas l'habitude de perdre non plus. Elle se fit couler un bain, s'assit dans la baignoire, son verre de martini posé sur le côté. Puis elle tendit la main et prit le téléphone.

La sonnerie du téléphone retentit. Lucky décrocha. Une voix de femme, mal camouflée, ivre morte :

— ... Ce... c'est... c'est toi, salope ?

— Qui est à l'appareil ?
— Tu... te crois... si... si maligne ?
Lucky essaya de garder son calme.
— Donna ?
— Tu te prends... pour la reine... des petites futées ?
— Que voulez-vous ? fit Lucky d'une voix glaciale.
— T'es pas si futée, salope, fit Donna. Ton petit Lennie chéri, il est mort maintenant. Tu avais une chance de le sauver, mais non... Tu étais trop préoccupée par tes studios pour t'imaginer qu'il était peut-être encore en vie. Ah ! tu m'as piqué Panther. Maintenant, j'espère que tu es contente. Ça n'est pas la fin... Ça n'est... que le début.
On raccrocha.
Qu'est-ce que racontait Donna ? Une chance de sauver Lennie ? Il n'y en avait jamais eu : il était mort dans cet accident de voiture. Personne n'aurait pu y survivre. À moins qu'il ne se soit pas trouvé dans la voiture. Mais si, il y était. Le portier de l'hôtel l'avait vu partir. On avait retrouvé le corps du chauffeur. Pourquoi pas celui de Lennie ? Les pensées se mirent à tournoyer dans l'esprit de Lucky. Quelque chose lui avait-il échappé ? Garce de Donna Landsman ! Voilà maintenant qu'elle essayait de la rendre dingue.
Elle monta dans sa chambre, ouvrit le tiroir fermé à clé près de son lit et y prit son pistolet. Elle redescendit. Un autre joint. Elle tira quelques bouffées, puis alla s'asseoir sur la terrasse, le revolver sur ses genoux. Très bientôt, il faudrait prendre une décision. Très bientôt...

69

Donna ronflait bruyamment. L'oreille collée à la porte de sa chambre, Santo écoutait. À en juger par le bruit qu'elle faisait, elle ne referait pas surface avant demain matin. Il ne restait donc que George à éviter. Il descendit à pas de loup en se penchant de façon à voir la bibliothèque : George était concentré sur un tas de papiers. En faisant vite, il pourrait se glisser en bas avec sa valise et son fusil et les mettre en sûreté dans sa voiture avant que George s'en aperçoive. Il remonta précipitamment et prit la valise cachée sous son lit. Sur la pointe des pieds, il s'engagea dans l'escalier, traînant la lourde charge derrière lui. Il était navré de ne pas pouvoir garder ses trésors, mais cette salope ne lui avait pas laissé le choix. D'ailleurs, qu'est-ce qu'il avait à faire de Venus maintenant ? C'était cette traînée qui l'avait dénoncé, avait montré ses lettres à d'autres gens et l'avait humilié. Elle avait sali leur amour en le rendant public. Dorénavant il la détestait. Au milieu de l'escalier, il trébucha et dégringola. La valise s'ouvrit : cassettes, affiches, photos et magazines roulèrent sur les marches.

George sortit de la bibliothèque et vint se planter au pied de l'escalier, le foudroyant du regard.

— Où vas-tu comme ça ? demanda-t-il.

— Putain, marmonna Santo, je vais où je veux.

Donna apparut sur le palier et alluma. « Qu'est-ce qui se passe ? glapit-elle. Qu'est-ce que tu fais ? » Elle retrouvait l'accent de la Donatella d'autrefois. Elle avait l'air d'une folle : les cheveux dressés sur la tête, le visage barbouillé de maquillage. Elle portait une chemise de nuit diaphane sans rien dessous : ça n'était pas beau à voir.

— Qu'est-ce que tu as dans cette valise ? demanda-t-elle en chancelant légèrement. Tu t'enfuis comme tes sœurs ? Ces salopes, ces *puttane*.

— Mes sœurs ne sont pas des salopes, dit Santo. Elles sont parties pour te fuir. Tu essaies de contrôler tout le monde. Eh bien, avec moi, ça ne marche pas.

— Oh, si ! gronda Donatella en descendant l'escalier d'un pas incertain. Tu n'as que seize ans. Et tu es à moi ! Tu m'entends ?... À moi !

Il se pencha pour ramasser un de ses magazines porno et le lui jeter au visage.

— Tu es malade ! hurla-t-elle. Malade... comme ton père.

— Je suis bien content d'être comme lui, riposta-t-il. Je veux être comme lui.

— Tu peux ficher le camp, cria Donna en se cramponnant à la rampe. Je m'en fous. Va-t'en !

— Je m'en vais, lança-t-il.

Il ramassait frénétiquement ses affaires en essayant de les fourrer de nouveau dans la valise.

— Fous le camp ! cria-t-elle. Et ne t'imagine pas que tu vas prendre ta voiture. Tu pars avec ce que tu as sur le dos... rien d'autre. Je t'ai supporté assez longtemps.

— Comment ça, tu m'as supporté assez longtemps ? s'exclama-t-il, scandalisé de tant d'injustice. C'est moi qui t'ai supportée.

— Je ne veux plus de toi ici, clama Donna. Tu es gros et laid. Tu es paresseux. Tu es une ordure comme ton père. UNE SALE ORDURE. Tu pars ce soir.

Elle regarda George planté sans rien dire au pied de l'escalier. Son visage arborait une expression de triomphe.

— Tu as entendu ta mère, dit George. Prends tes affaires et va-t'en.

Lucky était parfaitement calme. Elle remonta dans sa chambre, prit une douche, tira ses cheveux en queue de cheval et passa un simple pull-over noir à col roulé, des jeans noirs et des bottes. Puis elle fourra son pistolet dans la ceinture de ses jeans et sortit. Elle en avait assez, des petits jeux de Donna. Elle monta dans sa Ferrari et démarra sur les chapeaux de roues. Elle allait se venger.

Santino regagna sa chambre en traînant sa valise. Un voile rouge de fureur dansait devant ses yeux. Gros ! Donna ne l'avait jamais, jamais traité de gros auparavant. Et laid ! Elle lui avait toujours dit qu'il était beau. Tu n'es qu'une sale ordure comme ton père. Elle n'était pas digne de cirer les chaussures de Santino. Sans vraiment y réfléchir, il prit sous le lit le fusil chargé. Qu'ils aillent se faire voir ! Tous les deux ! Il se précipita dans le couloir et déboula dans la chambre de sa mère. Elle était au milieu de la pièce. En l'entendant entrer, elle se retourna. Qu'est-ce que tu...

Il ne lui laissa pas le temps de terminer sa phrase : il braqua son arme sur le ventre de sa mère. Puis il pressa la détente. Elle s'écroula sur le sol, du sang gicla partout. Un bienheureux sentiment de paix descendit sur lui. Comme en transe, il s'approcha, appuya le canon contre la tête de Donna et tira un nouveau coup de feu. Puis il sortit de la chambre.

George était là, figé au pied de l'escalier, horrifié, trop bouleversé pour faire un geste. Une cible facile. Très facile.

70

Lennie marcha toute la nuit, suivant les montagnes qui dominaient la mer, et finit par se retrouver sur une route côtière qui descendait vers des plages isolées. Au bout d'un moment, le terrain devint plat. Oubliant sa cheville endolorie et son pied entaillé, il se concentra sur l'idée d'atteindre un havre sûr.

Quelques heures plus tard, l'aube commença à poindre. Il se laissa tomber au pied d'un arbre et dévora gloutonnement le quignon de pain qu'il avait emporté. Il fouilla dans ses poches. Il avait la torche de Claudia et une carte qu'il avait consultée de temps en temps ; environ 600 dollars en billets froissés ; une carte de crédit sans doute annulée maintenant ; son passeport et plusieurs milliers de dollars en chèques de voyage. Heureusement qu'il avait toujours sur lui son passeport et de l'argent quand il quittait les États-Unis ! Heureusement aussi que ses ravisseurs n'avaient pas découvert l'argent qu'il avait réussi à cacher dans la grotte !

Il avait renoncé à l'idée de se rendre à l'ambassade américaine. S'il faisait cela, il devrait raconter son histoire : il y aurait des questions et beaucoup de publicité. Et il ne voulait pas attirer d'ennuis à Claudia. Son plan consistait à rentrer le plus vite possible, retrouver l'Amérique, Lucky et ses enfants : c'était tout ce qu'il souhaitait.

Quand le jour se leva, il se retrouva dans une vallée pittoresque. Un peu plus tard, il atteignit les faubourgs d'une ville et commença à croiser des gens. Il ne s'arrêta pas pour demander de l'aide : il continua à marcher. Il finit par arriver dans une petite gare. Le vieil homme derrière son guichet le regarda bizarrement et lui dit qu'il y aurait un train dans une heure. Il prit un billet pour Palerme, puis acheta dans un petit marché voisin du pain, du fromage et une sorte de saucisse cuite. Dehors, le soleil brillait, Lennie s'assit sur un banc et se força à manger lentement, en savourant chaque bouchée.

Lorsque le train entra en gare, il était absolument épuisé. S'installant près d'une fenêtre, il s'endormit d'un sommeil agité jusqu'à l'arrivée à Palerme. Là, il trouva un magasin où il s'acheta une chemise, un pantalon et des chaussures. Ce fut un choc de se regarder dans la glace. C'était la première fois qu'il se voyait depuis son rapt. Il était amaigri, avec une barbe en broussaille et de longs cheveux ébouriffés. Cela avait un avantage : personne ne le reconnaîtrait. La vendeuse parlait quelques mots d'anglais. Il demanda s'il y avait un coiffeur dans les parages et elle lui en indiqua un à cinq minutes de là. Il s'y rendit aussitôt et se débarrassa de sa barbe et de ses longs cheveux. C'était déjà une amélioration. Une heure plus tard, il prit un ferry pour Naples et de là un train pour Rome. Il se rendit directement à l'aéroport où, avec ses chèques de voyage, il réserva un billet en classe économique pour Los Angeles. Il y avait un vol prévu une heure plus tard. Il acheta des magazines et une paire de lunettes de soleil au cas où on le reconnaîtrait.

Ce fut seulement une fois assis dans l'avion qui volait vers l'Amérique qu'il se sentit complètement en sûreté.

71

L'esprit de Santo tournait comme un film dont il était le héros. Il les avait tués : Donna et George. Il avait tué les méchants : c'était une bonne chose. Combien de gens réussissaient-ils à accomplir leurs rêves ?

Maintenant, il se demandait ce qu'il devait faire ensuite. Il y avait du sang partout, jusque sur ses vêtements. Fallait-il nettoyer ce gâchis ? Donatella n'aimerait pas voir du sang dans toute la maison. Elle serait vraiment furieuse. *Quelqu'un a tué ma mère. Un rôdeur. Oui. Voilà ce qui est arrivé. Un rôdeur s'est introduit dans la maison et il a tué ce pauvre George et cette malheureuse Donna. Dommage !* La question était maintenant : pourquoi les avait-on si sauvagement massacrés ? C'était bien simple. À cause de Venus Maria. Il fallait la punir, elle aussi.

Il entra dans la chambre de sa mère et se planta un moment au-dessus d'elle, contemplant d'un regard impassible son corps sans grâce affalé par terre dans une flaque rouge foncé. La chemise de nuit était froissée et ensanglantée. Il s'approcha de la coiffeuse, prit une paire de ciseaux, puis découpa avec soin la chemise de nuit qui lui enveloppait le corps, disposant ses membres de façon plus symétrique. Satisfait, il descendit inspecter le cadavre de George, affalé au pied de l'escalier. Dommage qu'ils ne puissent pas être ensemble ! Enfin, la vie n'était pas parfaite. Au bout d'un moment, Santo prit son fusil et gagna sa voiture. Déposant avec soin le fusil sur le plancher, il partit vers la maison de Venus Maria. Rien cette fois ne l'arrêterait.

Comme Lucky se dirigeait vers la propriété des Landsman, une voiture la croisa, roulant à toute vitesse. Elle donna un coup de volant, évitant de peu une collision frontale. Elle jeta un bref coup d'œil au conducteur : c'était le fils Landsman. Elle se gara dans la rue et resta une minute dans son véhicule. C'était une chose de réfléchir et d'imaginer que des ennemis seraient un jour châtiés comme il convenait. Ça n'arrivait jamais et elle savait ce qu'elle avait à faire. Elle n'avait pas le choix : si elle ne s'en occupait pas elle-même, Donna ne laisserait jamais les Santangelo tranquilles.

Lucky descendit de sa voiture et fit le tour de la propriété jusqu'au moment où elle trouva une petite barrière ouverte. C'était un signe. Elle se glissa par là, en remarquant que la grande maison était plongée dans l'obscurité. Sans bruit, elle en fit le tour et fut surprise de trouver la porte d'entrée entrebâillée. Encore un signe ? D'un pas hésitant, elle pénétra à l'intérieur.

Affalé au pied de l'escalier, George Landsman, la tête pratiquement déchiquetée. Lucky sentit son cœur battre très fort dans sa poitrine. Il était mort. Oh, mon Dieu, quelqu'un était passé ici avant elle ! Elle recula, tâtant d'une main nerveuse son pistolet glissé dans ses jeans. Contournant le corps de George, elle monta l'escalier. Un silence étrange régnait dans la maison. En un éclair, elle revit Santo roulant à toute allure. Poursuivait-il le meurtrier ? Ou bien était-ce lui le responsable ? Elle frissonna. La porte de la chambre était ouverte. Elle se glissa dans la pièce, retenant son souffle. Donna gisait là, au centre, nue, bras et jambes écartés. La justice divine.

Lentement, Lucky quitta la chambre à reculons, dévala l'escalier et sortit. Quand elle arriva à sa voiture, elle tremblait.

Plus jamais Donna Landsman n'ennuierait personne.

Santo avait une mission. Rien maintenant ne pouvait l'arrêter. Il savait que Venus Maria était responsable de tout. Elle avait tué sa mère. Elle avait assassiné Donna. George était mort à cause d'elle. C'était une garce, une traînée, qui méritait tout ce qui allait lui arriver. Cette fois-ci, il lui ferait son affaire : plus de mots d'amour. Elle l'avait trahi. On allait voir si elle préférait le fusil aux lettres. Son arme lui donnait le pouvoir. Il s'arrêta devant la maison du gardien sans descendre de voiture.

« Oui ? » L'homme entrouvrit la fenêtre et le dévisagea d'un air méfiant. « Qu'est-ce que je peux faire pour vous ? »

Sans un mot, Santo braqua son arme et lui tira une balle en pleine tête. Boum ! Le gardien tomba sans un bruit, le sang éclaboussant la vitre.

Comme au cinéma, se dit Santo, tout joyeux. Riant encore, il partit vers la maison.

Venus poussa un soupir langoureux, un long soupir de pur plaisir. Cooper lui faisait l'amour comme personne. Deux fois, il l'avait fait jouir, chaque fois elle avait poussé un grand cri d'abandon tandis que le plaisir la faisait frissonner de la tête aux pieds.
— Tourne-toi, dit-il.
— Oh, non !
— Tourne-toi.
— Je n'en peux plus.
— Écoute-moi !

Elle roula sur le ventre. Il lui fit écarter les jambes et se mit à lécher la tendre chair de ses cuisses. Elle ne le voyait pas, elle sentait ses caresses brûlantes. Il n'allait pas la faire jouir encore une fois. C'était impossible. Absolument impossible. Pourtant...

Santo gara sa voiture devant la propriété. Cette mission était grisante. Il n'était plus un gros garçon de seize ans. Il était Santo Bonnatti. Un grand homme tout comme son père. ET PERSONNE NE POUVAIT L'ARRÊTER ! Il descendit de voiture, se planta devant la maison de cette pute, braqua son fusil et, d'un coup de feu, fit sauter la serrure.

Venus crut entendre une détonation, mais elle était trop proche de la béatitude pour s'en soucier.
— Chéri..., murmura-t-elle. Puis elle ne pensa plus à rien, emportée par une vague de plaisir. Elle cria... Un grand cri d'abandon.

Santo s'apprêtait à entrer dans la maison, sans remarquer les trois chiens qui se précipitaient sur lui.

Ce fut seulement quand leurs crocs redoutables s'enfoncèrent dans sa chair qu'il se mit à hurler. De grands cris de douleur. Il cria jusqu'au moment où tout devint noir. Et puis il n'y eut plus rien.

72

Pour la première fois depuis des mois, Alex dormit d'un profond sommeil. Pas de somnifère, pas de tranquillisant : il posa sa tête sur l'oreiller et sombra. Le matin, il se réveilla reposé, roula sur le côté et, selon son habitude, saisit la commande de la télé. Le poste était réglé sur la station qu'il avait regardée la veille au soir : un mauvais film sur une histoire de drogue. Il zappa. Un autre film. Encore un film plein de violence absurde. La télécommande, c'était le pouvoir. Il passa à un programme de gymnastique qu'il regarda quelques minutes, en se demandant s'il ne devrait pas s'acheter un matériel garanti pour vous donner des abdominaux incroyables. Sur la chaîne suivante, c'étaient les informations. Le présentateur noir au visage grave annonçait : « Ce matin de bonne heure, on a découvert les corps de Donna Landsman et de son mari George tués par balle dans leur somptueuse propriété de Bel Air. La macabre découverte a été faite par une domestique qui a aussitôt prévenu la police. »

Alex se redressa d'un bond. *Oh, mon Dieu, Lucky, qu'est-ce que tu as fait !* Il saisit le téléphone et elle répondit aussitôt.

— Lucky, dit-il d'une voix tendue. Je viens de voir les infos.

— Bonjour, Alex, lança-t-elle gaiement, comme si tout était normal.

— Pourquoi, Lucky ? Pourquoi avez-vous fait ça ? demanda-t-il.

— Je n'ai rien fait, répondit-elle avec calme. Ce n'est pas moi.

— Allons donc !

— Je vous promets, Alex, je n'y suis pour rien.
— Vous êtes en train de me dire que c'était une divine coïncidence ? Que quelqu'un d'autre voulait sa mort ?
— Fichez-moi la paix, Alex, fit-elle sèchement. Si vous ne me croyez pas, c'est votre problème, pas le mien.
— J'arrive.
— Non, je vous en prie, le coupa-t-elle d'une voix ferme.
— Si, insista-t-il.
Elle ne voulait pas le voir.
— Écoutez, répondit-elle avec patience, je vous rappellerai plus tard.
— J'y compte bien, énonça-t-il d'un ton sévère, qui l'irrita davantage encore. Il faut qu'on parle.
— Promis.
Alex sauta au bas du lit et se précipita dans la salle de bains. Seigneur ! Qu'avait-elle fait ? Les pensées se mirent à tournoyer dans son esprit. Elle avait besoin d'aide, des meilleurs avocats... Quoi qu'il arrivât, il serait là pour elle.

Lucky descendit dans la cuisine et brancha la cafetière. La vie prenait parfois d'étranges détours. Trop étranges pour les suivre. Les Santangelo étaient-ils finalement débarrassés des Bonnatti ? Oh, mon Dieu ! elle l'espérait. La vendetta avait coûté assez de vies.

La veille au soir, en rentrant chez elle, elle avait appelé Gino à Palm Springs pour lui demander s'il était le moins du monde responsable. Il lui avait assuré que non. Gino ne lui mentirait pas. D'ailleurs, elle avait vu l'assassin, Santo, le fils de Donna, fuyant les lieux du crime au volant de sa voiture. Elle se demandait combien de temps il faudrait à la police pour s'en rendre compte.

Alex ne croyait pas qu'elle n'était pour rien dans ces deux meurtres. Après tout, elle ne pouvait pas lui en vouloir : elle lui avait laissé entendre qu'elle allait faire quelque chose et c'était arrivé. Pourquoi la penserait-il innocente ?

Elle allait enfin pouvoir ramener ses enfants à la maison. C'était un soulagement de savoir que désormais ils ne risquaient plus rien. L'eau bouillait. Elle prit une tasse sur l'étagère et se versa du café.

« Hé... » Voilà que son imagination lui jouait des tours. Elle crut avoir entendu la voix de Lennie. « Hé... toi ! »

Elle se retourna, stupéfaite. Lennie était planté derrière elle, souriant. Je t'ai manqué ? fit-il. Parce qu'on peut dire que toi, tu m'as manqué.

Elle le dévisagea, sans voix, abasourdie.

— Oh... mon... Dieu... Lennie..., finit-elle par haleter.

— Eh oui, fit-il, c'est moi.

— Tu es vivant ! cria-t-elle. D'où sors-tu ? Oh, mon Dieu ! LENNIE !

Il l'empoigna, la serrant contre lui comme s'il n'allait jamais plus la lâcher.

— Lucky... Lucky... J'ai rêvé de cet instant... C'est la seule chose qui m'a empêché de devenir fou.

Elle se renversa dans ses bras, lui caressant le visage.

— Lennie, murmura-t-elle, les yeux pleins de larmes. Oh, mon Dieu, Lennie... Mais qu'est-ce qu'il t'est arrivé ?

— C'est une longue histoire, chérie, une très longue histoire. Tout ce que tu as besoin de savoir pour l'instant, c'est que je t'aime, que je suis ici et que je te promets ceci : plus *jamais* on ne nous séparera.

ÉPILOGUE

Un an plus tard

L'extravagante première de *Gangsters* fut une grande soirée. Toutes les personnes qui comptaient à Hollywood furent invitées, et celles qui ne l'étaient pas quittèrent la ville ou firent semblant d'être en voyage. L'événement eut lieu au Chinese Theater de Mann, sur Hollywood Boulevard. Le tapis rouge s'étendait jusqu'au trottoir, des projecteurs éclairaient le ciel sur des kilomètres à la ronde. Une foule excitée entourait le cinéma, maintenue à grand-peine par des cordons de policiers. Une longue file de limousines serpentait sur au moins dix blocs. Les caméras de télévision tournaient, les paparazzi se déchaînaient. Une soirée grandiose.

Confortablement installé au fond de sa limousine, Abe Panther fit un clin d'œil à Inga Irving.

— C'est la première fois que je quitte la maison depuis des années, dit-il en tirant sur un gros cigare.

— Pour Lucky, tu ferais n'importe quoi, remarqua Inga avec indulgence. Elle siffle, tu accours.

— Lucky, c'est comme la petite-fille que je n'ai jamais eue, murmura Abe. C'est une nana qui a des couilles. J'aime ça chez une femme.

Inga acquiesça : elle avait fini par accepter la tendresse d'Abe pour Lucky.

Inga s'était habillée pour l'occasion. Lucky lui avait payé généreusement ses actions et elle avait placé son argent dans quelques beaux bijoux dont elle avait raconté à Abe qu'ils étaient faux. À quatre-vingt-dix ans passés, il était encore aussi près de ses sous qu'une prostituée qui a fait une mauvaise soirée. Abe se pencha vers elle, en fouillant dans la poche de son smoking de 1945 qui lui allait encore à la perfection. Puisque nous sommes mariés depuis un an ou deux, je me suis dit que je n'arriverais plus à me débarrasser de toi. Il lui tendit un petit écrin. Elle l'ouvrit et resta bouche bée. Une bague avec un magnifique diamant de huit carats étincelait sous ses yeux.

— Non, Abe, dit-elle avec un grand sourire. Tu ne vas certainement pas te débarrasser de moi.

— C'est bien ce que je pensais, ricana Abe.

Abigaile et Mickey Stolli, accompagnés par Tabitha et son cavalier, Risk Mace, un rocker aux cheveux longs couvert de tatouages, étaient assis dans la limo derrière celle d'Abe. Tabitha était devenue une vraie petite princesse de Hollywood. Elle avait lâché son élégant pensionnat suisse en annonçant à son père qu'elle voulait devenir comédienne. Mickey lui avait trouvé un agent, qui à son tour lui avait fait passer une audition pour un petit rôle dans un feuilleton télé. À la stupéfaction générale, elle avait décroché le rôle, le public l'avait adoptée et, en six mois, Tabitha était devenue une star du petit écran. Mickey était très fier. Il tirait sur son cigare en songeant : *Allons... je n'ai pas fait un si mauvais travail en élevant cette petite. En tout cas, elle gagne sa vie.* Abigaile de son côté se disait : *Pourquoi donc est-ce que Tabitha perd son temps avec ce rocker à l'air bizarre ? Pourquoi ne se trouve-t-elle pas un patron de studios convenable, quelqu'un qui a une chance de gagner des tas d'argent ?*

Abigaile ignorait que Risk était plusieurs fois millionnaire en dollars. Si elle l'avait su, peut-être l'aurait-elle considéré sous un jour différent.

Tabitha s'ennuyait. Elle se demandait pourquoi elle avait accepté de venir à cette première avec ses parents. Risk devait la prendre pour une vraie plouc. Son père avait insisté : il voulait qu'on le voie arriver avec sa célèbre fille à son bras. Il fallait qu'elle soit là car Johnny Romano devait être la vedette de son premier film comme producteur indépendant. Tabitha espérait qu'il pourrait y avoir un rôle pour elle. Elle voulait vraiment se lancer au cinéma.

Leslie Kane descendit d'une longue limo blanche et la foule se déchaîna. Puis son cavalier sortit derrière elle et les cris redoublèrent. Charlie Dollar et Leslie Kane : la gentille fille et le voyou, quel mélange explosif ! Cramponnée au bras de Charlie, elle souriait. Lui souriait à la foule.

Ron Machio était tout excité pour sa meilleure amie. Il avait vu un montage provisoire de *Gangsters* et il savait comme Venus était sensationnelle. Anthony, dans son smoking neuf, avait le nez collé au verre fumé de la vitre.

— Ne fais pas ça, fit Ron agacé. Les fans peuvent voir à l'intérieur.

— Je veux que tout le monde me remarque dans une limo, dit fièrement Anthony. Tu t'imagines ? Si nous passons à la télé à Londres, on saura que, moi aussi, je suis une star.

— Tu n'es pas une star, fit Ron. Tu n'es encore que l'assistant de Venus.

— Je vis avec toi, répliqua Anthony. Ça fait de moi une star.

Un lent sourire éclaira le visage de Ron.

— Tu dis parfois des choses adorables.

Assis en face d'eux, Emilio boudait. Pourquoi fallait-il qu'il soit coincé dans une voiture avec ces deux tantes ? Depuis qu'il avait surpris le rôdeur dingue dans la propriété de Venus, elle était presque aimable avec lui. En échange, il avait cessé de vendre des histoires sur sa sœur et s'était mis à travailler pour elle comme assistant à mi-temps. Heureusement qu'il avait surpris Santo cette première fois : sinon Venus n'aurait pas téléphoné à Johnny Romano, il ne lui aurait pas prêté ses chiens et sans les chiens cette nuit-là, elle ne serait peut-être pas ici aujourd'hui... Tout ça était vraiment grâce à lui. Mais on ne l'appréciait pas à sa juste valeur. Quand Venus l'avait invité à sa première, il avait dit :

— Comment est-ce que j'irai là-bas ?

— Avec Anthony et Ron, avait-elle répondu.

— Mais, sœurette, avait-il protesté, je pensais que je pourrais emmener une fille et avoir ma limo pour moi !

— Non, Emilio, avait-elle dit d'un ton ferme. Je ne te fais pas confiance. Tu iras avec eux.

Brigette regardait par la vitre de la voiture.

— Regarde-moi cette foule ! s'exclama-t-elle. C'est étonnant !

— Reste calme, fit Nona. Rappelle-toi... tu es une star aussi.

Zandino, rayonnant, acquiesça. Ils s'étaient mariés six mois plus tôt. Nona était aujourd'hui enceinte de cinq mois et tous deux étaient incroyablement heureux.

Brigette n'arrivait pas à rester tranquille. La limo s'arrêta.

— Dehors ! fit Nona. Joue la star !

— Ce que tu es autoritaire !

— Si je ne l'étais pas, tu serais incontrôlable.

— Ah ! je te parie que personne ne saura qui je suis.

— Je te parie 10 dollars que si. Vas-y !

Brigette descendit de la voiture, prit une profonde inspiration et se tourna vers la foule. Brigette ! Brigette ! Brigette ! On criait son nom. Elle était stupéfaite ! Et un peu excitée... Tu me dois 10 dollars, chuchota Nona derrière elle. Elle sourit et s'avança pour affronter la presse.

Johnny Romano et sa jeune épouse, Daniella, marchaient sur le tapis rouge, la fille de Daniella, âgée de neuf ans, cramponnée à la main de Johnny. Ils formaient une charmante famille : Johnny si brun et si sexy, Daniella si blonde et si belle et la petite fille, tout le portrait de sa mère. La presse trouvait leur histoire incroyablement romanesque. Daniella, une journaliste française, était venue à LA interviewer Johnny pour un magazine. Durant l'interview ils étaient tombés amoureux : il avait fait venir sa fille, il avait épousé Daniella et, maintenant, c'était le couple hollywoodien parfait.

— Tu es superbe, dit Cooper.

— Mais non, répondit Venus en prenant un air écœuré. Je suis grosse.

— Pas grosse, enceinte. C'est une grande différence.

— Je devrais être mince et sexy, gémit-elle. Mes fans l'attendent. Je devrais porter quelque chose d'extraordinaire.

— C'est ta performance dans le film qui est extraordinaire. Tous ceux qui l'ont vu disent que tu auras une nomination aux Oscars, moi compris.

Elle le dévisagea avec angoisse.

— Tu le crois *vraiment*, Coop ? Tu ne dis pas ça simplement pour me faire plaisir ?

— J'ai d'autres façons de te faire plaisir, répliqua-t-il avec un sourire entendu.

— Oui, et regarde ce que ça donne, fit-elle en tapotant son ventre gonflé.

Il posa une main sur la sienne.

— Je t'aime tant. Je n'aurais jamais cru que ça m'arriverait. Et dire que nous avons failli bousiller ça, soupira-t-il. Enfin, nous ne l'avons pas fait.

— Je sais. Est-ce que je t'ai dit que tu étais fantastiquement beau ce soir ?

— Merci, et il sourit à son adorable épouse.

Elle savait toujours lui donner l'impression d'être un roi.

Alex était épuisé, mais c'était une bonne fatigue. Il avait terminé le montage du film six semaines auparavant et depuis lors on avait fait plusieurs projections qui avaient surpassé l'attente de tout le monde : le bouche à oreille était phénoménal. Il savait que *Gangsters* était le film qui lui vaudrait un Oscar. Et deux de ses principaux acteurs — Venus et Johnny — décrocheraient sûrement une nomination. Il était aussi ravi pour Lucky. Elle avait cru au film, elle avait cru en lui. Maintenant, ç'allait rapporter gros à Panther. Il pensa à elle un moment. Elle aurait toujours une place à part dans son cœur mais, depuis le retour de Lennie, il était resté un peu en retrait parce qu'elle lui avait fait clairement comprendre qu'elle aimait Lennie et qu'il passerait toujours en premier. Le bon côté de la situation, c'était que tous les trois étaient devenus amis. Lennie était un type formidable : non seulement Alex l'aimait bien, mais il le respectait.

Dominique était assise en face de son fils dans la limo avec son cavalier — un agent de change danseur de tango qu'elle avait rencontré dans une boîte de Wilshire. Un homme charmant, plus âgé qu'elle et fort élégant. Depuis quelque temps, Dominique était une autre femme : finies les critiques. Il se demandait combien de temps ça durerait. Ce soir-là, il avait emmené Lili et France. Elles avaient toutes les deux travaillé dur sur le film et méritaient une récompense. Il songeait que, *Gangsters* terminé et lancé, le moment était venu de reprendre un peu en main sa vie personnelle. Qui savait ce qui l'attendait ? Il comptait prendre un peu de vacances : faire un voyage en Italie. Peut-être y avait-il une femme aux cheveux bruns, imprévisible et à la beauté sauvage qui l'attendait quelque part... Peut-être...

— Eh bien, mon chéri, lança Lucky, ses yeux noirs étincelants, ça y est ! La première de *Gangsters*. Je suis un peu étourdie.

— Tu peux l'être, répondit Lennie. On peut dire que tu t'es donné du mal pour t'assurer que tout se passait bien.

— Merci.

Elle songeait quelle année stupéfiante ç'avait été, et quelle chance elle avait d'avoir retrouvé Lennie.

Elle savait qu'elle aurait du mal à le persuader de reprendre sa carrière. Depuis son retour, il vivait en reclus, préférant rester à la maison avec les enfants plutôt que de sortir en public. Ça ne la gênait pas, mais elle était consciente qu'elle devrait agir pour qu'il reprenne sa place dans le monde réel. Pour l'instant, il était content de ne rien faire. Mais il finirait par se rendre compte que ce n'était pas suffisant.

— Alors, observa Lennie, ton ami Alex doit être heureux ce soir. Tu sais, la première fois que tu nous a présentés, je me posais des questions sur lui.

— Ah oui ? fit-elle d'un ton détaché.

— Oui, mais c'est un chic type. Je l'aime bien.

— Je suis contente, parce que Alex a été un très bon ami pour moi pendant ton absence.

Il lui lança un regard appuyé.

— Rien de plus ?

Elle n'hésita pas :

— Non, rien de plus.

— Il a un faible pour toi.

— Allons donc !

— Oh, si.

Ils restèrent silencieux quelques minutes.

— Et Claudia ? demanda Lucky, rompant le silence. Tu m'as dit ce qu'elle avait fait pour toi... Elle, c'était juste une amie ?

— Bien sûr, s'empressa-t-il de répondre.

— Alors, peut-être qu'un jour nous irons lui rendre visite.

— Peut-être...

— En tout cas, dit Lucky, j'attends ce soir avec impatience, et puis... J'ai une grande surprise pour toi.

— Quoi donc ?

— Devine.

— Avec toi, je n'aurais pas une chance.

— Je prends six mois de congé.

Il se redressa d'un bond.

— Tu fais quoi ?

— Tu m'as entendue. Nous allons entreprendre un voyage autour du monde... Toi, moi, les enfants. Je trouve que nous le méritons.

— Chérie, tu n'es pas obligée de faire ça pour moi...

— C'est pour nous, dit-elle, l'interrompant. Et quand nous rentrerons, tu pourras décider ce que tu veux faire.
— Tu sais, dit-il d'un ton songeur. J'ai réfléchi. Je crois que j'aimerais me mettre à la mise en scène...
— Tiens, j'ai un studio pour toi !
— Très drôle.
Elle eut un grand sourire.
— Si ça peut te rendre heureux...
— C'est *toi* qui me rends heureux. Tu es la femme la plus spéciale du monde et je t'aime plus que je ne saurais jamais le dire.
— Je t'aime aussi, Lennie, murmura-t-elle. Et je t'aimerai toujours.
Ils échangèrent un sourire, leurs mains se joignirent. C'était comme si la vie ne les avait jamais séparés.

Photocomposition Nord Compo
59650 Villeneuve-d'Ascq

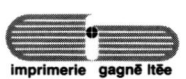